Harper
Collins

Alle handelnden Personen in dieser Ausgabe sind frei erfunden. Ähnlichkeiten mit lebenden oder verstorbenen Personen wären rein zufällig.

Der Preis dieses Bandes versteht sich einschließlich der gesetzlichen Mehrwertsteuer.

Umwelthinweis:
Dieses Buch wurde auf chlor- und säurefreiem Papier gedruckt.

Amy Reed

Abschied für immer und nie

Roman

Aus dem Amerikanischen von
Maike Müller

Harper
Collins

HarperCollins®
Band 100007
1. Auflage: Dezember 2015

HarperCollins® Bücher
erscheinen in der HarperCollins Germany GmbH,
Valentinskamp 24, 20354 Hamburg
Geschäftsführer: Thomas Beckmann

Deutsche Erstveröffentlichung

Titel der nordamerikanischen Originalausgabe:
Invincible

erschienen bei: Katherine Tegen Books

Konzeption/Reihengestaltung: fredebold&partner GmbH, Köln
Umschlaggestaltung: Formlabor, Hamburg; pecher und soiron, Köln
Redaktion: Eva Wallbaum
Titelabbildung: Shutterstock / Songquan Deng / Iakov Kalinin
Autorenfoto: © HarperCollins
Satz: GGP Media GmbH, Pößneck
Druck und Bindearbeiten: GGP Media GmbH, Pößneck
Printed in Germany
Dieses Buch wurde auf FSC®-zertifiziertem Papier gedruckt.
ISBN 978-3-95967-010-4
www.harpercollins.de

Für Elouise und Brian,
die mich vervollständigen.

DAMALS.

1. KAPITEL

„Kommt, wir gehen in die Cafeteria“, sagt Stella. Sie ist rastlos. Sie ist immer rastlos.

Anders als die anderen hier trägt sie keinen Schlafanzug, sondern zieht ohne Ausnahme jeden Tag ihre schwarzen hautengen Jeans und klobige schwarze Boots an, trägt eine dicke Schicht roten Lippenstift auf und setzt sich einen schwarzen Filzhut auf den Kopf, der an einer Seite mit Pfauenfedern geschmückt ist. Ihr Markenzeichen. Obwohl wir nichts anderes machen, als auf unseren Zimmern zu hocken. Obwohl es uns untersagt ist, das Krankenhausgelände zu verlassen. Obwohl ich und Caleb die einzigen Menschen sind, mit denen sie freiwillig spricht – und Dan, der Spezialist für Kinderheilkunde – und es keinen weniger interessieren könnte, wie sie aussieht.

„Bist du hungrig?“, fragt Caleb. Auf seinem Pyjama sind Fußbälle. Meiner ist pink mit weißen Herzen. Das linke Hosenbein haben sie abgeschnitten, um Platz für meinen weißen Gips zu lassen, der mit den Unterschriften der kranken Kids verziert ist.

„Nein, ich bin nicht hungrig.“ Stella stöhnt. „Ich muss einfach nur raus. Dreht ihr nicht auch langsam durch hier? Wie könnt ihr hier nicht durchdrehen?“ Sie erinnert mich an ein Tier in einem Käfig. Nicht mehr lange und sie fängt an, die Metallstäbe meines Bettes anzunagen. Sie war sogar in der Poliklinik so, als sie noch dachte, dass sie in wenigen Stunden wieder gehen könnte.

„Meine Eltern kommen jeden Moment“, sage ich. „Ich bleib besser hier.“

„Hast du sie schon gefragt, ob sie mich adoptieren?“

„Aber du hast doch Eltern, Stella“, sagt Caleb. Mit Sarkasmus tut er sich immer etwas schwer. Zusätzlich zu dem Gehirntumor, von dem wir bereits wissen, hat Stella bei ihm eine milde Form des Asperger-Syndroms diagnostiziert.

„Ich will mich vorzeitig für mündig erklären lassen“, erwidert sie. „Und zwar sobald wir diese ganze Krebssache geregelt haben. Ich bin eh nur noch ihre Tochter, weil ich ihre Krankenversicherung brauche. Mein Gott, Evie, dein Zimmer macht mich krank.“

Wir haben schon viel Zeit in meinem Zimmer verbracht. Und mit „meinem Zimmer“ meine ich diesen speziellen Raum während dieses speziellen Aufenthaltes, der nun schon zwei Wochen dauert – mein bisher längster. Im vergangenen Jahr gab es zahllose identische Räume, einige in diesem Teil der Krebsstation, andere in dem supertollen sterilen Gefängnisteil der Station, wo ich war, als die Anzahl meiner weißen Blutkörperchen gleich null war. Momentan komme ich nur schlecht vom Fleck, weil ich gerade erst operiert wurde und mein Bein eingegipst ist. Also kann ich nicht einfach aus dem Bett springen, wenn mir danach ist. Nicht dass viele Kids auf der Krebsstation viel herumspringen würden.

Ich sollte froh sein, eines der wenigen Einzelzimmer ergattert zu haben, aber jeder hier weiß, dass sie für die hoffnungslosen Fälle reserviert sind, damit die anderen armen Kinder nicht plötzlich neben einem toten Bettnachbarn liegen. Das Zimmer hier sieht im Grunde genauso aus wie all die anderen, die ich schon hatte – mittlerweile so viele, dass ich den Überblick verloren habe –, aber es ist nur halb so groß. Ich war nicht mal eine Nacht hier, da hatte Mom schon dieselben traurigen Deko-Artikel aufgestellt wie bei meinem letzten langen Aufenthalt. Damit ich mich „mehr wie zu Hause fühle“. Aber sie könnte noch so viele Familienfotos, Teddys oder Blumensträuße aufstellen – ich würde mich hier trotzdem nie zu Hause fühlen. Und am Ende zeigen mir die Sachen doch nur, dass ich zu lange hier sein werde.

„Wir könnten in den Aufenthaltsraum gehen und ein Spiel spielen“, sagt Caleb.

„Das Zimmer hat keine Fenster“, entgegnet Stella.

„Schalt einfach den Discovery Channel im Fernsehen ein“, sage ich. „Das ist, als würde man aus dem Fenster gucken – nur dass du in Afrika bist oder unter Wasser oder so.“

„Oder es läuft gerade irgendeine Realityshow über amische Prostituierte oder krankhaft fettleibige kleinwüchsige Menschen, die in anderen Sprachen reden."

„Das läuft bei TLC", sage ich. „Diese fettleibigen kleinwüchsigen Leute."

„Ihr zwei seid mir ja eine tolle Hilfe. Außerdem schleicht Dan bestimmt im Aufenthaltsraum herum und will mich dann wieder dazu bringen, über meine Gefühle zu reden."

„Es ist gut, über seine Gefühle zu reden", meint Caleb. „Dan sagt, es macht dich noch kränker, wenn du alles in dich hineinfrisst."

„Hast du schon mal erlebt, dass ich irgendwas in mich hineinfresse?"

„Stimmt auch wieder."

„Ihr müsst nicht bei mir bleiben", sage ich. „Macht ruhig was ohne mich. Ich komme schon klar."

„Ach, Evie", sagt Stella, „hör mit diesem heldenhaften Getue auf. Wir werden dich hier auf keinen Fall zurücklassen."

„Es ist aber kein Problem. Wirklich nicht."

„Könntest du ausnahmsweise mal aufhören, an die anderen zu denken, und einfach nur zugeben, dass du ohne mich nicht leben kannst?"

„Ich will das Footballspiel sehen", sagt Caleb, schnappt sich meine Fernbedienung und schaltet den Fernseher ein.

„Ich hasse dich", sagt Stella, rührt sich aber nicht. Schließlich haben wir nicht gerade viele Optionen, uns die Zeit zu vertreiben. Sich in einem vollgestopften Krankenhauszimmer ein Footballspiel anzusehen mag für viele Leute nicht unbedingt der Inbegriff von Spaß sein, aber es geht auch schlechter. Es könnte immer schlechter sein.

Das erste Mal traf ich Stella vor acht Monaten, als ich für meinen dritten Chemo-Zyklus in die Klinik kam. Für sie war es das erste Mal und sie war ganz und gar nicht erfreut darüber, was ich sofort bemerkte, da sie an der zweieinhalb Meter hohen Plüschgiraffe hochkletterte, die vor der onkologischen Poliklinik stand, während ihre Mutter und ein Mann vom Sicherheitspersonal auf sie einredeten, sie möge doch bitte herunterkommen. Eigentlich brüllte ihre Mutter vielmehr auf sie ein, und zwar auf Mandarin, doch keiner der beiden Ansätze zeigte Wirkung.

Sie krallte sich am Kopf der armen Giraffe fest und schrie Zeter und Mordio, bis es ihrer Mutter schließlich gelang, sie herunterzuzerren, und als sie auf dem Boden landete, erklärte sie in einem letzten dramatischen Ausruf alle anderen für „verfluchte herzlose Pissnelken". Eltern hielten ihren Kindern die Ohren zu; ihre Mutter gab ihr eine Ohrfeige mit dem Handrücken, und für mich stand fest, dass Stella die hübscheste und zugleich mutigste Person war, die ich in meinem Leben gesehen hatte. Sie zeigte all die Angst und die Wut, die auch ich spürte, aber nicht nach außen kehren konnte. Sie gab nicht vor, irgendetwas zu sein, das sie nicht war.

Ich ging auf sie zu, während sie schluchzend unter der Giraffe saß. Ich setzte mich neben sie und sagte: „Hi, ich bin Evie." Ihr Make-up war verschmiert, aber das machte sie irgendwie noch glamouröser. „Kriegst du eine Chemo?", fragte ich.

„Ja."

„Ich auch. Es ist gar nicht so schlimm."

„Mir werden die Haare ausfallen", wimmerte sie. „Ich will nicht, dass mir die Haare ausfallen." Sie hatte schöne Haare. Lang, glatt und perfekt. Der dicke Pony reichte ihr bis zu den Augen. Echte Rockstar-Haare.

„Du könntest dir eine Perücke kaufen", sagte ich. Meine Haare waren bereits dünner geworden, wobei mir alle versicherten, dass ich immer noch hübsch war. Als ob das meine größte Sorge wäre.

„Perücken sind für alte Damen."

„Und was ist mit einem Hut?"

Sie dachte kurz darüber nach. „Ein Hut könnte gehen", sagte sie. „Ein Hut könnte sogar saucool aussehen."

Wir betraten die Klinik gemeinsam, dicht gefolgt von unseren Müttern.

Meine Mom versuchte tapfer, sich Stellas Mutter anzunehmen, aber Mrs Hsu war kalt und von Anfang an misstrauisch. Das ist sie immer noch, selbst nach der ganzen Zeit. Familien lernen einander gut kennen, wenn ihre Kinder andauernd ins Krankenhaus müssen. Wenn sie stundenlang zusammen in der Onkologie sitzen. Sie umarmen sich, backen füreinander und kaufen sich gegenseitig Weihnachtsgeschenke. Sie weinen um die Kinder. Aber nicht Stellas Eltern. Die sind immer distanziert, still, verächtlich, wertend und allein.

Stella und ich bekamen die Chemo in benachbarten Zimmern. Nachdem ich einige Minuten dort gelegen hatte, während das Gift durch den Portkatheter lief, den sie mir in die Brust gebohrt hatten, hörte ich ein Klopfen an der Wand. Ich klopfte zurück. Sie fing an, gleichmäßig in bestimmten Abständen zu klopfen. Ich fragte mich, ob es Morsezeichen waren. Ich kannte das Morsealphabet nicht. Dann begann ich zu zählen und bemerkte ein Muster, das sich nach sieben Klopfeinheiten wiederholte. Man muss viel Zeit totschlagen, wenn man acht bis zehn Stunden eine Chemo kriegt.

Ich holte mein Telefon heraus und wählte, was ich gezählt hatte. Sie nahm nach dem ersten Klingeln ab.

Von dem Moment an war Stella meine geheime beste Freundin. Mit geheim meine ich: nur in der Krebswelt, der Krankenhauswelt, der Welt der kranken Kids. Stella und ich sehen uns nie außerhalb dieser Welt. In der anderen Welt, der Welt der Gesunden, sind wir andere Menschen. Wir sind Menschen, die sich nicht begegnen würden. In der anderen Welt ist sie Mitglied in einer Mädchen-Punkband und ich bin eine Cheerleaderin. Ich meine: *war*. Vergangenheit. Ich bin mir nicht ganz sicher, was ich jetzt bin.

In der anderen Welt habe ich bereits eine beste Freundin. Kasey Wexler-Beene hält diesen Titel, seit sie am ersten Kindergartentag mit ihren wippenden blonden Rattenschwänzchen auf mich zukam und fragte: „Willst du meine Freundin sein?" Seitdem sind wir unzertrennlich. Zumindest bis der Krebs kam. Wie sollen Freundinnen sich denn nicht voneinander entfernen, wenn die eine Krebs hat und die meiste Zeit entweder im Krankenhaus liegt oder zu Hause verbringt, um sich von der Zeit im Krankenhaus zu erholen? Wie sollte sich eine Beziehung nicht verändern, wenn die eine stirbt und die andere nicht? Wenn die eine mit einem Bein in einer anderen Welt steht, welche die andere auch mit noch so viel Liebe, Hintergrundwissen und Zuwendung nicht verstehen kann?

Aber sie versucht es, und dafür liebe ich sie. Anfangs haben viele meiner Freunde sie bei ihren Besuchen begleitet und sich entweder in unser Wohnzimmer gequetscht, während ich mich auf dem Sofa erholt habe, oder sie waren sogar ins Krankenhaus gekommen, wenn es mir zu schlecht ging, um entlassen zu werden. Ich könnte mich verletzt fühlen, da sie jetzt nicht mehr kommen, aber ich verstehe sie und mache ihnen keine Vorwürfe. Sie haben ihr eigenes Leben und das sollten sie nicht damit verplempern, mir dabei zuzusehen, wie ich immer kränker werde. Und ehrlich gesagt erleichtert es mich auch, weniger Menschen anlächeln oder etwas vorspielen zu müssen. Kasey aber ist auf ewig loyal. Noch immer kommt sie mich mit meinen Eltern oder meinem Freund Will besuchen. Doch in den letzten Monaten, vor allem seit ich noch kränker geworden bin und überhaupt nicht mehr in die Schule gehe, ist es schwieriger geworden, Gesprächsthemen zu finden. Dinge zu finden, die wir gemeinsam haben. Worüber redet man, wenn das Leben der einen Person stehen bleibt und das der anderen weitergeht?

Auf gewisse Art habe ich Kasey schon verabschiedet. Meine Familie verabschiedet. Vielleicht wissen sie es noch nicht, vielleicht denken sie, dass ich noch da bin, dabei treibe ich schon lange fort von ihnen. Die Welt der Kranken hat mich jeden Tag ein bisschen mehr für sich vereinnahmt, mit jedem Blutbild, mit jedem CT-Scan und PET-Scan und Knochenscan, mit jeder Biopsie und Knochenmarkpunktion, mit jeder Operation, jeder Chemotherapie, jeder Bestrahlung, jeder Bluttransfusion, jedem Schmerzmittel, jeder Einweisung in die Klinik. Nach einem Jahr in dieser Welt ist es ein Wunder, dass ich immer noch weiß, wie man mit den Menschen außerhalb des Krankenhauses spricht. Schon lange gehöre ich nicht mehr in ihre Welt, so sehr sie sich auch bemühen, mich dort zu halten; so sehr ich mich auch bemühe, bei ihnen zu bleiben.

Aber von Will habe ich mich noch nicht verabschiedet. Ich kann nicht. Ich weiß, wie egoistisch das ist, aber ich kann ihn nicht gehen lassen. Nicht loslassen. Irgendein Teil von mir glaubt noch immer, dass wir das hier gemeinsam durchstehen können und unsere Liebe stark genug ist, um ein Wunder zu bewirken. Ich kann mir nicht vorstellen, irgendwo ohne ihn hinzugehen, nicht mal in den Tod – wo oder was auch immer das ist. Ich habe keine Ahnung, was mit mir geschieht, wenn ich tot bin. Ich weiß noch nicht einmal, wie ich anfangen soll, es mir vorzustellen. Die Leute erzählen mir immer, wie ruhig und friedlich es sein wird, dass ich an einen Ort komme, an dem ich für immer glücklich bin, aber ich glaube ihnen nicht. Es wird ein Ort ohne Will sein. Das weiß ich mit Sicherheit. Wo ich auch hingehe, ich muss ihn zurücklassen. Und das soll das Paradies sein? Was nützt der Himmel, wenn der Mensch fehlt, den man am meisten liebt auf der Welt?

2. KAPITEL

„Alles in Ordnung?“, fragt Mom zum millionsten Mal, wobei sie die Augenbrauen zusammenzieht. Ihr Gesicht sieht mittlerweile eigentlich immer besorgt aus. „Wir müssen das nicht machen.“

„Natürlich ist alles in Ordnung“, antworte ich mit dem größten Lächeln, das ich in mein Gesicht quetschen kann.

Natürlich bin ich nicht in Ordnung. Ich bin siebzehn Jahre alt und habe die letzten zwei Wochen mit einem gebrochenen Bein im Oakland Children's Hospital verbracht, und nun warte ich auf die Untersuchungsergebnisse, die mir verraten sollen, wie nah ich dem Tod bin. Gerade habe ich meine Eltern dabei beobachtet, wie sie die böse Schwester Moskowitz angefleht haben, mit mir nach draußen gehen zu dürfen, damit ich frische Luft atmen kann und nicht dieses giftige Zeug, das im Krankenhaus zirkuliert. „Das ist nicht besonders klug“, sagt Moskowitz, legt ihren typischen Silberblick auf und schürzt die Lippen. „Aber ich denke, es geht in Ordnung, solange sie warm eingepackt ist.“

Das war das Erfolgserlebnis des Tages. Großartig! Endlich können mich meine Eltern und meine Schwester Jenica in dem traurigen Abklatsch eines Innenhofs herumschieben, der aus wenig mehr besteht als aus ein paar Klapptischen und einem gepflasterten Rundweg mit ein paar Grasbüscheln in der Mitte. Und an das Ganze grenzt der Hubschrauberlandeplatz. Ich habe ein gelassenes Gesicht aufgesetzt, während mich ein Pfleger vom Bett in den Rollstuhl verfrachtete – ein mühseliger Prozess, bei dem er die Infusion abstöpseln, meinen Blasenkatheter und den Urinbeutel mit hinübernehmen, verstecken und sich bemühen musste, nicht den riesigen gebrochenen Klotz fallen zu lassen, der früher mal mein Bein gewesen war. Also nein: Ich bin das genaue Gegenteil von in Ordnung. Aber das braucht niemand zu wissen. Es gibt schon genug, womit sie klarkommen müssen.

Eigentlich hatte ich keine rechte Lust zu diesem „Spaziergang“, aber ich habe mitgespielt, weil wir etwas anderes machen müssen, als in meinem deprimierenden Zimmer rumzusitzen, während wir darauf warten, dass Dr. Jacobs mit den Untersuchungsergebnissen auftaucht. Da sind wir also, kauern uns unter einer grauen Decke aus winterlichem Nieselregen zusammen und atmen die „frische Luft“ einer Stadt, in der es landesweit eine der höchsten Asthmaraten bei Kindern gibt. Mom bemüht sich nach Kräften, zu lächeln, also bemühe ich mich auch, und Dad stimmt mit ein. Wir lächeln, damit die anderen weiterlächeln. Das machen wir. Das ist unser besonderes Familientalent. Nur Jenica tippt auf ihrem Telefon herum und ist viel zu beschäftigt, um dieses Spiel so hingebungsvoll zu spielen wie wir. Wir sind Experten darin geworden, das Offensichtliche zu ignorieren – wie einen riesigen Elefanten im Wohnzimmer, über den alle hinwegsehen. Selbst wenn er uns nach draußen folgt, selbst wenn er um uns herumstampft und mit dem Rüssel trompetet, um uns auf ihn aufmerksam zu machen. Selbst wenn er schon so lange bei uns ist, dass er praktisch zur Familie gehört – unser treues Haustier.

„Guckt mal, die Narzissen“, sage ich.

„Die Gärtner machen ihre Arbeit wirklich gut“, sagt Dad. „Das Ganze wirkt gleich viel freundlicher.“

„Was hältst du davon, wenn ich dir morgen ein Eis mitbringe?“, zwitschert Mom. „Vielleicht eine dieser verrückten Sorten, die es bei Tara's gibt. Welche hattest du da noch probiert? Curry?“

„Safran“, erwidere ich.

„Meinst du, Caleb und Stella möchten auch eins? Dann kaufe ich gleich mehrere und wir machen eine kleine Eisparty.“

„Es friert draußen“, wirft Jenica ein. „Da will niemand Eis.“

Ich verschweige, wie sehr mich selbst dieses blasse Winterlicht blendet, und dass es sich trotz der Schmerztabletten anfühlt, als würden sich Millionen winziger Schrauben durch meine Augen in mein Gehirn bohren. Ich spüre, wie sich die feuchte Luft durch meine Kleidung frisst. Ich versuche, nicht zu zittern. Niemand soll wissen, wie kalt mir ist. Ich will nicht, dass sich irgendwer noch mehr Sorgen macht als ohnehin schon.

Jemand muss etwas sagen. Jemand muss meiner armen Mutter helfen. „Hast du schon was von Stanford gehört?“, frage ich Jenica.

„Noch nicht“, antwortet sie und sieht endlich von ihrem Telefon hoch. „Es dauert wahrscheinlich noch ein paar Wochen, bis sie die Briefe verschicken. Aber ich habe ein gutes Gefühl.“

„Und wenn es nicht klappt, gibt es immer noch Berkeley, oder?“, sagt Mom. „Oder sogar die UC Davis?“

Jenica schnaubt. „Ich werde *nicht* an die Davis gehen. Das kann nicht dein Ernst sein, Mom.“ Ach ja, deshalb reden wir nicht.

Ich kann nicht anders: „Vergiss nicht, dass einige von uns nicht mal die Chance kriegen, überhaupt aufs College zu gehen.“

„Oh Gott!“, stößt Mom hervor.

„Mädels!“, sagt Dad warnend und legt beschützend den Arm um Mom. Sie lehnt sich mit ihrem ganzen Gewicht an ihn und vergräbt das Gesicht in seiner Brust, als würde es nicht mehr wehtun, wenn sie die Welt ausblendet.

„Tut mir leid, Mom.“ Es tut mir wirklich leid. Ich wollte sie nicht verletzen, sondern Jenica. Aber nicht mal sie hat das verdient. Sie alle leiden auch so schon mehr als genug.

Als Mom sich uns wieder zuwendet, haftet das tapfere Lächeln wieder auf ihren Lippen. „Schon gut, Liebes.“ Sie nimmt meine Hand. „Evie, du bist ja ganz kalt!“

„Ist schon gut.“

„Lasst uns wieder reingehen“, sagt Jenica. Wenigstens können wir uns darauf noch einigen.

Weder Mom noch Dad rühren sich. So elend das hier auch ist, sie wollen nicht, dass es vorbei ist. Diese kurzen Momente außerhalb meines Krankenzimmers gehören zu den wenigen Dingen, die mich noch mit ihrer Welt verbinden. Niemand spricht darüber, aber es besteht immer die Möglichkeit, dass einer dieser Ausflüge der letzte für mich ist. Meine letzte Chance, frische Luft zu atmen. Für immer.

Ich glaube, ich muss kotzen.

„Alles okay?", fragt Dad.

„Mir geht's gut", sage ich wieder. Wieder und wieder und wieder und wieder, auch wenn es niemals die Wahrheit sein wird. Ich verschweige den Kopfschmerz, der sich zu einer fiesen Migräne ausgewachsen hat, die stark genug ist, meinen Schmerzmittelschleier zu zerreißen.

Es regnet jetzt stärker, der Himmel verdunkelt sich. Nur Jenica bringt den Mut auf, sich umzudrehen und als Erste zurück zum Krankenhaus zu gehen.

Im Aufzug treffen wir auf Schwester Moskowitz, die uns finster entgegenblickt. „Ich hätte das niemals erlauben sollen", sagt sie kopfschüttelnd und schiebt meine Mutter beiseite, um den Rollstuhl mit den geübten Handgriffen zu übernehmen. „Evies Zustand erlaubt es nicht, dass sie sich im Regen aufhält."

Mom hilft mir, einen trockenen Schlafanzug anzuziehen, während die anderen auf dem Flur warten. Moskowitz misst meine Temperatur. Knapp unter 36 Grad. „Zu niedrig", tadelt sie Mom und dreht die Heizung in meinem Zimmer auf. Ich will nur noch schlafen, und genau das ist der Moment, in dem Dr. Jacobs erscheint.

„Doktor", sagt mein Vater und schüttelt ihm die Hand. Alle straffen die Schultern. Selbst Jenica lässt ihr Telefon sinken und hört zu.

„Ich glaube, ich habe Migräne", sage ich.

„Es ist noch etwas zu früh für deine Schmerztabletten", erwidert Moskowitz.

„Ist schon gut." Normalerweise ist Dr. Jacobs ein Erbsenzähler, was die Medikamente angeht. „Sie kann sie ruhig haben." Er muss schlechte Nachrichten haben.

Moskowitz gibt mir meine Pillen und wartet, bis ich sie geschluckt habe. Erst dann verlässt sie den Raum. Es ist still, bevor Dr. Jacobs seine Ansprache beginnt. Ich reiße mich zusammen. Schließe die Augen, atme tief ein – und dann bin ich weg. Das gehört zu den wenigen Dingen, die ich richtig gut kann. Jenica ist gut in der Schule, früher war ich gut im Cheerleading, heute mache ich das. Ich schweife ab. Verlasse meinen Körper, um die Szene von oben zu verfolgen. Es ist nur eine Nachricht. Eine simple Tatsache. Kein Grund, etwas zu fühlen.

Metastasen.

Ich höre das Wort aus Dr. Jacobs' Stimme heraus. Entfernt nehme ich wahr, dass meine Mutter weint. Mein Vater stöhnt. Jenica wimmert. Aber ich stehe über allem. Behalte einen klaren Kopf. Irgendwer in der Familie muss das ja tun.

Metastasen.

Das schmutzige Wort. Das verbotene Wort. Es trennt die Kranken von den Todgeweihten. Der Ausdruck „tödlicher Verlauf" ist aus der Mode geraten, aber im Grunde heißt es genau das. Metastasen streuen. Das bedeutet, dass der Krebs überall ist. Ich hatte schon damit gerechnet. Wir alle haben das erwartet, auch wenn niemand den Mumm hatte, es laut auszusprechen.

Als der Krebs vor einem Jahr diagnostiziert wurde, war er nur ein winziger Tumor auf meinem linken Hüftknochen. Das Ewing-Sarkom – eine seltene Krebsform, die fast ausschließlich für Jugendliche reserviert ist – hat sich in meinen Körper gestohlen, sich dort eingenistet und es sich richtig gemütlich gemacht. Doch dann fasste der Krebs einen Plan. Das liegt in seiner Natur, denn unter den Krankheiten ist er der absolute Überflieger. Wenn man ihn fortschaffen will, wird er wütend. Dann spinnen die mikroskopisch kleinen Reste, die nach einer Ektomie zurückbleiben, einen Rachefeldzug aus und kommen sogar noch stärker zurück.

Natürlich beschreibt Dr. Jacobs das in anderen Worten. Seine Version von Krebs hat eben keinen Charakter. Hinter dem Schutzschild seines Klemmbretts zieht er seine monotone Leier aus medizinischem Fachjargon ab. „Der Krebs sitzt jetzt in deinem Knochenmark", sagt er mit eingeübter Freundlichkeit. „Wir konnten ihn nicht in Schach halten." Seine Stimme übertönt das Schluchzen meiner Mutter, als er ausführt, wie der Krebs in meinen Oberschenkelknochen gewandert ist, bevor er das Schiff gewechselt hat und in mein Knochenmark eingedrungen ist. Hier hat er den Knochen bis zur Nutzlosigkeit geschwächt, was wiederum dazu führte, dass ich mir vor zwei Wochen das Bein gebrochen habe. Einfach so beim Gehen. Und das alles trotz der Operation, der Bestrahlung und Chemotherapie im letzten Jahr – jeden Monat eine Woche lang, von morgens bis abends. Das alles, obwohl mein gesamtes Leben zum Stillstand gekommen ist.

Der Krebs hatte sich eine Weile dort versteckt, um seinen unsichtbaren Tanz aufzuführen, den kein Test bemerkt hatte. Bis es zu spät war. In den Monaten zwischen der ersten Diagnose und der Operation, bei der der Tumor entfernt wurde, hatte sich die Krankheit entfesselt. Und während der ambulanten Behandlungen, in den drei kurzen Wochen zwischen zwei Chemo-Zyklen hatte sie ihren Rhythmus gefunden. Meine Haare fingen wieder an zu wachsen, mein Körper erinnerte sich wieder daran, wie man aß und Muskeln aufbaute. Ich konnte sogar wieder länger als eine Minute gehen, ohne total erschöpft zu sein, und bin wieder zur Schule gegangen. Will und ich hatten unsere bewährten Dates am Freitagabend wieder aufgenommen, als wäre nichts geschehen, und ich konnte mich ihm wieder in die Arme werfen, wo ich hingehörte, und mir vormachen, es könnte für immer so bleiben. Ich fing gerade an, mich wieder gut zu fühlen, und dann ging es wieder los.

Niemand hat je von Heilung gesprochen. Nicht mal von „Remission“ war die Rede gewesen. Aber es war, als wären wir übereingekommen, an die Chance zu glauben, dass der Tumor weg wäre. Was das anging, habe ich mich selbst als oberste Rädelsführerin erkoren – schließlich war ich mal Cheerleaderin. Ich sah die Trostlosigkeit in ihren Augen – bei meinen Eltern, bei Kasey, bei Will, bei allen in der Schule, die mich als fröhlich, positiv und lebensfroh kannten. Alle wollten, dass ich ihnen versicherte, alles sei in Ordnung. Und ich wusste, dass ich ihre Hoffnung aufrechterhalten musste. Ich war verantwortlich dafür. Jedes Mal, wenn ich nach einem Chemo-

Zyklus nach Hause kam, zwang ich mich zu einem Lächeln und sagte, dass ich mich großartig fühlte. Ich lernte, mich geräuschlos zu übergeben. Damals glaubten wir alle an Wunder. Das mussten wir.

Nach der Operation und der Entfernung des Tumors fühlte ich ständig einen Schmerz in der Hüfte. Aber tief im Innern wusste ich, dass dieser neue Schmerz anders war. Ich wusste, dass sich der dumpfe Heilungsschmerz in etwas Übleres verwandelt hatte, und ich war nicht überrascht, als die nächste Untersuchung bestätigte, dass der Krebs von meiner Hüfte in den Oberschenkelknochen gestreut hatte.

Mit weiteren Tests wollten sie nach der Bestrahlung noch warten. Aber ich hatte schon damals das Gefühl, dass der Krebs sich weiter und tiefer ausgebreitet hatte. Mein Körper hatte mich verraten. Noch bevor ihre Tests irgendetwas bestätigen konnten, wusste ich, dass alles in mir irgendwie infiziert war. Vor zwei Wochen wusste ich das schon, während ich mit Will um den Lake Merritt spazierte. Ich wusste, dass dieser neue Schmerz niemals weggehen würde. Aber ich wollte Will einen schönen Tag schenken, und obwohl es wehtat, lächelte ich. Das war mein Job. Also tat ich es. Ich lächelte, bis es nicht mehr ging.

Es war einer dieser magischen Wintertage in der Bay Area – die Sonne schien, der Himmel war klar und blau und die Temperatur bei 17 Grad. Sogar die sonst so aggressiven heimischen Gänse zeigten sich von ihrer besten Seite. Mütter schoben Kinderwagen vor sich her, hübsche Mädchen joggten, attraktive Männer gingen mit ihren Hunden spazieren und Will hielt meine Hand so perfekt, wie nur er es kann – nicht so fest, dass er sie zerdrückt, aber doch fest genug, dass ich weiß, er lässt mich nicht los. Neulich habe jemand einen Stachelrochen im See gesehen, erzählte er mir, und ich wollte nichts lieber, als mich mit ihm über diese Nichtigkeit zu unterhalten. Es war mir wichtig, einfach nur da zu sein. Hier und jetzt. In diesem Moment sollte nichts anderes eine Rolle spielen. Aber die Schmerzen in meinem Bein waren unerträglich. Inmitten der Schönheit des

Augenblicks spürte ich, wie ich die Kontrolle über mein Bein verlor. Ich versuchte, weiterzugehen. Selbst als es so sehr schmerzte, dass ich nichts mehr sehen konnte. Ich dachte, wenn ich einfach weiterginge und so tat, als wäre alles in bester Ordnung, dann könnte ich für immer dieses fast-normale Mädchen sein – ein Mädchen, das zufälligerweise dünn und blass war und kurze Haare hatte; das humpelte, sich auf einen Stock stützte und die Hand seines niedlichen und hinreißenden Freundes hielt, mit dem es einen ganz normalen Spaziergang machte. Wie normale Pärchen das eben tun.

Doch dann stürzte ich. Ich kann das Gefühl nicht beschreiben, als mein Bein brach. Oder das Geräusch des spröden Knochens, der in mir zersplitterte. Aber obwohl mir schwarz vor Augen wurde vor Schmerz, kann ich mich aus irgendeinem Grund klar und deutlich an das Kreischen der Gänse erinnern, die sich anhörten, als würden sie sich ärgern, dass ich ihnen ihren schönen sonnigen Tag ruiniert hatte. Und an die vielen Stimmen der Schaulustigen erinnere ich mich, an all die Menschen, deren Dates sich plötzlich in etwas Seltsames verwandelt hatten. Ich erinnere mich an Wills Berührung, seine kühlen Fingerspitzen, die meine Haut sanft streiften. Es war das Einzige, das sich noch richtig anfühlte und das mir niemand nehmen konnte. Während Will den Rettungssanitätern meine Krankengeschichte erklärte, fragte ich mich, ob ein siebzehnjähriger Teenager auch nur annähernd so viel über Krebs wissen sollte wie er. Seine Stimme klang ruhig und tief, er hatte sich wie immer unter Kontrolle, doch seine Worte waren für mich nicht mehr als Geräusche. Musik, aber ohne Inhalt.

Mein linker Oberschenkelknochen war in fünf Teile gebrochen. Sie hätten das grausige Puzzle einfach so lassen und sich nicht bemühen sollen, es wieder zusammenzusetzen. Jetzt steh ich da mit einer Titaniumstange, fünf Schrauben und einem nagelneuen bionischen Bein, das höchstwahrscheinlich niemals erfahren wird, wie es sich anfühlt zu laufen. Was bringt mir das ganze schicke Metall, wenn ich in der Erde liege? Die Teile bleiben einfach übrig, vergraben und nutzlos, während sich der Rest von mir zersetzt und mit dem Erdboden vereint.

Will würde jetzt sagen, ich solle die Hoffnung nicht aufgeben. Ich bringe es nicht übers Herz, ihn über die frivole Seite der Hoffnung aufzuklären. Ihretwegen verschwenden die Menschen viel Zeit und Liebe, und von Geld will ich gar nicht anfangen. An einem Ort wie diesem sagt das natürlich niemand laut, aber es ist die Wahrheit. Was passiert, wenn ich nicht zu Kräften komme? Was soll ich denn machen, wenn ich zu müde zum Hoffen bin? Zu müde, um mir noch vorzumachen, alles würde wieder gut?

„Evie“, sagt Dad. „Hörst du zu?“

Ich kehre zurück von meinem fernen Ort in diese seltsame Welt, in der das Land der Lebenden dem Land der Toten begegnet.

„Wir sollten über die nächsten Schritte sprechen“, schlägt Dr. Jacobs vor.

„Ja“, sagt Mom.

„Ja“, sagt Dad.

Einfach weitermachen. Einfach irgendwas machen. Solange etwas geschieht, können wir uns noch an die Illusion klammern, dass alles gut wird.

„Sobald Evie sich von der Operation an ihrem Bein erholt hat, können wir mit einer noch aggressiveren Therapie aus Chemo und Bestrahlung beginnen. Natürlich braucht sie eine Knochenmarktransplantation. Stammzellentherapie. Bluttransfusionen.“

„Oh Gott“, haucht Mom. Sie hält sich die Hand vor ihre zitternden Lippen, als würde das alles hier nicht passieren, wenn sie ihre Angst versteckt.

„Wie hoch sind die Überlebenschancen?“, frage ich. „Wenn ich diese ganzen Behandlungen mache?“

Dr. Jacobs blinzelt, und für den Bruchteil einer Sekunde kann ich sehen, wie seine Zuversicht brüchig wird.

„Vier bis sieben Prozent“, antwortet er und macht dabei das ausdruckslose Gesicht, das nur sehr gute Ärzte und sehr gute Schauspieler beherrschen. „Und das ist nur die Prognose für die nächsten fünf Jahre. Wie du weißt, ist dieser bestimmte Krebs dafür bekannt, dass er wiederkommt."

Mom weint noch heftiger. Dad seufzt und legt das Gesicht in seine Hände. Über Jenicas Wangen laufen Tränen. Die einzigen mit trockenen Augen sind der Doc und ich.

„Wann können wir anfangen?", fragt Mom.

„Nun ja, das hängt natürlich zunächst davon ab, wie schnell Evies Bein verheilt. Und die Anzahl ihrer weißen Blutkörperchen sieht auch noch nicht vielversprechend aus. Und ..."

„Nein", sage ich.

„Was?", meint Dad.

„Nein. Ich will es nicht machen."

„Die klinische Studie?", fragt Mom. „Aber wir haben doch nicht mal die Details gehört."

„Nicht nur die klinische Studie. Ich meine alles."

„Evie, es geht dir gerade nicht gut", sagt Dad. „Keiner kann von dir erwarten, jetzt die richtige Entscheidung zu treffen."

„Dad, es geht mir nie gut. Er sagt, meine Chancen liegen bei vier Prozent. Ich will das alles nicht noch einmal durchmachen, nicht für vier Prozent. Das ist es nicht wert."

„Natürlich ist es das wert", sagt er verärgert. Wenn es sehr emotional wird, verwandelt sich seine Traurigkeit in Wut.

„Vier bis sieben Prozent", wendet Mom ein. „Es könnten auch sieben sein." Ihre Traurigkeit verwandelt sich in Verzweiflung und wird absurd.

„Oh Gott", sagt Jenica aus der Ecke. Sie zittert am ganzen Körper. *Könnte sie bitte jemand trösten? Mom, Dad, sie braucht euch auch.*

„Dr. Jacobs", sagt Dad. Sein Gesicht wird rot, und er beißt die Zähne aufeinander. „Würden Sie ihr bitte ins Gewissen reden!"

Der Doc sieht sie beide an, dann mich. Eine Weile blickt er mir fest in die Augen. Er ist auf meiner Seite, das weiß ich. „Als Arzt bin ich fast immer dafür, alles zu versuchen, was möglich ist. Allerdings ist das für eine Familie nicht immer die richtige Entscheidung. Sie sollten die Optionen sehr sorgfältig abwägen. Die Therapie ist wirklich sehr, sehr hart. Körperlich und emotional. Evie weiß das besser als sonst jemand in diesem Raum."

Mom öffnet den Mund und schaut ihn ungläubig an. Ich glaube, Dad würde ihm am liebsten eine verpassen.

Nach einer qualvoll langen Pause sagt Dr. Jacobs schließlich: „Ich denke, Sie sollten auf Ihre Tochter hören."

Ja. Endlich. Jemand interessiert sich dafür, was ich denke. Eine Welle der unterschiedlichsten Gefühle durchflutet mich, doch sie verschwinden so schnell wieder, dass ich kein einziges von ihnen benennen kann. Weiß ich überhaupt, was ich denke?

„Ich will eine zweite Meinung", sagt Dad sofort.

„Das ist Ihr gutes Recht", erwidert Dr. Jacobs. „Aber ich möchte Sie daran erinnern, dass ich der Leiter der Onkologie bin und die Diagnosen und Prognosen von einem ganzen Ärzte-Team gestellt werden. Alle waren an Evies Behandlung beteiligt. Ich fürchte, Sie werden hier keinen Arzt finden, der Ihnen etwas anderes sagt."

„Dann gehen wir in ein anderes Krankenhaus."

„Dad, nein", sage ich. „Dazu kannst du mich nicht zwingen. Ich kann nicht mehr. Und ich will auch nicht, dass ihr das noch mal durchmacht."

„Mach dir um uns keine Sorgen, Evie. Wir werden alles tun, was wir können. Koste es, was es wolle."

„Ich weiß. Das ist ja das Problem. Manchmal muss man auch wissen, wann Schluss ist."

Stille. Zu viel Stille. Sie ist schwer und erdrückend. Sie wird uns alle plattmachen.

Da klingelt Jenicas Telefon und klärt die Luft.

„Verdammt, Jenica!", schreit Dad. „Schalt das verfluchte Ding aus!"

„Entschuldigung.“ Mit zittrigen Händen fummelt sie an ihrem Smartphone herum. Insgeheim bin ich dem unbekannten Anrufer dankbar.

„Könnten Sie uns eine Weile allein lassen?“, fragt Mom den Arzt leise. „Das ist doch ein bisschen viel auf einmal.“

„Sicher. Sagen Sie einfach einer Schwester Bescheid, wenn sie mich anpiepen soll, ja?“ Er legt mir die Hand auf die Schulter. „Das gilt auch für dich, Kleine. Falls du irgendwelche Fragen hast. Ich und Dan und die Schwestern und die Psychologen – wir sind alle da, um dir zu helfen.“

„Ich weiß“, sage ich. „Okay.“

„In der Zwischenzeit stelle ich ein Team für Evies Palliativversorgung zusammen. Ich werde dabei sein, Dan, ein Sozialarbeiter, ein Psychologe, ein Geistlicher, wenn Sie möchten, und eine Krankenschwester – vermutlich Schwester Moskowitz.“

„Och nee“, sage ich.

Dr. Jacobs lacht leise, und es klingt etwas böse. „Wofür Sie sich auch entscheiden, wir stehen das gemeinsam durch und sorgen dafür, dass Sie sich so gut aufgehoben fühlen wie möglich.“

„Vielen Dank, Dr. Jacobs“, sagt Mom. Dad schüttelt ihm zögerlich die Hand, dann geht der Arzt durch die Tür und wir sind uns selbst überlassen.

Bevor ein anderer die Chance dazu hat, ergreife ich das Wort: „Ich will heute Abend nicht weiter darüber sprechen.“

„Aber Evie …“

„Bitte, Dad. Ich habe Migräne. Ich bin echt müde.“

„Sie soll sich ausruhen“, sagt Mom, obwohl ich weiß, dass es ihr wehtut. Ich weiß, dass sie eigentlich Tag und Nacht bei mir sein, meine Hand halten und mit mir reden möchte. Jetzt erst recht, da sie erfahren musste, dass ihre Zeit mit mir zu Ende geht. Vermutlich sollte ich das auch so sehen. Dennoch wünsche ich mir gerade nichts mehr, als allein zu sein.

„Ihr könnt genauso gut nach Hause gehen“, sage ich. „Ich werde jetzt sowieso nur schlafen.“

„Bist du sicher?“, fragt Mom. „Ich könnte hierbleiben. Weißt du bestimmt, dass du nicht reden willst? Es gibt so viel zu verarbeiten. Es fühlt sich nicht richtig an, dich hier ganz allein zu lassen.“

„Mom“, sagt Jenica. „Sie will, dass wir gehen. Wir sollten ihre Wünsche respektieren.“ *Danke, Jenica.*

Einer nach dem anderen küsst mich zum Abschied, und mir fällt auf, wie gut meine Familie darin geworden ist, ihre Liebe zu dosieren. Es kostet mich meine ganze Kraft, meinen neutralen Gesichtsausdruck so lange zu wahren, bis sie zur Tür hinaus sind. Kaum hat sich die Tür hinter ihnen geschlossen, können sich meine Mundwinkel endlich entspannen. Ich drücke auf den Schwesternrufknopf, um nach einer Schlaftablette zu fragen.

Später liege ich im Bett, allein im Dunkeln, und warte darauf, dass eine andere Tablette die Schmerzen lindert. Hoffentlich tritt die Wirkung ein, bevor mich die Gefühle überfallen, die ich bis jetzt unterdrücken konnte. Wenn das Sterben etwas Tröstliches hat, dann die Tatsache, dass es nicht lange dauert, bis ich aufhören kann, so zu tun, als würde ich nicht sterben.

Und die Zeit zu sterben ist jetzt gekommen. Es ist Zeit, alle vom Haken zu lassen. Mom und Dad können ihr Leben führen, ohne ihre ganze Energie auf die falsche Tochter zu verschwenden. Kasey sollte ihre kostbare Freizeit nicht neben meinem Bett verbringen. Und Will – mein süßer, treuer, perfekter Will – er wird etwas anderes erleben als Liebe, die in einer Sackgasse endet. Er soll einen Menschen finden, mit dem er eine Zukunft hat, und nicht länger nur der Typ mit der todkranken Freundin sein. Es ist höchste Zeit, sie alle gehen zu lassen, statt sie länger mit mir in die Tiefe zu ziehen.

Die Sache ist nur: Sie verstehen nicht, dass dies kein Leben ist, sondern ein schwacher, grausamer Schatten davon. Ich bin bereit, auch wenn sie es nicht sind. Ich bin bereit, mich zu verabschieden.

3. KAPITEL

Es gibt nichts Deprimierenderes als einen Valentinstag in einem Kinderkrankenhaus. Nichts.

Trotzdem muss ich ihnen eines hoch anrechnen: Sie sind sehr darum bemüht, dass es nicht allzu ätzend ist. Alle Krankenschwestern tragen pinke Kittel mit verschiedenen herzförmigen, glitzernden Accessoires. Im Spielzimmer gibt es Millionen Bastelmaterialien, um Valentinsgeschenke zu basteln. Als wir heute Morgen aufgewacht sind, hingen an allen Türen pinke Täschchen, die mit Süßigkeiten, hübschen Stiften und anderen Kleinigkeiten gefüllt waren. Die Mutter von jemandem tauchte mit mehreren Tupperdosen voll selbst gebackener Kekse auf – mindestens zwei für jeden jungen Krebspatienten.

Die kleinen Kinder sind darüber hergefallen, und ich bin froh darüber. Es ist schön, sie lächeln zu sehen, wenn sie sich mal mit etwas anderem beschäftigen und nicht nur im Bett sitzen oder mit ihren erschöpften Familien fernsehen. Ich wünschte, ich könnte mich ihnen anschließen wie früher, aber jeder Versuch, hier drin wieder ein normales Leben aufzubauen, jedes besondere Ereignis, jede besondere Tätigkeit macht mich bloß traurig. Eigentlich sollte ich bei ihnen sein, so wie Caleb, der in Erinnerungen an seine Zeit als Assistenzlehrer an der Sonntagsschule schwelgt und Scheren und Glitzer ausgibt und die Kinder zum Lachen bringt. Doch stattdessen sitze ich im leeren Aufenthaltsraum und beobachte Stella dabei, wie sie die aktuelle Ausgabe von *Seventeen* verunstaltet. Dieser Akt der Zerstörung scheint eher zu meinen Gefühlen zu passen. Ich kann momentan nicht mit kranken Kindern umgehen.

Meine Eltern haben meine Entscheidung am Ende doch akzeptiert. In zwei Tagen kann ich nach Hause. Zuvor mussten Dr. Jacobs und Dan ihnen anschaulich beschreiben, welche Schmerzen und Qualen es für mich bedeuten würde, wenn wir die Behandlung fortsetzten. Wollten meine Eltern tatsächlich die geringe Chance auf ein paar Monate Lebenszeit in Kauf nehmen, obwohl diese Zeit einfach nur schrecklich für mich sein würde?

Glaubten sie wirklich daran, dass ich es schaffen könnte, oder wollten sie nur der unvermeidlichen Tatsache nicht ins Auge sehen, dass sie mich gehen lassen mussten? Dan hielt meine Mutter fest, während sie schluchzte, und sie sah in seinen großen Armen so klein aus.

Als sie sich nach einer Weile aufraffte, um Luft zu holen, konnte sie mich nicht ansehen. „Na gut", sagte sie schließlich. Ich sah aus dem Fenster. Meine Mutter hatte mir gerade die Erlaubnis gegeben, zu sterben.

Seitdem haben wir einen neuen Frieden gefunden. Hin und wieder bricht Mom in Tränen aus, und ab und zu schwebe ich noch weit weg von allem, aber meistens gelingt es uns als Familie ganz gut, uns nicht unterkriegen zu lassen. Es war nicht so schlimm, wie ich dachte, es Stella und Caleb zu sagen. Vielleicht weil wir die Tatsache längst als Teil unserer Freundschaft akzeptiert haben, dass jederzeit einer von uns sterben kann. Wir umarmten uns und vergossen ein paar Tränen und schworen einander dann, nicht mehr darüber zu sprechen.

Schwerer war es bei Kasey, weil sie im Gegensatz zu Stella und Caleb nicht so höflich war, sich die heftigen Gefühle für später aufzuheben, und ich sie während ihres Zusammenbruchs trösten musste. Ich war diejenige, die ihr sagte, dass alles gut wird und das Leben auch ohne mich weitergeht. Das ist echt eine seltsame Situation – jemand anderen zu trösten, weil man selbst sterben wird.

Aber nichts ist schlimmer als der letzte Teil. Ich weiß nicht, wie ich Will sagen soll, dass ich das Versprechen breche, das wir uns gegeben haben – nämlich: das hier gemeinsam durchzustehen. Keine Ahnung, wie ich ihm beibringe, dass ich ihn verlassen werde und er alleine damit fertig werden muss.

„Ist dieser Dreck hier zu fassen?", sagt Stella und hält mir ihre Zeitschrift hin. Auf der Seite ist ein knapp bekleidetes Mädchen zu sehen, das ein Mathebuch in der Hand hält und ein verwirrtes Gesicht macht. Über dem Kopf des Mädchens hat Stella eine Gedankenblase gemalt, in der steht: *Bring mir nichts bei, damit ich keine Fragen stelle.* „Ich kann nicht glauben, dass das legal ist. Das ist doch wie Kinderpornografie."

„Sie ist ganz bestimmt schon achtzehn", sage ich und bin dankbar, dass jemand das deprimierende Chaos in meinem Kopf zum Stillstand gebracht hat. Stella verdreht die Augen.

„Hey Leute", sagt Caleb, als er mit zwei gebastelten Papierherzen durch die Tür kommt. Jeder von uns drückt er eines in die Hand und grinst dabei dämlich.

Manchmal ist es immer noch krass, ihn zu sehen, weil er so anders ist als der Rest von uns. Wir sind alle so offensichtlich krank, aber Caleb wirkt immer noch gesund. Die meiste Zeit über geht er sogar ohne Hilfe durch die Flure. Er läuft herum und bespaßt die kleinen Kinder. Meistens wirkt er überhaupt nicht krank, auf jeden Fall nicht krank genug für eine stationäre Behandlung. Doch dann verschwindet er für einen oder zwei Tage, weil er sich wegen einer Migräne nicht bewegen kann. Oder er ist auf einmal total durcheinander und vergisst, wie man spricht. Dann müssen wir eine Krankenschwester holen, die ihn wegbringt, aber er kommt immer fröhlich und voller Hoffnung zurück, selbst wenn er alles doppelt sieht oder von der Bestrahlung wunde Stellen im Mund hat. Ein Gehirntumor kann so seltsame Sachen auslösen. An einem Tag machst du deine Mathehausaufgaben und am nächsten vergisst du ganz plötzlich deinen eigenen Namen. Dann kriegst du einen Anfall und landest schließlich hier, wo die Ärzte einen Tumor von der Größe eines Tischtennisballs in deinem Kopf finden.

Als Caleb sechs Jahre alt war, wurde sein Hirntumor „geheilt". Ganze neun Jahre glaubte er, es geschafft zu haben. Er hatte neun Jahre, um zu vergessen, wie es sich anfühlt, krank zu sein. Um die Angst zu vergessen. Neun Jahre, ein normales Leben zu leben. Er hatte neun Jahre, in denen er dankbar sein konnte; in denen er glauben konnte, dass jeder Tag ein Wunder war. Doch mit fünfzehn – nach dem ersten Halbjahr an der Highschool, nur eine Woche nachdem er eine Rolle im Schulmusical bekommen hatte – stellte er fest, dass Gott einen Fehler gemacht hatte. Er hatte die Heilung zurückgenommen. Und trotzdem glaubt Caleb noch immer an Gott, jetzt mehr denn je.

Das Herz, das Caleb für mich gebastelt hat, klebt auf einem weißen Spitzendeckchen und ist von mehreren glitzernden Herzaufklebern übersät. Offensichtlich hatte er leichte Schwierigkeiten mit einem Klumpen Pailletten. In sauberer violetter Kursivschrift steht darauf: *Für Evie. Dein Caleb.*

„Glitzer", sagt Stella ernst. „Der Herpes der Bastelwelt." Sie beugt sich zu mir rüber, sieht sich mein Herz an und schaut dann wieder auf ihr eigenes. „Moment mal", sagt sie. „Warum steht auf Evies Herz ‚Dein Caleb' und auf meinem einfach nur ‚Von Caleb'?"

Caleb errötet und guckt weg, bevor er zum Fernseher eilt und scheinbar schwer beschäftigt ein Videospiel startet. Ich warte darauf, dass Stella weiterspricht, um ihn noch mehr bloßzustellen, doch sie guckt nur zu mir herüber, lächelt traurig und widmet sich dann wieder ihrer Zeitschrift.

„Seid ihr drei zu cool, um mit den anderen abzuhängen?", fragt Dan, als er das Zimmer betritt. Er muss den Kopf leicht einziehen, wenn er durch den Türrahmen geht, und um ein Haar hätte er einige der pinken Herzen abgerissen, die an einer Girlande dort befestigt wurden. Wie er aussieht, sollte er lieber in einem NBA-Team Basketball spielen, als hier mit uns rumzuhängen. Er will uns nicht verraten, wie groß er genau ist, aber ich weiß, dass es über zwei Meter sind.

„Hi Danimal", gurrt Stella und winkt ihm albern mit den Fingern zu. Dan verdreht die Augen.

„Evie, meine Freundin", sagt er und setzt sich auf einen Stuhl neben mich. „Wie geht's dir?"

„Ganz okay."

„Ich will schon den ganzen Tag herkommen, um nach dir zu sehen, aber heute Morgen sind zwei Kinder operiert worden, und die brauchten mich."

„Schon okay."

„Du weißt ja, dass es auch okay ist, wenn nicht alles okay ist, nicht wahr?", fragt er leise. Als hätten wir in diesem winzigen Raum mehr Privatsphäre, wenn er die Stimme senkt. „Du könntest es mir sagen."

„Ich weiß." Muss er das wirklich vor Caleb und Stella machen?

„Na gut", sagt er, aber ich weiß, dass er mir nicht glaubt. „Ich bin dann mal weg für heute. Morgen komme ich wieder vorbei und sehe nach dir. Versprochen. Braucht ihr noch irgendwas? Caleb? Alles okay da drüben?"

Caleb starrt auf die Fernbedienung in seiner Hand und wirkt unschlüssig, wie sie da hingekommen ist. Nach ein paar Sekunden blickt er auf und lächelt. „Hi Dan", sagt er, als hätte er ihn eben erst bemerkt.

„Meine Schultern sind so verspannt, Big Dan", sagt Stella. „Kann ich eine Massage kriegen?"

„Gute Nacht, Miss Hsu", erwidert er. Stella lacht laut los und ich kichere auch ein bisschen. Sie kommt nur deshalb mit so was davon, weil sie Stella ist.

„Es macht so einen Spaß, mit ihm zu flirten", sagt sie, nachdem er gegangen ist.

„Das solltest du mal meiner Schwester verraten", schlage ich vor. „Sie *liebt* ihn."

„Deine Schwester", beginnt Stella und macht dann eine dramatische Pause, „hat einen riesigen Stock im Arsch. Und zwar keinen von der angenehmen Sorte."

Ich mag es, wie vulgär Stella sein kann, und dass sie alles Mögliche sagt, um andere zu einer Reaktion zu zwingen. Mit ihr und Caleb zusammen zu sein ist das Einzige, was mein neues Todesurteil erträglich macht. Sie sind die Einzigen, die nicht darüber reden müssen.

Caleb gibt beim Videospiel auf und legt die Fernbedienung weg. „Ich kapier das nicht“, sagt er und kratzt sich die schuppige Haut hinter dem Ohr. „Warum willst du mit Dan flirten, wenn du lesbisch bist?“

„Oh Gott!“, ruft Stella in gespieltem Entsetzen. „Ich bin so was von nicht lesbisch. Lesben stricken, haben zehn Katzen und trinken Kräutertee. Nur weil ich mit ein paar Mädels rumgemacht habe, brauchen wir mich noch lange nicht abstempeln. Und falls du es vergessen hast: Ich habe einen Freund.“

„Ja, aber war er nicht ...?“ Caleb bricht mitten im Satz ab, denn Stella wirft ihm einen Blick zu, der mehr als deutlich macht, dass sie nicht daran interessiert ist, den Rest der Frage zu hören.

„Dann bist du bisexuell?“, frage ich.

„Ich bin einfach nur Stella.“ Sie grinst und tippt sich vielsagend an den Hut. Ende der Geschichte.

Eine Freundschaft wie unsere gibt es nur auf einer Kinderkrebsstation. Wenn du so krank bist wie wir, kommt es nicht mehr darauf an, wie du dich der Welt präsentierst. Wenn man stundenlang nebeneinandersitzt und Bluttransfusionen kriegt, interessiert es niemanden, was für Hobbys der andere hat oder wie man sich anzieht. Wenn du deinem Freund über den Rücken streichelst, während er in eine Bettpfanne kotzt, denkst du nicht mehr daran, cool sein zu müssen.

Plötzlich wird mir klar, dass ich mich auch von ihnen verabschieden muss. Nicht nur von der Welt der Gesunden. Auch von dieser. Ich verlasse auch meine kranke Welt.

„Ich bin müde“, sage ich. „Ich lege mich ein bisschen hin, bevor meine Eltern und Jenica kommen.“

„Soll ich dich zurück in dein Zimmer schieben?“, fragt Caleb.

„Gerne. Danke.“

„Ich komme auch mit“, meint Stella. „Vielleicht schläft meine Bettnachbarin ja gerade und ich kann Telefonsex mit Cole haben.“

„Bah“, sagen Caleb und ich gleichzeitig.

Ich will einfach nur einschlafen, bevor ich anfange zu weinen. Ich habe Angst, dass ich nie wieder aufhöre, wenn ich einmal damit anfange.

Das Zweittraurigste nach dem Valentinstag in einem Kinderkrankenhaus sind Valentinstagsgeschenke von den eigenen Eltern. Der weiße Stoffhund, den meine Eltern mitbringen, hat ein Herz im Maul, auf dem steht: *Du bist wow*. Er sitzt jetzt neben dem Wasserkrug aus Kunststoff auf meinem Nachtschränkchen und hat ein teuflisches Grinsen auf seiner kleinen Hundeschnauze. Seine wachsamen Augen sagen: „Keine Romantik für dich, Fräulein Krebs."

Weiß der weiße Hund, dass heute mein zweijähriger Jahrestag mit Will ist? Heute vor genau zwei Jahren hatten wir unser erstes Date – Burger bei Barney's und *Casablanca* im Arthouse-Kino in der Telegraph. Er küsste mich zum ersten Mal, als Ilsa zu Humphrey Bogart sagte: „Küss mich. Küss mich, als wäre es das letzte Mal." Das Kino zeigt den Film jedes Jahr am Valentinstag und wir waren auch letztes Jahr dort, kurz vor meiner ersten Diagnose. Wir wollten es zu unserem Ritual machen. Wir hatten für heute Abend schon alles geplant – die gleichen Burger, der gleiche Film –, aber das war bevor mein Bein zersplitterte und ich mal wieder hier gelandet bin. Und jetzt ist die Besuchszeit um.

Ich liege hier, seit meine Eltern und Jenica gegangen sind. Sogar Kasey war da, ist aber schnell wieder gegangen, um sich mit einem Jungen zu treffen, den sie vor Kurzem kennengelernt hat. Mir ist nicht entgangen, dass sie nicht über ihre Pläne sprechen wollte oder über das Leben, das außerhalb dieser Wände weiterging, während meins kurz vor dem Aus stand. Schließlich habe ich ihr die Informationen geradezu aus der Nase ziehen müssen, und sie konnte mir nicht in die Augen sehen, während sie mir davon berichtete.

Meine Lieblingsnachtschwester, Suzanne, hat heute Dienst und kommt in regelmäßigen Abständen herein, um nachzusehen, ob ich etwas brauche oder mit dem Seelsorger sprechen möchte, der heute

Rufdienst hat. Alle versuchen mich zum Reden zu zwingen. Das ist jetzt wohl Teil meines Behandlungsplans. Wahrscheinlich poppen jedes Mal große, blinkende rote Buchstaben auf, wenn jemand meine Krankenakte im Computer öffnet: *Bringt sie dazu, über ihre Gefühle zu sprechen!!!* Aber mir ist nicht nach reden. Was bringt es, immer wieder die gleiche Unterhaltung zu führen? Was bringt es zu reden, wenn es nichts ändert?

Immerhin habe ich Suzanne gesagt, dass mir das Bein wehtut. Denn wenigstens kann ich über die Schmerzen sprechen, die sich mit Medikamenten ausschalten lassen. Es heißt, sie wollen mich auf eine patientengesteuerte Schmerztherapie setzen, mit der ich selbst die Kontrolle über meine Schmerzmittel hätte – ein Knopfdruck und fertig. Aber noch ist niemand bereit, das Ganze anzuleiern. Sobald das geschieht, ist es nämlich vorbei. Dann gibt es keinen Weg zurück.

Ich höre ein Klopfen an der Tür. „Abendessen", ruft Suzanne von der anderen Seite.

„Ich habe schon gegessen", antworte ich.

„Es ist ein besonderer Leckerbissen", sagt sie. „Mach die Augen zu."

„Ich habe keinen Hunger."

„Sind deine Augen zu?"

Ich schließe die Augen. „Ja." Wahrscheinlich ist es etwas Herzförmiges. Wahrscheinlich ist es rosa. Schade, dass ich noch nicht schlafe. Dann würde der Rest dieses traurigen, sinnlosen Tages einfach an mir vorbeiziehen. Ich wünschte, mein Bein würde nicht so pochen. Wünschte, diese Schmerzmittel wären stärker.

Ich höre Suzannes Schuhe auf dem Boden, das Quietschen des Servierwagens. Einen Moment lang glaube ich, das gebrochene Versprechen meines Jahrestags-Cheeseburgers riechen zu können, und ich spüre, wie sich die ersten Tränen einen Weg durch meine geschlossenen Augenlider bahnen. Weine ich jetzt echt wegen des eingebildeten Geruchs eines dämlichen Cheeseburgers? Ich werde anscheinend echt verrückt.

Suzanne räuspert sich. Ich stelle mich schlafend. Sie räuspert sich noch mal, und es klingt ziemlich tief. Vielleicht bekommt sie eine Erkältung. „Was ist denn?“, knurre ich und mache die Augen auf.

Das Licht ist gedämpft und vor meinem Bett steht ein Servierwagen mit einer Spitzendecke, Kerzen und einem Dutzend roter Rosen. Auf einem echten Porzellanteller liegen ein großer, köstlicher Cheeseburger und gekringelte Pommes.

Ich lasse den Blick durchs Zimmer schweifen und sehe Will neben der Tür stehen. „Alles Liebe zum Valentinstag“, sagt er, und ich breche sofort in Tränen aus. Die Schleuse hat sich endlich geöffnet. Sofort ist er bei mir und legt seine warmen Hände auf meine.

„Alles okay?“, fragt er und macht ein besorgtes Gesicht, das mir nur zu vertraut ist.

„Ja“, antworte ich. „Ich bin nur überrascht. Nur … glücklich.“ Ich sage ihm nicht, dass meine Beine brennen und wie ich seit Tagen versuche, nicht zu weinen. Das alles spielt in diesem Moment keine Rolle. Nur das Glück spielt eine Rolle. Und die Liebe. „Wie hast du das geschafft?“

„Dan und Suzanne haben das mit mir ausgeheckt. Die zwei sind echt toll.“

„Ich weiß.“

„Ich habe *Casablanca* dabei“, sagt er und zieht seinen Laptop aus dem Rucksack. „Und Pfefferminztaler. Aber der Deal ist, dass du alle dreieinhalb Portionen essen musst.“

Ich strecke meinen knöchrigen Arm nach ihm aus und ziehe ihn an mich. Er ist so stark, sein Rücken so muskulös, und er fühlt sich an, als gehöre er zu einer anderen Spezies. „Ich liebe dich“, sage ich mit der letzten Kraft, die mir noch bleibt.

Seine Lippen fühlen sich auf meinen so weich an. Ich kann mich kaum noch dran erinnern, wie es damals war, als mein ganzer Körper noch auf seinen Kuss reagiert hat und noch mehr wollte, als zu überleben.

„Ich wünschte, ich hätte mehr Kraft", sage ich und schmecke meine Tränen in unseren Mündern. „Ich wünschte, ich könnte …"

„Shhh", macht er. „Du bist perfekt. Das hier ist perfekt. Und zwar genau so, wie es ist." Ich nicke, möchte ihm so gerne glauben. „Nur dass der Burger in meinem Rucksack vielleicht ein bisschen kalt geworden ist." Es ist egal. Wir beide wissen, dass ich ohnehin nicht mehr als zwei Bissen essen kann.

Ich bringe ein Lachen zustande und eine Sekunde lang, in der sein Gesicht mir so nah ist, dass ich nur ihn sehen kann, durchbricht die Liebe den Nebel der Schmerzmittel und alles fühlt sich wirklich perfekt an. Für diesen kurzen Moment kann ich mir vorstellen, dass alles wieder so ist wie früher. Bevor alles fast vorbei war.

„Will", sage ich. „Danke." Ich will nicht loslassen. Vielleicht bleibt die Zeit ja stehen, wenn ich ihn so festhalte. Vielleicht können wir für immer hierbleiben, ein perfektes Bild.

„Gern geschehen", murmelt er und streichelt mir über den Nacken.

„Nicht nur für das hier. Für alles. Für alles, was du in dem vergangenen Jahr für mich getan hast. Dafür, dass du bei mir geblieben bist. Das hättest du nicht tun müssen. Kein anderer hätte das für mich getan."

Er sieht mich mit seinen himmelblauen Augen an. „Evie, ich liebe dich. Dich zu verlassen war nie eine Option für mich."

„Aber es ist so schwer für dich. Du hättest dich nicht mit diesem ganzen Zeug herumschlagen müssen. Du hättest ein normales Leben führen sollen."

„Ich wollte es aber so. Ich wollte mit dir zusammen sein. Das ist alles, was zählt."

Ich schüttele den Kopf, aber ich weiß, dass es zwecklos ist, über Wills Treue zu streiten. Sie ist rein und beständig und so viel besser, als ich es verdiene.

„Ich habe so ein Glück", sage ich und halte ihn so fest ich kann. „Ich liebe dich so sehr."

„Ich bin der Glückspilz", sagt er.

Eine Weile verharren wir so, ich im Bett liegend und Will über mich gebeugt, gefangen in meinen Armen. Ich wünschte, er könnte zu mir ins Bett klettern und mich mit seinem ganzen Körper halten; ich wünschte, wir könnten zusammen einschlafen. Aber in meinem schmalen Krankenhausbett ist nicht genug Platz, und selbst wenn wir zusammenrücken würden, wären da noch mein Bein und mein Katheter und meine Infusion, all die Dinge, in denen er sich verheddern könnte.

Er küsst mich auf die Wange. „Wie wäre es jetzt mit dem Film?"

„Okay", sage ich. Vielleicht ist es gut, diese Intensität zu durchbrechen und ein paar fiktive Figuren das Drama übernehmen zu lassen.

Er stellt den Laptop auf meinen Nachttisch und klickt auf das Play-Zeichen. Als er das Tablett herauszieht und über meinem Schoß in Position bringen will, stößt er mit dem Ellbogen gegen den Infusionsständer. Er streckt die Hand aus, um ihn noch zu ergreifen, und reißt dabei den Nachttisch um, und der Computer fällt auf mein gebrochenes Bein.

Mein Schrei ist in ganz San Francisco zu hören.

Ich brenne. Ich bin blind vor Schmerzen. Will weint. Seine Stimme klingt verstört: *Hilfe. Oh Gott. Evie.*

Schwester Suzanne, die Retterin. Ihre Hand auf meiner Schulter. Knistern im Walkie-Talkie.

Gummischuhe auf dem Boden, so viele Paare. Die schwere Stille eines Notfalls. Das Geflüster von Krankenschwestern, die sich in Engel verwandeln.

Ich falle und falle. In das schwarze Loch ohne Leiter. In die Dunkelheit ohne Ausweg. In den Schmerz, der zu noch mehr Schmerz führt, der zu Benommenheit führt, die zu …

4. KAPITEL

„Ich kriege jetzt das gute Zeug“, verkünde ich, als Will mit noch einem Blumenstrauß ankommt. „Außerdem glaube ich, dass ich Blumen hasse.“

„Wer hasst schon Blumen?“, fragt er und küsst mich auf die Stirn, ehe er das übliche Dutzend roter Rosen neben die Millionen anderen, bereits verwelkenden Arrangements stellt, die sich in den drei Wochen, die ich nun schon hier bin, angesammelt haben.

„Krebspatienten“, sage ich. „Hast du mich gehört? Sie geben mir jetzt Morphium. Sie spritzen es mir direkt in den Port und dann *wuuuuusch*!“ Er wirkt wenig beeindruckt.

„Geht's dir gut?“, fragt er und streichelt mir übers Gesicht. Seine Finger fühlen sich wie kleine Kissen an.

„Wenn die Leute doch endlich aufhören würden, mich das zu fragen.“ Ich versuche, seine Hand zu drücken, aber ich verfehle sie. Nichts ist dort, wo es sein sollte.

„Du hast mir gestern Abend einen Riesenschrecken eingejagt, Süße.“ Seine Augen sind feucht. Was ist nur los mit diesen Leuten? Ich musste vorhin schon die Tränensturzbäche meiner Familie ertragen, aber zum Glück habe ich den Großteil ihres Besuchs verschlafen. „Du hattest so große Schmerzen“, sagt er kläglich.

„Aber jetzt nicht mehr“, sage ich, denn ich kann mich nicht mal daran erinnern, wie sich Schmerz anfühlt. „Also mach nicht so ein trauriges Gesicht.“ Ich versuche, mein breitestes Lächeln aufzusetzen, aber ich bin mir nicht sicher, ob es klappt. Im Augenblick habe ich keine besonders gute Kontrolle über meine Muskeln. „Mein Gesicht fühlt sich wie eine Lasagne an.“ Ich mache den Mund ein paar Mal auf und zu, um es zu demonstrieren.

„Sei vorsichtig mit dem Zeug, Evie.“

„Sonst was?“

„Du kannst davon abhängig werden.“

Hat er eine Ahnung, wie lächerlich das klingt? „Sobald ich aus dem Krankenhaus komme, mache ich einen Entzug“, erwidere ich. Ich finde das urkomisch, aber Will sieht aus, als hätte ich ihm eine gescheuert. Er weiß eben nicht, wie lustig ich bin. Stella findet mich lustig. Draußen, in seiner Welt, bin ich nicht lustig. Hier drin bin ich ein Comedian. Es gibt so vieles, was er nicht über mich weiß.

„Dieses Zeug ist der Hammer, Will. Als würde ich wissen, dass die Schmerzen da sind, sie mich aber nicht interessieren. Es ist so schön, sich zur Abwechslung mal keine Sorgen zu machen. Ich habe schon so viel Zeit damit verbracht.“

Will ignoriert mich und fängt an, ein Backgammonspiel aufzubauen.

„Keine Chance, dass ich das spielen kann“, sage ich.

Worüber haben wir gerade geredet? Über Lasagne? Warum haben wir über Lasagne geredet?

Er sieht mich mit seinem Hundeblick an, und einen Moment lang hört der Raum auf zu pulsieren. „Evie“, sagt er, „weißt du noch, was gestern Abend passiert ist?“

„Natürlich weiß ich das noch. Du hast den Computer auf mein Bein geworfen.“

Bei meinen Worten zuckt er zusammen und für den Bruchteil einer Sekunde meine ich ein leises Echo von Bedauern zu hören – ist es Bedauern? –, doch es verhallt, und der Raum fängt wieder an, sich beruhigend zu verwirbeln. Ich weiß nicht, warum mir nie aufgefallen ist, wie das Licht flackert und dass sie das im Minutentakt tun. Jetzt, wo ich mich im Ruhemodus befinde, kann ich so viele Dinge sehen. Wie in Zeitlupe. Wie bei den Nahaufnahmen in einer Natursendung. Kolibriflügel. Schlangenzungen.

„Evie“, sagt jemand. Ist es der Sprecher der Sendung? Oder ist es die Schlange? „Evie“, sagt er noch mal. „Wo warst du?“

Will. „Falls du es vergessen haben solltest, ich kann momentan nirgendwo hingehen.“

„Du kannst mich ja nicht mal ansehen.“

„Ich bin nicht wütend auf dich." Mein Mund formt diese Worte, aber ich weiß nicht, warum er das tut.

„Ach, Evie." Will sitzt neben mir und hat das Gesicht in seinen Händen vergraben. Ich wünschte, er würde aufhören, meinen Namen zu sagen. Irgendetwas muss passiert sein. Da stehen so viele Blumen.

„Wenn das nicht meine zwei Lieblings-Abercrombie-Models sind", sagt eine andere Stimme, und die bringt eine neue Tonspur in diese tragische Szene. Tanzmusik statt Grabgesang.

„Stella!", sage ich. Und da ist sie. Materialisiert sich aus dem Nebel und schlendert in dem für sie so typischen Rock-Chic-Look durchs Zimmer. Das enge Top betont ihre Brüste, die trotz der diversen Chemo-Zyklen, die sie durchgemacht hat, perfekt geblieben sind.

„Cheerleader", sagt sie. „Hey, Loverboy."

„Will, guck dir ihre Brüste an!", sage ich.

„Evie!", erwidert er mit einer Stimme, die mir verrät, dass ich in Schwierigkeiten stecke.

„Oh-oh", macht Stella. „Sieht so aus, als wäre da jemand voll drauf."

Erwische ich sie und Will gerade dabei, wie sie einen vielsagenden Blick tauschen? *Sie ist jetzt auf IV-Drogen, oder? Nächster Halt: Schmerzpumpe. Das ist das Ende, oder? Jetzt geht es nur noch um Tage. Oder Stunden.*

Na, egal. Sollen sie ihren Augenblick haben. Besser als das übliche Nicht-wissen-was-sie-zueinander-sagen-sollen, weil Stella meinen Freund für einen öden Waschlappen hält und Will der Meinung ist, Stella habe einen schlechten Einfluss auf mich.

„Sie lassen mich noch nicht raus", sage ich. „Eigentlich wollten sie mich entlassen."

„Die wissen schon, was sie tun, Evie", meint Will. „Sie müssen deine Schmerzen in den Griff kriegen." Gott, warum ist er nur immer so ernst?

„Stella, du hast gerade einen echt coolen Witz verpasst“, sage ich.

„Welchen denn?“

Ich denke angestrengt nach, aber in meinem Kopf ist nichts als Watte. „Ich weiß es nicht mehr.“

„Klingt wahnsinnig komisch, Babe.“

Will ist fest entschlossen, das Backgammonspiel aufzubauen, wofür er mindestens eine Million kleiner schwarzer und weißer Spielsteine auf den richtigen Platz legt. Mir wird allein vom Zugucken schwindelig. Und es ist nicht der angenehme Schwindel. Nicht der warme Whirlpool des Vergessens, in dem ich geschwommen bin, bevor er kam.

„Will, lass es mit dem Backgammon“, sage ich. „Ich habe dir doch gesagt, dass ich nicht spiele.“ Da ich nicht mit dem Fuß aufstampfen kann, haue ich mit der Faust aufs Tablett. Allerdings fester als beabsichtigt, mit dieser Stärke hätte ich gar nicht gerechnet, und so fliegen das Spiel und alle Teile durch die Luft. Weiße und schwarze Steine fallen in Zeitlupe auf den Boden, klimpern dumpf und rollen in dunkle Ecken, wo niemand sie finden wird.

„Uups“, sage ich. Ich weiß, dass ich Will ansehen sollte. Ich sollte es ihm leichter machen. Ich sollte die Heftigkeit, mit der all diese Dinge durcheinanderwirbeln, abmildern. Aber ich kann sein trauriges Gesicht nicht mehr ertragen. Ich kann nicht riskieren, dass ich mein Spiegelbild in seinen glasigen Augen sehe und damit eine Version von mir, die nicht so unzerstörbar ist, wie ich mich gern fühlen würde.

Deshalb sehe ich Stella an. Starke, wilde, schöne Stella. Sie könnte wahrscheinlich ein Supermodel sein, wenn sie nicht so eine Feministin wäre. „Stella, du bist wunderschön“, sage ich.

„Jetzt sag nicht, dass du das Ufer wechselst, Cheerleader. Und dann auch noch vor den Augen deines Freundes. Ein Skandal!“

„Du musst entschuldigen“, meint Will. Warum kriecht er auf dem Boden herum? „Sie ist gerade nicht sie selbst.“

„Ich bin ich selbst“, widerspreche ich. „Total ich selbst.“

„Vielleicht ist sie genau jetzt sie selbst, Loverboy“, sagt Stella, während sie das große Foto von meiner Cheerleadertruppe aus dem Dschungel der Blumensträuße hervorholt. Sie betrachtet es und schüttelt den Kopf, dann stellt sie es falsch herum wieder hin. „Ich kann diese Roboterfrauen nicht mehr sehen“, sagt sie. „Nimm's mir nicht übel.“

Immer noch auf dem Boden kniend blickt Will auf, die Hände voller weißer und schwarzer Spielsteine, als wäre sein Tag gerettet, wenn er alle wiederfindet. Er sieht so müde aus. War das schon immer so? Oder bemerke ich es erst jetzt? Liegt es an meinem genialen Zeitlupenblick? Doch was, wenn ich das gar nicht sehen will? Warum bin ich traurig? Das Morphium sollte meine Schmerzen doch eigentlich abstellen.

„Steh auf“, sage ich so freundlich wie möglich. Ich versuche, mich auf ihn zu konzentrieren, versuche, mich daran zu erinnern, wie es sich anfühlt, ihn glücklich machen zu wollen. „Komm her.“ Ich strecke meine Hand nach ihm aus. Ich sehe, wie er sie nimmt, spüre es aber kaum. Ich beuge meinen Skelettarm und ziehe ihn an mich – erstaunlich, mit welcher Kraft ich andere Menschen bewegen kann. Ich lächele, küsse ihn aufs Kinn und mache alles wieder gut, einfach so. Ich werde seine Traurigkeit aushalten, wenn es sein muss. Sie belastet mich, aber wenigstens brauche ich es nicht mehr allzu lange zu tun.

„Ihr zwei seid so süß“, sagt Stella seufzend. „Ich wünschte, Cole wäre hier. Wir könnten ein Doppel-Date haben oder so was. Wir machen was total Aufregendes, wie in die Cafeteria gehen und uns ein paar Pommes teilen. Cole macht gerade diese seltsame Phase durch, in der er nur noch Kung-Fu-Filme gucken will, aber ich bin mir sicher, dass er sich mit uns im Spielzimmer auch *Toy Story 3* ansehen würde – zum fünfzigsten Mal. Bei so was ist er kein Spielverderber. Andererseits, wenn *ich* mir diesen Film noch ein einziges Mal angucken muss, reiße ich mir wahrscheinlich die Augen heraus.“

„Ich mag *Toy Story 3*“, sagt Will.

„Du hast ihn auch noch nicht neunundvierzig Mal gesehen."

„Da bist du ja, Stella", sagt eine gefürchtete Stimme von der Tür.

„Scheiße!", sagt Stella. „Schnell, versteckt mich."

„Miss Hsu", bellt Schwester Moskowitz, „geh sofort zurück auf dein Zimmer. Die Ärzte haben dir Ruhe verordnet. Das weißt du genau."

„Ich bin noch gar nicht müde. Sehen Sie?" Stella legt in ihren klobigen schwarzen Stiefeln einen kleinen Stepptanz hin.

„Sofort, junge Dame."

„Aber ich habe extra meine Stiefel angezogen. Wissen Sie, wie lange es dauert, diese Dinger zu schnüren?"

„Muss ich erst deine Eltern anrufen?"

Bei dieser Drohung hört Stella auf zu tanzen. „Oooch, Schwester Ratched. Sie sind echt diabolisch." Sie führt die Show eines Pantomimen auf, der sich selbst aus dem Zimmer zerrt. „Ich muss jetzt zurück in meine Zelle, Kinder. Ich komm morgen mal vorbei, Cheerleader. Wir können Cola light trinken und einander die Haare flechten und darüber reden, was wir bei unserer Entlassung anziehen. Bis dann, Loverboy. Bleib sauber, Ponyboy."

„Bye, Stella", rufe ich ihr nach. Kaum ist sie weg, wirkt das Zimmer kleiner und dunkler. Das Licht beginnt wieder zu flackern, aber nicht auf freundliche Art.

Ich zucke die Achseln. In meiner Brust windet sich ein Schmerz, der nichts mit dem Krebs oder mit meinem gebrochenen Bein zu tun hat. Aber eines der reizenden Dinge an Morphium ist, dass seine Wirkung in Wellen einsetzt. Sobald sich ein Gefühl der Traurigkeit an mich heranschleichen will, rauscht prompt eine warme Woge durch meine Blutbahnen, bis ich mich wieder wohlfühle.

Ein Geräusch so ähnlich wie *Uhhhghhh* kommt aus meinem Mund. Als ließe mir jemand die Luft ab.

Will ist eine Zeichentrickfigur, aufgeschreckt, ein kleines pelziges Tier mit hervorstehenden Augen. *Gefahr! Gefahr!*

„Alles in Ordnung", murmle ich. Meine Augen sind so schwer.

„Was ist los?“, fragt er. „Geht’s dir gut?“

Ich will jetzt nicht mit ihm reden. Ich will diese flauschige Wolke nicht mit seiner Sorgen verdunkeln.

„Morphium“, sage ich. „Willst du mich heiraten?“

„Ach, Evie“, meint Will und mischt sich in meine Unterhaltung ein.

„Stella, gib mir die Blume da drüben.“

„Stella ist weg. Ich bin’s, Will. Geht’s dir gut?“

Gott, diese Frage!

„Hast du Schmerzen?“

„Die Blume, bitte.“

„Welche? Da drüben stehen Millionen Blumen.“

„Zweiter Strauß von links. Kleine gelbe Blume unten. Man sieht sie kaum.“ Selbst mit geschlossenen Augen sehe ich jeden Millimeter dieser Blumen. Ich habe das Gefühl, als hätte ich sie jahrelang angestarrt.

„Die hier?“

Meine Augen gehen auf. Das Zimmer ist eine Höhle, die Geräte bloße Schatten. Will gibt mir die Blume, und ich halte das winzige zerbrechliche Ding fest zwischen den Fingern. Erstaunlich, dass meine Hand so ruhig bleiben kann, während das Zimmer schwankt.

„Will, ich werde sterben.“ Die Worte kommen wie Wasser heraus, flüssig und kühl.

„Du weißt, dass ich es hasse, wenn du das sagst.“

„Nein, es stimmt. Ich breche die Behandlung ab. Meine Überlebenschancen stehen gleich null. Frag meine Eltern.“ Ich bin froh, dass ich seinen Schmerz nicht spüren muss. Dass ich nicht mit ihm in sein Innerstes reisen muss, wo gerade sein Herz zerbricht. Ich kann einfach hierbleiben, schwebend, mit einem guten Sicherheitsabstand zu all dem.

Der Laut, den ich höre, klingt so ähnlich wie ein Nein, aber er erinnert eher an einen Wasserfall – vernichtend, ohrenbetäubend, eine gefangene Liebe, die unter Tonnen reißenden Wassers ertrinkt.

„Sieh mal, Will“, sage ich. „Diese Blume weiß vieles. Sie heißt aus gutem Grund Butterblume. Halt sie dir unters Kinn. So.“

Ich bin blind. Ich sehe mit meinen Fingern. Ich kann seine Nachmittagsstoppeln spüren und erinnere mich daran, wie es sich auf meiner Wange angefühlt hat, wenn wir uns küssten. Das beste Schmirgelpapier.

„Sie färbt dich gelb, wenn du Butter magst. Bringt dich zum Leuchten. Genau da. An der Stelle, wo ich dich geküsst habe.“

„Wo?“ Das Wort ist aus Tränen geformt.

„Du kannst es nicht sehen, aber ich. Deine Sehnsucht ist so hell wie die Sonne.“

„Du redest Unsinn.“ An seiner Stimme höre ich, dass er weint, aber ich werde nicht hinsehen. Ich weiß, ich sollte mitfühlend sein, aber die Blume ist das Einzige, das ich betrachte.

„Andere Blumen erzählen andere Dinge. Spielen Jungs eigentlich auch ‚Sie liebt mich, sie liebt mich nicht‘ mit den Blütenblättern? Jungs spielen Fußball, Mädchen enthaupten Blumen. Aber wir brauchen nicht zu fragen, oder? Wir kennen die Antwort schon. Oder nicht, Will? Es stimmt doch?“

Er küsst meine Hand. Seine Lippen sind tränennass. Sie zittern. Ohne Worte.

„Es ist so merkwürdig, dass man sie kranken Menschen schenkt, findest du nicht?“ Ich spüre, wie meine Worte und mein Blut zäher werden und mir die Zunge schwer im Mund liegt wie eine fette Schnecke. „Sobald du eine Blume pflückst, stirbt sie.“

„Hör auf“, flüstert Will.

Die Welt verdunkelt sich und dreht eine letzte Runde. Ich bin ruhig und schwer, ein windstiller Nebel.

„Will“, glaube ich, noch sagen zu können. „Ich gebe dir alle meine Blumen.“

5. KAPITEL

Kein Schlaf ist wie der andere. Dieser hier ist besser. Er ist magisch.

In diesem Schlaf bin ich nicht krank, habe nie einen Fuß ins Oakland Children's Hospital gesetzt, sondern treibe von der Schwerkraft befreit durch Raum und Zeit. Das Morphium macht mich unbesiegbar – meine Knochen sind aus Stahl, mein Knochenmark aus flüssigem Silber. Jetzt bin ich ein Supermensch. Durch den zentralen Venenkatheter breitet sich eine Wärme in meiner Brust aus, in meinem Kopf, zieht die Wirbelsäule hinunter bis tief in meinen restlichen Körper, wo sie mich von innen umarmt. Ich habe noch nie Schmerzen verspürt und ich werde es auch niemals. Alles ist friedlich. Flüssige Liebe pulst durch meinen Körper. Ich bin daheim.

Das ist der beste Traum, denn er gehört zu der Sorte Traum, bei dem ich die Kontrolle habe, bei dem ich die Regisseurin und der Star zugleich bin. Ich kann einfach entscheiden, dass es das letzte Jahr nicht gegeben hat – und voilà! – schon ist mein Leben wieder perfekt. Das kranke Mädchen, Fräulein Krebs, hat es nie gegeben. Es gab immer nur das hübsche Mädchen, das glückliche Mädchen. Die Cheerleaderin mit dem perfekten Freund, mit der besten Freundin aus Kindertagen, mit den Eltern, die sich niemals streiten. Hier bin ich, mit meinen langen Haaren, meiner perfekten Haut. Hier bin ich und mache meine Dehnungsübungen vor dem Cheerleading. Meine Hüften sind fest und beweglich. Hier bin ich, wenn mir die Sonne ins Gesicht scheint, wenn alles möglich ist.

„Du bist so schön", sagt meine Mutter. Ich spüre, wie sie mit der Hand über den ungleichmäßigen Pfirsichflaum auf meinem Kopf streichelt. Die Berührung katapultiert mich aus meinem Traum und in mein Krankenhauszimmer, hinein in beide Welten. „So schön", sagt sie noch einmal. Die Worte fliegen wie Schmetterlinge davon. Ich möchte sagen: „Ich hab dich lieb", aber es ist zu anstrengend, den Mund zu bewegen. Meine Augen öffnen sich zu schmalen Schlitzen, und einen Moment lang verschwindet der Frieden; ich weiß, dass sie lügt. Ich sehe mein Spiegelbild in ihren Augen, sehe die Worte, die sie statt „schön" hätte sagen müssen. „Schön" ist alles, was sie hervorbringt. Sie findet keine Worte dafür, wie blass meine Haut jetzt ist, wie eingefallen meine Wangen sind, wie abgemagert ich nach so vielen Chemo-Zyklen aussehe, nach so vielen Mahlzeiten, die ich einfach nicht bei mir behalten kann.

Nein. Sie wird mir nicht meinen Traum kaputt machen. Sie wird mir meinen Frieden nicht aus dem Blut absaugen. Konzentriere dich einfach auf die Hand, die sanft den Schmerz wegstreicht. Sieh nicht in sie hinein. Tu das nie. Konzentriere dich auf etwas anderes, spähe durch den Dunstschleier und fasse etwas ins Auge, das dich aus dieser Zeit und von diesem Ort entführt.

Auf dem Regal neben dem großen Foto der Cheerleadertruppe, auf dem alle unterschrieben haben, liegen meine Pompoms. Obwohl Stella den Rahmen umgedreht hat, kann ich es immer noch erkennen. Ich habe den Röntgenblick. Da bin ich, wie ich den Arm um meine beste Freundin Kasey gelegt habe. Ihr kleiner Mund öffnet sich und sie singt: *Weißt du noch, wie es sich anfühlte, dazuzugehören?* Sie drückt mich, und ich spüre ihre warme Umarmung um meine Hüften. Sie sagt: *Weißt du noch, wie es sich anfühlte, oben auf der Pyramide zu stehen? Weißt du noch, wie es sich anfühlte, darauf zu vertrauen, dass dich niemand fallen lässt?*

Unsere Fröhlichkeit ist größer als alles andere. Wir lächeln so breit, dass es die Traurigkeit aus diesem Zimmer vertreibt. Meine Mom fliegt aus dem Fenster. Bye, Mom! Geh nach Hause und dusch dich. Dad führt dich heute Abend in ein schönes Restaurant aus. Lass dir die Fingernägel machen. Gönn dir einen Tag im Spa. Verlass diesen Ort hier so schnell du kannst.

Evie! ruft Kasey von dem Foto. *Evie!* stimmen die anderen Cheerleader mit ein. Mit ihren winzigen braun gebrannten Armen winken sie mich zu sich.

„Ich komme!", sage ich.

Ich kann schon den Rasen des Spielfeldes riechen. Spüre mein Trikot, das angenehm auf der Haut liegt. Auf Brusthöhe trägt es den blauen Schriftzug *North Berkeley Lions*. Der Pferdeschwanz, zu dem ich meine langen Haare gebunden habe, ist straff gespannt.

Es ist der Nachmittag vor dem siegreichen Spiel, das unser Footballteam in die Regionalliga aufsteigen lässt. Ein letztes Mal gehen wir gemeinsam die Choreografie durch, bei der ich den wichtigen abschließenden Flip in der Halbzeitshow übernehme, aber deshalb bin ich nicht nervös. Nach dem Spiel veranstalten sie eine große Party, wo ich mich aber nicht blicken lassen will. Wills Eltern werden ausgehen und erst spät zurück sein. Seit acht Monaten sind wir nun schon zusammen, und ich kann mir nicht vorstellen, dass man jemanden mehr lieben kann, als ich ihn liebe. Eine Liebe wie im Märchen.

Ich frage mich, wie lange er diesen Abend geplant hat – das Feuer im Kamin, die Kerzen, die roten Rosen. Ich frage mich, wie er an diese Champagnerflasche gekommen ist. Unsere Hände zittern, als wir mit den Gläsern anstoßen und zum millionsten Mal „Ich liebe dich" sagen. Ich frage mich, ob er weiß, dass das der glücklichste Tag in meinem Leben ist und dass ich ein Jahr später auf eine Droge zurückgreife, um in meinen Träumen hierher zurückzukommen. Dass mir ein chemischer Wirkstoff helfen wird, noch einmal vor diesem Kamin in seinen Armen zu liegen.

Damals war ich auf andere Art unbesiegbar. Es war eine Zeit vor dem Schmerz, eine Zeit vor der Angst. Ich war sechzehn Jahre alt und drei Monate von dem Arztbesuch entfernt, der mein Todesurteil aussprechen sollte. An jenem Tag dachte ich nur daran, ob ich meinen Flip schaffen würde und ob es stimmte, dass es beim ersten Mal immer wehtat, egal wie vorsichtig er war, und ob ich trotz Kondom – und obwohl ich vorsichtshalber schon seit zwei Monaten die Pille nahm – vielleicht doch schwanger werden konnte.

Ich hatte Angst davor, ein neues Leben in die Welt zu setzen. Fast schon lustig, wenn es nicht so traurig wäre.

Und jetzt kehrt der Schmerz zurück, als würde der Himmel aufbrechen und Meteoren auf die Welt herabstürzen. Der süße Schwebezustand verwandelt sich in einen Fall. Ich stürze ab. Ich bin nicht mehr schwerelos. Ich bin voller Nadeln, voller Messer. Ich weiß nicht, ob dies ein körperlicher Schmerz ist, aber es tut so weh, dass es mich vermutlich umbringt.

„Mom!“, schreie ich und höre mich an wie eine Ertrinkende.

Komm vom Fenster zurück. Leg deine Hand auf mein Gesicht. Sag mir noch mal, dass ich schön bin.

6. KAPITEL

Ich bin da, viel zu sehr. Denn ich merke, wie langweilig mir ist.

„Was wollen wir uns ansehen?“, fragt Caleb, der als Einziger von uns einen eigenen Laptop hat. Seit einer Viertelstunde scrollen wir durch das Netflix-Menü.

„Irgendwas, das gruselig ist“, meint Stella. „Oder sexy. Gruselig *und* sexy.“

„Ich will was Lustiges gucken“, sage ich.

„Ich auch“, sagt Caleb.

„Du willst immer das machen, was Evie will“, meint Stella. „Kann ich mir heute Abend deinen Laptop ausleihen?“ Sie will sich immer Calebs Laptop ausleihen.

„Warum nimmst du nicht den Computer im Aufenthaltsraum?“, frage ich.

„Vielleicht will ich nicht, dass Dan mitbekommt, was ich mache?“

„Ist es illegal?“, fragt Caleb.

„Nein.“

„Pornografisch?“, frage ich.

„Mein Gott, was ist nur los mit euch? Was denkt ihr von mir? Ich will einfach nur mit Cole skypen, okay? Es ist fast unmöglich, sich mit ihm zu verabreden, weil er so beschäftigt mit der Uni und mit seinem Job ist. Und weil meine Eltern ihm nicht erlauben, mich zu besuchen, bleibt mir, uns ja wohl nichts anderes übrig. Ich habe sein Gesicht seit drei Wochen nicht mehr gesehen.“

„Okay“, sagt Caleb. „Du kannst ihn dir leihen.“

„Wie geht's ihm?“, frage ich. Ich bin Cole nie begegnet, und trotzdem habe ich das Gefühl, ihn zu kennen. Stella hat mir viel erzählt von den Monaten, die sie nun schon zusammen sind. Ich weiß, dass er schon zwei Jahre Krankenpflege in einer Schule an der Cal State East Bay lernt, in einer Cafébar auf der Telegraph arbeitet und sich in der Innenstadt von Oakland eine Zweizimmerwohnung mit einer Kellnerin beziehungsweise Burlesquekünstlerin teilt. Ich weiß, dass er Veganer ist, gerne backt und Filme guckt und davon träumt, irgendwann mal mit dem Rucksack durch Südamerika zu touren. Ich weiß, dass er Stella beruhigen kann, wenn es sonst niemandem gelingt, selbst mir nicht. Ich weiß, dass er als Mädchen geboren wurde, sich aber zeit seines Lebens als Junge gefühlt hat. Ich weiß, dass er sich jeden Mittwochabend eine Testosteronspritze gibt, und das bereits seit einem Jahr.

„Was ist mit dem hier?", fragt Caleb, der sich wieder auf den Computer konzentriert. „Der ist mit Will Smith. Und der ist lustig."

„Evie", sagt Stella, ohne auf ihn zu achten. „Wie schön, dich wieder im Land der klar denkenden Menschen begrüßen zu dürfen. Obwohl ich zugeben muss, dass Junkie-Evie ziemlich unterhaltsam ist."

„Das kann ich mir vorstellen", sage ich. „Gerade habe ich mich an die Dosierung gewöhnt, und dann drückt mir Dr. Jacobs wieder diese Luschen-Pillen auf."

„Es ist bekannt, dass Dr. J geizig mit Betäubungsmitteln ist. Erst verschreibt er dir das absolute Minimum, und dann nimmt er es dir sofort wieder weg, wenn er der Meinung ist, dass du es nicht mehr brauchst."

„Kann es nicht wenigstens diesen einen Vorteil haben, wenn man schon Krebs im Endstadium hat? Dass man die Schmerzmittel bekommt, die man will?"

„Da rennst du offene Türen ein, Süße. Er ist ein Sadist." Sie lacht. „Du überraschst mich wirklich immer wieder, Cheerleader."

„Warum? Was habe ich denn gesagt?"

„Warst du vorher schon mal high? Bekifft oder so?"

„Ich hatte mal einen im Tee von zu vielen Alcopops."

„Alcopops, deine Einstiegsdroge zu Morphium. Ach, Evie, du bist bezaubernd."

„Ich finde das gut", sagt Caleb.

„Was findest du gut? Alcopops?"

„Nein. Dass Dr. Jacobs uns nicht zu viele harte Medikamente gibt. Es tut uns gut, so viel wie möglich hier zu sein – also wirklich *hier*. Findet ihr nicht?"

„Also, wenn ich sterbe, möchte ich eigentlich nicht allzu viel davon mitkriegen", sagt Stella.

„Aber du willst die Zeit, die dir noch bleibt, auch nicht wie ein Zombie rumlaufen, oder? Wenn du die ganze Zeit auf Schmerzmitteln bist, kannst du nicht mal richtig Abschied nehmen von den Menschen, die du liebst. Ich will auf jeden Fall so viel Zeit wie möglich mit meiner Familie verbringen. Und mit euch."

Es gefällt mir nicht, welche Richtung diese Unterhaltung nimmt. Wollten wir nicht eben noch einen Film schauen? Wenn ich noch auf Morphium wäre, würde mich das Ganze nicht jucken.

„Wahrscheinlich hast du recht", sagt Stella. „Dr. Jacobs lässt bestimmt nicht zu, dass Evie leidet. Wenn es wirklich zu Ende geht, pumpen sie uns mit allem Möglichen voll."

„Aber bis dahin hat sie ja noch ein bisschen Zeit", meint Caleb.

„Wow", sagt Stella. „Wir haben echt ein gutes Händchen für die richtigen Gesprächsthemen."

Danach ist es eine Weile still.

„Meine Eltern wollen, dass ich zu Hause bin", sage ich schließlich. „Ich meine, wenn wir an den Punkt kommen. Wenn es wirklich zu Ende geht."

„Und was willst du?", fragt Caleb.

„Ich weiß nicht. Ich will es entscheiden, wenn es so weit ist."

„Hast du ihnen das gesagt?", will Stella wissen.

„Ja, aber Dr. Jacobs meint, das sei nicht realistisch. Weil ich an dem Punkt vielleicht gar nicht mehr in der Verfassung bin, mich zu entscheiden." Und plötzlich trifft es mich mit voller Wucht. Ich werde von einer Welle erfasst, die stärker und härter und schwerer ist, als es das Morphium jemals sein kann. Eine Welle, die die Luft aus meinem Körper saugt und mich stattdessen mit Angst erfüllt. Ich fange an zu weinen. Ich fühle, wie mir alles entgleitet, wie alles zerreißt und in sich zusammenfällt.

„Was ist, wenn es so plötzlich kommt, dass ich keine Chance mehr habe, allen zu sagen, was ich ihnen sagen will?", sprudelt es aus mir heraus. „Was ist, wenn sie mich einfach hier rausholen und ich nicht mehr sprechen kann und nichts mehr unter Kontrolle habe und nur noch daliegen kann, während sie alles für mich entscheiden und ich nichts dagegen tun kann? Was ist, wenn ich mich nicht von ihnen verabschieden kann? Was ist …?"

Ich weine so heftig, dass ich weder sehen noch hören noch atmen kann. Ich spüre Calebs und Stellas Arme um meinen Körper. Ich spüre, wie wir einander fest drücken und zu einem Ball aus Schmerz, Krankheit und Liebe verschmelzen.

„Um uns brauchst du dir jedenfalls keine Sorgen zu machen, was das angeht", sagt Stella. „Wir wissen, dass du uns liebst. Es ist okay, wenn du dich nicht verabschieden kannst."

„Es ist so lustig", sage ich und wische mir mit dem Handrücken die Rotznase ab. „Die ganze Zeit über wollte ich nur heim, und jetzt habe ich Angst davor. Ich will nicht nach Hause, nur um dort zu sterben."

„Dann bleibst du eben bei uns", sagt Stella nüchtern, als wäre es eine ganz einfache Entscheidung. „Jedenfalls sorgen wir dafür, dass Dr. J dir wieder das gute Zeug gibt." Sie spielt ihre Zuversicht nur, das weiß ich, aber es tut trotzdem gut.

„Ja", sage ich.

Neben uns höre ich Caleb leise weinen. „Hey", sage ich, „du bist zu früh dran. Noch bin ich hier, klar?"

Er nickt. Seine Unterlippe zittert.

„Ich habe es mir anders überlegt", sagt Stella. „Ich glaube, ich will auch eine Komödie gucken." Sie legt die Füße auf mein Bett und lehnt sich in ihrem harten Krankenhausstuhl zurück. „Meine Güte, Evie. Können die dich nicht mal unter deinem Gips waschen? Du fängst an zu riechen."

Caleb stellt den Will-Smith-Film an, und wir verbringen einen weiteren Abend auf meinem Zimmer, an dem wir so tun, als würden wir nicht alle an dasselbe denken – dass es das letzte Mal sein könnte; dass dies hier nicht mehr lange mein Zimmer sein wird; dass hier schon bald ein anderes krankes Kind liegen wird, das mehr Hoffnung hat als ich.

7. KAPITEL

„Stella, du bist dran“, sagt Caleb. Eigentlich spielen wir gerade Gin Rommé, aber seit einer halben Stunde ist Stella abgelenkt und tippt frenetisch Nachrichten auf ihrem Telefon.

„Moment noch“, erwidert sie zum hundertsten Mal, wobei sie einen langen, dünnen, rot lackierten Fingernagel in die Luft hält.

Caleb nimmt seinen Hut ab und reibt sich über den Kopf, als würde er angestrengt über sein Blatt nachdenken. Sonst setzt er seinen Hut nur ab, wenn er mit uns in der Privatsphäre eines unserer Zimmer alleine ist. Kids mit Krebs können sehr eigen sein, wenn es um ihre Hüte geht. Er hat eine Baseballcap von den Oakland A's, die ihm sein Vater im letzten Jahr bei einem Spiel gekauft hat, bevor sein Krebs zurückkam. Wenn er sie aufhat, sieht er gar nicht aus wie ein Patient. Aber wenn er die Mütze abnimmt, siehst du die Narben seiner alten Operationen, die seltsamen Verfärbungen seiner letzten Bestrahlungen und wie die Haut sich schält. Dann weißt du auch sofort wieder, dass er kein normaler Junge ist.

Will hat mir gerade gesimst, dass er Pizza mit seinen Footballjungs isst und Videospiele zockt, Jenica lernt mit Sicherheit, Kasey hat ihr zweites Date mit dem neuen Typen – und was ist mit uns? Drei total abnormale Teenager, die an einem Freitagabend auf einem Bett sitzen und so tun, als würden sie Gin Rommé spielen, während alle anderen Leute in unserem Alter in der Weltgeschichte herumturnen und Dinge machen, die normale Teenager eben machen: ins Kino oder auf Partys gehen, Sex haben oder mit ihren Eltern zu Abend essen. Stella schreibt schon wieder eine Nachricht, wobei sie ein diabolisches Lächeln auf den Lippen hat, Caleb sortiert die Kartenstapel auf dem Tablett über meinen Beinen und ich schaue mir durch das Fenster den schwarzen Nachthimmel an. Und normaler als so wird mein Leben nie wieder sein.

„Da draußen stehen schon wieder die Aasgeier“, sage ich. Caleb steht auf und sieht aus dem Fenster. Unten stehen die Vans verschiedener Nachrichtensender. Ich kann zwar nicht rausschauen, aber ich habe es im Fernsehen gesehen und weiß, dass sie da sind.

„Was ist es diesmal?“, fragt er.

„Ein dreijähriges Kind, das aus einem vorbeifahrenden Auto erschossen wurde.“

Caleb bekreuzigt sich und murmelt ein Gebet. Wir könnten über die Tragik des Vorfalls sprechen, aber wozu? Dieses ganze Gebäude ist voll von Tragik.

Stella blickt von ihrem Telefon auf. „Evie, du hast doch gerade deine Schmerzmittel bekommen, oder?“

„Du warst doch hier, als Moskowitz sie mir gegeben hat, vor ungefähr zehn Minuten.“

„Und deine nächste Dosis kriegst du wann? In vier Stunden? Ich meine, drei Stunden und fünfzig Minuten?“

„Ja. Und?“

„Caleb“, sagt sie. „Es ist so weit.“

„Echt?“ Er sieht verängstigt aus.

„Was meinst du?“, frage ich.

„Bist du sicher?“, fragt Caleb.

„Natürlich bin ich sicher, Caleb. Was für eine blöde Frage. Du weißt doch, dass ich mir immer sicher bin. Und jetzt komm. Uns bleiben nur noch drei Stunden und neunundvierzig Minuten.“

Er rührt sich nicht. Er sieht paralysiert aus. Einen Moment lang denke ich, dass sein Gehirntumor wieder einen seiner Streiche mit ihm spielt, doch dann sagt er: „Ich weiß nicht, Stella. Ich glaube nicht, dass es eine gute Idee ist.“

„Denk dran“, erwidert Stella sanft und ernst zugleich. „Es ist für Evie. Wir machen das für Evie.“

Er nickt. „Okay.“

Stella rutscht von meinem Bett, huscht zur Tür und guckt in beide Richtungen. „Die Luft ist rein“, sagt sie und verschwindet auf den Flur.

„Was geht hier vor?“, frage ich. Caleb zuckt nur die Schultern und lächelt mich an.

Stella kommt mit einem Rollstuhl zurück. „Oh-oh“, mache ich, weil ich weiß, wofür der gedacht ist.

„Oh-oh ist richtig“, sagt Stella. „Wie kriegen wir dich jetzt in dieses Ding rein?“

„Zuerst müsst ihr mir sagen, was ihr vorhabt. Wohin bringt ihr mich?“

„Nö. Wir müssen gar nichts sagen. Das gehört zum Deal.“

„Welcher Deal?“

„Den du eingegangen bist, als du meine Freundin wurdest. Eine Freundschaft mit mir beinhaltet das uneingeschränkte Einverständnis, dass ich den anderen regelmäßig von den Socken hauen darf. Erinnerst du dich nicht mehr daran, diese Klausel unterschrieben zu haben?“

„Nun macht schon, Leute“, jammert Caleb. „Beeilt euch.“ Welche Regel auch immer wir gerade brechen, es macht ihn scheinbar richtig fertig.

„Du hast den Mann gehört“, sagt Stella. „Beeil dich.“

Ich weiß nicht, was ich sagen soll. Das Ganze könnte sich wahlweise als die denkbar beste oder schlechteste Sache entpuppen, die mir passieren kann.

Ich schaue ihr in die strahlenden schwarzen Augen. „Mal im Ernst, Evie“, sagt sie, und für einen Augenblick wird ihre entschlossene Miene weicher. „Was haben wir zu verlieren?“ Als sie lächelt, sehe ich eine Sekunde lang das junge Mädchen in ihr, und vielleicht sogar ein wenig Angst.

„Okay“, sage ich. Was habe ich zu verlieren?

Ich weise Caleb und Stella an, was sie mit meinem Bein und den diversen Schläuchen machen müssen. Ganz vorsichtig zieht Stella die Infusion mit der Kochsalzlösung aus meinem Port. „In den nächsten zwei Stunden kannst du wie ein ganz normaler Mensch Wasser trinken, oder?“, fragt sie.

Als Caleb mich in den Rollstuhl hebt, bleibt meine Schlafanzughose hängen und wird mir heruntergezogen, sodass die beiden *alles* sehen können. Stella bricht vor Lachen zusammen, und Caleb lässt mich beinahe fallen. „Tut mir leid, dass deine erste Erfahrung mit einer Vagina so aussehen musste", sage ich, während ich meine Hose hochziehe, was Stella noch mehr zum Lachen bringt.

„Ich mach mir gleich in die Hose", kreischt sie.

„Ich mach mir gleich in den Katheter", sage ich, worüber sogar Caleb lachen muss, auch wenn es für ihn unmöglich ist, mir in die Augen zu sehen. So lustig bin ich nur bei ihnen.

„Oh nein, ich weine", sagt Stella. „Ist mein Make-up verschmiert?"

„Wir müssen uns beeilen", drängelt Caleb, als würde es ihn von seiner Verlegenheit befreien, wenn er sich beschäftigt gibt.

„Ja", meint Stella und reißt sich zusammen. „Phase zwei: Operation ‚Springbrunnen'." Wir fangen wieder an zu lachen, aber Caleb geht bereits auf die Tür zu.

„Ich krieg das schon hin", sagt er mehr zu sich selbst als zu uns.

„Es ist wie schauspielern", beruhigt Stella ihn. „Das machst du doch gerne. Stell dir vor, es wäre dein Debüt am Broadway. Tu einfach so, als ob du Brad Pitt bist, der einen Ninja spielt."

Er holt tief Luft und geht zur Tür hinaus. „Jill", hören wir ihn in die Richtung des Schwesternzimmers über den Flur rufen. „Hast du mal kurz Zeit?"

„Bist du bereit?", fragt Stella mich.

„Keine Ahnung."

Sie lächelt. „Gute Antwort."

Sie schiebt mich zur Tür, und wir bekommen mit, wie Caleb Schwester Jill erklärt, dass er ernsthaft Verstopfung hat und seit fünf Tagen nicht mehr auf dem Klo war und bitte ein Abführmittel haben möchte. Es kostet uns all unsere Selbstbeherrschung, damit wir nicht wieder in Gelächter ausbrechen. Wir stecken die Köpfe aus der Tür, und als Jill im Schwesternzimmer verschwindet, reckt

Caleb den Daumen nach oben. Das ist das Signal. Stella schiebt mich den Flur hinab in die andere Richtung, wo es zu den Aufzügen geht. Dort drückt sie auf die Pfeiltaste, die nach unten zeigt, und wir warten eine gefühlte Ewigkeit, in der mir klar wird, dass ich mich seit Langem nicht mehr so lebendig gefühlt habe. Das unbekannte Rauschen in meinem Blut ist Adrenalin. Ich wusste gar nicht, dass mein Körper das überhaupt noch produzieren kann.

Der Aufzug öffnet sich im selben Moment, als Jill mit Calebs Abführmittel aus dem Schwesternzimmer zurückkommt, und wir können gerade noch rechtzeitig einsteigen.

Wir atmen beide schwer – ich vor Aufregung, während Stella wirklich außer Atem zu sein scheint.

„Was ist los?", frage ich.

„Nichts", antwortet sie, aber sie ist blass und lehnt sich an die Wand des Fahrstuhls. Ich habe sie zwar schon vorher krank gesehen, aber irgendwie ist es ihr immer gelungen, eine Aura der Stärke aufrechtzuerhalten, sogar wenn sie sich übergab, sogar wenn sie vor Müdigkeit und Schwäche nur noch torkeln konnte. Plötzlich ist diese Aura verblasst, und jetzt wirkt Stella einfach nur krank.

„Nein, wirklich", sage ich. „Du siehst nicht gut aus. Wir sollten umkehren."

„Nein!", erwidert sie mit aller Kraft. „Wir kehren nicht um. Noch nicht. Du brauchst das hier."

„Okay", sage ich. Ich weiß, wann es sich nicht lohnt, mit Stella zu streiten.

Als sich die Fahrstuhltüren öffnen, schiebt sie mich hinaus. Zum Glück liegt die Rezeption nicht den Aufzügen zugewandt, und da alle mit den Reportern und Kameras beschäftigt sind, können wir unbehelligt und unbemerkt durch den Seiteneingang schleichen.

Die Nachtluft draußen ist frisch und klar. Stella scheint Kraft daraus zu schöpfen, denn ihr plötzlicher Schwächeanfall verschwindet genauso schnell, wie er gekommen ist. Sie schiebt mich um eine Gebäudeecke, die Zweiundfünfzigste Straße entlang und unter der

Autobahn und den Gleisen der BART hindurch. Auf der anderen Seite winkt sie einem großen blauen Van zu, der an der Straßenseite hält und sogleich zu einer 180-Grad-Wende ansetzt, nach der er schließlich vor uns zum Stehen kommt.

Der Typ, der auf der Fahrerseite aussteigt, ist dünn und gut gekleidet – Pullunder und Fliege. Er schenkt mir ein breites Lächeln, das mich sofort beruhigt. „Das ist Cole." Stella strahlt.

„Ich fühle mich ein bisschen underdressed", sage ich. Ich trage ein verlottertes T-Shirt und eine Schlafanzughose mit schlittenfahrenden Pinguinen.

„Du siehst toll aus", sagt Cole mit einer überraschend mädchenhaften Stimme. Er ist als Junge so überzeugend, dass ich fast vergessen habe, dass er eigentlich keiner ist – jedenfalls nicht körperlich.

„Der letzte Schrei unter Krebskranken", sagt Stella.

Sie rollen mich eine selbst gemachte Rampe hoch und hinein in den Van. „Das ist Vincent", sagt Cole.

„Der Van?", frage ich.

„Ja", erwidert Cole. „Wie van Gogh."

„Verstanden?", fragt Stella. „Wie *Van* Gogh." Sie lachen über den schlechten Witz, und ich sehne mich nach Will, nach diesen albernen Dingen, die Verliebte miteinander teilen.

In dem Van ist es gemütlich: eine Futonmatratze, ein großer Sitzsack und viele Kissen auf einem orangefarbenen Zottelteppich. Stella schiebt alles beiseite, um Platz für meinen Rollstuhl zu schaffen. Dann deckt sie mich mit einer Decke zu, die etwas muffig riecht.

„Zieh die Bremsen an, Scooter", sagt Stella. „Wir machen eine kleine Spritztour."

„Ist das eine Discokugel?", frage ich, als ich die glitzernde Kugel bemerke, die von der Decke baumelt.

„Das ist so was von eine Discokugel", antwortet Stella.

„Man weiß nie, wann man das nächste Mal tanzen muss", sagt Cole.

„Wie soll ich verhindern, dass ich umkippe?“

„Guck mal, hier“, sagt Stella. Sie zieht ein riesiges Knäuel aus Bungeeseilen aus einer Plastiktüte, reicht die Hälfte davon Cole und gemeinsam fangen sie an, meinen Rollstuhl an Türgriffen, Metallhaken und allem anderen festzubinden, das stabil ist. Kurze Zeit später sitze ich mitten in einem verworrenen Netz, das aussieht, als wäre es von einer geistesgestörten Spinne gesponnen worden. Stella stößt meinen Rollstuhl zur Probe an, und er bewegt sich kaum.

„Wow“, sage ich.

„Ein Kunstwerk der Konstruktion“, findet Stella.

„Fühlst du dich sicher?“, fragt Cole.

„So sicher wie möglich.“

„Dann lasst uns endlich von hier verschwinden.“ Stella knallt die Hintertüren zu, und die beiden steigen vorne ein.

„Moment noch“, sage ich. „Warum gucke ich nach hinten? Ich kann überhaupt nichts sehen.“

„Genau richtig so“, sagt Stella. Ich kann ihrer Stimme anhören, dass sie grinst.

„Wohin fahren wir?“

„So was nennt man Überraschung, weißt du?“, meint sie. „Schon mal davon gehört?“

„Hast du das gerade wirklich gefragt?“ Sie antwortet nicht. Ich merke, wie das Auto vom Parkplatz auf die Straße fährt. „Streng genommen entführst du mich gerade.“

„Theoretisch ist es Cole, der uns beide entführt“, entgegnet Stella.

„Sorry dafür“, meint Cole. „Ist da hinten alles in Ordnung?“

„Ja, aber es wackelt ziemlich.“

„Musst du kotzen?“, fragt Stella.

„Wahrscheinlich nicht. Wenn man mal bedenkt, dass ich in ein paar Wochen sterben werde, geht es mir erstaunlich gut.“

„Lalalala!“, singt Cole laut.

„Cole mag es nicht, wenn wir übers Sterben reden.“

„Oh, tut mir leid."

Manchmal vergesse ich, wie unbehaglich sich normale Leute fühlen, wenn wir Witze übers Kranksein machen. Sie verstehen nicht, dass es manchmal nur zu ertragen ist, wenn man es mit Humor nimmt.

„Okay", sagt Stella, „ich muss dir jetzt eine sehr wichtige Frage stellen: Welche Musik magst du?"

„Musik? Ich weiß nicht. Ich habe nie so richtig darüber nachgedacht. Ich höre einfach das, was gerade im Radio läuft."

„Nein", sagt sie. „Nein, nein, nein, nein, nein, nein, nein. Das ist inakzeptabel."

„Definitiv inakzeptabel", stimmt Cole zu. „Wenn Stella dich nicht so gernhätte, müsste ich dich jetzt vermutlich aus diesem Van werfen."

„Trotzdem ist es genau das, was ich befürchtet habe", fährt Stella fort. „Und genau deshalb habe ich eine extrem wichtige Lektion für dich, die ich dir mit dieser Mix-CD vermitteln will. Du kannst sie nicht sehen, weil du gefesselt bist und gegen die fensterlose Hintertür eines Entführungsvans guckst, aber genau in diesem Moment halte ich eine CD hoch, die ich sorgfältig für dich zusammengestellt habe. Weil du mir am Herzen liegst, Evie. Weil mir dein musikalisches Seelenheil am Herzen liegt."

„Okay", erwidere ich.

„Das ist alles? Okay? Sag das mit etwas mehr Begeisterung."

„Okay!", schreie ich.

„Lauter!"

„Okay!!!"

„Schon besser. Also: Bestimmt bist du mit diesen weinerlichen weißen Jungs vertraut, die von Jungskram singen, und du kennst diese adretten Mädchen mit ihren männlichen Produzenten, die sich schwer Mühe geben, statt ihres Verstandes nur die Möpse ihrer Klientinnen zu zeigen. Stimmt's?"

„Klar."

„Vergiss sie", sagt sie knurrend, „und hör dir das hier an. Mädchen in Kampfstiefeln und Netzstrumpfhosen, die sich Gitarren schnappen und ihre eigene Musik machen. *Unsere* Musik. Verstanden?"

„Ich glaube schon?"

„Nein, ich glaube nicht, dass du das verstehst. Deshalb muss ein Beispiel her. Deshalb habe ich diesen Mix gemacht. Bist du bereit?"

„Ja?"

„Hier kommt, ohne weiteres Gelaber, Song Nummer eins von Stellas unfassbar genialem Girlpower-Mix." Als sie die CD in den Player schiebt, fügt sie hinzu: „Das wird dir gefallen. Es geht um Cheerleader und Football und die ganze Scheiße."

Der Song wird von einfachen Schlagzeugbeats und einer mitreißenden Baseline eröffnet. Dann beginnt eine dünne Mädchenstimme, von einer Demo zu singen, von Teenagerträumen, irgendwas von den Privilegien der Weißen. Dann steigen die Gitarren ein und der Song fängt echt an zu rocken. Stella stimmt mit ihrer schönen, kämpferischen Stimme ein und singt – wie es ist, durchzudrehen und davon, im Leben trotz allem auf die Kacke zu hauen. Die Musik ist so laut, dass ich sie in meinen Knochen spüre. Ich kann sie bis in mein vergiftetes Knochenmark spüren.

„Hörst du das?", schreit Stella. „Hörst du die Wut? Sie ist so verdammt stark. Sie ist so verdammt *verärgert*." Obwohl ich nichts außer die verschlossenen Hintertüren des Vans sehen kann, fühle ich mich auf einmal so frei wie seit Ewigkeiten nicht mehr.

Als der Song zu Ende ist, merke ich, dass ich zittere. Aber nicht vor Kälte. Nicht weil ich krank bin.

„Dieser Song ist quasi meine Hymne", sagt Stella. „Er handelt davon, die Autoritäten infrage zu stellen. Nicht einfach alles blind zu glauben, nur weil dir einer von den Mächtigen sagt, dass es wahr ist. Genauso läuft es doch an der Highschool: Man folgt den Regeln. Trägt dämliche Uniformen und jubelt bei dämlichen Sportveranstaltungen, als wäre dieser Scheiß das Wichtigste im Leben." Vielleicht sollte ich mich angegriffen fühlen. Vielleicht sollte ich sauer auf

Stella sein, weil sie mich meint und denkt, dass ich als Cheerleader zu diesen dummen Highschool-Schafen gehöre. Aber ich bin ihr viel zu dankbar, um wütend auf sie zu sein.

„Ich liebe den Song", sage ich.

„Ich wusste es. Ich wusste es einfach. Die Sängerin war mit Carrie Brownstein in einer Band. Kennst du Carrie Brownstein? Aus der Serie *Portlandia*? Oh Gott, ich bin so verknallt in sie. Sorry, Cole, aber sie ist meine Freikarte. Wir haben beide eine Freikarte, stimmt's? Also eine Person, mit der wir schlafen können, ohne dass der andere nachtragend ist, oder?"

„Meine Freikarte ist meine Geschichtslehrerin aus der achten Klasse", sagt Cole. „Sie hat total sexy gelispelt, davon konnte ich gar nicht genug kriegen. Ich fand es super, als wir die Ära der Bürgerrechtsbewegung durchgenommen haben, weil sie die ganze Zeit ‚Mississippi' sagen musste."

„Das ist schräg", meint Stella. „Aber egal." Den nächsten Song kündigt sie als Liebeslied an, aber es sei nicht mit dem sentimentalen Gedudel zu vergleichen, das man im Radio hört. Es drehe sich um die schweren Seiten der Liebe, die Unklarheiten, das komplizierte Zeug, von dem die Leute normalerweise nicht singen.

„Das sind echte Frauen, die echte Instrumente spielen und echte Musik machen, die sie selbst geschrieben haben", sagt Stella. „Vielleicht haben sie nicht alle perfekte Stimmen; vielleicht treffen sie die Töne nicht ganz, aber das macht sie ja so *echt*. Und das macht ihre Musik auch so schön."

Ich merke, wie das Auto einen Hügel hochfährt. Während der folgenden Songs ist Stella still und redet nur, um mir zu sagen, wer die Künstlerin ist und worum es geht. Als ein Song läuft, in dem nur eine Akustikgitarre, ein Cello und eine eindringliche Stimme zu hören sind, sagt sie: „Der ist von 1992. Da waren wir nicht mal *geboren*. Kannst du das glauben? Alles, was cool ist, ist schon passiert."

„Vielleicht wird ja jeden Augenblick etwas noch Cooleres passieren", meint Cole.

„Das bezweifle ich“, sagt Stella.

„Was ist mit deiner Band?“

„Das ist wirklich süß von dir, aber es ist ziemlich schwer zu rocken, wenn man seit zwei Monaten nicht geprobt hat.“

Der Van fährt weiter bergauf und ich vermute, dass wir irgendwo in den Hügeln von Oakland oder Berkeley sind. Ich spüre, wie mein Rollstuhl an den Bungeeseilen zerrt, aber ich habe mich noch nie so sicher gefühlt. Es ist verwirrend, wenn man nichts sehen kann, doch irgendwie gefällt es mir. Es ist, als gäbe es nur die Musik, Stellas und Coles Stimmen und das Gefühl, an einen guten Ort gebracht zu werden.

Stella singt aus voller Brust, doch nach einer Weile muss sie aufhören, weil sie außer Atem ist. „Die Höhe macht mir zu schaffen“, sagt sie, und mir fällt wieder ein, dass wir krank sind. Wir sind nicht so unbesiegbar, wie diese Songs uns glauben machen wollen.

Der Van wird langsamer. „Wir sind da“, sagt Cole und unternimmt ein kompliziertes Parkmanöver.

Ein Teil von mir will dort bleiben, wo ich bin – in der Dunkelheit. Die Welt im Laderaum des Vans ist klein und überschaubar; nur ich in diesem winzigen Raum und nichts und niemand sonst, über den ich mir Gedanken machen muss. Ich muss mir nicht mal über mich Gedanken machen. Ich kann einfach loslassen, weil Stella das Sagen hat. Ich kann ihr einfach das Ruder überlassen. Wie es den anderen geht, muss mich nicht kümmern. Ich kann mich endlich entspannen.

Als die Hintertüren aufgehen, finde ich mich am Rande der Welt wieder. Ich sehe nur noch die Lichter von Oakland, die sich mehr als dreihundert Meter unter mir befinden, die Bay Bridge und die Skyline von San Francisco, sogar die Golden Gate Bridge in der Ferne. Der Vollmond spiegelt sich in der Bucht. Alles ist sauber und glitzert, die Straßen pulsieren wie Arterien. Aus dieser Höhe scheint dort unten alles geregelt abzulaufen, als wäre die Stadt ein gesunder, makelloser Körper. Wir sehen weder den Schmutz noch die Kriminalität oder die Armut. Wir können keine Krankheiten sehen. Von hier oben, von außen betrachtet, ist alles perfekt.

Mit Coles Hilfe hievt Stella sich selbst in den Laderaum des Vans und lehnt sich mit dem Rücken gegen meinen Rollstuhl. Cole kommt hinterher und kuschelt sich an sie. Eine ganze Weile sitzen wir so da und blicken über die Stadt, und ich habe das Gefühl, ich könnte für immer hier sitzen.

Ich höre eine Bewegung und sehe nach unten. Stella dreht einen Joint. Fasziniert sehe ich zu, wie ihre dünnen, anmutigen Finger arbeiten. Ich habe noch nie gesehen, wie jemand einen Joint baut. Ich habe schon ein paar Mal Gras gerochen und gesehen, wie die Leute es auf Partys rauchen, aber es war nie etwas, das mich gereizt hat.

„Ich habe noch nie gekifft", sage ich ihr.

„Irgendwann ist immer das erste Mal."

„Was ist, wenn man uns erwischt?"

„Wir sind hier in Oakland. Hier rauchen die Leute Gras, während sie die Straße entlanglaufen."

„Du musst nicht, wenn du nicht willst", sagt Cole. „Ich werde auch nicht mitmachen, weil ich fahre."

„Nein", sage ich. „Ich will." Aus irgendeinem Grund kommt es mir plötzlich so vor, als müsste ich es tun. Als müsste ich mir – und Stella – beweisen, dass ich auch wild sein kann. Ich kann aus einem Krankenhaus ausbrechen. Ich kann mich hinten in einem Van festbinden und es kann mir egal sein, wohin er fährt. Ich kann am Rande der Welt sitzen und Gras rauchen, obwohl der Tod zum Greifen nah ist.

„Ich glaube, ich habe noch nie gegen das Gesetz verstoßen", sage ich.

„Aber du verstößt nicht mal gegen das Gesetz", meint Stella, „das ist das Beste daran. Es ist überhaupt nicht illegal. Du hast Krebs und das ist ein verordnetes Medikament."

„Dr. Jacobs hat dir verordnet, Marihuana zu rauchen?" Ich kann es nicht glauben. Derselbe Dr. Jacobs, der mir mein Morphium weggenommen hat. „Musst du nicht achtzehn sein, um es selbst kaufen zu können? Gehen deine Eltern wirklich in den Pot-Club und besorgen das Zeug für dich?“

„Ich habe nicht gesagt, dass man *mir* dieses Medikament verordnet hat.“

„Das hört sich nicht gerade legal an.“

„Na ja, also, ich muss mir um Wichtigeres Gedanken machen als um eine strafrechtlich zu vernachlässigende Menge Gras. Es ist doch ohnehin alles eine Frage der Perspektive.“

„Stimmt“, sage ich. „Was bringt es, sich an alle Regeln zu halten, wenn man in ein paar Wochen stirbt?“

„Genau! Außerdem hilft es wirklich gegen die Übelkeit. Ohne das Zeug könnte ich nichts drinbehalten. Es ist wirklich Arznei. Diese ganzen medizinischen Cannabis-Aktivisten sind mehr als nur ein Haufen Kiffer.“

„Zumindest die meisten“, wirft Cole ein.

„Ist dir denn gerade übel?“, frage ich.

„Nein, diesmal dient es nur der Erholung.“ Stella zündet den Joint an und ein süßer, würziger Geruch erfüllt die Luft. Ich sehe ihr zu, wie sie mehrmals zieht und dann die Luft anhält. Sie gibt ihn an mich weiter. „Nicht zu fest saugen.“

„Das hat er auch gesagt“, erwidere ich, woraufhin sich die zwei kaputtlachen. Genau wie Stella nehme ich einen kleinen Zug und spüre, wie der Rauch in meinem Hals brennt. Ich fange an zu husten.

„Alles okay?“, erkundigt sich Cole.

„Geht schon“, sage ich und gebe Stella den Joint wieder. Wir reichen ihn noch ein paar Mal hin und her, und gerade als ich meine, den Bogen rauszuhaben, entscheidet Stella, dass ich genug habe. „Ich merke überhaupt nichts“, sage ich.

„Abwarten“, erklärt sie mir.

Ich genieße die Aussicht und stelle mir vor, dass ich dauerhaft hier oben lebe. Dass ich der Stadt dort unten niemals näher komme.

Für den Rest meines Lebens sehe ich nur noch Schönheit. Ich muss nie mehr nach unten zurückkehren, nie mehr einen Chemo- oder Bestrahlungszyklus mitmachen, keine Operation mehr über mich ergehen lassen, mir nie wieder ein Stück Metall durch den Knochen bohren lassen, nie mehr in diesem Krankenhausbett aufwachen, nie mehr das Essen in der Krankenhauskantine zu mir nehmen, nie mehr meine Mutter weinen sehen, nie mehr hören, wie noch ein Arzt versucht, ihr zu erklären, dass ich sterben werde. Ich werde immer weiter nach oben schweben, immer weiter weg von der Stadt, weiter weg von dem Schmerz. Ich werde niemals landen.

„Ich glaube, ich bin high", sage ich. Meine Stimme klingt seltsam, tiefer als normal. Wie bei einer Erwachsenen.

„Juchhu!", jubelt Stella in die Nacht. „Evie ist high! Herzlichen Glückwunsch, Evie!"

„Ich will nicht übers Sterben sprechen", sage ich.

„Wer hat etwas von Sterben gesagt?"

„Wenn das hier ein Film über krebskranke Teenager wäre, würden wir jetzt übers Sterben reden und dabei total philosophisch werden. Im Hintergrund liefe traurige Musik, während wir zu irgendeiner bahnbrechenden Erkenntnis finden würden, die uns die Dinge klar sehen ließe. Wir würden vollkommen mit uns ins Reine kommen. Und dann würde einer von uns sterben."

„Scheiß doch drauf!", sagt Stella.

„Ja", sagt Cole. „Drauf geschissen."

„SCHEISS! DRAUF!", schreit Stella. „Komm, Evie. Wir sagen es zusammen."

Gemeinsam schreien wir: „SCHEISS DRAUF!"

„Komm schon, Cheerleader", befiehlt Stella. „Streng dich an."

Wir schreien es wieder und wieder, immer lauter, bis es sich wie ein Sprechchor anhört, bis wir nicht mehr wissen, was wir sagen, sondern nur noch, dass wir es laut, zusammen und auf dem Gipfel der Welt sagen.

„Selber scheiß drauf!", ruft irgendwer von draußen, und wir brechen in hysterisches Gelächter aus. Cole steckt den Kopf aus der Hintertür des Vans.

„Irgendein Typ hat ein Stück die Straße runter geparkt", sagt er. „Wahrscheinlich versucht er gerade, ein Mädel rumzukriegen, und wir haben ihm total die Tour vermasselt."

„Die soll froh sein, dass wir hier sind", meint Stella, aber wir beruhigen uns wieder.

„Ich wünschte, die Welt könnte die ganze Zeit so aussehen", sage ich.

„Das kann sie", meint Stella. „Sie kann so sein, wie du es willst. Du entscheidest, wie du die Zeit verlebst, die dir noch bleibt."

„Wirst du gerade sentimental? Wo ist Stella? Was hast du mit meiner Freundin Stella gemacht?"

„Manchmal wird sie etwas kitschig, wenn sie stoned ist", sagt Cole und küsst sie sanft aufs Ohr.

„Ich meine es ernst", sagt Stella.

Darüber nachzudenken ist mir zu viel. Deshalb betrachte ich einfach die funkelnde Nacht.

„Wirst du auf die Kacke hauen?", fragt Stella und ihre Stimme klingt sanfter, als ich es je erlebt habe.

„Was meinst du?"

„Versprich es mir, Evie. Versprich mir, dass du auf die Kacke haust."

„Ich verspreche es dir", sage ich, obwohl ich keine Ahnung habe, warum das für die wenige Zeit, die uns noch bleibt, noch bedeutsam sein soll. Ich strecke die Hand aus und Stella nimmt sie. So sitzen wir eine ganze Weile. Wir halten Händchen und blicken auf die Welt hinab, die so schön ist aus der Ferne.

Als wir zum Krankenhaus zurückkommen, sind die Nachrichtenwagen zwar verschwunden, doch zwei Polizeiautos stehen noch immer vor dem Eingang. „Meinst du, die sind unseretwegen hier?", frage ich, als Cole um die Ecke biegt, um uns außer Sichtweite rauszulassen. „Wir werden dermaßen Ärger kriegen."

„Was sollen sie schon mit uns machen?", meint Stella. „Uns die Schmerzmittel verweigern? Unsere Urinbeutel nicht mehr leeren? Und verbieten können sie uns auch nichts. Wir können ja ohnehin nichts mehr machen."

Cole hilft mir aus dem Van und nimmt mich lange in den Arm. „Ich freue mich so sehr, dass ich dich kennengelernt habe", sagt er leise. „Stella liebt dich über alles." Seine Stimme bricht und er wendet sich ab, doch die Tränen in seinen Augen bemerke ich trotzdem. Und dann, inmitten des lebendigsten Gefühls, das ich seit Monaten hatte, fällt mir ein, dass ich sterben werde. Mein Leben ist fast vorbei, obwohl ich das Gefühl habe, dass gerade erst etwas Großes geboren wurde.

„Ach, wir dürfen Evies Mix nicht vergessen", sagt Stella und geht zum Van. Sie stolpert und Cole fängt sie gerade noch rechtzeitig auf.

„Alles okay", sagt sie mit einem Lachen. „Das Gras war ganz schön stark, hm?"

„Halt dich an Evies Rollstuhl fest", meint Cole. „Ich hole die CD."

Ich blicke nach oben zu Stella und sehe so etwas wie Angst in ihren Augen. Ich öffne den Mund, um sie zu fragen, was los ist, doch sie legt einen Finger an die Lippen und macht „Shhh."

„Ich begleite euch", sagt Cole und reicht mir die Mix-CD.

„Nein", sagt Stella. „Ich will nicht, dass du Ärger kriegst."

„Das war keine Frage."

„Na schön. Aber nur den halben Weg. Nur bis wir um die Ecke biegen."

Cole schiebt meinen Rollstuhl, während Stella sich auf ihn stützt. Obwohl es nicht mal zwei Blocks sind, müssen wir zwei Mal stehen bleiben, damit Stella verschnaufen kann. Der entspannte, freundliche Cole, mit dem ich den Abend verbracht habe, hat sich in eine ernste, bestimmte Person verwandelt, der Stella blind vertraut. Innerhalb kürzester Zeit ist der Zauber des Abends gebrochen. Wenige Minuten zuvor waren wir schwerelos, aber jetzt sind wir so schwerfällig, dass wir uns kaum bewegen können.

„Okay“, sagt Stella, als wir die Ecke erreichen, „du musst jetzt gehen.“ Cole hält sie lange in den Armen, während sie einander zuflüstern, dass sie sich lieben, und mir ist plötzlich so kalt, bitterkalt, und das Einzige auf der Welt, das mich wärmen könnte, sind Wills Arme um meinen Körper.

„Er kann manchmal echt eine Dramaqueen sein“, sagt Stella, als Cole weggeht, aber hinter ihrem schwachen Versuch, lustig zu sein, kann ich ihre Angst hören.

Kaum sind wir um die Ecke gebogen, überfällt uns das Blinken von Blaulichtern. Schwester Moskowitz spricht gerade mit einem Police Officer. Plötzlich dreht sie den Kopf in unsere Richtung.

„Scheiße“, sagt Stella. „Da kommt Schwester Ratched.“

„Wo wart ihr?“, bellt Moskowitz, noch während sie auf uns zustürmt.

Sie packt Stella am Arm und ich rechne damit, dass sie ihr die übliche Moralpredigt hält, dieselbe müde Leier, die Stella jedes Mal zu hören bekommt, wenn sie sich nicht an die Regeln hält. Doch stattdessen legt sie die Finger um Stellas Handgelenk und misst ihren Puls. Ihre Bewegungen sind beinahe sanft, und das ist nicht unbedingt das Wort, das einem im Zusammenhang mit Schwester Moskowitz als Erstes einfällt.

„Ist die ganze Aufregung wegen uns?“, fragt Stella. „Das wäre doch nicht nötig gewesen.“

„In meinen achtzehn Jahren hier habe ich es noch nie, *nie* erlebt, dass ein Krebspatient das Krankenhaus gegen ärztlichen Rat verlässt. *Noch nie.* Ist euch klar, dass wir das gesamte Krankenhaus abriegeln mussten? Habt ihr irgendeine Vorstellung davon, was für eine Unruhe ihr verursacht habt?“

„Eine große?“, fragt Stella.

Moskowitz funkelt uns wütend an, während sie in ihr Walkie-Talkie spricht: „Sie sind wieder da. Schick sofort Burns mit einem Rollstuhl und Decken nach unten. Und ruf ihre Eltern an und sag ihnen, dass wir sie gefunden haben.“

„Ich brauche keinen Rollstuhl“, widerspricht Stella. Dann fängt sie so heftig an zu husten, dass Moskowitz sie festhalten muss, damit sie nicht hinfällt.

„Evie“, schnauzt Moskowitz mich an, sodass ich in meinem Rollstuhl zusammenzucke. Sie hat noch nie die Stimme gegen mich erhoben. Ich bin für gewöhnlich niemand, der Probleme macht. „Hast du nicht eine Sekunde darüber nachgedacht, wie riskant es für Stellas Gesundheit ist, das Krankenhaus zu verlassen? Sie muss rund um die Uhr betreut werden. Was, wenn etwas passiert wäre? Wie würdest du dich dann fühlen?“

Ich verstehe nicht, warum das Ganze auf einmal meine Schuld ist, aber ich sage trotzdem, dass es mir leidtut. In der Hoffnung auf irgendeine Reaktion schaue ich zu Stella, aber ihre Augen sind glasig und starren ins Leere, als hätte sie ihre gesamte Kraft für unseren Ausflug bis auf die Hülle ihrer selbst aufgebraucht.

„Wir sind nur spazieren gegangen“, sage ich, als sich ein Polizist nähert.

„Zwei Stunden lang?“, fragt Moskowitz. Sie legt Stella die Hand auf die Stirn. „Mein Gott, du glühst ja.“

Was ist hier los? Was ist passiert? Warum geht es Stella auf einmal so schlecht?

„Wir sind mit unseren Wagen die Nachbarschaft abgefahren“, wirft er ein und betrachtet uns skeptisch. „Seltsam, dass wir euch nicht gesehen haben.“

„Es ist nicht unsere Schuld, dass Sie uns nicht gefunden haben“, sagt Stella irgendwo hinter ihrem Fieber.

Es überrascht mich, dass sie so mit einem Polizisten spricht, doch er ignoriert sie einfach. „Ich denke, wir werden hier nicht länger gebraucht, nicht wahr, Schwester? Außer Sie wollen Anzeige erstatten."

„Was?", sagt Schwester Moskowitz, die damit beschäftigt ist, Stellas Vitalfunktionen zu überprüfen. „Mein Gott, nein. Vielen Dank, Officer. Und entschuldigen Sie, dass wir Ihre Zeit verschwendet haben."

„Mädchen", sagt er, „denkt das nächste Mal ein bisschen nach, bevor ihr irgendwas anstellt, okay? Ich glaube nicht, dass ihr dieselbe Freiheit habt, so dumm zu sein wie andere Leute."

Ich wappne mich dagegen, dass Stella etwas Schreckliches erwidert, doch es kommt nichts. Sie ist ganz in sich versunken, ganz krank und fiebrig.

„Wo bleibt der verfluchte Rollstuhl?", schimpft Moskowitz, und in dem Moment fange ich an zu weinen. Selbst sie hat Angst. Moskowitz hat niemals Angst.

„Stella?", sage ich.

Die Schiebetüren gehen auf und Mr Burns, der Assistenzarzt, kommt endlich mit Stellas Rollstuhl an. Er und Schwester Moskowitz helfen ihr hinein und wickeln uns beide in Decken ein. Als sie uns zu den Aufzügen schieben, fährt Moskowitz mit ihrer Predigt fort. „Ich kann nicht glauben, dass ihr Caleb in die Sache hineingezogen habt. Ihr wisst doch, dass der arme Junge alles tut, worum ihr ihn bittet."

Wir steigen in den Aufzug und sie drückt auf den Knopf zur fünften Etage. „Und Evie, dass ausgerechnet du so was machst. Ich habe dich für klüger gehalten."

„Geben Sie nicht Evie die Schuld", murmelt Stella durch ihren Fiebernebel.

„Vor allem jetzt, da Stella neutropenisch ist", spricht Moskowitz weiter. „Sie hat momentan praktisch kein Immunsystem. Hast du eine Ahnung, wie gefährlich es für sie war, das Krankenhaus zu verlassen?"

Mein Herz setzt einen Schlag aus. „Was? Stella, das hast du mir nicht gesagt. Warum hast du mir das nicht gesagt?"

„Ich habe Leukämie", erwidert sie flach. „Kein Immunsystem ist mein zweiter Vorname."

Es ist meine Schuld. Stella hat es für mich getan. Sie hat sich da draußen irgendwas eingefangen und alles nur meinetwegen.

„Mr Burns", sagt Schwester Moskowitz, als wir den fünften Stock erreichen, „bitte bringen Sie Evie zurück in ihr Zimmer und bitten Sie Schwester Jill, ihr zurück ins Bett zu helfen. Ich kümmere mich um Stella."

„Ja, Ma'am", erwidert er und schickt sich an, mich wegzuschieben. Ich drehe den Kopf, um Stella hinterherzublicken, die von Moskowitz in die andere Richtung zu ihrem Zimmer geschoben wird. Sie sieht kleiner aus, als ich sie jemals gesehen habe, irgendwie leer. Sie hebt den Kopf und für den Bruchteil einer Sekunde kehrt das Licht zurück in ihre Augen. Sie zwinkert mir zu und mit meinen Lippen forme ich die Worte *Tut mir leid*, aber sie schüttelt den Kopf. Deshalb sage ich stattdessen lautlos *Danke* und sie nickt zufrieden.

Ich biege um die Ecke zu meinem Zimmer und Stella verschwindet aus meinem Blickfeld. In der Hand halte ich die CD, die sie mir gemacht hat. Sie liegt flach und sicher auf meinem Schoß.

8. KAPITEL

„Ich habe dir einen Bagel mitgebracht“, sagt Kasey, als sie sich auf den Stuhl neben meinem Bett setzt. Sie legt den in Papier gewickelten Teigring auf mein Nachtschränkchen und bei dem Geruch von Knoblauch und Kräuterfrischkäse wird mir übel. Nicht weil ich krank bin. Nicht wegen meines Körpers. Sondern wegen des blassen, müden Lichts, das es kaum durchs Fenster schafft. Wegen Kaseys Haut, die immer noch irgendwie gebräunt aussieht.

„Danke“, sage ich.

„Mann, ich kann gar nicht glauben, was ihr gestern Abend getan habt“, meint sie. „Deine Eltern haben mir auf dem Weg hierher alles erzählt. Sie haben sich solche Sorgen um dich gemacht.“

„Das tut mir ehrlich leid“, sage ich, und ich meine es auch so. Nach allem, was sie durchgemacht haben. Nach allem, was sie meinetwegen schon erleiden mussten.

„Das war echt dumm von dir, Evie.“

„Ich weiß.“ Als ob mir das nicht schon genug Leute gesagt hätten.

„Weißt du, was jetzt mit euch passieren wird?“

„Meine und Stellas Eltern sprechen gerade mit Dr. Jacobs und der Krankenhausleitung.“

„Sie sollten das Mädchen hier rausschmeißen.“

Hat sie das gerade wirklich gesagt? „*Das Mädchen* hat Leukämie. Wahrscheinlich verstößt es gegen den hippokratischen Eid, sie hier rauszuschmeißen.“

„Wenn du meinst“, sagt Kasey, und am liebsten würde ich ihr den Bagel an den Kopf werfen.

„Ich habe gerade keinen Hunger“, sage ich und schiebe ihn ein Stückchen weg. Sie scheint mich nicht zu hören und starrt nur sehnsüchtig auf den Bagel. „Willst du ihn essen?“, frage ich.

„Ach was“, antwortet sie und kommt aus ihrer Trance zurück. „Ich mache eine Diät.“

„Du siehst hungrig aus.“

„Alles gut."

„Du bist zu dünn."

„Wirklich?" Ihr Gesicht hellt sich auf. „Findest du?"

Ich habe vergessen, dass das in der Welt da draußen ein Kompliment ist.

Ich beschließe, das Thema zu wechseln. „Und, was gibt's Neues? Wie läuft's mit diesem Typen?"

„Ganz gut. Du weißt schon."

Nein, ehrlich gesagt weiß ich nichts. Ich weiß nur, dass er auf die Skyline Highschool geht und sie ihn auf einer Party kennengelernt hat und dass es komisch für sie ist, mit mir darüber zu sprechen, weil ich bald tot bin.

Sie blickt auf ihre pink lackierten Nägel. „Warst du bei der Maniküre?", frage ich.

„Hm?" Sie sieht hoch. „Ja. Ein paar Mädels aus der Truppe und ich sind gestern Abend zusammen zu Taylor's gegangen und haben uns die Nägel machen lassen und Make-up und so. Ich war bei Lisa. Sie hat ihre Sache ganz gut gemacht, aber auf diesem hier ist irgendwas drauf."

„Klingt nach 'ner Menge Spaß", sage ich, doch es stimmt nicht. Verglichen mit dem, was ich gestern Abend gemacht habe, klingt es überhaupt nicht nach Spaß. Normalerweise hätte ich so einen Abend lustig gefunden. Bevor ich krank wurde, hätte ich nichts lieber getan, als mit einer Horde Mädchen mit grünem klebrigem Zeug im Gesicht herumzusitzen, mich darüber zu freuen, dass meine Poren sich öffnen, und aufgeregt über Jungs, Schule und andere belanglose Dinge zu reden. Damals, als das Glück so einfach einzufangen war, weil es einfach die ganze Zeit da war, in der Luft rings um uns herum schwebte und darauf wartete, wie Obst gepflückt zu werden.

„Ach, Evie", sagt Kasey. „Ich wünschte, du wärst da gewesen."

„Ich auch."

Sie schüttelt den Kopf. „Ich hätte es dir nicht erzählen sollen."

„Warum nicht?"

„Es muss schrecklich für dich sein, von den lustigen Sachen zu hören, die ich ohne dich mache."

Ich zucke die Achseln. Vielleicht sollte ich traurig sein. Vielleicht sollte ich eifersüchtig und bestürzt sein und mich danach sehnen, wieder mit ihr in dieser Welt zu leben. Aber im Augenblick bin ich zu beschäftigt damit, mich um Stella zu sorgen. Ich mache mir Sorgen, weil sie immer schwächer wird. Und darüber, was sie mit uns wegen gestern Abend unternehmen, welche Bestrafung auf uns wartet.

Ich will mein Morphium wiederhaben.

„Was ist los mit dir?", fragt Kasey.

„Was meinst du?"

„Es ist, als würdest du dich jedes Mal, wenn ich dich sehe, weiter entfernen. Und jetzt läufst du mit diesem Mädchen mitten in der Nacht weg, wo du doch so krank bist und wo alles so ... zerbrechlich ist? Das sieht dir gar nicht ähnlich, Evie."

„Es war acht Uhr abends, nicht mitten in der Nacht", entgegne ich. „Und wir sind bloß ein bisschen in der Gegend herumgelaufen. Ich habe es satt, hier drin zu sein. Ich bin müde." Mein Totschlagargument. Niemand kann mit einem Krebskind streiten, das behauptet, müde zu sein.

Also sagen wir nichts. Wir sitzen da und starren auf den Bagel, den keine von uns essen wird. Vor nicht allzu langer Zeit konnten wir stundenlang miteinander telefonieren, ohne dass uns der Gesprächsstoff ausging. Jetzt strengen wir uns an, eine Unterhaltung zu führen, die länger als fünf Minuten dauert. Und bald werden wir gar nicht mehr miteinander sprechen.

„Hey Mädels!" Stellas Stimme durchbricht die Stille, und ich atme erleichtert auf. Sogar Kasey scheint dankbar für die Unterbrechung zu sein, und das, obwohl sie Stella nicht leiden kann, wie ich weiß.

Stella steht in der Tür, Caleb hinter ihr. Allerdings sitzt sie in einem Rollstuhl. Stella sitzt nie in einem Rollstuhl. Wenigstens trägt sie noch ihre schwarzen Klamotten und den typischen roten Lippenstift. Aber auch die grelle Farbe reicht nicht aus, um zu verbergen, wie schwach sie ist. Und das sieht ihr gar nicht ähnlich.

„Gefällt dir mein neues Gefährt?“, fragt sie.

Ich öffne den Mund, doch es kommt nichts heraus.

„Hi Kasey“, sagt Caleb.

„Hi Caleb“, sagt sie, dann nach einer Pause, als müsste sie sich erst dazu überreden: „Hi Stella.“

„Miss Cheerleader“, sagt Stella. „Schön, dich zu sehen.“

Kasey versucht gar nicht erst, ihren Argwohn zu verbergen.

„Lasst uns Evie in ihre Kutsche befördern.“

Caleb bringt einen der Assistenzärzte dazu, mich in einen Rollstuhl zu setzen. Es ist nicht annähernd so beschwerlich wie sonst. Als ich heute Morgen aufwachte, fühlte es sich so an, als hätten meine Arme auf einmal beschlossen, dass sie Muskeln haben. Ich bin tatsächlich in der Lage, mitzuhelfen, mich aus dem Bett zu hieven. Aber das ist nicht alles. Es ist, als hätte der vergangene Abend irgendetwas ganz tief in mir verändert. Als wäre mein Innerstes auf den Kopf gestellt worden oder das Universum irgendwie aus dem Gleichgewicht geraten. Was es auch sein mag, ich bin nicht mehr derselbe Mensch.

„Mädchen, du bist ja eine Maschine“, bemerkt Stella.

„Ja“, pflichtet Caleb ihr bei, „du siehst heute wirklich kräftig aus.“

Kasey sieht die beiden an. Dann guckt sie zu mir und versucht verzweifelt zu erkennen, was die beiden in mir gesehen haben.

Als Kasey und Caleb uns in den Flur schieben, flüstere ich Stella zu: „Hast du irgendwas gehört?“

„Nö.“

„Sind sie noch immer da drin?“

„Jep.“

„Oh Gott, worüber reden die bloß?“

„Wahrscheinlich überlegen sie, wie sie uns noch einen zusätzlichen Tumor als Bestrafung verpassen können.“

„Wenigstens ist Dan auch dabei. Oder? Er ist bestimmt auf unserer Seite."

„Hoffentlich."

„Hast du was von Cole gehört? Ist er ohne Probleme weggekommen?"

„Ihm geht's gut."

„Was tuschelt ihr zwei denn da?", fragt Kasey.

„Nichts", sagen wir unisono.

Wir kommen am Zimmer der fünfjährigen Shanti vorbei. Sie kommt schon ihr ganzes Leben lang immer wieder her, wegen Sichelzellenanämie. Durch die geöffnete Tür können wir ihren kleinen Körper sehen, der in Decken eingehüllt ist und an einer Blutkonserve hängt.

„Hey Evie", sagt Kasey mit dünner, verzweifelter Stimme, „weißt du noch, als wir in der fünften Klasse das Haus von David Halloway mit Klopapier verwüstet haben? Und wie deine Mutter dafür gesorgt hat, dass wir rübergehen, uns entschuldigen und alles wieder aufräumen?"

„Ja?", antworte ich.

„Das war so lustig", sagt sie noch, doch bei den letzten Worten verliert sich ihre Stimme.

„Das klingt wirklich lustig", meint Caleb und ich wünschte, ich hätte in dieser Situation ein bisschen von seiner Liebenswürdigkeit. Ich wünschte, ich könnte es zumindest versuchen.

Wir gehen an dem Zimmer des elfjährigen Leo vorbei. Er ist gerade aus dem OP gekommen, wo sie ihm den rechten Arm unterhalb des Ellbogens abgenommen haben. Auf der anderen Seite des Vorhangs liegt sein Bettnachbar Jonathan, vier Jahre alt und für seinen ersten Chemo-Zyklus hier.

Und nun sind wir am Ende des Flures angekommen. Wir stehen direkt vor einem viel zu fröhlichen Bild von Affen, die an einem Baum hängen, über dem eine lachende Sonne scheint. Wir können nichts anderes machen als umdrehen.

„Wollen wir runter in den Aufenthaltsraum gehen?“, schlägt Caleb vor. „Gerade ist Bastelstunde.“

Stella seufzt, als Caleb und Kasey unsere Rollstühle in die andere Richtung drehen. „Erinnerst du dich noch an meine Haare, Evie?“, fragt Stella.

„Ja. Du hättest sie verkaufen können und daraus eine Perücke für Krebskranke machen lassen“, entgegne ich und wir alle lachen angesichts der Ironie. Alle, außer Kasey.

„Meine ganze Kraft lag in diesen Haaren“, sagt Stella verträumt. Erst jetzt bemerke ich, dass sie irgendwie abwesend ist, irgendwie langsam und trüb. Sie hat den Schmerzmittelblick. Sie guckt so, als wäre sie halb weg. „Jetzt bewahre ich meine ganze Energie in meinem Hut auf.“

„Das ist ein guter Ort dafür“, erwidere ich.

„Aber einen Hut kann man abnehmen“, entgegnet sie und ich weiß, dass irgendetwas zwischen den Zeilen mitklingt. Doch ich will nicht darüber nachdenken, was es ist.

„Wo wollen wir hingehen?“, fragt Caleb. „In die Cafeteria? In den Aufenthaltsraum?“

„Oder wie wär’s mit dem Aufenthaltsraum?“, meint Stella. „Oder der Cafeteria?“

Diesen Witz machen wir mehrmals täglich. Er war noch nie lustig.

„Lasst uns ein Rennen machen“, schlage ich vor. „Wer als Erster am Schwesternzimmer ankommt, gewinnt.“

„Endlich mal eine gute Idee“, meint Stella.

„Ich weiß nicht“, sagt Caleb.

„Seid ihr verrückt?“, ertönt Kaseys Stimme hinter mir. Ich hatte fast vergessen, dass sie da ist.

„Kommt schon“, sagt Stella. „Brav sein können wir, wenn wir tot sind.“ Noch so ein Witz von der Krebsstation, der nicht lustig ist.

„Nein“, meint Kasey.

„Okay“, sagt Caleb. „Aber nicht zu schnell.“

„Drei von vier ist doch ein guter Anfang", findet Stella. „Miss Cheerleader, was müssen wir tun, um dich zu überzeugen?"

„Nichts", sagt Kasey. Sie kommt hinter meinem Rollstuhl vor und sieht mich wütend an. „Ich mache das nicht. Du könntest dich verletzen."

„Das ist egal", entgegne ich mit einem Lachen in der Stimme, das viel grausamer ist als beabsichtigt. „Wir sind ja schon im Krankenhaus."

Fast hätte sie mit dem Fuß aufgestampft. „Ich werde bei so einer riskanten Sache nicht mitmachen. Du musst vorsichtig sein. Dein Bein. Es ist empfindlich." Ihre Stimme zittert. Sie hat die Hände an den Seiten zu Fäusten geballt. Ihr Blick ist voller Angst. Ich habe vergessen, dass sie nicht wie wir ist. Sie kann diese Welt nicht einfach weglachen. Sie hält sich daran fest. Sie denkt noch immer, dass es für uns einen Weg gibt, sie zu kontrollieren.

„Tut mir leid", sage ich, nehme Kaseys Hand und drücke sie. Sie entspannt sich ein bisschen. „Kein Rennen. Du hast recht."

„Danke", sagt sie. Wir sehen uns einen Moment lang in die Augen und mit einem Mal kommt unsere gemeinsame Vergangenheit zurück. Sie erfüllt mich mit einer warmen, dichten Traurigkeit und mir wird klar, dass ich Kasey vermisse. Dass ich uns vermisse. Obwohl sie nie in der Lage sein wird, die Welt einer Krebskranken zu verstehen, war sie viel länger meine Welt, als ich hier drin sein werde.

Stella beginnt zu husten. Ein tiefer, keuchender Husten, der ihren ganzen Körper durchschüttelt.

„Stella?", sagt Caleb.

Sie zittert so heftig, dass ihr der Hut vom Kopf fällt und ihr blasser, kahler Schädel entblößt wird. Sie reckt den Hals, der Mund geht auf und zu, sie schnappt nach Luft, die Sehnen treten hervor. Sie ist ein kleiner federloser, zitternder Vogel.

„Schwester!", ruft Caleb. So schnell er kann, geht er zum Schwesternzimmer.

Kasey hebt Stellas Hut vom Boden auf und setzt ihn ihr vorsichtig auf den Kopf. Sie legt die Hände auf Stellas knochige Schultern und macht: „Shh." Sie legt die Arme um sie und umklammert ihren bebenden Körper. Diese liebenswürdige Geste übertrifft alles, und ich fange an zu weinen. Meine wundervollen Mädchen. Ich strecke die Hand nach ihnen aus, aber sie sind so weit weg.

Caleb kommt mit der diensthabenden Schwester zurück. Sie ist neu und wir kennen sie nicht. Sie ist hochkonzentriert. Warum muss es ausgerechnet sie sein? Es sollte jemand kommen, der uns liebt. Dan sollte hier sein. Sogar Moskowitz wäre besser.

„Entschuldigung", sagt die Schwester, während sie Kasey mit der Hüfte von Stellas Rollstuhl wegschiebt. „Dr. Bernstein ist auf dem Weg. Ich muss Miss Hsu zurück in ihr Zimmer bringen." Sie schiebt Stella von uns weg, wobei jeder ihrer Schritte auf dem Boden quietscht. Ich will ihnen hinterherrennen. Ich will etwas tun. Aber ich kann nur in meinem Rollstuhl sitzen und dabei zusehen, wie sich Stellas knochiger Rücken auf dem Flur von mir entfernt, und zuhören, wie ihr Husten die Wände erschüttert.

„Oh Gott", sagt Kasey. Ich zerquetsche ihre Hand in meiner.

„Alles wird gut", sagt Caleb. „Alles wird gut." Aber wir glauben ihm nicht.

9. KAPITEL

„Es ist ein gutes Zeichen, dass sie immer noch auf ihrem Zimmer ist", sagt Caleb. „Sie mussten sie nicht in die …" Er bricht mitten im Satz ab und blickt sich verwirrt und suchend im Raum um.

Ich lege ihm die Hand auf den Arm. „Caleb?"

Es dauert einige Augenblicke, bis er zu mir zurückkommt und mich wieder anschaut. „Tut mir leid", sagt er. „Ich bin hängen geblieben."

„Schon gut. Es muss dir nicht leidtun."

„Wie lange war ich weg?"

„Nur ein paar Sekunden."

„Ich muss wie ein totaler Freak rüberkommen."

„Überhaupt nicht. Und du hast übrigens recht – als du gesagt hast, es sei ein gutes Zeichen, dass Stella noch auf ihrem Zimmer ist." Ich kann immer darauf zählen, dass Caleb das Positive in allem sieht, auch wenn sein Gehirn nicht einwandfrei arbeitet.

In der letzten Stunde haben wir in meinem Zimmer gesessen und ferngesehen. Das Gespräch unserer Eltern wurde wegen Stellas Notfall vorzeitig abgebrochen und dann waren alle abgelenkt, weshalb wir vermutlich vorerst keine Strafe zu erwarten haben. Ich konnte die Erleichterung in Kaseys Augen sehen, als meine Eltern hereinkamen und sie wusste, dass ihre Schicht bei mir zu Ende war. Sie hat bei solchen Sachen kein dickes Fell. Sie wurde noch nicht mitten in der Nacht von den Lautsprechern geweckt, die den „Code Blue" ausrufen – Herzalarm. Sie musste noch nie miterleben, wie Eltern erfahren, dass ihr Kind die Operation nicht überlebt hat. Sie hat noch nie gesehen, wie eine Bahre mit einer viel zu kleinen zugedeckten Gestalt über den Flur geschoben wird.

Aber das macht es für uns nicht leichter. Es macht es nicht weniger schmerzvoll. Nur weniger überraschend. In uns gibt es einen Ort, der auf diese Art von Schmerz schon vorbereitet ist. Aber schmerzvoll ist es dennoch.

Will hat vom Baseballtraining angerufen, doch er wusste nicht so recht, was er sagen sollte. Was soll ein Junge – auch wenn er so süß ist wie Will – schon zu seiner Freundin sagen, wenn ihre heimliche beste Freundin vergisst, wie man atmet? Meine Eltern waren so rücksichtsvoll, ihre Moralpredigt auf später zu verschieben, als sie erfuhren, was mit Stella geschehen war, und sind früh nach Hause gegangen, um mit Jenica zu Abend zu essen. Jetzt warten Caleb und ich auf irgendjemanden, der uns irgendetwas sagt, obwohl wir wissen, dass sie nichts sagen dürfen, wegen dieser dämlichen Schweigepflicht, die keine Rücksicht auf die Not bester Freunde nimmt.

Gegen sieben kommt Schwester Suzanne herein. Caleb springt auf und umarmt sie. „Na, Großer“, sagt sie, „harter Tag, was?“

„Haben Sie schon was gehört?“, frage ich.

„Es geht ihr so weit gut. Ihr wisst ja, dass ich euch nicht mehr sagen darf.“

„Können …“, beginnt Caleb und macht dann eine lange Pause, in der sein Mund offen steht und sein Gehirn versucht herauszufinden, wo sich das nächste Wort versteckt. „Sehen?“, sagt er endlich.

Suzanne legt ihm die Hand auf die Schulter. „Vielleicht morgen“, sagt sie. „Ich habe ihr gesagt, dass sie heute Abend nur einen Besucher empfangen darf, und sie hat nach Evie gefragt. Tut mir leid, Junge.“

Er nickt und lächelt dabei so süß, dass ich ihm beinahe glaube, dass ihn die Entscheidung nicht verletzt.

„Ich sehe aus wie Gollum.“ Es ist das Erste, was Stella sagt, als Suzanne mich in ihr Zimmer schiebt.

„Space Gollum“, erwidere ich. Aus ihrer Nase und aus dem Port in ihrer Brust ragen Schläuche, die an diverse Maschinen und Beutel mit Flüssigkeiten angeschlossen sind. Ihr kahler Kopf ist unverhüllt. „Du siehst wie ein Cyborg aus.“ Sie ist halb Maschine. Auf dem Monitor ist ihr Herzschlag zu sehen. Der Piepton ihres Pulses harmoniert mit dem feuchten Sauggeräusch des Sauerstoffgerätes.

„Space Gollum“, wiederholt sie und kichert. So gut wie jemand mit Schläuchen in der Nase eben kichern kann. „Du bist lustig, Cheerleader.“

„Warum hast du deinen Hut nicht auf?“

„Mir ist nicht danach.“

Stella liegt abgestützt im Bett, das Nachthemd liegt weit über ihren dünnen Körper gebreitet. Ihre Schulter guckt heraus. Sie ist gerade mal so dick wie ein Golfball. In all den Monaten, die wir nun schon abwechselnd im Krankenhaus und zu Hause verbracht haben, habe ich sie noch nie in einem Krankenhausnachthemd gesehen. Sie hat noch nie zugelassen, so krank auszusehen.

„Schickes Kleid“, sage ich. Regel eins der Krebskinder: Wir müssen die offensichtlichen Dinge aussprechen, die andere sich nicht zu sagen trauen.

„Sie haben meine Lieblingsjeans zerschnitten“, sagt sie. „Kannst du dir das vorstellen? Sie mussten überhaupt nichts unterhalb der Taille machen, aber sie haben sie trotzdem zerschnitten. Diese Arschlöcher hier drin versuchen immer, mich auszuziehen.“

„Weil du so heiß bist.“

„Flirtest du etwa mit mir? Lass es lieber. Sonst verpasst Cole dir einen kräftigen Arschtritt. Ha-ha.“ Ihre Stimme bricht, ihre Augen werden glasig. „Fuck!“, flucht sie und reibt sich die Augen. Obwohl sie schwach ist, bringt ihre Stimme noch genügend Wut auf, um die Traurigkeit wegzuschieben. „Meine bescheuerten Eltern. Er hat mich hier drin noch nie gesehen. Und jetzt kann er auch nicht kommen. Ich werde ihn erst sehen, wenn …“ Sie hält sich die schönen Hände vors Gesicht, aber ihre langen Finger sind so dünn, dass sie sich nicht dahinter verstecken kann. „Fuck!“

„Wir werden ihn einfach einschmuggeln“, sage ich. „Gib mir seine Nummer.“

„Nein.“ Sie schüttelt den Kopf. Sie sieht zu mir hoch und lächelt. „Ist schon gut. Mach dir um mich keine Sorgen. Du machst dir schon um genügend Leute Sorgen.“

Gerade als ich denke, dass uns die Stille gleich auffrisst, sagt Stella: „Sie haben mir gute Medis gegeben."

„Ja?"

„Ich fühle mich wie ein riesiger Marshmallow."

„Das klingt gut." Ich sehe mich in Stellas Zimmer um und entdecke viele vertraute Dinge – den Waschtisch und das Waschbecken, den winzigen Schrank, den Computer und die Monitore, das Blutdruckmessgerät, den Fernseher an der Wand, das Bett mit den ganzen Griffen und Knöpfen, die andere Hälfte des Zimmers, in der sich alles wiederholt.

„Wo ist deine Bettnachbarin?", frage ich.

„Sie haben sie zu Gwyn verlegt, den Flur runter. Ich sage nur: Gut, dass ich die los bin. Wenn das Mädel nicht geweint hat, hat es geschnarcht. Und ihre Mutter hat nach Hotdogs gerochen."

Keine von uns spricht an, was diese Verlegung in Wahrheit bedeutet. Wir wissen genau, dass ein Kind das Zimmer nur dann wechseln muss, wenn sie davon ausgehen, dass sein Bettnachbar stirbt.

Anders als die meisten von uns Langzeitpatienten hat Stella ihre Seite des Zimmers nicht dekoriert. Keine Fotos von Cole oder ihren Freunden und Bandmitgliedern, die ihre Eltern allesamt nicht leiden können. Stella erlaubt es ihnen nicht, sie wie ein kleines Kind zu behandeln und ihr Stofftiere oder, Gott bewahre, religiöses Zeug zu schenken. Das einzige Zeichen von ihr ist ihr Hut, der einsam auf dem Nachtschränkchen liegt.

„Weißt du, was seltsam ist?", fragt sie. „Du bist nie in mein Zimmer gekommen. Ich war immer bei dir. Du warst immer die Kränkste. Wir mussten immer zu dir kommen." Ich weiß nicht, was ich darauf erwidern soll. „Und nun sieh dich an", sagt sie lächelnd. „In ein paar Tagen wirst du einfach losrennen. Oder was machst du noch gleich? Cheerleaden? Gibt es das als Verb? Nicht mehr lange und du wirst wieder cheerleaden."

„Ich glaube nicht, dass ich das als Erstes machen würde, wenn ich wieder gehen könnte."

„Stimmt, du müsstest natürlich mit deinem süßen Freund vögeln."

„Stella!"

„Ich würde genau das machen. Nur natürlich nicht mit deinem Freund, sondern mit meinem."

„Es ist komisch, dass du ihn deinen Freund nennst."

„Wieso? Genau das ist er doch."

„Entschuldige, ich finde das irgendwie verwirrend."

„Vielleicht ist es manchmal ganz gut, verwirrt zu sein."

„Du bist nie verwirrt."

Sie denkt einen Moment darüber nach. „Doch. Ich bin auch manchmal verwirrt. Wegen allem Möglichen. Aber ich lasse es nicht überhandnehmen. Ich finde es besser, eine Entscheidung zu treffen und etwas zu unternehmen, anstatt nur herumzusitzen und ewig darüber nachzudenken. Selbst wenn sich herausstellt, dass es die falsche Entscheidung war. Wenigstens bin ich so in Bewegung. Wenigstens lerne ich dadurch etwas, stimmt's? Wenn du nur auf deinem Arsch sitzt und auf Nummer sicher gehst, kannst du auch keine Erfahrungen machen."

„Du bist sehr weise, Space Gollum", sage ich und nehme ihre Hand, obwohl ich weiß, dass sie diese Gefühlsduselei hasst.

„Halt die Klappe", erwidert sie und schleudert meine Hand weg. „Es ist nicht nötig, dass du hier ewig an meinem Krankenbett sitzt. Suzanne!", ruft sie in ihre Gegensprechanlage und für jemanden, der zum Atmen Schläuche benötigt, ist ihre Stimme erschreckend laut. „Komm und bring diese Nervensäge weg. Ich brauche meinen Schönheitsschlaf."

Suzanne erscheint nur eine Sekunde später. „Bye, Nervensäge", sagt Stella, als sie auf einen Knopf drückt, um den Kopfteil des Bettes nach unten zu stellen. „Wir riechen uns. Im Ernst: Lass mal diesen Gips checken. Ich glaube, da drin ist 'ne tote Ratte."

„Ich hab dich lieb, Stella", sage ich, als Suzanne mich aus dem Zimmer schiebt.

Ich rechne mit einer schlagfertigen Antwort, aber ich glaube, es ist ein Schluchzen.

10. KAPITEL

Ich warte darauf, dass meine Eltern nach Hause gehen, damit Caleb und ich an unserer Überraschung für Stella weiterarbeiten können, aber sie gehen einfach nicht. Sie sind viel zu aufgeregt wegen des heutigen Besuchs von Dr. Jacobs.

„Sie wird kräftiger", hat Dr. Jacobs ihnen in seinem professionellen, leidenschaftslosen, monotonen Tonfall mitgeteilt. „Ich weiß, wir wollten Evie eigentlich entlassen, sobald wir die Schmerzen im Griff haben, aber wenn Sie einverstanden sind, würde ich sie noch ein paar Tage länger hierbehalten, damit wir ein paar Tests durchführen können – um zu sehen, was da vor sich geht. *Falls* irgendetwas vor sich geht."

„Haben Sie nicht gesagt, ich wäre durch mit den Tests?", beschwerte ich mich. „Sie meinten doch, jetzt ginge es nur noch darum, dass ich so wenig leide wie möglich."

„Na ja, genau das ist es ja", erwiderte Dr. Jacobs und sah dabei meine Eltern an, obwohl ich die Frage gestellt hatte. „Es geht Evie viel besser, als alle hier es für möglich hielten. Irgendetwas scheint passiert zu sein. Sehr plötzlich, wie ich vielleicht hinzufügen darf. Sie scheint immer kräftiger zu werden, obwohl sich ihr Zustand eigentlich rapide verschlechtern müsste."

Ich hörte meine Mom laut einatmen.

„Aber ich möchte nicht, dass sich hier irgendwer zu viele Hoffnungen macht", fuhr Dr. Jacobs fort. „Vermutlich fühlt sie sich einfach nur besser, weil wir mit der Chemo aufgehört haben. Wenn wir sie jetzt entlassen, fürchte ich, dass sie sich wegen des täuschenden Gefühls der Besserung überanstrengt und den Krankheitsverlauf dadurch nur beschleunigt."

Obwohl sich Dr. Jacobs alle Mühe gab, ihre Hoffnung im Zaum zu halten, stürzten meine Eltern sich auf die Möglichkeit, die sich hier abzeichnete. Ich wurde nicht mal gefragt, was ich will. Und so nahmen sie mir Blut ab und schickten mich für einen Knochenscan in die Radiologie. Mom und Dad sind total aufgeregt, obwohl sie inzwischen eigentlich wissen sollten, dass es später umso mehr wehtut, wenn die Untersuchungen zeigen, dass mein Körper noch genauso kaputt ist wie zuvor.

Bisher befand sich mein Leben in der Warteschleife. Jetzt hängt mein Tod in der Warteschleife, was genauso irritierend ist. Wie bizarr, dass sich das Leben so lästig anfühlt. Wie unnatürlich, es nur noch hinter sich bringen zu wollen.

„Wie geht es Stella?“, versucht Mom, eine Unterhaltung aufzubauen. „Ich wollte ihr vorhin Hallo sagen, aber sie hat geschlafen.“

„Ich weiß es nicht“, antworte ich. „Ich schätze, es geht ihr ganz gut.“

„Ihre Eltern waren in dem Termin gestern stinksauer“, sagt Dad. „Ich glaube, sie kann es ihnen nicht recht machen.“

„Armes Mädchen“, meint Mom und schüttelt den Kopf. Ich weiß nicht, ob sich ihre Bemerkung auf Stellas Krebs oder auf ihre Eltern bezieht, aber so oder so – sie hat recht. „Du weißt, dass ich Stella sehr gernhabe. Aber ich fürchte, sie denkt manchmal einfach nicht nach.“

„Du irrst dich“, entgegne ich und ein unbekanntes Gefühl bringt meine Stimme zum Zittern. „Es war ein Geschenk.“ Ich fühle mich von einer fremden Macht beherrscht, irgendetwas außerhalb von mir. Erschrocken stelle ich fest, dass es Wut ist, die durch meinen Körper schießt, scharf und lebendig, wie eine Droge. Ich kann plötzlich verstehen, wie manche davon abhängig werden. Es ist ähnlich wie das, was Stella über die Musik gesagt hat, über die Sängerinnen. Meine Wut macht mich stark.

„Was war ein Geschenk, Schatz?“

„Was Stella gemacht hat. Mit mir nach draußen zu gehen. Sie hat alles genau geplant. Sie hat es für mich getan.“ Meine Stimme zittert, so sehr will ich, dass sie mich verstehen. „Ihr wisst ja nicht, wie es ist, hier festzusitzen. Eingesperrt zu sein wie ein Gefangener. Sie wollte mich noch einmal hier rausholen, bevor ich sterbe, damit ich für einen Moment noch mal die Freiheit spüre.“

„Oh, mein Schatz“, sagt Mom. „Das war sehr süß von ihr – auf ihre Art. Aber ich wünschte, sie würde darüber nachdenken, welche Auswirkungen ihre Handlungen auf andere haben. Das ist alles. Was ihr zwei getan habt, war ziemlich egoistisch, Evie. Wir hatten große Angst.“

Wieder der Geschmack von Wut. Seit meiner Diagnose habe ich andauernd daran gedacht, wie sich die anderen fühlen. Immerzu habe ich versucht, sie vor ihrer und vor meiner Angst zu beschützen.

Aber meine Wut zerstreut sich genauso schnell, wie sie kam, und lässt nichts anderes zurück als Traurigkeit. „Seid ihr sauer auf mich?“, frage ich. Sosehr sie mich auch berauscht, ich will keine Wut – weder auf meiner Seite noch auf ihrer. Das führt nur zu Konflikten. Und Konflikte reißen die Menschen nur auseinander.

„Oh Evie“, sagt Mom und nimmt meine Hand.

Dad legt den Arm um mich und drückt mich fest. „Meine Süße“, sagt er, „wir könnten niemals sauer auf dich sein.“

Endlich gehen meine Eltern, und ich rufe sofort in Calebs Zimmer an, damit er rüberkommt.

„Hast du alles dabei?“, frage ich ihn, als er da ist.

„Laptop – check“, sagt er. „Riesiges Stück Red Velvet Cake aus der Cafeteria – check.“

„Ich habe aus meinen schönsten Blumen einen Strauß gebunden“, sage ich. „Ich denke, das ist alles. Ist sie wach?“

„Ja, ich bin gerade an ihrem Zimmer vorbeigegangen. Die Tür steht auf, und es brennt Licht.“

„Hat sie dich gesehen?“

„Ich glaube nicht.“

Meine Überraschung für Stella ist nicht annähernd so episch wie ihre für mich, aber angesichts der begrenzten Zeit und Ressourcen ist es das Beste, was ich zustande bringen kann. Caleb trägt die Utensilien, während ich den Rollstuhl aus eigener Kraft den Flur entlangrolle. Von ihrem Platz im Schwesternzimmer reckt Schwester Suzanne die Daumen nach oben. Es ist niedlich, wie ernst Caleb die Sache nimmt: Auf Zehenspitzen geht er halb gebückt den Flur hinunter. Vor Stellas Tür stellt er sich flach an die Wand, sieht zu mir rüber und nickt. In der stummen Sprache verdeckter Ermittler nicke ich zurück. Er steckt den Arm ins Zimmer und dimmt das Licht. Ich klappe den Laptop auf und drücke ein paar Tasten, um alles vorzubereiten.

„Hey!", höre ich Stellas Stimme von drinnen. „Was soll das?"

Als wir den abgedunkelten Raum betreten, sehe ich, wie sie etwas auf einen Zettel schreibt. Doch was es auch ist, sie versteckt es schnell unter ihrem Hut auf dem Nachtschrank.

„Was schreibst du da?", fragt Caleb.

„Geht dich gar nichts an. Was soll die stimmungsvolle Beleuchtung? Was zum Teufel habt ihr zwei vor?" Doch ihr Versuch, die Kratzbürste rauszukehren, führt zu einem Hustenanfall, der das Bett und den angrenzenden Nachttisch beben lässt. „Alles gut", keucht sie und wehrt Calebs beruhigende Worte ab. „Alles gut." Sie atmet tief ein, um sich zu sammeln.

Caleb stellt den Kuchen und die Blumen auf den Tisch. „Für Sie, Madam", sagt er.

„Versuchst du, mich anzumachen?", fragt sie, während sie sich mit dem Handrücken den Mund abwischt. Ihr Handgelenk ist so dünn, dass es den Anschein macht, als könne es ihre Hand nur mit Mühe halten.

Caleb nimmt mir den Computer aus den Händen und stellt ihn vor sie. Auf dem Bildschirm ist Coles lachendes Gesicht zu sehen.

„Hallo meine Schöne", ertönt Coles Stimme aus den kleinen Computerlautsprechern.

„Oh!", keucht Stella und hält sich die knöchernen Hände vor den Mund. Tränen steigen ihr in die Augen.

„Eigentlich wollten wir Kerzen", sagt Caleb. „Aber Schwester Suzanne meinte: keine offenen Flammen in der Nähe von Sauerstofftanks."

Die Tränen laufen ihr übers Gesicht und sie schnappt nach Luft.

„Stella?", sagt Cole aus dem Computer. „Alles gut?"

„Kriegst du Luft?", frage ich. „Sollen wir Suzanne holen?"

„Ich ersticke nicht, ich weine", erwidert sie. „Mein Gott, könnt ihr den Unterschied nicht erkennen?"

Stella darf nicht weinen.

Sie wischt sich über die Augen und setzt sich ein bisschen auf. Sie schaut auf den Computerbildschirm und ihr Gesicht entspannt sich, als sie lächelt. Wäre sie jemand anderes, würde ich sagen, sie wird ein wenig rot. Aber das hier ist Stella, und der passiert so was nicht. Allerdings liegt plötzlich ein Frieden in ihren Augen, der sie aus diesem Zimmer holt, weg von all den Geräten und dem sterilen Weiß, raus aus ihrem schwachen, ausgezehrten Körper. Einen Moment lang ist sie woanders, irgendwo mit Cole, und sie ist nicht krank.

Ich weiß, wie sich das anfühlt. So ging es mir mit Will. Auch wenn ich so schwach war, dass ich kaum sitzen konnte – wenn er durch die Tür kam, war ich auf einmal stark und ohne Makel. Als ob mich sein Anblick heilte. Ich wünschte, er wäre hier. Ich wünschte, er würde mich in seine Arme schließen und das Ganze weniger beängstigend machen.

„Komm, wir lassen sie ein bisschen alleine", sage ich und bugsiere meinen Rollstuhl rückwärts aus dem Raum. Caleb kommt hinterher und schließt die Tür von außen.

Er setzt sich in einen freien Rollstuhl und parkt ihn neben meinem. Wir sitzen im Flur vor Stellas Zimmer und starren auf die weiße Fläche ihrer geschlossenen Tür.

„Worüber sie wohl reden?", sagt Caleb.

„Worüber würdest du denn mit deiner Freundin reden?"

„Ich weiß nicht. Ich hatte noch nie eine Freundin."

„Oh."

In dem hell erleuchteten Flur hallen die Geräusche der Fernseher wider. Die Schwestern und Assistenzärzte haben sich an der Theke vor dem Schwesternzimmer versammelt und lachen über irgendetwas auf dem Monitor. Auf jemanden, der nicht hier festsitzt, der nicht weiß, welches Leid sich hinter diesen Wänden verbirgt, mag diese Szene sogar fröhlich wirken.

„Evie?“, sagt Caleb nach ein paar Minuten.

„Ja?“

„Ich habe Angst.“

Ich sehe zu ihm hinüber. Seine Baseballcap liegt auf seinem Schoß, die Narben und Höcker und Verfärbungen auf seinem Schädel sind unverhüllt. Verletzlich.

„Ich auch“, sage ich.

„Kann ich deine Hand halten?“

„Okay.“

Er streckt den Arm aus und verschränkt seine warmen, dicken Finger mit meinen.

Angesichts der Umstände würde es Will wohl nichts ausmachen.

JETZT.

WENN.

Liebe Stella,

ich weiß, dass du gerade dein Make-up auflegst und dich fertig machst, um mich zu besuchen. Gleich werde ich deine schweren Stiefel auf dem Flur hören. Wie du zu Dan rüberpfeifst, das wird mich zum Lachen bringten, noch bevor ich dich sehe.

Die gute Nachricht ist, wir haben anscheinend nichts mehr wegen unseres abendlichen Ausflugs neulich zu befürchten.

Wenn ich dir diesen Brief schreibe, bedeutet das, dass du nicht weg sein kannst. Ein Brief hat einen Empfänger. Er sorgt dafür, dass du existierst. Du wirst ihn lesen und lachen, und dann werde ich dabei zusehen, wie du mit deinen schönen Händen ein Herz daraus faltest.

In der Welt dieses Briefes gibt es so etwas wie ein Koma nicht. Deine Stimme wird nicht zu dem saugenden Geräusch der CPAP-Maske verzerrt, das in deinem leeren Zimmer widerhallt. Deine Augen sind nicht geschlossen, dein Eyeliner und deine Mascara nicht verschmiert. Deine Hand liegt nicht reglos auf der Decke über deinem Bauch, die Schläuche an den Port in deiner Brust angeschlossen, deine Finger nackt, alle Ringe abgemacht.

Aber in der anderen Welt, der Außenwelt, ist das eine andere Geschichte. Eine traurige Geschichte. In dieser Welt schiebt Dan mich ans Fenster, als könnte ein Wechsel der Szenerie dafür sorgen, dass du weniger weg bist. Er versucht, mich zum Reden zu bringen, aber ich bin irgendwo weit weg, irgendwo, wo ich keine Stimme habe. Diese Welt sieht anders aus, falsch. Sie ist schmutzig und feindselig und fällt in sich zusammen, und sie ist nicht so schön wie die Aussicht von dem Hügel. Sie ist nicht so schön, wie wenn du darin vorkommst.

In dieser Welt gehen deine Eltern steif zur Eingangstür des Krankenhauses. Ihre Gesichter sind versteinert, zeigen nicht, was in ihnen vorgeht, wie es sich anfühlt, eine Tochter zu haben, die auf nichts mehr reagiert. Aber dann ein Blitz – Cole kommt von hinten auf sie zugerannt, dein Ritter in glänzender Rüstung. Und dann eine Pattsituation, drei Gestalten an den Schiebetüren, die darum kämpfen, wer dich lieben darf. Deine Eltern versperren den Weg. Cole ist der Held, der dich zu retten versucht. Du bist sein Dornröschen, das auf den Kuss wartet, der es wieder zum Leben erweckt. Ich rufe ihm etwas zu, aber ich bin ebenfalls eine Prinzessin. Ich bin Rapunzel, eingesperrt in einem Turm. Niemand kann mich von so weit oben hören, hinter diesen dicken Wänden, deren Fenster sich nicht öffnen lassen. Es ist unmöglich, uns zu retten.

Er war ritterlich, Stella. Das musst du wissen. Er hat versucht, an ihnen vorbeizukommen. Er hat alles getan, was ihm möglich war. Aber dein Vater ist kräftiger als Cole. Und wenn dich der Vater des Mädchens, das du liebst, zu Boden stößt, ist es nicht möglich, wieder aufzustehen. Wenn sich die Sicherheitsleute automatisch auf die Seite der Erwachsenen schlagen, ist man bereits besiegt.

Aber mach dir keine Sorgen. Das ist irgendwo anders. Das geschieht in der Welt, zu der wir nicht gehören. In dieser, in unserer Welt, ist Cole gerade bei dir, und du spielst leise Gitarre, während er dir durch die langen Haare streicht, die nie ausgefallen sind. Es ist Sommer und du singst. Wir sitzen oben auf dem Hügel und betrachten die strahlend perfekte Welt, und deine Stimme macht mir Mut.

Stella, es fällt mir so schwer, bei dir zu bleiben. Immer wieder pendle ich zurück an den Ort, wo es dich nicht gibt. Ich bin hier krank und am Boden. Mir ist übel und ich zittere. Aber diese Krankheit hat weder etwas mit dem Krebs zu tun noch mit der Chemo oder dem Flüssigkeitsmangel oder den diversen Medikamenten. Es ist eine neue Art von Krankheit, die irgendwie süß ist und fiebrig, die mit dem plötzlichen Drang einhergeht, mir diesen Gips abzureißen, den Flur hinunterzurennen und aus dem Fenster zu springen. Sie steckt in meinen Knochen, in meinen Muskeln. Ich würde alles dafür geben, mich zu bewegen. Ich weiß, wie wilde Tiere sich fühlen müssen, wenn sie eingesperrt sind. Dieses Zimmer – dieses Leben – ist so klein, so sicher und so steril. Ich will die Farbe von den Wänden kratzen. Ich will rennen. Das hier ist ein Naturtrieb.

Stella, wir sind Rehe, die durch die Wildnis jagen. Nein. Wir sind Wölfe.

Ich betrachte das eingerahmte Foto der Cheerleadertruppe, das du umgedreht hast. All diese Mädchen, die ihre Gesichter zur Wand gerichtet haben und von welkenden Blumen eingerahmt werden. All diese Mädchen, die niemals echten Schmerz kennengelernt haben. Das leere Lächeln in ihren Gesichtern. Diese perfekten Leben. Ihre makellose Welt ist jetzt meilenweit entfernt, hinter weiten Wüsten, Bergen, Ozeanen – unerreichbar. Ich werde niemals meinen Weg dorthin zurückfinden. Das ist nicht meine Welt. Nicht dieses kleine Universum, das so säuberlich in diesem billigen Bilderrahmen gefangen ist. Es gibt keinen Weg, der dort hineinführt, kein Tor zwischen dieser und ihrer Welt.

Ich verbiege und drehe und strecke mich, bis ich den Rahmen mit den ausgestreckten Fingern berühren kann. Die Muskeln in meinem Körper, die von der Krankheit geschwächt sind, erwachen wieder zum Leben. Ich packe das Bild, halte das harte, flache Ding in meiner Hand und werfe es dann quer durchs Zimmer. Befriedigung durchströmt mich, als das Glas an der Wand zerspringt. Mein Blut kühlt ab. Das Zimmer dehnt sich ein wenig aus. Gerade genug, um zu atmen. Gerade genug, um am Leben zu bleiben.

Ich weiß nicht, welche Welt zerbrochen ist. Welche Welt ist deine? Welche Welt ist unsere? In welcher Welt befinde ich mich gerade?

Auf dem Boden liegen Scherben. Wenn ich gehen könnte, würde es mir die Füße aufschneiden.

Stella, welches ist die Welt, in der du nicht tot bist?

In ewiger Liebe
Evie

11. KAPITEL

„Komm schon, Evie. Versuch es einfach", sagt Caleb. Wir sitzen in seinem Zimmer, weil im Aufenthaltsraum zu viele Leute sind. Doch selbst hier drin, bei geöffneter Tür und weit zurückgezogenen Vorhängen, bin ich klaustrophobisch.

„Nein, Caleb. Ich werde nicht mit dir beten."

„Aber es funktioniert, ehrlich. Darüber gibt es Studien."

„Es funktioniert wobei? Bringt es die Menschen von den Toten zurück?"

Er zuckt zusammen.

„Tut mir leid", sage ich, und es stimmt. Warum bin ich so gemein – ausgerechnet zu der einzigen Person auf der ganzen Welt, die annähernd verstehen kann, was ich durchmache? „Ich verstehe nur nicht, wofür ich überhaupt beten soll."

„Du kannst für Trost beten", sagt er. „Du kannst für Frieden in deinem Herzen beten."

Wut steigt brennend in mir auf. „Wirklich?" Ich kann die Schärfe in meiner Stimme nicht verbergen. „Was ist mit Krebs? Kann es mich auch von meinem Krebs befreien?"

Er senkt den Blick. Ich habe ihn verletzt, aber er versucht es trotzdem weiter. „Ehrlich gesagt", sagt er leise, „gibt es Fälle, in denen Leute von allem Möglichen geheilt wurden, auch von Krebs."

Ich verdrehe die Augen. Sie sind vom Weinen so verquollen, dass sie nur noch kleine Schlitze sind. Stella ist gestern gestorben, und Caleb hat es sich zur Mission gemacht, mich zu trösten. Aber ich bin anscheinend nur dazu fähig, ihn wie Dreck zu behandeln.

„Nimm's mir nicht übel, Caleb, aber das ist Bullshit."

Er atmet tief ein und sieht mich freundlicher an, als ich es verdiene. „Tut mir leid, dass du das so siehst."

„Mir auch." Ich wünschte, ich wäre so gläubig wie er. Ich wünschte, ich hätte dieses Vertrauen darauf, dass Gott auf mich aufpasst, sich überhaupt für einen von uns interessiert. Ich wünschte, ich könnte an einen höheren Grund für Stellas Tod glauben.

Caleb nimmt meine Hand. „Ich bete für dich, Evie", sagt er. „Ich bete jeden Tag für dich."

„Hör auf damit", erwidere ich. Ich ziehe meine Hand weg. „Ich will deine scheiß Gebete nicht."

Er sieht aus, als hätte ich ihn geohrfeigt. Ich hasse mich.

„Tut mir leid", sage ich. „Ich weiß auch nicht, was mit mir los ist."

„Schon gut", entgegnet er mit einem scheuen Lächeln. „Wir alle trauern um sie. Jeder auf seine Art, schätze ich."

„Hey Leute!", sagt Dan eine Spur zu fröhlich von der Tür aus. Er sieht praktisch jede halbe Stunde nach uns, zusammen mit dem Geistlichen (alias der Sensenmann), einem Sozialarbeiter, einem Therapeuten und diversen Leuten, die wissen wollen, ob wir über unseren Verlust sprechen möchten. Vermutlich ist auch dies wieder nur ein weiterer dieser Besuche, doch da sehe ich ein Flimmern in seinen Augen. Er sieht mich mit einem manischen Ausdruck im Gesicht an.

„Evie, meine Liebe, ich werde dich jetzt mal entführen", sagt er und sprintet förmlich zu mir herüber, um den Rollstuhl zu packen. Noch bevor ich mich von Caleb verabschieden kann, schiebt er mich schon aus dem Zimmer.

„Was ist los?", frage ich.

„Deine Familie ist hier."

„Deshalb bist du so aufgeregt? Die kommen doch jeden Tag."

„Dr. Jacobs ist auch hier."

„Bah."

Er lacht nur, als er mich in das Zimmer schiebt, in dem Mom, Dad und Dr. Jacobs auf mich warten.

„Ach, Evie", sagt Mom und nimmt mich in den Arm. „Dr. Jacobs hat uns von Stella erzählt. Es tut mir ja so leid."

„Danke."

„Ich sollte Mrs Hsu Blumen schicken.“ Selbst nach der langen Zeit sind sie nie an den Punkt gekommen, sich zu duzen.

„Sicher. Das wäre nett.“ Als ob Blumen etwas ändern könnten. Als ob Mom irgendetwas tun könnte, was wirklich hilft. Mrs Hsus Tochter ist für immer gegangen, und ich bin die Nächste.

Jetzt nimmt Dad mich in den Arm. „Wie geht es dir, Schatz?“

„Ganz gut, glaube ich.“ Wie sollte ich diese Frage auch schon beantworten?

„Stella ist allerdings nicht der Grund dafür, dass ich Sie heute Morgen herbestellt habe“, unterbricht Dr. Jacobs uns. Wie kann man nur so arschig sein?

„Ach so“, erwidert Mom erschrocken. Sie kneift argwöhnisch die Augen zusammen. „Weshalb dann?“ Es gibt niemals gute Nachrichten, wenn Dr. Jacobs sie ins Krankenhaus bestellt.

Ich habe plötzlich einen Stein im Magen. Ich kann nicht noch mehr schlechte Nachrichten ertragen. Nicht jetzt. Noch nicht. Ich bin zu verwundbar.

Wir sehen Dr. Jacobs an. Wir halten alle die Luft an und warten darauf zu hören, welchen neuen Trumpf der Krebs gegen mich ausgespielt hat.

In seinem versteinerten Gesicht ist ein Sprung, eine Fissur in dem professionellen, gefühllosen Doktorgebaren. Biegen sich seine Mundwinkel nach oben? *Lächelt* er?

„Die Untersuchungsergebnisse sind heute gekommen“, sagt er.

„Und?“, fragt Dad.

„Ich kann es noch nicht so ganz einordnen, aber die Quote ihrer Blutkörperchen und die Proteine sehen normal aus. Und der Knochenscan hat nichts anderes gezeigt als gesunde Knochen und die Implantate an genau den Stellen, wo sie sein sollen. Ich denke, wir können in den nächsten Tagen den Gips abnehmen.“

Mom und Dad tauschen einen Blick. Auf ihren Gesichtern spiegeln sich Verständnislosigkeit und Schrecken. Sie versuchen, diese unmöglichen Neuigkeiten zu verarbeiten.

„Ihre Blutkörperchenquote, Herr Doktor, was bedeutet das?", fragt Mom.

„Nun ja", antwortet Dr. Jacobs und sieht mich mitfühlend an, „es bedeutet, dass ich eine erneute Knochenmarkpunktion durchführen möchte."

„Nein!", protestiere ich.

Man stelle sich die schmerzvollste Sache der Welt vor und multipliziere sie mit eintausend. Genauso fühlt sich eine Knochenmarkpunktion an.

„Evie", tadelt Dad mich.

„Moment", sagt Mom, und ihre Lippen formen endlich das Lächeln, das sie zu unterdrücken versucht hat. „Sie wollen ihr Knochenmark untersuchen? Sie denken, es könnte sich etwas verändert haben?"

„Der Krebs in ihrem Knochenmark müsste eigentlich die Blutbildung beeinflusst haben. Aber wie gesagt: Ihre Ergebnisse gleichen denen eines völlig gesunden Kindes."

„Oh mein Gott", flüstert Mom und fängt an zu heulen. Dad blinzelt die Tränen weg und drückt mein gesundes Knie ein bisschen zu fest.

Ich fühle nichts. Ich fühle mich betäubt. Stella ist tot und sie sprechen von mir als einem „völlig gesunden Kind".

„Also, ich möchte nicht, dass sich hier irgendjemand zu große Hoffnungen macht. Wir können nichts mit Sicherheit sagen, ehe wir die Ergebnisse haben. Aber es gibt eine Chance, dass Evie mehr Zeit hat, als wir ursprünglich dachten. Ich habe so etwas noch nie erlebt, aber es ist möglich, dass die Chemo endlich eingeschlagen hat – um hier mal im Fachjargon zu sprechen."

Hat Dr. Jacobs gerade einen Witz gemacht?

„Oh danke, Dr. Jacobs!", weint Mom. Ich weiß, dass sie ihn umarmen will, aber zum Glück hält sie sich zurück.

Ich verlasse meinen Körper, während sie über die Untersuchung sprechen. Ich versuche, mir nicht die große, dicke Nadel vorzustellen, die sich durch meine Haut, mein Fett, meine Muskeln und meinen Knochen bohrt. Ich starre auf die verwelkenden Blumen, auf die ich schon so oft gestarrt habe. Warum hat sie niemand weggeworfen? Sieht denn niemand, dass sie sterben?

„Wir müssen diese Blumen wegwerfen", platzt es aus mir heraus.

„Ja, natürlich, Schatz", erwidert Mom irritiert. „Nur noch einen kleinen Moment."

Als Dr. Jacobs endlich den Raum verlässt, beugen sich meine Eltern über mich und strahlen einander an, als hätten sie soeben als Team eine Heldentat vollbracht – einen olympischen Staffellauf, den Superbowl. Und ich bin der Staffelstab oder der Football, ein lebloses Objekt, das hin und her gereicht wird, ein Requisit, ohne das kein Spiel funktioniert.

In wenigen Minuten werde ich ein Nadelkissen für ihre Nadeln sein. Man wird mich festbinden, in mich hineinstechen und eine Probe entnehmen, um darin nach guten Nachrichten zu suchen.

Stella ist gerade erst gestorben, während ich vielleicht leben kann, und ich habe keine Ahnung, wie es mir mit dem einen oder dem anderen gehen soll.

12. KAPITEL

Ich könnte jeder sein, einfach ein normaler Teenager, der sich das Bein bei einer normalen Aktivität wie Reiten, Rad fahren oder auf Bäume klettern gebrochen hat. Dr. Jacobs sagt, der Bruch verheile perfekt. Wie durch ein Wunder wurden keine Hauptnerven oder Blutgefäße verletzt; das Gewebe ist gesund und weich geblieben, während ich bettlägerig war. Das Einzige, was man jetzt auf den Röntgenbildern sieht, sind die kleine Metallplatte in meinem Becken und die Titaniumstange mit den sechs Schrauben, die meinen Oberschenkel zusammenhalten.

Nachdem sie so gut wie nicht-existent waren, ist die Anzahl meiner weißen Blutkörperchen jetzt normal. Den Tests und den diversen Vergleichstests zufolge ist kein Krebs in meinem Körper zu finden. Nirgends. Nichts. Null. Nada.

Es gab einen Fehler. Oder ein Wunder. Oder eine verkorkste Kombination aus beidem. Noch so einer von Gottes Witzen – aber ich weiß nicht, ob ich lachen oder weinen soll.

Ich bin die einzige Patientin auf der Kinderkrebsstation ohne Krebs. Mein Zimmer ist leer. Die ganze Dekoration wurde abgenommen, alle Blumen wurden endlich weggeworfen. Ich sitze auf meinem Krankenhausbett und warte darauf, entlassen zu werden.

Ich habe bereits Calebs tränenreichen Abschied ertragen. Ich habe ihm versprochen, dass ich ihn besuchen und ihm simsen werde und dass wir zusammen Kaffee trinken, sobald er rauskommt, aber eigentlich wollte ich nur so schnell wie möglich weg. Ich gehöre hier nicht mehr hin.

Mom ist irgendwo auf dem Flur und sucht nach jemandem, der mich offiziell entlässt. Jenica und Dad holen das Auto, meinen gepackten Koffer im Kofferraum. Will und Kasey wollten beide kommen, aber ich wollte es nicht. Um meine Entlassung wird ohnehin schon viel zu viel Wirbel gemacht. Außerdem haben wir jetzt ja alle

Zeit der Welt. Dies ist für eine ganze Weile womöglich das letzte Krankenhauszimmer, das ich zu sehen kriege.

Ich sollte etwas fühlen. Freude. Dankbarkeit. Aber ich denke die ganze Zeit daran, dass das Letzte, was Stella vermutlich sah, eine Decke wie die hier war – eine leere, ausgedehnte, leblose, weiße Fläche. Ich denke die ganze Zeit daran, wie allein sie in diesem Raum war. Dass sie von Maschinen am Leben gehalten wurde. Bis sie abgestellt wurden.

Wenn ich weg bin, werden die Geräusche im Krankenhaus ohne mich weitergehen – das konstante Piepsen, die sich öffnenden und schließenden Türen, das Rattern der Geräte, die den Flur hoch- und runtergerollt werden, in die Zimmer hinein und wieder heraus. Das tiefe Brummen der Ärzte und Eltern; die hohen, fröhlichen Stimmen der Kinder; das eigentümliche Krankenhausduett aus Lachen und Weinen.

Ich höre quietschende Räder und die Schritte kleiner Füße. Ein Mädchen, das ich von Filmabenden kenne, taucht in meiner Tür auf. Sie trägt einen pinken Football-Pyjama, der ihr vermutlich mal gepasst hat, nun aber schlaff an ihrem ausgezehrten Körper hängt. Sie sieht aus wie eine Lebenslängliche – eins der Kinder, die praktisch hier groß geworden sind. Ich glaube, sie ist sechs oder sieben, aber es ist schwierig, das Alter von schwer kranken Kindern zu schätzen. Teenager können jahrelang in der Vorpubertät stecken bleiben; kleine Jungs können wie hagere alte Männer aussehen.

Auf ihrem Kopf sind nur noch ein paar strohige Haarbüschel übrig. Stella bekam immer einen Anfall, wenn sich die Leute in diesem Stadium nicht den Kopf rasierten. „Keine Selbstachtung", beschwerte sie sich. „Das ist eine Beleidigung für meine Augen." Aber vielleicht gibt es für die Eltern dieses Mädchens wichtigere Dinge, über die sie nachdenken müssen, als die Haare ihrer Tochter.

Das Sauerstoffgerät, das sie hinter sich herzieht, lässt sie klein erscheinen. Obendrauf sitzt ein schlaffes Stoffkaninchen.

Noch ehe ich die Möglichkeit habe, etwas zu sagen, kommt sie zu mir rüber und klettert auf mein Bett.

„Hi“, sagt sie.

„Hi.“

„Ich bin Carla.“

„Hi, Carla. Ich bin Evie.“

„Ich weiß.“ Sie holt das Stoffkaninchen von seinem Sitzplatz auf der Maschine und hält es mir hin. „Das ist Piggy.“

„Hallo, Piggy.“ Ich schüttle seine kleine weiche Hand.

„Kann ich auf deinem Gips unterschreiben?“

„Klar.“ Ich sage ihr nicht, dass er morgen abkommt.

Sie holt einen Stift aus einer versteckten Reißverschlusstasche in Piggys Rücken. Sie hat sich vorbereitet.

Konzentriert beißt sie sich auf die Unterlippe, während sie die verwackelten Worte an eine freie Stelle zwischen den verblassten Namen der Kinder schreibt, die in den drei Wochen, die ich hier war, kamen und gingen. „Für Evie. Deine Carla“, schreibt sie und kreist alles mit einem Herz ein.

„Das sieht schön aus“, sagt sie und nickt.

„Finde ich auch.“

Sie rückt näher an mich heran. „Ich habe das Gleiche wie du. Ewing-Sarkom.“ Die schweren Wörter passen nicht zu ihrer Kinderstimme. „Zuerst war es nur in meinem Arm, aber jetzt ist es auch in meiner Lunge.“ Sie hält das Kaninchen hoch und zeigt auf seine Brust. „Hier.“

„Das tut mir leid.“

Sie sieht sich in meinem leeren Zimmer um. „Deine Sachen sind alle weg.“

„Ich werde heute entlassen.“

„Ich weiß.“

„Ach ja?“

„Alle wissen das.“

„Aha.“

„Evie?“

„Ja?“

Sie blinzelt zweimal mit ihren großen Augen. Wenn sie ein Geräusch machen würden, wäre es *pling, pling*. „Darf ich dich berühren?"

„Warum willst du mich berühren?"

„Piggy und ich haben uns gefragt, ob vielleicht etwas von deinem Wunder abfärbt. Dann können wir vielleicht auch geheilt werden."

Bevor ich darüber nachdenken kann, was ich tue, werfe ich die Arme um Carla und drücke sie fest an mich. Ich kann ihre brüchigen Vogelknochen durch ihre Haut spüren. Wenn ich sie loslasse, wird sie verschwinden. Sie wird zerbrechen und sich in Staub verwandeln.

„Aua", sagt sie.

Ich lasse sie schnell los. „Alles gut? Es tut mir leid." Ich mustere sie, um zu sehen, ob sie verletzt ist.

„Das hier ist nur ein bisschen verrutscht", sagt sie und rückt den Schlauch in ihrer Nase zurecht.

„Tut mir leid. Ich weiß auch nicht, warum ich das gemacht habe."

Sie zuckt die Schultern. „Du brauchtest wohl eine Umarmung."

„Wahrscheinlich."

Sie rutscht vom Bett und setzt Piggy wieder auf seinen Platz oben auf dem Sauerstoffgerät. „Okay, bye", sagt sie unfeierlich. Ich unterdrücke das Verlangen, sie noch mal zu drücken.

„Wir sehen uns", sage ich und bemühe mich um einen beiläufigen Tonfall. Es kostet mich alle Kraft, nicht vor diesem Kind die Fassung zu verlieren.

Sie neigt den Kopf zur Seite und sieht mich prüfend an. *Pling, pling.*

„Wahrscheinlich nicht", sagt sie nüchtern. „Ich glaube nicht, dass das mit der Umarmung funktioniert hat. Ich glaube nicht, dass Wunder ansteckend sind."

Mein Mund geht auf, aber es kommen keine Worte heraus. Ich sehe ihr nach, als sie in den Flur hinausgeht. Der Sauerstofftank folgt ihr wie ein treues Haustier.

13. KAPITEL

Mein Zimmer gleicht einem Museum. Alles befindet sich genau dort, wo es war, als ich zu meinem Spaziergang mit Will am Lake Merritt aufbrach, was mir so vorkommt, als wäre es Ewigkeiten her. Ich weiß, dass Mom meine Bettwäsche gewaschen hat, weil mein Bett gemacht ist, aber davon abgesehen ist es, als wäre die Zeit an jenem sonnigen Nachmittag stehen geblieben. Das Buch, das ich gerade gelesen hatte, liegt noch immer aufgeschlagen auf meinem Nachttischchen. Mein Schulsweatshirt hängt noch immer über der Rückenlehne meines Schreibtischstuhls. Eine schmutzige Socke liegt einsam in der Ecke.

Ich weiß, dass es gar nicht so lange war, aber ich bilde mir ein, dass alles von einer Staubschicht bedeckt ist. Es ist mein Zimmer, aber ich verspüre einen seltsamen Widerwillen, irgendetwas zu berühren, als bekäme ich Ärger dafür, die Ausstellung zu ruinieren. Nichts von diesen Dingen fühlt sich wie meins an. All diese Muster und Stoffe, all diese Farben außer Weiß, all diese Gerüche außer Desinfektionsmittel – es ist zu viel. Mir ist schwindelig. Im Rollstuhl sitzend strecke ich den Arm aus und drücke auf den Lichtschalter. In der Dunkelheit lässt sich alles ein wenig besser bewältigen.

Dad hat meinen Koffer mitten im Zimmer stehen gelassen, wo er nun merkwürdig herumsteht – fast bedrohlich. Mir wird klar, dass ich ihn nicht mal öffnen will, dass ich nicht möchte, dass der Inhalt diese Luft berührt. Ich werde diese Klamotten nie wieder tragen, die Zahnbürste nie mehr benutzen, meine Haare nie wieder mit diesem Kamm kämmen. Dieses Zeug gehört Fräulein Krebs. Nicht mir.

Ich rolle den Rollstuhl zum Koffer hinüber, um ihn aus meinem Blickfeld zu schaffen. Vielleicht kann ich ihn in die hinterste Ecke meines Kleiderschranks schieben, wo er ungeöffnet in Vergessenheit gerät und ich nie wieder daran denken muss. Doch in dem Augenblick bemerke ich etwas auf meinem Schreibtisch, das vorher nicht da stand. Ein viereckiges Päckchen, kaum größer als ein Schuhkarton, in braunes Papier gewickelt und mit einem Aufkleber versehen, auf dem meine Adresse steht. Der Absender ist das Krankenhaus.

Noch bevor ich es öffne, weiß ich, dass es von Stella ist. Das sieht ihr ähnlich, mir ein Paket aus dem Reich der Toten zu schicken. Als ich das Papier aufmache, trifft mich ein vertrauter Geruch so heftig, dass ich mich an meinem eigenen Atem verschlucke – Stellas Geruch. Der moschusartige Männerduft, der bei ihr auf wundersame Art so weiblich roch.

Ich öffne den Karton und finde darin Stellas Hut – den glatten, schwarzen Filzhut mit der ovalen Krempe und der Falte in der Mitte, der problemlos zu Al Capone oder Indiana Jones gepasst hätte, nur dass dieser ein besonderes Stella-Flair hat: das glänzende schwarze Band, das rings um die Hutkrone verläuft und die schillernde grünblaue Pfauenfeder hält. Jetzt gehört er mir – der Ort, an dem Stella ihre Kraft gespeichert hat. Meine Hände zittern, als ich ihn hochhebe und darunter ein zweites Geschenk entdecke: eine kleine Holzdose, die Schatzkiste eines kleinen Mädchens. Als ich sie öffne, steigt mir noch ein vertrauter Geruch in die Nase – die Dose ist mit so viel Gras vollgestopft, wie ein einziger Mensch unmöglich rauchen kann.

Zwischen den prallen Knospen liegt ein gefalteter Zettel. Als ich ihn auffalte, erblicke ich die glatte, anmutige Handschrift eines Geistes:

Liebe Evie,
vergiss nicht, auf die Kacke zu hauen. Mach mich stolz, Cheerleader.
In Liebe, Stella

„Schätzchen!“, höre ich Moms Stimme aus dem Wohnzimmer. „Will ist da!“

Ich habe keine Zeit, traurig zu sein. Ich habe keine Zeit, sie zu vermissen.

Ich setze den Hut auf. Er passt perfekt. Als er mein dünnes, lückenhaftes Haar berührt, stelle ich mir vor, wie ich ein bisschen von Stellas Kraft aufnehme. Die Dose mit dem Gras verstecke ich hinten in meiner Sockenschublade und dann bugsiere ich den Rollstuhl in den Flur, wobei meine Arme so kräftig sind wie seit Monaten nicht mehr.

Vielleicht gelingt es Will, dass es mir besser geht. Vielleicht nimmt er mich in den Arm und kann ein bisschen Freude in mich pressen. Aber eigentlich will ich mich einfach nur ins Bett legen und so lange schlafen, bis ich wieder Lust auf die Dinge habe, die ich früher so gern gemacht habe. Ich möchte schlafen, bis ich vergessen kann, dass Stella fort ist.

Wills Gesicht hellt sich auf, als ich das Wohnzimmer betrete. Er überreicht mir noch einen Strauß roter Rosen. Der viel zu süße Duft überwältigt mich, als er sich zu mir beugt, um mich auf die Wange zu küssen. Ich fühle mich so klein. Als wäre ich sein Kind.

„Wie fühlst du dich?", fragt er.

„Gut", antworte ich. „Müde. Ich kann es nicht erwarten, bald aus diesem Stuhl rauszukommen. Und dass morgen mein Gips abkommt."

Wir nähern uns gefährlich der Zone des peinlichen Schweigens, doch dann klopft es gerade noch rechtzeitig an der Tür. Ohne darauf zu warten, dass jemand sie hereinbittet, tritt Kasey ein – ein Recht, das sie sich vor langer Zeit als meine beste Freundin verdient hat.

„Evie!", schreit sie, kommt zu mir gerannt und umarmt mich. Einen Moment lang fühlt es sich richtig an und ich wünschte, wir könnten einfach auf mein Zimmer gehen, uns im Schlafanzug auf den Fußboden legen und so tun, als wäre es vor zwei Jahren. Doch stattdessen befinden wir uns im Hier und Jetzt, und niemand findet Worte.

„Dein Dad müsste jeden Moment mit dem Essen hier sein", sagt Mom.

„Ist das nicht Stellas Hut?“, fragt Kasey und zieht leicht die Augenbrauen hoch.

„Gefällt er dir?“

Ich weiß, dass die Antwort Nein lautet, aber sie ringt sich ein Lächeln ab und nickt. Ich hatte noch nicht die Gelegenheit, mich im Spiegel zu betrachten, aber ich kann mir schon denken, dass der Hut nicht exakt den Stil eines Cheerleaders trifft.

„Was wollt ihr denn trinken?“, zwitschert Mom.

„Ich nehme Wasser“, erwidert Kasey.

„Ich habe auch Eistee“, sagt Mom. „Oder Milch oder Orangensaft. Und eigentlich müssten irgendwo im Kühlschrank noch ein paar Dosen Cola stehen.“

„Für mich Eistee“, meint Will. „Ich wette, Evie möchte auch Eistee. Oder, Evie?“ Er grinst mich an, als erwarte er einen Preis dafür, sich an meine Vorliebe für Eistee zu erinnern, und ich bin mir ziemlich sicher, dass die alte Evie gerührt gewesen wäre, aber ich bin es nicht.

„Ja“, antworte ich. „Gerne.“ Mom verschwindet in die Küche.

„Wie läuft's beim Baseball?“, erkundigt sich Kasey bei Will.

„Gut so weit. Hilft gegen die Langeweile. Aber ich muss zugeben, dass ich die Footballsaison vermisse.“

„Ja, ich auch“, sagt Kasey. „Dem Basketballteam zuzujubeln ist nicht dasselbe.“

Sie lachen. Ich nicht. Ich kann nicht mal vorgeben, mich für Sport zu interessieren.

„Wollt ihr euch nicht setzen?“, frage ich. „Wir stehen hier so albern herum. Ich meine, ihr steht. Ich sitze ja schon. Ihr wisst schon, was ich meine.“

„Ach, Evie“, sagt Kasey und schnalzt gegen meinen Hut. „Du bist so süß.“

Die Haustür geht auf und Dad ruft: „Das Abendessen ist da!“ Er trägt Taschen voller kleiner Boxen und der süße, würzige Geruch meines Lieblingsrestaurants – Burma Superstar – erfüllt das Haus.

Ich freue mich so sehr, dass ich vergesse, sauer auf Kasey zu sein, weil sie so herablassend war.

„Super", sagt Will.

„Setzt euch", meint Dad. „Die Teller stehen schon auf dem Tisch. Ich hole noch Löffel zum Servieren." Mom kommt mit unseren Getränken in dem Moment aus der Küche, als er hineingeht. Sie kichert überrascht wegen des perfekten Timings und er küsst sie.

„Wenn ich erwachsen bin, habe ich hoffentlich auch so eine Beziehung wie deine Eltern", sagt Kasey zu mir. „Sie sind, na ja, perfekt."

„Ja", stimmt Will zu. „Sie sind wirklich perfekt." Er sieht mich auf eine Art an, die mir verrät, dass er denkt, wir könnten auch so perfekt sein. Und jetzt können wir uns zum ersten Mal seit einer Ewigkeit erlauben, darüber nachzudenken. Über uns und unsere Zukunft.

Jenica schleicht aus ihrem Zimmer und gesellt sich zu uns. Wir setzen uns, während Dad boxenweise Köstlichkeiten auspackt. Der Duft von Kokosnuss und Curry zieht durchs Esszimmer und mir läuft tatsächlich das Wasser im Mund zusammen. Das ist definitiv kein Krankenhausessen. Ich glaube, ich bin so hungrig wie das ganze letzte Jahr nicht.

„Hast du die Walnussshrimps gekriegt?", fragt Jenica, während sie systematisch die Schachteln inspiziert.

„Oh, uups, Süße", sagt Dad, „die hab ich vergessen."

„Aber die mag ich am liebsten", jammert sie. „Das weißt du doch."

„Es gibt noch viele andere leckere Sachen. Wie wär's mit Shrimps und Aubergine?"

Sie starrt böse vor sich hin, während sie sich etwas auf den Teller schaufelt. Ich kann förmlich hören, wie sie die Sache zu ihrer langen Unmutsliste mir gegenüber hinzufügt, als wäre ich für Dads Fehler verantwortlich. Nun, da ich zurück bin, ist plötzlich für mehr Dinge Raum als für Liebe und Traurigkeit, und wir können unsere gute alte Geschwisterrivalität wiederaufnehmen.

Zum Glück verliere ich den Überblick über die Tischgespräche, während ich mir das Essen reinstopfe. „Oh Gott, das ist so gut“, sage ich. „Ich habe ganz vergessen, wie richtiges Essen schmeckt.“

Das scheint Mom und Dad glücklich zu machen. Sie wechseln einen ihrer typischen Blicke.

„Evie, wie fühlst du dich?“, fragt Kasey und schiebt das Essen auf ihrem Teller herum. Sie hat sich nur ein bisschen Grünzeug genommen, zwei Stückchen Brokkoli, einen Shrimp und ungefähr einen Esslöffel braunen Reis.

„Gut“, sage ich. „Hungrig.“ Meine Eltern wechseln wieder ihren Blick, als müssten sie einander für jedes Verhalten von mir, das an das Verhalten eines gesunden Teenagers erinnert, gratulieren.

Kasey scheint mit dieser Antwort nicht zufrieden zu sein. Sie will etwas Größeres hören, etwas Tiefsinnigeres, etwas Krebsmäßiges.

„Es ist so schön, dich wiederzuhaben“, sagt Will und legt seine Hand auf meine. Er lässt sie dort liegen, dabei halte ich doch die Stäbchen. Er hält mich von meinem Essen fern. „Wie fühlt sich das an?“, fragt er.

„Gut“, erwidere ich und ziehe meine Hand weg, um mich meinem Teller zu widmen.

Jenica und ich sind die Einzigen, die essen. Alle anderen sitzen nur herum und gucken mich an.

„Und, Kasey“, fragt Mom, die uns fast immer als Erste aus unangenehmen Situationen rettet, „wie läuft es dieses Jahr in der Cheerleadertruppe?“

„Toll“, antwortet sie. „Wir haben eine Neue aus der Neunten, die als Turnerin für Olympia trainiert hat.“ Sie wirft mir einen schuldbewussten Blick zu. „Aber natürlich ist es ohne Evie nicht dasselbe. Wir vermissen sie alle total.“

Ich schenke ihr ein Brokkolizähne-Lächeln.

„Dr. Jacobs meint, wenn die Physiotherapie gut läuft, braucht Evie in ein paar Wochen nur noch eine Krücke!“, sagt Mom. „Sie erholt sich extrem schnell.“

„Wow“, macht Kasey.

„Sie ist so stark“, meint Will.

Ich habe mich schon daran gewöhnt, dass die Leute in der dritten Person über mich sprechen.

„Unsere kleine Überlebenskünstlerin“, meint Dad.

„Unser Wunder“, sagt Mom. Bei der letzten Silbe bricht ihre Stimme und ihre Augen füllen sich mit Tränen.

So geht es noch eine Stunde weiter. Ich konzentriere mich auf mein Essen und versuche, mir keine Vorwürfe zu machen, weil ich die Dankbarkeit, die ich eigentlich spüren müsste, nicht fühle. Obwohl ich noch vor einer Woche dachte, ich würde nicht mehr länger als einen Monat leben, ärgere ich mich jetzt darüber, dass ich wie eine alte Dame mit einer Krücke herumhumpeln werde. Während wir am Tisch sitzen und die Eissorten probieren, die Dad von Tara's mitgebracht hat – Avocado, Lavendel, weißer Pfeffer und Schokostückchen und mexikanische Schokolade – fängt mein Bein an zu schmerzen. Vermutlich ist es nichts, was sich nicht mit zwei Ibuprofen beheben ließe, aber ich bin dankbar für das Rezept über Norco, eine Mischung aus Paracetamol und einem Opioid. Mom hat es vom Krankenhaus bekommen und es hieß, ich dürfe es nach Bedarf nehmen. Ich bräuchte nur darum zu bitten.

Am liebsten hätte ich Mom in den Arm genommen, als sie Will und Kasey nach dem Essen hinausscheucht. „Ich weiß, dass ihr zwei gern noch bleiben würdet, aber Evie muss sich ausruhen.“ Abwechselnd umarmen sie mich und sagen mir, wie schön es ist, mich wiederzuhaben. Ich möchte ihnen gern zustimmen, aber irgendetwas in mir warnt mich davor, es zu schnell zu tun. Ich bin nicht das Mädchen, an das sie sich erinnern. Ich bin niemand, den sie kennen.

Nachdem sie weg sind, ist es still im Haus. Mom hilft mir bei der erniedrigenden Aufgabe, auf die Toilette zu gehen. „In ein paar Tagen hast du deine Krücken und kannst es alleine machen“, erinnert sie mich von draußen, nachdem sie mich aufs Klo gesetzt hat. Obwohl die Tür zu ist, bin ich nie alleine.

Ich wünschte, Dr. Jacobs hätte ihr nicht gesagt, sie solle die Medikamente verwahren. Ich wünschte, ich könnte selbst bestimmen, wann ich wie viele Pillen nehme. Läge die Entscheidung bei mir, würde ich jetzt drei Tabletten nehmen, aber das ist nicht möglich. Ich darf maximal alle vier Stunden zwei Stück nehmen. Deshalb bitte ich Mom um zwei. Ich sage ihr nicht, dass ich bereits Ibuprofen genommen habe. Ich erzähle ihr nichts von der Theorie, die ich zu belegen versuche: Vielleicht sorgt das Ibuprofen dafür, dass der dumpfe Schmerz in meinem Bein weggeht, und vielleicht kann das Norco dann ganz unbelastet seinen Zauber entfalten und mein Leben ein bisschen weicher machen.

14. KAPITEL

Ich vermisse dich, steht in Calebs Textnachricht. Ich fange an zu schreiben *Ich vermisse dich auch,* doch dann lösche ich den Text und schalte im Fernseher einen anderen Kanal ein.

Ich habe gerade im Krankenhaus den Gips abgekriegt und jetzt warten wir auf die Physiotherapeutin. Zum Glück liegt die Orthopädie im Erdgeschoss, gleich neben dem Eingang zur Poliklinik, sodass ich nicht auf die erste Etage musste. Ich musste nicht in die Nähe der Onkologischen Station oder des Bereichs, wo man die Chemo bekommt – wo Stella und ich so viel Zeit zusammen verbracht haben. Es war seltsam auf der anderen Straßenseite gegenüber von dem Krankenhaus zu stehen, in dem ich die vergangenen Wochen verbracht habe, wo Stella starb, wo Caleb immer noch ist, wo Dan, Schwester Moskowitz, Dr. Jacobs und alle anderen noch immer jeden Tag auftauchen und ihre Zeit mit kranken Kindern verbringen. Früher war ich eins von diesen Kindern, eins der kränksten, aber heute bin ich einfach nur jemand, dem man einen Gips entfernt hat. Rein und wieder raus in weniger als einer Stunde, obwohl ich noch vor wenigen Tagen im Sterben lag.

Zwei Tage außerhalb des Krankenhauses und bislang bin ich nicht beeindruckt. Ich sehe mir dieselben betäubenden Tagessendungen im Fernsehen an wie im Krankenhaus. Ich mache Nickerchen. Mom fragt mich fünf Millionen Mal in der Stunde: „Wie geht es dir?“ und fünf Millionen Mal antworte ich: „Gut.“ Ich antworte „Nein, danke“ auf ihr „Brauchst du irgendwas?“. Hubschrauber könnten von dem Schwebflug, mit dem sie mich umschwirrt, noch etwas lernen.

Ich gehe den Textnachrichten aus dem Weg. Den ganzen *Ich liebe dich, Babe!*-Nachrichten von Will. Dem ganzen Gerede von *Schön, dass du zurück bist!* und *Kann es kaum erwarten, dich zu sehen!* von all den anderen. Den ganzen Ausrufezeichen.

Das ist wirklich aufregend. So fühlt es sich an, ein Wunder zu sein.

Ich schalte noch mal um. Ich bin auf der Suche nach etwas Neuem. Etwas Lauterem.

Nach ein paar weiteren Folgen einer weiteren Realityshow über Proleten kommt die Physiotherapeutin – eine große, maskuline Frau namens Sandy – mit seitenlangen physiotherapeutischen Anweisungen. Mom weicht ihr nicht von der Seite und bietet der armen Frau Getränke an, Snacks, mein ungeborenes Kind, alles Mögliche, als täte Sandy uns mit ihrem Kommen einen riesengroßen Gefallen. Als wäre sie die großzügigste Person auf der ganzen Welt. Als wäre ihr Besuch für sie mehr als nur ihr Job.

Sie und Mom helfen mir, mich aufzurichten, damit ich mit den Krücken üben kann. Es ist seltsam, sich nach Monaten des Liegens und Sitzens plötzlich in einer vertikalen Position zu befinden. Die Muskeln in meinen Beinen erwachen aus ihrem tiefen Schlaf. Sie sind wackelig. Sie wollen zurück ins Bett. Mein Bein fühlt sich nicht so an, als wäre es meins. Es gehört jemand anderem, einer schwächeren Person, jemandem, der mir mein starkes Bein gestohlen und durch dieses mickrige, verschrumpelte unnütze Ding ersetzt hat.

Mom sieht mir dabei zu, wie ich ein paar Übungsrunden durchs Wohnzimmer drehe. Ich glaube, ihr Hintern berührt nicht mal den Stuhl, so angespannt ist sie. Sie hält sich die Hände vor den Mund, wobei sich die Handflächen wie beim Beten berühren. Ich glaube, sie atmet nicht mal. Als ob es mich aufrecht halten würde, wenn sie die Luft anhält. Als ob sie mich umpusten würde, wenn sie ausatmet.

Ich kriege einen Krampf im Bein. Ich verliere das Gleichgewicht und Sandy fängt mich unter den Achselhöhlen auf. Mom springt auf und schwebt zu mir rüber. Ich kann spüren, wie sich ihre Propeller drehen.

„Alles okay, Schatz?"

„Alles gut." Sandy hilft mir aufs Sofa. Warum bin ich außer Atem? Ich bin insgesamt vielleicht fünfzig Meter gehumpelt.

„Du musst Geduld haben", sagt Sandy. „Fang mit kurzen Strecken an und vergrößere sie nach und nach. Steht alles in der Anleitung hier." Sie tippt auf den Stapel Ausdrucke. „Lass uns jetzt ein paar von den Übungen machen."

Sie zeigt mir, wie ich die Füße strecke und anspanne. Sie zeigt mir, wie ich meinen Quadrizeps und den hinteren Oberschenkelmuskel dehne. Das sind Reha-Übungen. Das ist was für alte Leute. Für die Gebrechlichen.

Ich kann nicht mal meine Zehen berühren. Vor einem Jahr konnte ich Spagat. Querspagat beidseitig und Seitspagat. In der Luft.

„Super!", jubelt Mom für nichts.

Sandy lässt uns die Reha-Anweisungen und meinen Therapieplan da. Moms Augen leuchten in Anbetracht der Möglichkeiten, während meine vor Erschöpfung trübe werden. Mein Telefon kündigt den Eingang einer weiteren Nachricht an, aber ich ignoriere es. Zeit für das nächste Nickerchen.

WENN.

Liebe Stella,

in ein paar Tagen muss ich ins Krankenhaus zu einem Termin mit Dr. Jacobs. Es wird nur ein Blutbild gemacht, aber aus irgendeinem Grund hält er es für notwendig, mit mir zu sprechen. Wenn er mich so dringend sehen will, verstehe ich nicht, warum er nicht mit dem Aufzug ein paar Etagen nach unten fahren und über die Straße zur Poliklinik geht, wo sie mir genauso gut Blut abnehmen können. Es ist, als wolle er mich quälen, indem er mich zwingt, zurück ins Krankenhaus zu gehen, zurück auf die Krebsstation, zurück an den Ort mit den ganzen Erinnerungen. Der Termin dauert nur eine halbe Stunde, aber trotzdem. Ich versuche, nicht darüber nachzudenken.

Ich drehe Runden ums Haus, wie eine eingesperrte Bestie. Ich humple einen Kreis nach dem anderen, bis ich es vor Erschöpfung kaum noch zurück zum Sofa schaffe. Sandy sagt, ich solle Geduld haben, und bestimmt meint sie es nur gut, aber sie hat keine Ahnung, wovon sie redet. Ich glaube kaum, dass sie schon mal wie ein Gefangener in ihrem eigenen Haus eingesperrt war. Und bestimmt hatte sie noch nie meine Mutter als Gefängniswärterin, die einem permanent Getränke anbietet.

Meine Achselhöhlen sind von den Krücken ganz wund gescheuert. Von der Physiotherapie und den ganzen Runden ums Haus bin ich verschwitzt. Selbst mit der abnehmbaren Soft-Orthese, die ich statt des Gipses trage, habe ich es seit Wochen noch nicht geschafft, mich ordentlich zu duschen. Bestimmt hättest du irgendeinen ungehobelten Ausdruck für meinen Körpergeruch auf Lager. Ich weiß, dass ich abstoßend bin, und ich weiß, dass ich etwas dagegen tun sollte. Aber irgendwie erscheint es mir einfacher, den ganzen Tag im Schlafanzug zu bleiben, da ich ohnehin nichts anderes mache, als zu schlafen und fernzusehen.

Manchmal möchte ich am liebsten alle so lange schütteln, bis ihnen das Lächeln von den Gesichtern fällt. Dieses Lächeln, das mir sagen will, dass jetzt alles gut ist, der schwere Teil vorüber. Evie lebt und alles ist wieder normal. Wie unfassbar unnormal es in Wahrheit ist, darüber will natürlich keiner sprechen. Oder darüber, dass niemand weiß, wie er jetzt mit mir reden soll, seit ich wieder zu Hause bin – jetzt, da ich nicht mehr Fräulein Krebs bin.

Wenn ich nicht Fräulein Krebs bin, wer genau bin ich dann? Fräulein Krücke? Fräulein Humpelbein? Fräulein Sie-hätte-sterben-sollen-ist-es-aus-irgendeinem-Grund-aber-doch-nicht? Fräulein Bald-wird-es-ihr-besser-gehen-aber-momentan-ist-sie-noch-ziemlich-unbrauchbar? Fräulein In-einem-viel-zu-kleinen-Käfig-in-einem-zweitrangigen-Zoo-eingesperrter-Löwe? Alle sind die ganze Zeit so verdammt höflich. Meine Familie, meine beste Freundin, mein Freund. Diese Menschen, die mich besser kennen sollten als jeder andere – mehr als Small Talk oder meinen Rücken zu tätscheln kriegen sie nicht auf die Reihe. Sie starren mich mit ihren weinerlichen Augen an und seufzen. Selbst Will scheint Angst zu haben, mich zu berühren; die einzige Zuneigung, die ich bekomme, sind flüchtige, trockene Küsschen auf die Wange. Als hätte er Angst, mich zu zerbrechen. Ich vermisse die Art, wie er mich früher berührt hat. Ich vermisse das Gefühl, dass er mich will, wirklich will, *und sich nicht nur um mich kümmert und mich verhätschelt. Alle denken daran, wie zerbrechlich ich bin. Verstehen sie nicht, dass ich überlebt habe? Verstehen sie nicht, wie stark mich das macht?*

Niemand kann etwas mit mir anfangen. Es gibt keine Anleitung dafür, wie man jemanden behandelt, der von den

Toten auferstanden ist. Es gibt so viele Bücher über Trauer und Verlust, über den Abschied von geliebten Menschen. Aber es gibt kein Buch darüber, wie man ihn zurücknimmt, diesen Abschied.

Vielleicht wird ja alles besser, wenn ich in ein paar Tagen wieder zur Schule gehe. Vielleicht passiert ja irgendetwas außerhalb dieser monotonen Warterei. Vielleicht erinnern sich die Leute ja daran, wer ich wirklich bin. Und ich selbst vielleicht auch.

In Liebe,
Evie

15. KAPITEL

Mom musste noch schnell was einkaufen, also bin ich allein zu Hause. Mir wird klar, dass ich seit einem Monat nicht mehr richtig alleine war. Ob im Krankenhaus, wo stündlich eine Krankenschwester nach mir gesehen hatte, oder hier unter Moms permanenter Aufsicht.

Das ist sie also – meine Chance abzuhauen. Nur für ein paar Minuten, bis ich wie ein braves Haustier in meinen Käfig zurückkehre.

Ich schalte den Fernseher aus. Im Haus ist es still. Mom wird schon bald vom Supermarkt zurückkommen. Will kommt nach dem Baseballtraining vorbei. Mir bleiben dreißig Minuten Freiheit.

Ich ziehe mir ein Sweatshirt an und schnüre einen alten Laufschuh an meinem gesunden Fuß. Dann ziehe ich mir eine saubere Jogginghose über meine Orthese. Ich sehe zu Stellas Hut, der auf meinem Schreibtisch liegt, überlege, ihn aufzusetzen, beschließe letztlich aber, dass es zu grausam für ihn wäre, ihn zu diesem Outfit zu tragen.

Der Türknauf fühlt sich in meiner Hand fest und kalt an. Und verboten. Was ist nur aus mir geworden? Das Aufregendste, das mir seit Tagen widerfährt, ist die Tür zu öffnen und das Haus zu verlassen.

Ich humple nach draußen auf den Gehweg. Die Luft ist kühl mit einer Brise Frühlingsluft. Diese ruhige Wohnstraße, die ich früher einfach entlanggelaufen bin, ist plötzlich ein Hindernisparcours aus kaputtem Gehweg, Baumwurzeln und in Auffahrten geparkten Autos. Eine vernünftige Stimme in meinem Kopf sagt mir, dass dies keine gute Idee ist. Ich bin erst seit wenigen Tagen auf den Beinen. Ich habe mit diesen Krücken nur in meinem ebenerdigen Zuhause geübt, in dem es überall Wände und Möbel gibt, an denen ich mich jederzeit festhalten kann, wenn ich erschöpft bin. Ich hatte immer jemanden, der mich auffing.

Aber da ist noch eine andere Stimme, die Stimme der wilden Bestie. Die Stimme, die es so satthat, eingesperrt zu sein. Die sagt: *Was soll's?* Und: *Vielleicht ist ein bisschen Gefahr genau das, was du brauchst.*

Sie sagt: *Was würde Stella tun?*

Stella würde die Straße entlangstolzieren, als gehöre sie ihr.

Ich probiere mal, wie mir ihr Selbstbewusstsein steht. Ich stelle mir vor, wie es sich anfühlt, ein Rockstar zu sein. Stark, wild und ohne Furcht zu sein. Ich betrachte all die Gefahren, die vor mir liegen, und rede mir ein, keine Angst vor dem Sturz zu haben.

Also gehe ich. Es fühlt sich gut an, sich zu bewegen. Es fühlt sich gut an, nicht immer nur im Kreis zu gehen. Mein Bein ist schon kräftiger. Meine Muskeln kommen bereits zurück. Ich werde kaum langsamer, wenn eine Baumwurzel durch den Beton bricht. Anmutig gleite ich an einem Verkehrskegel vorbei.

Ich biege um die Ecke auf eine Hauptstraße, und die Wand aus den Geräuschen und Abgasen eines vorbeifahrenden Busses wirft mich ein bisschen aus dem Gleichgewicht. Aber meine Arme sind stark geworden und ich schaffe es, mich mit den Krücken zu stabilisieren. Ein Radfahrer fährt dicht auf dem Gehweg an mir vorbei und ich rufe: „Fahr auf der Straße, du Penner!" Stella wäre stolz.

Ich gehe und gehe. Die meisten Leute beachten mich nicht, nur ein paar wenige sehen mich irritiert und besorgt an. Es kommt nicht so häufig vor, dass man ein Mädchen in Jogginghose und mit unregelmäßig gewachsenen Krebshaaren sieht, das an einer stark befahrenen Straße entlanghumpelt. Aber egal. Sollen sie doch gucken. So gut habe ich mich seit Wochen nicht mehr gefühlt. Ich habe das Gefühl, ich könnte ewig so weitergehen. Ich könnte gehen und gehen und nie mehr zurückkommen.

Ich schaffe fünf Blocks, bevor ich mich allmählich schwächer fühle. Wenn ich mich umdrehe, sehe ich die lange Gehwegstrecke, die ich zurücklegen muss, bevor es in meine Straße geht. Es ist weiter, als ich in Erinnerung habe. Müsste es nicht andersrum sein? Fühlt sich der Rückweg nicht immer kürzer an?

Ich schaffe noch einen Block, bis mir klar wird, dass ich viel früher hätte umkehren sollen. Ich lehne mich an einen Baum. Die Krücken halte ich fest umklammert. Der Schweiß läuft mir übers Gesicht und mein Bein ist wackelig. Ich habe mein Telefon nicht mitgenommen. Es könnte was passieren. Es könnte was passieren, und niemand wüsste Bescheid.

Jetzt stehe ich vier Blocks vor meinem Zuhause mitten auf dem Gehweg und fühle mich weiter davon entfernt als je zuvor. Ich kann weder zurück noch irgendwo anders hin. Ich sitze hier fest, an diesem Ort des Vergessens, der eigentlich nur dazu da ist, an ihm vorbeizugehen. Und ich kann mich nicht bewegen. Ich bin erschöpft. Mein Bein knickt ein und ich schaffe es irgendwie, am Baum herunter auf den Boden zu rutschen. Mein kaputtes Bein rutscht unter mir weg. Ich sitze in einer Pfütze von wer weiß wie viel Hundepipi. Meine Hand liegt in etwas Nassem, Matschigem.

Ich weine, weil ich mich nicht bewegen kann. Ich weine, weil ich gefangen bin. Ich weine, weil mein Körper ein Käfig ist, mit einer Tür, die sich öffnet und schließt – ob ich das will oder nicht. Ich bin darin alleine, während alle, die ich liebe, draußen stehen, auf mich zeigen, mich anstarren, mir Futter durch die Stäbe stecken und darauf warten, dass ich Kunststückchen mache. Und ich weiß: Obwohl die Tür aufgeht, kann ich niemals hinaus. Ich bin von einem Graben umgeben, den ich nicht überqueren kann.

Ich wollte so furchtlos sein wie Stella, aber ich habe schreckliche Angst. Und sie ist immer noch weg.

„Na, Mädchen“, sagt ein großer Mann mit langen Dreadlocks und einem karibischen Akzent. „Was machst du da unten?“

„Nichts“, sage ich.

Eine Frau bleibt stehen. Ihr Hund schnüffelt an mir. „Geht es dir gut, Kindchen?“

„Warum weint sie denn?“, sagt der Mann zu der Frau.

„Ich weiß nicht. Kindchen, warum weinst du denn?“

Ich schüttele den Kopf. Ich gucke nicht hoch. Ich will nicht sehen, wie sie auf mich in meinem Käfig herabblicken.

Ein Typ auf einem Skateboard hält an. Ein Mädchen auf einem Fahrrad hält an.

„Sollen wir jemanden für dich anrufen?“

„Brauchst du Hilfe?“

„Willst du mein Telefon benutzen?“

Sie alle gucken mich an und warten darauf, dass ich ihnen sage, wie sie mir helfen können. Aber ich weiß es nicht. Ich habe keine Ahnung, was ich von irgendwem brauche.

„Evie!“, höre ich eine vertraute Stimme in einiger Entfernung rufen. Mein Herz macht einen Luftsprung. „Evie!“

„Bist du das?“, fragt die Frau. „Bist du Evie?“

„Evie!“, höre ich Wills Stimme einige Blocks weit entfernt. Mein Retter. Mein Ritter.

„Hier drüben!“, ruft der Mann in seine Richtung.

„Evie?“, fragt die Frau und hockt sich vor mich. Sie streckt mir die Hand hin, als wäre ich ein Hund und sie müsste sichergehen, ob ich ihr wohlgesinnt bin. „Kennst du diesen Jungen? Bist du bei ihm sicher?“ Ich sehe hoch. Die Sorge in ihren Augen ist echt. Bei allen ist die Sorge echt. Ihre Sorge ist immer so echt.

Ich nicke. Mit dem Handrücken wische ich mir durchs Gesicht. Was auch immer dieses nasse, matschige Zeug war, ich schmiere es mir ins Gesicht, was mich von Neuem zum Weinen bringt.

Will kommt angerannt, auf seiner Haut liegt ein schimmernder Schweißfilm vom Training. „Evie, was ist passiert?“ Aber ich kann vor lauter Tränen nichts sagen.

„Ich glaube, sie ist gestürzt oder so“, sagt der Typ auf dem Skateboard.

„Bist du verletzt?“ Er hockt sich hin und ich strecke ihm die Arme entgegen, wie ein Kleinkind, das in den Arm genommen werden will. „Oh Evie“, sagt er, während ich ihm die Arme um den Hals werfe. Irgendwie hebt er mich hoch, nimmt mich auf den Arm, als wäre ich die dreijährige Version meiner selbst, und ich bin dankbar für seine Kraft und zugleich angewidert von dem Gefühl der Hilflosigkeit. Davon, dass er mich retten muss.

„Bist du gestürzt?", will er wissen.

Ich schüttele den Kopf. „Ich war nur erschöpft", sage ich gegen seine Brust. „Ich musste mich setzen."

„Als ich bei euch ankam, war deine Mutter kurz vorm Ausflippen. Sie war kurz davor, die Polizei zu rufen. Warum bist du rausgegangen? Warum bist du so weit gegangen? Warum hast du niemandem Bescheid gesagt?"

„Ich wollte spazieren gehen."

„Das kannst du nicht machen, Evie. Du kannst nicht einfach gehen. Nicht jetzt. Nicht mehr." Seine Stimme klingt angestrengt, aber nicht vor Wut. Es ist Angst. Das ist mein Gefängnis. Die Angst der anderen.

„Es tut mir leid", sage ich und dann weine ich so heftig, dass ich nicht weitersprechen kann.

Will trägt mich den ganzen Weg nach Hause, und selbst wenn ich es wollte, könnte ich mich nicht aus seinen Armen befreien. Das Gesicht in seiner Halsgrube vergraben, atme ich die moschusartige Wärme seines Trainingsschweißes ein. Ich erinnere mich an die Zeit, als mich dieser Geruch angemacht hat, als ein Hauch davon ein solches Verlangen in mir ausgelöst hat, dass mir schwindelig wurde. Es ist der Geruch seiner Kraft. Aber jetzt hat er eine ganz andere Bedeutung als früher. Jetzt weiß ich nicht, was er in mir auslöst.

Ich will, dass er bleibt. Ich will, dass er mich niemals loslässt. Aber irgendwann muss Will gehen, um mit seiner Familie zu Abend zu essen. Obwohl ich es selbst kann, lasse ich mir von Mom beim Baden helfen. Sie weint, während sie mir mit dem Schwamm den Schmutz und alles andere abwischt, das ich im Gesicht habe. Sie sagt: „Ich hatte solche Angst, als ich nach Hause kam und du warst nicht da. Ich weiß nicht, was ich machen sollte, wenn dir etwas zustößt."

Doch, das weißt du, Mom. Das weißt du schon seit Langem. Es ist mein Leben, *mit dem du nichts anzufangen weißt.*

Ich sage ihr, dass ich müde bin und nichts essen möchte. Sie hilft mir, den Schlafanzug anzuziehen, und steckt mich ins Bett, noch bevor Dad nach Hause kommt.

„Hast du Schmerzen?“, fragt sie und streichelt mir über den Kopf. Ich sage Ja und sie gibt mir zwei Norcos. Aber nicht mein Bein braucht die Pillen.

Kaum ist sie draußen, hole ich Stellas Zauberdose aus ihrem Versteck in meiner Sockenschublade. Ich nehme die beiden Tabletten heraus, die ich darin für den Notfall aufbewahrt habe. Die Tabletten, die ich in meiner Wangentasche versteckt habe, als Mom sie mir gestern gab.

Das ist er. Das ist der Notfall. Das ist der Schmerz, den ich betäuben muss.

16. KAPITEL

Nachdem ich Stellas CD zur Hälfte gehört hatte, fühlte ich mich plötzlich weicher werden. Mein Körper hatte sich in Dampf aufgelöst, und ich verwandelte mich in das Gegenteil von Schmerz.

Dann der Schlaf.

Dann rief meine Mutter mitten in meinem Kopf: „Evie, aufwachen! Evie, wir kommen noch zu spät zu deinem Termin mit Dr. Jacobs.“ Ihre schrille Stimme kratzte an meinem Schädel.

Und jetzt zurück auf null Pillen. Jetzt eine ängstliche Leere, die ich nicht zu füllen weiß. Ich denke an eine Schulversammlung über den Missbrauch von Medikamenten. Ich bin mir im Klaren darüber, dass ich genau das tue. Aber nach allem, was ich durchgemacht habe, finde ich es wirklich nicht besonders schlimm, hin und wieder ein paar extra Norcos zu nehmen. Es ist erstaunlich, über was für Sachen sich die Leute Gedanken machen. Diese ganzen dämlichen Strategien, durch die man vermeiden will, dass einem etwas zustößt. Den Sicherheitsgurt anlegen! In beide Richtungen schauen, bevor man die Straße überquert! Keine verschreibungspflichtigen Schmerzmittel missbrauchen! Aber ich hatte Krebs. *Krebs.* Das Überleben ist harte Arbeit, und manchmal brauchen Überlebende ein wenig Hilfe, mit dem ganzen Überleben fertig zu werden, mit dem sie sich beschäftigen. Einige haben Selbsthilfegruppen und psychologische Beratung, Caleb hat die Kirche, den Glauben und Jesus, und ich habe meine Pillen.

Außerdem habe ich eine Dose voll mit Gras in meiner Sockenschublade, die wartet, bis ich mir überlege, was ich damit machen soll.

Auf meinem Weg zum Krankenhaus wird meine Angst mit jedem Block, den wir zurücklegen, größer. Die Luft wird schwerer, als würden wir in eine andere Dimension mit einer anderen Schwerkraft eintreten, die mir die Luft aus der Lunge pressen will. Mom hat im Radio NPR eingestellt. Der Sender berichtet über einen Bürgerkrieg irgendwo in Afrika, über verhungernde Waisenkinder, über Flüchtlinge, Massengräber. Wie kann sie sich so was den ganzen Tag anhören? Wie kann sie das auf ihrem Weg zum Lebensmittelladen oder zur Post im Hintergrund laufen lassen? Wie kann sie nur summen zu dieser Melodie aus ermordeten Babys, Genozid und der internationalen Gemeinschaft, die nicht eingreifen will?

Auf der ganzen Welt sind Dinge passiert, von denen ich nichts weiß und nichts wissen will. Schalte das Radio aus, stopfe mir Watte in die Ohren. Ich will es nicht hören. All diese Dinge, die so viel schlimmer sind als das, was mir widerfahren ist. Ich weiß, dass ich dankbar dafür sein sollte, am Leben zu sein. Ich sollte dankbar für meine Mutter sein und für ihr Auto, für das dämliche Krankenhaus und die Ärzte und ihre hervorragende medizinische Ausbildung. Ich sollte mir Gedanken um die Waisenkinder machen. Ich sollte mir überhaupt um irgendetwas Gedanken machen. Aber ich tue es nicht. Ich kann es nicht. Das Nachdenken ist das größte Problem. Durch Nachdenken werden Herzen gebrochen.

Als wir das Krankenhaus betreten, kann ich nicht atmen. Die Gesichter der Eltern hier. Die Kinder. Die gesamte betont fröhliche Dekoration.

Mom benimmt sich lächerlich. Wir sind hineinstolziert, und sie hat den Sicherheitsmann begrüßt, als wären sie alte Freunde. „Hi, Al! Lange nicht gesehen." Verzweifelt sucht sie jemanden, den sie kennt. Sie will sich mit mir brüsten. Alle sollen wissen, dass ihr Kind dem Tod von der Schippe gesprungen ist. Sie gibt mit mir an.

„Nach unserem Termin mit Dr. Jacobs könnten wir doch Caleb und ein paar deiner Freunde besuchen", sagt sie. „Hast du nicht Lust?" Sie spricht zu laut. Ihre Stimme hallt in meinem Kopf wider, sodass mein Gehirn schmerzt.

Ich schüttele den Kopf, weil ich unmöglich sprechen kann, wenn ich schon nicht atme.

Sie versteht mich nicht. Für sie ist das Krankenhaus nur ein Gebäude, nur irgendein Ort. Sie versteht nicht, wie gefährlich es ist. Es greift sich Menschen und gibt sie nicht wieder her.

Auf dem Weg zum Fahrstuhl kämpfe ich gegen das Klopfen in meiner Brust an. Wie ist es möglich, dass sie es nicht spürt? Wie kann sie so tun, als hätte mich dieser Ort um ein Haar nicht auch genommen?

Atmen.

Ich schließe die Augen und beschwöre Stella herauf. Ich höre ihre Stimme. Ich spüre ihre kühle Hand auf dem Nacken. Wir sind im Chemo-Verlies. Wir sitzen nebeneinander auf diesen grauenhaften Betten, während uns durch dünne Schläuche Gift in die Brust gepumpt wird. Und als ich mich zur Seite beuge, um in den Eimer zu brechen, ist sie irgendwie neben mir, obwohl sie genauso festgebunden ist wie ich. Ich war immer kränker als sie. Sie war immer diejenige, die mir half.

„Stell dir vor, wir würden zur Pediküre gehen", sagte sie einmal. „Diese Sessel hier sehen irgendwie so aus, findest du nicht? Wie diese großen, kuscheligen Dinger. Nur dass wir keine Masseurin haben." Sie redete immer Blödsinn, während ich mich erbrach, und ich war ihr immer dankbar dafür. „Ich frage mich, ob in einem dieser Sessel schon mal jemand einen Orgasmus hatte. Stell dir mal vor, du sitzt da und lässt dir die Nägel machen, und irgendeine Hausfrau ist nur wenige Minuten vorher an genau derselben Stelle in ihrem Höschen gekommen."

„Ekelhaft", habe ich in all der Würgerei noch sagen können.

„Weißt du, was ekelhaft ist? Dein Mageninhalt. Was hast du gegessen?"

Ich versuche mir vorzustellen, dass sie mit mir im Aufzug steht. Auch im Behandlungszimmer ist sie bei mir, während Schwester Moskowitz mir Blut abnimmt. Sie tut so, als würde sie ihr auf die Hand klopfen, während sie die Nadel in meinen Port einführt. „Uups", sagt sie, „hat das wehgetan? Hoffentlich haben wir keinen Lungenflügel getroffen."

Sie steht hinter Dr. Jacobs und macht obszöne Sachen, als er mir seine Fragen stellt. „Wie geht es dir?", fragt er.

„Ganz gut", antworte ich. Eine Lüge. Ich sehe keine Möglichkeit, diese Frage auch nur ansatzweise so zu beantworten, dass er es versteht.

„Was machen die Schmerzen?", will er wissen.

„Immer noch ziemlich stark", erwidere ich. Auch eine Lüge. Aber ich weiß, wie das hier läuft. Sobald ich sage, dass die Schmerzen weg sind, nimmt er mir die Pillen weg.

Die Antwort gefällt ihm nicht. „Es sollte schon viel besser sein", meint er. „Eigentlich solltest du das Norco nicht mehr brauchen. Ibuprofen sollte wirklich reichen." Aber er ist nur ein Arzt. Er weiß nichts über Schmerzen. „Laut Rezept hast du nur noch zwei Nachfülloptionen, richtig?"

„Keine Ahnung. Mom verwaltet den Behälter."

„Ja", ergreift Mom das Wort. „Zweimal nachfüllen möglich. Das steht jedenfalls auf dem Behälter." Sie wirkt irritiert. Sie ist es nicht gewohnt, ein derartiges Gespräch über mich zu führen.

„Evie", fährt Dr. Jacobs fort. „Wie viele hast du pro Tag genommen?"

„Keine Ahnung. Ich schätze, sechs bis acht." Ich verrate ihm nicht, dass ich manchmal Tabletten aufhebe, damit ich drei oder vier auf einmal nehmen kann.

„Das kommt mir ziemlich viel vor."

„Auf der Verordnung steht bis zu zwölf am Tag."

„Bei starken Schmerzen. Du dürftest eigentlich keine starken Schmerzen mehr haben." Er sieht mich genauso an, wie er Stella immer angesehen hat – die Augenbrauen hochgezogen, das Kinn nach unten gegen den Hals gedrückt und über den Rand seiner Brillengläser schauend, als wüsste er, dass ich ihm etwas verheimliche. „Kannst du den Schmerz auf einer Skala von eins bis zehn einordnen?", fragt er.

„Wann? Jetzt? Ich habe gerade keine Schmerzen, weil ich eine Tablette genommen habe, bevor wir losgefahren sind." Ich kann hören, was er denkt. *Klugscheißer.*

„Und wenn du deine Mom um eine Tablette bittest? Wo liegt der Schmerz dann?"

„Keine Ahnung. Bei drei oder vier vielleicht? Ich dachte, ich sollte die Schmerzmittel präventiv nehmen. Das haben Sie sonst immer gesagt. Deshalb nehme ich eine Tablette, bevor es zu doll wehtut."

„Das war einmal. Jetzt dürftest du nicht mal mehr annähernd so starke Schmerzen haben wie zuvor."

Ich zucke die Achseln in bester Teenagertrotzmanier und stelle mir vor, wie Stella hinter ihm steht und die Daumen nach oben reckt.

„Ich möchte, dass du die Anzahl der Tabletten langsam reduzierst, sodass du sie bis zu unserem Termin in einem Monat nicht mehr nimmst. Okay?", sagt er. „Denkst du, das kriegst du hin?"

„Klar. Okay."

„Schwester Moskowitz wird dir einen Zettel aushändigen, auf dem steht, wie man das am besten macht. Mrs Whinsett, würden Sie Evie bitte dabei helfen, den Überblick über die Tablettenmenge zu behalten, die sie einnimmt?"

„Natürlich", sagt sie, weil sie weiß, dass das die richtige Antwort ist, aber ich weiß, dass sie nicht versteht, worum es Dr. Jacobs überhaupt geht. Das hier hat nichts mit Krebs zu tun.

„Ich wette, du willst Caleb Hallo sagen", meint er. „Ich glaube, er ist mit Dan unten im Aufenthaltsraum."

Es schnürt mir die Kehle zu und wieder kann ich nicht atmen. Mein Herz klopft schnell in meiner Brust. Es klopft so heftig, dass ich es hören kann. Es klopft so schnell, dass es gleich aus mir herausspringt. Ich schüttele den Kopf. Das ist alles, was ich zustande bringe.

„Ich bin mir sicher, dass er sich über die Überraschung freuen würde", sagt Dr. Jacobs. „Er ist in letzter Zeit ziemlich deprimiert."

Irgendetwas in mir zerbricht ein bisschen. Ein feiner Riss droht sich auszubreiten und mich in Einzelteile zerspringen zu lassen. Aber irgendwie schaffe ich es, Nein zu sagen und vorzugeben, dass ich mich nicht gut fühle und nach Hause möchte.

Bei der Vorstellung, Caleb zu sehen oder ihm auch nur eine Nachricht zu schicken, krampft sich alles in mir zusammen. Als Dr. Jacobs und Schwester Moskowitz das Behandlungszimmer verlassen, walzt ein schwerer Waggon voller Erinnerungen rücksichtslos auf mich zu. Er ist voll beladen mit lauter Dingen, die ich vergessen will.

„Gut", seufzt Mom und dreht sich von mir weg, um ihre Handtasche zu nehmen. „Können wir dann los?" Doch als sie sich wieder umdreht, sitze ich vornübergebeugt da, den Kopf zwischen den Knien. Ich sauge Luft ein, aber sie kommt nicht in meiner Lunge an. Ich kann nichts sehen. Ich spüre nichts anderes als den stockenden Atem. Ich muss hier raus. Sonst sterbe ich.

„Evie!", sagt Mom und legt mir augenblicklich die Hände auf den Rücken. Instinktiv fängt sie an, mir über den Rücken zu streicheln. Genau so, wie sie es immer gemacht hat, wenn ich krank war. Seit ich ein kleines Mädchen war, das die Grippe hatte. Die Enge in meiner Brust wird ein kleines bisschen weniger. Ich versuche aufzustehen, aber mir ist zu schwindelig. „Ich hole Dr. Jacobs", sagt sie und wendet sich zur Tür.

Ich packe sie am Arm. „Nein", sage ich. „Bitte, Mom. Er macht es nur noch schlimmer."

Sie setzt sich neben mich auf den Untersuchungstisch und streichelt mir weiter über den Rücken. „Oh Schätzchen, du hast eine Panikattacke. Schön atmen."

„Ich versuch's ja!", schluchze ich jetzt. Ich atme in großen Schlucken ein, die meine Lungen nicht füllen."

„Komm, zähl mit. Ein – eins, zwei, drei, vier. Aus – eins, zwei, drei, vier."

Ich tue, was sie sagt. Einmal und noch einmal, bis die Welt wieder fest wird. Ihre Hand fährt im Kreis über meinen Rücken. Ich lasse mich von ihr trösten. Ich lasse mich daran erinnern, wie man atmet. Als meine Panik endlich abebbt, nimmt sie mich in den Arm. So sitzen wir eine Weile da und sie wiegt mich sanft. Vielleicht kann ich mich von ihr halten lassen. Nur dieses Mal. Vielleicht ist es okay, schwach zu sein, aber nur manchmal.

Als wir das Krankenhaus verlassen und zurück zum Auto gehen, halte ich den Kopf gesenkt. Zum Glück treffen wir niemanden, den ich kenne. Je weiter wir uns entfernen, desto freier kann ich atmen. Auf dem Heimweg versucht Mom, mit mir zu reden, doch als klar wird, dass ich nur schweigen kann, gibt sie auf.

Zu Hause will ich nur noch alleine sein, aber ich darf nicht mal die Badezimmertür abschließen, wenn ich dusche. „Falls irgendwas passiert", sagt Mom. Falls ich stürze. Ihre Angst regiert mich.

Als ich meine Orthese abnehme, kommt mein verschrumpeltes, hässliches, weißes, trockenes, schuppiges Bein zum Vorschein. Es sieht aus wie ein Albino-Reptil. Ich habe eine spezielle unparfümierte Seife. Man hat mich angewiesen, vorsichtig zu sein. In meinem Bein ist ein großes, gezacktes Loch. An der Naht ist das Fleisch noch immer rosa und wund, durchsetzt mit schwarzen Stichen. Und es nässt. Ein paar Zentimeter weiter ist die verblasste Narbe von meiner ersten OP zu sehen, bei der das Sarkom entfernt wurde, als es noch ein kleines Ding war. Bevor es gestreut hat. Ich bin von weiteren Narben übersät, die von Bauchspiegelungen und Biopsien stammen. Man hat mich auseinandergeschnippelt und wieder zusammengenäht. Ich bin Frankenstein.

Ich wasche mich vorsichtig, so wie man es mir gezeigt hat. Meine Haut ist überall empfindlich, nicht nur an der Naht. Eine Armee mikroskopisch kleiner Zellen macht Überstunden, um diesen Schaden zu reparieren und mir mein Bein zurückzugeben, um die Schmerzen und die Erinnerungen zu vertreiben. Dann soll ich wieder gehen können, als wäre nichts passiert, wie jedes andere normale Mädchen. Und ich soll Sachen machen, die normale Mädchen machen, wie zur Schule gehen, Auto fahren, mit meinen Eltern zu Abend essen, mich mit meiner Schwester streiten, vielleicht irgendwann sogar Sex mit meinem Freund haben. Doch das alles erscheint mir so dumm. Die Zellen verschwenden ihre Zeit. Warum sollten sie so schwer schuften, wenn ich doch nichts anderes mit mir anfange, als in ein paar Tagen einen Mathetest zu schreiben oder ins Kino zu gehen oder den Müll rauszubringen oder mit dem Fahrrad zu fahren oder mir beim Babysitting ein Taschengeld zu verdienen und vielleicht irgendwann einen Job zu finden, mit dem ich ein großes Unternehmen reicher mache? Was soll das alles?

Stella wüsste es. Sie wüsste genau, was sie sagen müsste, damit ich mich nicht so verloren und verrückt fühle.

Ich muss herausfinden, wo Mom meine Pillen versteckt.

17. KAPITEL

„Bist du nervös?“, fragt Kasey.

„Ein bisschen.“ Ich sitze auf dem Beifahrersitz ihres Wagens. Meine Krücken liegen im Kofferraum, das behinderte Bein liegt ausgestreckt in der Orthese. Wir sind auf dem Weg zu meinem ersten Schultag seit knapp sechs Monaten.

„Alle freuen sich riesig, dich zu sehen“, sagt sie.

„Ich bin bloß froh, meiner Mutter zu entkommen.“

„Ach, stell dich nicht so an. Sie ist einfach glücklich, dich zu Hause zu haben. Sie kümmert sich gern um dich.“

„Sie braucht ein besseres Hobby.“

Kaseys Lachen ist zu laut für diesen lahmen Witz.

In der Schule erwartet mich ein Spießrutenlauf der Umarmungen. Überall Umarmungen. Offene Arme und feuchte Augen hinter jeder Ecke. Ich rieche Körpergerüche, Waschmittel, Deos und billige Parfüms im Übermaß. Schon als ich durch die Tür zum Klassenraum gehe, muss ich von den künstlichen Düften niesen.

„Wie fühlst du dich?“, fragen sie. *(Deprimiert.)*

„Wie geht es dir?“ *(Beschissen.)*

„Wir haben dich so vermisst.“ *(Ach ja? Warum habt ihr mich dann nicht im Krankenhaus besucht?)*

Aber natürlich sage ich nichts von alledem. Ich lächele und lasse mich von ihnen umarmen.

Bin ich wirklich wieder da? Mein Körper ist hier, aber ich spüre keine Verbindung dazu. Mein Geist ist irgendwo anders, an einem Ort, wo die Zeit stehen geblieben ist. Welche Kurse habe ich noch mal besucht? Welche Hausaufgabe habe ich zuletzt abgegeben? Wie ist der Code von meinem Schließfach? Alles fühlt sich surreal an, als drehe sich die Welt ohne mich weiter, und ich bin ein unsichtbarer Geist. Alle lächeln, aber sie gucken durch mich hindurch.

Will wartet vor meinem Schließfach mit einer einzelnen roten Rose auf mich, und trotz meiner wachsenden Geringschätzung hinsichtlich seiner Blumenwahl wird mir beim Anblick seines breiten, hübschen Lächelns ein bisschen wärmer. Er küsst mich auf die Wange, nimmt Kasey meine Tasche ab und wirft sie sich mit einem zufriedenen Gesichtsausdruck über die Schulter. Ein Teil von mir ist dankbar und stolz, immer noch das Mädchen an seiner Seite zu sein. Aber ein anderer Teil wünscht sich, ich würde seine Hilfe nicht brauchen. Ein Teil von mir möchte sagen, dass ich meine Tasche selbst tragen kann.

In der ersten Stunde ist europäische Geschichte dran. Wir sind jetzt irgendwo in der Reformation, aber das Letzte, woran ich mich erinnere, ist das frühe Mittelalter. Meine Lehrerin ist sentimental und unterbricht sich mitten in ihrem Lehrvortrag, um mir zu sagen, dass ich mir alle Zeit nehmen soll, die ich brauche, um den Anschluss zu finden. Dass ich sie jederzeit um Hilfe bitten kann. Sie sagt es vor allen anderen, während alle mich anstarren. Vielleicht kannte sie jemanden mit Krebs. Vielleicht ist jemand, den sie liebte, an derselben Sache gestorben, die ich hatte. Das ist die einzige Entschuldigung für ihr Verhalten.

Die gesamte Mensa klatscht, als ich zur Mittagszeit hereinkomme, und ich möchte am liebsten sterben.

Wahrscheinlich sollte ich das nicht sagen.

Ich sitze zwischen Kasey und Will. An den Tischen sitzen dieselben Leute wie vor sechs Monaten – plus eine Neuntklässlerin, die es geschafft hat, sich an unseren Tisch hochzuarbeiten, und minus Alex Monroe, der letzten Monat an die Ostküste gezogen ist. „Was gibt's sonst Neues?“, frage ich und alle scheinen einander anzugucken und die Achseln zu zucken.

„Alison und Justin haben Schluss gemacht“, wirft jemand ein.

„Oliver Kent ist von der Schule geflogen, weil er Gras verkauft hat.“

„Missy Chang hätte fast bei *Teen Jeopardy* mitgemacht!“

„Keyshawn Duncan hat sich geoutet.“

„Das Thema des diesjährigen Abschlussballs ist ‚Eine Nacht in Paris‘.“

Ich kann nicht glauben, dass ich dafür von den Toten zurückgekommen bin.

Will geht nach der Schule zum Baseballtraining und Kasey zum Cheerleading. Sie lädt mich ein, mitzukommen, aber zusehen ist einfach zu deprimierend.

Meine aufregende After-School-Aktivität findet entweder auf einem Hometrainer statt oder in einem lauwarmen Schwimmbad mit Sandy, der Physiotherapeutin. Sie sagt, sie sei verblüfft, was für große Fortschritte ich mache. Sie nennt es ein Wunder. Meine Eltern nennen es ein Wunder. Alle werfen mit dem Wort um sich, als würde es alles erklären: Ein Wunder erledigt die ganze Arbeit, nicht ich. Sie verlieren kein Wort darüber, dass ich nach meinen Therapiestunden noch lange bleibe und weiterarbeite oder dass ich auch ins Schwimmbad gehe, wenn ich keinen Termin habe. Dass ich erschöpft, müde und stärker nach Hause komme. Dass ich schon viele Wochen früher als erwartet nur noch eine Krücke brauche. Die anderen denken, ich bin abends nur vor lauter Schwäche müde. Mom legt mir die Hand auf die Stirn, um meine Temperatur zu kontrollieren. Ich solle mich nach der Schule vielleicht lieber ausruhen. Aber ich habe das ganze letzte Jahr mit Ausruhen verbracht. Ich bin fertig mit Ausruhen.

Im Wasser bin ich schwerelos. Nichts tut mir weh. Ich bin nicht ungeschickt. Ich brauche keine Krücken. Ich kann Überschläge machen, so wie früher, nur dass sie jetzt wie in Zeitlupe aussehen – verträumt und anmutig. Im Wasser bin ich nicht gebrochen und brauche keine Hilfe.

Doch dann kehre ich in die Realität zurück. Ich esse mit meiner Familie zu Abend und höre mir an, wie Jenica sich beschwert. „Evie versucht sich umzubringen, indem sie durch die Nachbarschaft humpelt, und ihr schmeißt praktisch eine Party für sie. Und ich erreiche Bestnoten im Eignungstest für die Uni und niemand sagt auch nur ein Wort." Selbst zwei Wochen später reitet sie noch darauf herum, dass ich für meine Aktion nicht bestraft worden bin. Wenigstens klebt sie sich kein Lächeln ins Gesicht und tut so, als wäre alles perfekt – so wie Will und Kasey und alle anderen, die ich kenne.

So sieht mein Leben jetzt aus: Gespräche werden eingestellt, wenn ich Räume betrete. Worte werden durch ein leeres Lächeln ersetzt, als wäre ich zu zerbrechlich, um integriert zu werden. Als müsste ich beschützt werden. Die Leute reden mit mir wie mit einem Kind. Ich werde stärker, aber niemand sieht es. Wenn ich Witze mache, gucken mich die Leute an, als spräche ich eine andere Sprache. Offensichtlich dürfen Mädchen an der Schwelle des Todes nicht lustig sein. Und offensichtlich hat niemand mitbekommen, dass ich gar nicht mehr im Sterben liege.

Ich soll wieder in ihre Welt passen *und* weiterhin meine Rolle als Fräulein Krebs ausfüllen. Niemand scheint zu begreifen, dass ich diese beiden Dinge nicht gleichzeitig tun kann. Diese Leute haben alle weiter gelebt, während Fräulein Krebs im Sterben lag. Ihr Leben ging weiter, während das Leben von Fräulein Krebs stillgestanden hat und sie das gesamte letzte Jahr nur damit verbracht hatte, ums Überleben zu kämpfen – und jetzt ist sie so weit abgeschlagen, dass sie nie wieder zu ihnen aufschließen wird. Dabei habe ich keine Ahnung, ob ich das überhaupt will.

Alle scheinen sich jetzt näherzustehen, weil sie sich im Angesicht meines drohenden Todes verbündet haben. Aber die Ironie ist, dass sie mich nicht in dieses Bündnis aufgenommen haben. Kasey und Will sind praktisch beste Freunde geworden, nachdem sie so viel Zeit damit verbracht haben, sich gemeinsam um mich zu sorgen, und obwohl sie die zwei Menschen sein sollten, die mir am nächsten stehen, habe ich das Gefühl, dass ich mich mit keinem von beiden mehr richtig unterhalten kann. Nun, da ich zurück bin, weiß niemand, was er mit mir anfangen soll, und ich weiß nicht so recht, was ich mit ihnen anfangen soll.

Die Schmerztabletten kommen nicht schnell genug nach. Ich brauche mehr als früher. Mittlerweile fühle ich mich schon morgens schlecht, bevor ich die erste Tablette nehme. Auf YouTube habe ich mir angesehen, wie man einen Joint baut, aber ich bin zu feige, mir Blättchen zu kaufen.

Caleb schreibt mir weiterhin Nachrichten, und ich schreibe ihm weiterhin zurück und lösche den Text, bevor ich ihn abschicke. Zu seiner Welt gehöre ich auch nicht mehr. Ich habe die Krebskinder verraten, indem ich gesund wurde. Ich bin ein Alien. Nicht ganz tot, aber auch nicht richtig lebendig. Ich passe nirgendwohin. Und ich bin es leid, mir selbst leidzutun.

WENN.

Liebe Stella,

wenn ich nicht schlafen kann, höre ich deine CD, gucke aus dem Fenster und stelle mir vor, irgendwo anders zu sein. Als hätte mich jemand aus diesem Dasein gepflückt und in ein neues gesteckt, in dem ich keine Vergangenheit habe. Nicht mal Narben. Ich bin wiedergeboren, wie frisch aus der Fabrik, noch warm an den Stellen, wo man mich zusammengelötet hat. Und die Zukunft ist grenzenlos, weil die Vergangenheit mir nicht gefolgt ist. Weil sie mich nicht wie ein Anker nach unten zieht, mich nicht zu sich zurückzieht. Bis der Tag kommt, an dem ein Zauber geschieht, der meinen Kopf und Körper reinigt, werde ich nicht richtig frei sein können. Ich werde immer gekennzeichnet sein, immer darüber definiert werden, was ich überlebt habe.

Weißt du noch, als ich dir erzählt habe, dass meine Eltern sich nicht streiten? Tja, die Dinge haben sich geändert. Zwar versuchen sie, nicht laut zu werden, aber ihre ständigen Zankereien über Geld sind nicht zu überhören. Über die Krankenhausrechnungen, die sie niemals werden abbezahlen können, darüber, dass sie nicht wissen, wie sie Jenica das College finanzieren sollen, über eine zweite Hypothek, mit der sie das Haus belasten müssen. Und dann setzen wir uns alle zum Abendessen hin und tun so, als wäre alles okay, obwohl ich auf Moms Gesicht noch die Streifen ihrer Tränen sehe und Dad mit den Zähnen knirscht und Jenica mich mit den Blicken aufspießt. Und ich möchte ihr sagen: Tja, daran hättest du vor einem Jahr denken sollen. Hättest du mich umgebracht, bevor ich krank wurde, du hättest uns allen eine Menge Ärger erspart. Dann gäbe es genug Geld fürs College und niemand hätte in seinem Leben innehalten müssen, nur damit meines weitergehen konnte.

Gott, ich kann meine eigenen Gedanken nicht mehr ertragen. Ich hinke durch den Tag und höre unentwegt diese weinerliche Stimme in meinem Kopf, die sich darüber beklagt, dass mich keiner versteht. Jedes Mal, wenn Will oder sonst jemand in der Schule mir anbietet, meine Bücher zu tragen, möchte ich ihm am liebsten ins Gesicht boxen. Ich weiß, dass sie nur nett sein wollen, aber ich bin es leid, bemitleidet zu werden. Ich bin es leid, in diese Schublade gesteckt zu werden.

Wenn du hier wärst, würdest du mich ohrfeigen. Ich möchte mich am liebsten selbst ohrfeigen. Ich fange nichts mit diesem Leben an, für das ich dankbar sein sollte. Ich tue nichts, um es zu verdienen. Ich weiß nicht, wer ich bin, und ich weiß nicht, wohin ich gehöre. Ich will mich selbst finden, aber ich habe keine Ahnung, wo ich suchen soll. Ich fühle mich, als ob ich verschwinde.

Ich will dich stolz machen, Stella. Findest du das schräg? Ich will jemand werden, der so cool ist, dass er unsere Freundschaft verdient. Ich will ein Leben leben, das groß genug für uns beide ist.

Ich will, ich will, ich will.

Ich passe übrigens gut auf deinen Hut auf. Vielleicht bin ich eines Tages ja sogar so mutig und trage ihn auch außerhalb des Hauses.

In Liebe,
Evie

18. KAPITEL

Heute habe ich im Kunstunterricht meine Krücke schwarz angemalt und mit violetten Streifen versehen. Die Lehrerin hat mir auf die Schulter geklopft und gesagt: „Das ist hübsch, Evie." Das Erste, das Kasey gesagt hat, als sie mich auf dem Flur traf, war: „Ist das nicht irgendwie gruftimäßig?"

Ich habe meinen Mathetest zurückbekommen. Ich bin ziemlich sicher, dass ich vielleicht zwei Aufgaben richtig gelöst habe, doch statt einer Note hat mein Lehrer ein Smiley gemalt und geschrieben: „Guter Versuch!" Als wären wir hier im Kindergarten.

Aber wenigstens kann ich jetzt Auto fahren. Und wenigstens sind meine Eltern noch immer in dieser seltsamen Phase, in der sie sich davor fürchten, mir etwas zu verbieten. Als hätten sie Angst, dass der Krebs zurückkäme, wenn ich mich aufrege. Mom gibt mir ihre Schlüssel und ich schließe die Haustür hinter mir, bevor sie ihr „Fahr vorsichtig!" zu Ende gesagt hat. Ich habe Stellas Zauberdose dabei, obwohl ich immer noch weder Pfeife noch Blättchen noch ein Feuerzeug habe. Ich habe mal gehört, wie jemand darüber gesprochen hat, aus einem Apfel zu rauchen, aber ich habe keine Ahnung, wie das geht.

Da ich kein konkretes Ziel habe, fahre ich einfach durch die Gegend. Ich fahre zur Telegraph hoch, vorbei an der Universität, vorbei an den Collegestudenten, die unachtsam die Straße überqueren, vorbei an den Kids, die sich benehmen, als hätten sie kein Zuhause. Ich fahre die College Avenue hinunter, vorbei an den vielen Müttern in Yogahosen, die Kinderwagen schieben. Ich fahre die Vierzigste hinunter, vorbei an der hippen Cafébar und dem Restaurant, in dem eine Portion Makkaroni mit Käse fünfzehn Dollar kostet, vorbei an der BART-Station, vorbei an der Emeryville-Einkaufsmeile auf den Mandela Parkway und ins Ghetto in West Oakland.

Ich denke: Was würde Stella tun?

An einem Eckladen halte ich an. Ich parke Moms Prius hinter einem glänzenden violetten tiefergelegten Auto mit riesigen Reifen. Ohne Umwege gehe ich an die Ladentheke und frage nach Blättchen und einem Feuerzeug. Der Mann hinter dem kugelsicheren Glas sieht mich kaum an. Seine Augen kleben an dem unscharfen Fernsehbild in der Ecke. Er gibt mir meinen Einkauf durch die Aussparung in dem Glas. Ich gebe ihm Geld. Das ist alles. Kinderleicht.

Als ich mit der Schmuggelware in meiner Tasche wieder am Auto ankomme, ist mir schwindelig. Erst als ich mich anschnalle, begreife ich, wie albern das ist. Ich habe ein Feuerzeug und Blättchen gekauft. Wow! Ich weiß nicht mal, ob das illegal ist. Und ich glaube, ich weiß nicht mal, wie ein Feuerzeug angeht.

Ich fahre weiter, unter den Schienen der BART und dem Freeway hindurch, bis dorthin, wo die Zivilisation aufhört und durch stille Lagerhallen und riesige Parkplätze ersetzt wird, auf denen unzählige Sattelschlepper und Schiffscontainer stehen. Die gigantischen Kräne des Port of Oakland ragen in der Ferne auf, und nirgends ist auch nur eine einzige Menschenseele zu sehen.

Mir wird klar, dass ich genau hier sein will – weit weg von den Leuten. Weg von jedem, der meint, mich zu kennen. Ich parke auf einem beinahe leeren Parkplatz neben dem Eingang zum Bay-Bridge-Pfad, krame mein Smartphone heraus und sehe mir noch ein YouTube-Video übers Jointdrehen an.

Wenn Stella hier wäre, würde sie sich vor Lachen in die Hose machen.

Nach vielen Versuchen und einigen feuchten, zerrissenen Blättchen bringe ich etwas zustande, das halbwegs wie ein Joint aussieht. Eine Flamme kriege ich erst aus dem Feuerzeug heraus, als mein Daumen von den unzähligen Versuchen schon ganz wund ist. Ich zünde den Joint an und inhaliere so, wie ich es in Erinnerung habe, doch ich schmecke nur säuerlichen, feuchten Qualm, bevor das Ding ausgeht. Es ist zu sehr von meinem Speichel durchnässt, als dass es angezündet bliebe. Ich versuche es noch ein paar Mal, bis ich einige gute, knisternde Züge geschafft habe, aber ich weiß immer noch nicht, ob ich es richtig gemacht habe. Im Auto hat sich anscheinend mehr Qualm gesammelt als in meiner Lunge.

Die Sache ist mir peinlich, obwohl mich niemand sehen kann. Ich fühle mich nicht stoned, sondern dumm.

Ich halte es nicht länger im Auto aus. Meine eigene Gesellschaft nervt mich. Deshalb zurre ich die Kapuze von meinem Regenmantel fest um meinen Kopf und steige aus. Hier draußen am Wasser ist es windig, nass und kalt, und auf dem Pfad sind weder Radfahrer noch Spaziergänger zu sehen. Aber es ist besser, als drinnen mit mir allein zu sein. Besser, als mit anderen Leuten zusammen zu sein, die mich zu etwas machen wollen, das ich nicht bin.

Zentimeterweise bewege ich mich auf dem gepflasterten Pfad vorwärts. Hier draußen hört sich die Welt anders an, leer. Hier gibt es keine Stimmen, sondern nur Autos, die schnell über den Freeway über meinem Kopf fahren. Ich gehe an Maschendrahtzäunen vorbei, die freie Parkplätze begrenzen. Ich gehe an alten, von der Sonne ausgebleichten Lagerhallen vorbei, von denen die Farbe abblättert und deren Fenster kaputt sind.

Ich habe keine Ahnung, wie weit ich gehe, ehe ich merke, dass ich total high bin. Zehn Minuten vielleicht. Auf einmal fühlen sich meine Füße schwer an, und ich muss mich setzen, aber alles um mich herum ist nass, schmutzig und ungeschützt. Der Freeway ist zu nah und die Autos klingen zu schnell. Ich bin zu allein. An Orten wie diesem verschwinden Mädchen wie ich und werden nie wiedergefunden.

Ich drehe mich um, um zum Auto zurückzugehen, als ich eine Treppe bemerke, die unter die Erde führt. Es ist der einzige Ort, den ich entdecken kann, an dem es vielleicht trocken ist, und im Augenblick kann ich mir nicht vorstellen weiterzugehen. Mir ist schwindelig. Ich habe zu viel geraucht. Alles, was ich will, ist eine Höhle. Ein dunkler, trockener Ort, an dem ich verschnaufen kann. Ein Versteck.

Langsam gehe ich die Stufen hinunter. Mein Humpelbein lässt mich beinahe stürzen, als ich an einem orangefarbenen Kegel und an einem Schild vorbeigehe, auf dem steht: *TUNNEL GESCHLOSSEN*. Als ich unten ankomme, bin ich außer Atem. Die Muskeln in meinem Arm brennen, weil sie so viel von meinem Gewicht mit der Krücke halten mussten. Auf der weiß gestrichenen Wand steht in schwarzen, mit einer Schablone gemalten Buchstaben: *VERWALTUNGSGEBÄUDE, TOLL PLAZA, BUSHALTESTELLE*. Ein Pfeil zeigt in die einzige Richtung, in die man gehen kann. Ich höre den Widerhall meines Atems, als ich in den Betontunnel starre, der gerade mal so breit ist, dass drei Leute nebeneinander gehen können. Von außen fällt blasses Licht hinein und beleuchtet gerade so viel, dass mir klar wird, dass ich nur mit einer Taschenlampe weitergehen kann. Zu jedem anderen Zeitpunkt hätte ich riesige Angst gehabt. Dessen bin ich mir bewusst. Ich bin mir bewusst, dass die Logik dieses Augenblicks total umgekehrt ist. Dass ich verrückt bin, diesen Ort dem kurzen Weg vorzuziehen, der mich zurück zu meinem sicheren Auto führen würde.

Die Geräusche, das Klicken meiner Krücke und das Tapsen meiner Füße, prallen an den Wänden ab. Als ich tiefer in den Tunnel hineingehe, kann ich den gedämpften Verkehr auf dem Freeway über mir hören, über den vielen Tonnen Stahl über meinem Kopf. Es ist auf seltsame Art tröstlich, wie die städtische Version von einem Fötus in einer Gebärmutter – hart, kalt, schmutzig und vermutlich gefährlich, aber ebenso eng, nah und voll von weißem Rauschen.

Ich gelange an die Stelle, an der das Licht praktisch erlischt. Ich kann kaum noch die Hand vor Augen sehen, die mir meine Existenz bestätigen würde. Stattdessen bin ich fast von völliger Dunkelheit umschlossen. Ich bin beinahe vollständig unter der Erde. Irgendwo, wo mich niemand finden kann.

Durch das Pulsieren des Freeways ist es in dem Tunnel so laut, dass ich die Schritte nicht höre. Ich sehe auch nicht die Taschenlampe – oder den Mann, der aus dem Dunkeln kommt.

Und dann ist es zu spät. Er ist zu nah. Sein Gesicht ist von Zigarettenrauch vernebelt. Er kommt näher.

Vor lauter Angst bin ich wieder nüchtern. Meine Sinne sind geschärft. Aber ich denke nicht daran, dass ich lahm bin. Ich denke nicht an meine Krücke und mein Bein und versuche zu rennen. Mein gesundes Bein bewegt sich so, wie es soll, aber das andere ist zu langsam, der Schritt ist zu kurz und ich stolpere. Ich stürze. Ich schürfe mir die Handflächen auf, als ich auf den Beton falle. Über mir donnern die Autos, der Tunnel ist so eng und der Mann rennt. Er kommt schnell näher. Da ist er, in der Dunkelheit, und ich bin weg.

„Hey!“, sagt der Mann. Seine Stimme klingt jung. Ich versuche zu kriechen. Schmutz kommt in die Wunden an meinen Händen. Ich komme nicht vorwärts.

„Hey, warte doch“, sagt er. Ich sollte schreien, aber es kommt kein Laut heraus. Das ist die Stelle des Albtraums, an der ich aufwachen sollte. Bevor der echte Schmerz einsetzt. Aber ich bin immer noch hier. Ich werde nicht aufwachen.

Ich schließe die Augen. Ich ziehe die Beine an die Brust. Die Dunkelheit der Welt wirbelt um mich herum, und ich warte darauf, dass sie mich verschlingt.

„Oh Gott, es tut mir so leid“, sagt die Stimme. Sie klingt nicht wie die Stimme eines Mörders, aber ich kann meine Augen noch immer nicht öffnen.

„Scheiße, du hast ja die totale Panik.“ Die Stimme nähert sich. Er kniet sich neben mich. Ich zucke zusammen und drehe mich weg.

„Ich bin so ein Idiot. Ich hätte was sagen sollen, als ich dich gesehen habe. Dann hättest du gewusst, dass ich da bin. Normalerweise ist es hier total gut beleuchtet. Aber aus irgendeinem Grund sind die Lichter alle aus.“

Stille. Ich sollte etwas sagen. Aber ich sitze immer noch da wie ein Ball. Bin immer noch blind. Immer noch zittrig.

„Oh Mann“, seufzt er. „Ich werde hierbleiben, bis es dir wieder gut geht. Ist das okay? Ich meine, ich kann dich in diesem Zustand ja schlecht alleine lassen, verstehst du?“

Ich habe keine Alternative, als aufzuschauen.

Ich blinzele, der Rauch lichtet sich und ich sehe den wahrscheinlich heißesten Typen, den ich in meinem ganzen Leben gesehen habe.

Er lächelt. „Hi“, sagt er.

„Hi?“, krächze ich. Meine Kehle ist aus Sandpapier.

„Bist du okay?“

Ich kann nichts sagen. Ich weiß die Antwort nicht.

„So sehe ich aus“, sagt er und leuchtet sich mit der Taschenlampe ins Gesicht. „Siehst du? Ich bin ein netter Junge.“ In der bizarren Beleuchtung ist das schwer zu beurteilen, aber ich denke nicht, dass er lügt. Er scheint ungefähr in meinem Alter zu sein, hat hellbraune Haut und kurze Dreadlocks. Seine grüngrauen Augen werden von ultralangen Wimpern umrahmt. Sein Blick ist unergründlich. Und freundlich. Es ist ein Blick, von dem man sich wünscht, er würde in einen hineinsehen.

Ich setze mich auf und atme tief ein. Ich spüre den kalten, festen Boden unter mir. Die messerscharfe Angst in meiner Brust wird durch etwas weniger Scharfes ersetzt. Seine Schulter ist nur wenige Zentimeter von meiner entfernt. Ich spüre, wie Wärme von der Stelle abstrahlt, an der wir uns fast berühren. Noch vor zehn Sekunden hatte ich Angst um mein Leben und jetzt habe ich mich anscheinend in einen Fremden verknallt.

Er springt auf, drückt seine Zigarette aus und hält mir die Hand hin. „Ich denke, es geht dir schon besser.“

Ich nehme seine Hand und lasse mich von ihm hochziehen. Mir ist immer noch ein bisschen schwindelig, sodass ich mich an der Wand abstützen muss. „Oh, hier“, sagt er, bückt sich und hebt meine Krücke vom Boden auf. Er reicht sie mir, als wäre sie genauso normal wie ein Portemonnaie oder eine Einkaufstüte, ohne dieses Mitleid im Blick, das ich bei allen anderen sehe.

„Danke“, sage ich.

„Tut mir leid, dass ich dir Angst gemacht habe.“

„Ich hatte keine Angst. Du hast mich nur überrascht, das ist alles.“

Er lacht. „Alles klar, du bist also von der taffen Sorte.“

Sein Lachen beruhigt mich augenblicklich. Der Tunnel wird heller. Die Schwere von dem Gras, das ich geraucht habe, verwandelt sich in Luft, und jetzt weiß ich, warum es „high sein“ heißt. Ich schwebe. Ich weiß nicht mal mehr, wie sich Angst anfühlt.

„Was machst du hier unten?“, frage ich. „Trägst du immer eine Taschenlampe mit dir herum?“ Meine Stimme klingt fest. Flirte ich gerade?

„Ehrlich gesagt: Ich habe immer eine Taschenlampe im Auto, für den Notfall. Genauso wie einen Erste-Hilfe-Kasten und Decken. Man weiß nie, wann man mal ein Pflaster oder einen Notfallschlaf braucht.“ Mir fällt auf, dass er eine neongrüne Vintage-Windjacke anhat, die auf einer Seite mit dem Logo des El Dorado Bowling Club bedruckt ist und auf deren anderer Seite in pinker Kursivschrift der Name ALFONSE steht. Ich kann nicht glauben, dass ich vor diesem Typen ernsthaft Angst hatte.

„Außerdem könnte ich dich dasselbe fragen“, fährt er fort. „Ein unbeleuchteter Tunnel unter dem Freeway ist nicht gerade der sicherste Ort. Was machst *du* hier unten?“

Was soll ich sagen? Was ist die richtige Antwort? Was ist besonders geistreich? Mit welcher Antwort bringe ich ihn dazu, mich zu mögen?

Nein. Stopp. Ich bin es leid, mich darum zu scheren, was die anderen denken. Ich bin es leid, zu versuchen, alle glücklich zu machen. Was, wenn ich ihm einfach die Wahrheit sage? Was, wenn ich ihm genau das Mädchen zeige, das ich bin?

Was würde Stella tun?

„Ich wollte einfach nur weg von den Leuten“, sage ich.

„Ja, ich auch. Die Leute nerven manchmal total.“

„Allerdings.“

„Ich schätze, wir haben nicht gefunden, wonach wir gesucht haben." Er grinst. Ich könnte unter diesem Grinsen dahinschmelzen. Wir sehen uns eine gefühlte Ewigkeit in die Augen.

Die Mischung aus Gras, Adrenalin (weil ich fast ermordet worden wäre) und der Tatsache, dass ich mit einem süßen Jungen an einem dunklen Ort abhänge, euphorisiert mich. Plötzlich bin ich furchtlos. „Kann ich eine Zigarette haben?", frage ich. Ich habe in meinem ganzen Leben noch keine einzige Zigarette geraucht.

Er hebt eine Augenbraue und zieht ein Päckchen aus seiner hinteren Hosentasche, das er mir hinhält. Ich nehme mir eine Zigarette und stecke sie zwischen meine Lippen. „Wer *bist* du?", fragt er, als er sie für mich anzündet.

Ich inhaliere den Rauch und huste wie ein Anfänger – der ich ja auch bin. Ich nehme noch einen Zug und zwinge mich, den Rauch drinzubehalten. Ich spüre, wie das Gift in meine Lunge dringt, und freue mich über das Stechen, während ich versuche, gegen den Instinkt meines Körpers anzukämpfen, einfach zu husten und das Gift herauszuschleudern. Dass jemand, der den Krebs besiegt hat, anfängt zu rauchen, ist lächerlich. Ich muss lächeln. Ich bin gerne lächerlich.

Ich strecke die Hand aus. „Evie Whinsett. Schön, dich kennenzulernen. Heißt du wirklich Alfonse?"

„Schön wär's. Das ist nur mein Alter-Ego. Eigentlich heiße ich Marcus Lyon." Wir schütteln einander länger die Hand als nötig.

„Tja, Miss Evie Whinsett, ich wollte gerade zum Parkplatz zurückgehen. Willst du mitkommen oder bleibst du hier, um abzuwarten, ob noch andere gruselige Typen aus der Dunkelheit kommen?"

„Einer ist wahrscheinlich genug für heute."

Wir gehen los. Seltsamerweise ist mir meine Krücke nicht peinlich. Er scheint sie nicht mal zu bemerken. Er sieht mich nicht mit dem gönnerhaften Blick eines Menschen an, der mich für zerbrechlich hält. Er hält mir den Arm hin, als wir die Treppe erreichen, und ohne nachzudenken, stütze ich mich auf ihn. Ich lasse mir von ihm helfen. Doch bei ihm fühlt es sich nicht an, als würde ich aufgeben. Er hilft mir, ohne etwas zu erwarten.

Es hat aufgehört zu regnen. Die Welt außerhalb des Tunnels ist immer noch leer und grau, nur dass es jetzt Marcus darin gibt.

Wir gehen, ohne zu sprechen. Ich mag das Schweigen zwischen uns. Es gibt diesen Zwang nicht zwischen uns, die Stille brechen zu müssen. Ich mag es, dass er für den Notfall eine Taschenlampe im Auto hat. Ich mag, dass er mich taff genannt hat.

Auf dem Parkplatz stehen nur zwei Autos – der Prius von meiner Mutter und ein alter, verbeulter goldener Mercedes-Kombi.

„Das ist Bubbles“, sagt Marcus.

„Du hast dein Auto Bubbles genannt?“

„Eigentlich hat mein Bruder sie so genannt. Ich habe sie von ihm geerbt. Aber sie ist champagnerfarben und hat ein tolles Wesen. Von daher passt Bubbles schon. Ist sie nicht schön?“

„Sie ist … einzigartig.“

„Eine bessere Form der Schönheit gibt’s nicht, oder?“

„Im Grunde ist es die einzige Form.“

Die Stille frisst uns auf. Gleich trennen wir uns. Gleich verabschieden wir uns und dann sehen wir uns nie wieder.

„Also dann, ciao“, sagt er. „Halt dich von Tunnels mit kaputtem Licht fern.“

Was würde Stella tun?

Ich bin mutig. Ich bin ein Mädchen, das keine Angst hat.

„Warte!“, sage ich, als er sich zum Gehen wendet. Er dreht sich wieder zu mir um und ich frage: „Fändest du es komisch, wenn ich dich nach deiner Nummer fragen würde?“

Seine Lippen verziehen sich zu einem Lächeln. „Kein bisschen komisch.“

Ich hole mein Smartphone heraus. Er diktiert mir seine Nummer und ich gebe sie ein. Ich schreibe: *Hier ist das Mädchen, das du in der Dunkelheit gefunden hast.* „Jetzt hast du meine auch“, sage ich.

„Alles klar“, erwidert er. Irgendwie gelingt es mir, mich auf den Beinen zu halten, während ich in seinen Augen versinke. „Bis dann, Evie Whinsett.“

„Mach's gut, Marcus Lyon.“

Er geht zu seinem Auto auf der anderen Seite des Parkplatzes und ich gehe zu meinem. Wir begegnen uns frontal, als ich zum Rausfahren wende. Ehe er an mir vorbeifährt, macht Marcus das Fernlicht an, fängt mich in dem Lichtkegel ein und kurbelt sein Fenster herunter. Ich kann ihn rufen hören: „Du bist ein Star!“ Ich ruhe glühend und hell erleuchtet in seinem Fernlicht. Dann fährt er weg und nimmt das Licht mit.

Einen Moment lang bin ich blind, während meine Augen sich an die Lichtverhältnisse anpassen.

„Gut gemacht, Stella“, flüstere ich in die Dunkelheit.

19. KAPITEL

Es ist Freitagabend und ich sitze mit Will an einem Tisch in „unserem“ Restaurant. Wenn ich in den letzten zwei Jahren nicht im Krankenhaus war und zur Abwechslung mal Appetit hatte, sind wir mindestens ein Mal im Monat hierhergekommen. Ich fand es romantisch, immer an denselben Ort zu gehen, für ihn Lammspieße und für mich die vegetarische Platte zu bestellen und nach der Hälfte zu tauschen. Aber jetzt kommt es mir langweilig vor, als wären wir ein altes Ehepaar, das schon seit fünfzig Jahren zusammen ist. Und wenn wir einen Platz haben, der „uns“ gehört – sollte es dann nicht ein besonderer und intimer Ort sein? Ein Ort, den niemand kennt? Ein Ort, den wir gemeinsam entdeckt haben? Das Essen hier ist gut und alles, aber der Laden ist groß, laut und voll und hat irgendwie etwas von einer Bay-Area-Minikette. Ich bin mir ziemlich sicher, dass sie die Gerichte an einem zentralen Ort vorbereiten und in jedem Restaurant nur noch aufwärmen, wenn es bestellt wird.

Die Kellnerin kommt, um unsere Bestellung aufzunehmen, und Will nimmt dasselbe wie immer. Ich suche mir etwas Neues aus.

„Das hast du noch nie genommen“, sagt er, als die Kellnerin geht. Er sieht betroffen aus. Als hätte ich ihm gerade gesagt, dass es mir schlecht geht.

„Ich habe einfach Lust, was anderes auszuprobieren“, sage ich, aber er wirkt immer noch besorgt. Es ist nur eine Kleinigkeit, und doch beweist es mir etwas Größeres: Will weigert sich zu akzeptieren, dass ich mich verändert habe. Dass ich nicht mehr dieselbe Evie bin, in die er sich verliebt hat.

Er greift quer über den Tisch und nimmt meine Hand. Der feste Griff, den ich früher so geliebt habe, fühlt sich jetzt erdrückend an. „Du wirkst heute Abend so abwesend“, sagt er. Vielleicht liegt es an den drei Pillen, die ich genommen habe, bevor er mich abgeholt hat. Vielleicht liegt es daran, dass ich eigentlich gar nicht hier sein will. Vielleicht liegt es daran, dass ich nicht aufhören kann, an Marcus zu denken.

„Tut mir leid“, sage ich, und ich meine es ehrlich. Ich sollte ihn besser behandeln. Ich sollte ihn mehr lieben. Ich sollte ihn genauso lieben wie früher.

„Schon okay“, meint er und strahlt mich an, nachsichtig wie immer. „Du machst gerade viel durch. Es muss so schwer sein, sich wieder an das normale Leben zu gewöhnen.“

„Allerdings.“

„Ich möchte dir helfen. Ich möchte es einfacher für dich machen.“

„Ich weiß nicht, ob du das so einfach kannst, Will.“

Er schüttelt den Kopf, als ob er mich für dumm hält. Natürlich kann er das. Er ist Will Johnson, der Ausnahmefreund. „Ich habe eine Überraschung für dich“, sagt er. Ein Teil von mir wappnet sich für einen weiteren Strauß roter Rosen. „Ich habe mit dem Baseball aufgehört. Jetzt habe ich mehr Zeit für dich. Ich kann mich um dich kümmern.“

Oh Gott.

„Nein, Will. Das kannst du nicht machen.“

Unser Essen kommt. Die Haut meines Granatapfelhühnchens ist von einer braunen, gallertartigen Sauce bedeckt. Ich habe so was von keinen Hunger.

„Ist schon gut, Evie. Baseball war ohnehin nie so richtig mein Sport. Ich habe es im Frühling aus Langeweile angefangen, weil die Footballsaison zu Ende war und ich nichts Besseres zu tun hatte. Ich bin lieber mit dir zusammen.“

„Aber ich habe nach der Schule andauernd Physiotherapie.“

„Ich dachte, die wäre jetzt vorbei.“

„Meine Termine mit der Therapeutin sind vorbei, aber ich muss es trotzdem alleine weitermachen.“ Das ist nur teilweise gelogen.

„Ich kann mit dir ins Schwimmbecken gehen. Ich kann dir helfen.“

„Will, ich denke nicht ...“

„Lass uns nicht weiter darüber reden, okay?“, sagt er mit dem gleichen überzeugten Grinsen, das ich früher so beruhigend fand, das mir jetzt aber herablassend vorkommt. „Lass uns lieber das Essen genießen. Wir können ja später darüber sprechen.“

Ich sage nicht mehr viel, während wir essen. Will scheint es nicht zu registrieren. Er füllt die Stille mit Updates über Filme, die er gesehen hat, mit Klatsch über Mitschüler und mit anderen Dingen, über die nachzudenken mir schwerfällt. Als er auf dem Weg zu seinem Auto den Arm um mich legt, überkommt mich auf einmal ein Gefühl der Wut. Es beginnt in meinem Magen und breitet sich brennend bis zu meinen Augen aus. Ich muss mir selbst sagen, dass es Will ist. Das ist mein Freund. Das ist der Junge, den ich eigentlich lieben sollte.

„Lust auf Eis?“, fragt er, als wir uns der langen Schlange junger Pärchen nähern, die einen Block vor einer völlig überbewerteten Eisdiele in Berkeley anstehen, in der das Eis selbst zubereitet wird und dennoch nicht annähernd so gut schmeckt wie in meinem Lieblingsladen Tara's in Oakland, gleich bei mir zu Hause um die Ecke. Normalerweise bin ich stolz darauf, zu diesen schönen, gesunden Paaren zu gehören. Aber nicht heute Abend. Heute Abend fühle ich mich wie eine Betrügerin.

„Lass uns einfach zu dir gehen“, antworte ich. „Machen deine Eltern freitagabends immer noch dasselbe?“

„Klar“, erwidert er. „Okay, Liebes.“

Bevor ich krank wurde und während meiner wiederkehrenden Erholungszeitfenster war der Freitagabend unser besonderer Abend. Wills Eltern treffen sich jede Woche mit anderen Christen in der Kirche, weshalb Will und ich das Haus drei Stunden lang für uns hatten, während sie koffeinfreien Kaffee tranken und fade Kekse aßen. Ich konnte es immer kaum erwarten, nach oben in sein Zimmer zu laufen und den Abend in seinen Armen zu verbringen.

Aber als wir bei ihm ankommen, führt er mich ins Wohnzimmer und fragt mich, was für einen Film ich mir ansehen möchte.

„Wer hat gesagt, dass ich einen Film sehen will?“

„Wir müssen auch keinen Film gucken“, sagt er. „Wir können auch das Gespräch von vorhin fortsetzen. Über meine Entscheidung, mit dem Baseball aufzuhören, damit wir zusammen sein können.“

Ich seufze. „Ich möchte nicht, dass du das machst, Will.“

„Willst du nicht bei mir sein?“

„Natürlich will ich bei dir sein“, sage ich, doch kaum ist es ausgesprochen, wird mir klar, dass ich es nicht ehrlich meine. „Ich will nicht, dass du irgendwas für mich aufgibst. Ich will, dass du dein eigenes Leben hast.“

„Evie“, sagt er und hält dabei meine Hände, „du bist mein Leben.“

Ich will wegrennen. Ich will hier raus, weg von ihm, weg von dem Ausdruck in seinen Augen, die jemand anderen sehen, wenn sie mich anschauen. Jemanden, der nicht mehr existiert. Doch stattdessen küsse ich ihn. Ich küsse und küsse und küsse ihn. Wenn ich ihn schmecke, wenn ich seine Haut auf meiner spüre, kann ich mich vielleicht daran erinnern, was ich gefühlt habe, bevor das alles geschah. Wenn wir nur unsere Körper spüren, muss ich vielleicht nicht fühlen, was ich gerade fühle – was auch immer das ist.

Doch er stoppt mich. Er zieht den Kopf zurück und schiebt meine Hände weg, mit denen ich gerade seine Hose aufknöpfen wollte.

„Was ist?“, frage ich.

„Ich glaube nicht, dass du schon so weit bist.“

Wieder diese Wut. Wie eine Feuerkugel fliegt sie durch meinen Körper. „Findest du nicht, dass ich das beurteilen sollte?“ Ich ziehe meine Händen weg und schubse ihn. Ich will ihn fester schubsen. Ich will ihn so weit wegschubsen, dass ich ihn nicht mehr sehen kann, damit er mich nicht mehr mit diesen großen blauen Augen ansehen kann, die voll von Mitleid sind. Mit diesen Augen, die mir einmal das Gefühl gegeben haben, hübsch zu sein, und jetzt nur noch bewirken, dass ich mich klein fühle. Unsichtbar. Machtlos.

„Evie“, sagt er. „Ich will dir nicht wehtun. Ich will mich um dich kümmern.“

„Ich kann mich selbst um mich kümmern.“ Ich stehe auf.

„Schatz, setz dich. Lass uns darüber reden.“

Ich schnappe mir die Krücke und meine Tasche vom Boden. „Ich bin fertig mit reden.“

„Okay“, sagt er. „Du brauchst Raum für dich. Das verstehe ich. Ich rufe dich morgen früh an.“

„Nein. Ruf mich nicht an.“

„Oder noch besser: Ich komme zu dir rüber. Ich bringe Milchkaffee und diese Zimtbrötchen mit, die du so gerne magst.“

„Hast du nicht gehört?“, schreie ich. „Ich will nicht, dass du mich anrufst. Und ich will auch keine Zimtbrötchen mit dir essen. Ich bin fertig. Es ist vorbei. Das mit uns ist vorbei.“

„Ich weiß, dass du das nicht so meinst. Du bist nur müde. Morgen, wenn du dich ausgeruht hast, sieht die Sache schon ganz anders aus.“

„Sag mir nicht, wie ich mich fühle, Will.“ Ich humple auf die Tür zu. „Du hast keine Ahnung, wie ich mich fühle.“ Ich wünschte, ich könnte wütend davonstampfen. Ich wünschte, ich könnte nach draußen stürmen und einen dramatischeren Abgang hinlegen als dieses schiefe Latschen. Ich wünschte, meine Bewegungen würden nicht von dem armseligen *Klick-klack* meiner Krücke begleitet.

„Ich rufe dich morgen an“, sagt er, während er aufsteht und sich beeilt, mir die Tür zu öffnen. Er ist sogar noch ein Gentleman, während ich mit ihm Schluss mache.

„Will“, sage ich und sehe ihm fest in die Augen, damit er mich nicht missverstehen kann. „Hör mir zu. Ich kann nicht mehr mit dir zusammen sein. Es hat sich zu vieles verändert. Wir sind zu verschieden.“

Er nimmt mich in den Arm und hält mich fest. „Ich gehe nirgendwohin“, flüstert er in meine Halskuhle. Ein Hauch des Knoblauchs und Essigs seiner letzten Mahlzeit in seinem Atem vermischt sich mit dem Moschusduft seines Parfüms und droht mich zu ersticken.

„Ich liebe dich und ich weiß, dass du mich liebst. Ich werde hier sein, wenn du bereit bist. Wir haben so viel durchgemacht. Wir werden auch das hier überstehen."

Ich befreie mich aus seinen Armen und starre ihn ungläubig an. Starre das dumme Grinsen an, das einfach nicht verblassen will. Er ist so von sich überzeugt, so sicher, dass ich niemals aufhören könnte, ihn zu lieben.

„Ciao, Will", sage ich und gehe zur Tür hinaus.

„Ich fahre dich."

„Ich wohne drei Blocks weiter. Ich kann zu Fuß gehen."

„Ich begleite dich."

„Nein." Ich mag zwar nicht in der Lage sein davonzustampfen, aber ich kann die Tür hinter mir zuknallen.

WENN.

Liebe Stella,

in genau diesem Moment raucht deine Lieblings-Ex-Cheerleaderin wie eine echte jugendliche Rebellin einen Joint in ihrem eigenen Zimmer. Ha! Du bist doch sicher stolz auf mich, nicht wahr? Duftkerzen sind meine neuen besten Freunde, vor allem die mit Lebkuchen-Aroma. Das Problem daran ist nur, dass ich davon immer einen Riesenhunger kriege.

Ich hatte heute ein nettes Treffen mit meiner Schulleiterin. Ich glaube, mein Bonus der Krebsgeheilten nutzt sich bei der Verwaltung allmählich ab. Frau Direktor Landry fragte mich auf alle erdenkliche Arten, wie es mir geht, und ich antwortete auf sämtliche Weisen mit „gut". Sie hat versucht, fürsorglich zu klingen, aber ich kenne den wahren Grund für unser Treffen: Sie wollte mir mitteilen, dass ich in Schwierigkeiten stecke, weil ich nicht zum Unterricht erscheine. Nur dass sie dafür viel nettere Worte benutzt hat: Ich schwänze den Unterricht nicht, sondern ich „verliere den Anschluss". Im Unterricht war ich „abwesend" (d. h.: stoned). Und statt mich als undankbares Arschloch zu betiteln, erklärt sie mir, sie sei enttäuscht, weil ich die Hilfsangebote meiner Lehrer ausgeschlagen und zudem nicht mit einem Tutor zusammengearbeitet hätte. „Wir sind ein Team, Evie! Wir alle wollen, dass du erfolgreich bist!"

Aber sie vergisst eine wesentliche Sache: Ich bin nicht in ihrem Team. Sie können noch so sehr wollen, dass ich erfolgreich bin. Solange es mich einen Dreck interessiert, ändert das nichts. Sie leben in einer Fantasiewelt, in der die wichtigsten Dinge im Leben eines Teenagers gute Noten und ein Platz auf dem College sind, aber niemand begreift, dass ich vor langer Zeit aufgehört habe, in dieser Welt zu leben. Das ist nicht echt. Nichts davon ist echt.

Mit Will ist es übrigens aus. Wahrscheinlich ein weiteres Opfer meines Überlebens. Ich denke, es war schon vor langer Zeit vorbei, aber ich war ein wenig abgelenkt vom Sterben, und so habe ich es nicht bemerkt. Wie alle anderen liebte er das sterbende Mädchen mehr als mich. Nur ist das Mädchen, das seine Liebe erwidert hat, in diesem dämlichen Krankenhaus tatsächlich gestorben und aus ihrer Asche hat sich mein neues Ich erhoben – und ich bin sein schwärmerisches und ritterliches Gehabe genauso leid wie sein ewiges „Schatz" und „Süße". Es ist erbärmlich. Er ist erbärmlich. Ich fühle mich erbärmlich, wenn ich mit ihm zusammen bin. Und ich habe keinen Bock mehr darauf, mich so zu fühlen. Ich wünschte, ich könnte sagen, dass ich ihn nicht mal vermisse. Aber das wäre gelogen. Ich vermisse das Zusammengehören. Ich vermisse es, Teil eines „uns" zu sein.

Aber es gibt auch gute Nachrichten. Ich habe endlich herausgefunden, wo Mom die Schmerzmittel versteckt. Was ist das eigentlich mit Drogen und Sockenschubladen? Sie ist so blind, dass sie nicht mal die fehlenden Pillen vermisst. Ich habe das Gefühl, ich könnte momentan auch mit Mord davonkommen. Sie würde mir einfach nur den Rücken tätscheln und sagen, dass es schwer für mich ist, mich wieder ans Leben zu gewöhnen, und ich vielleicht etwas schlafen müsste. Arme, süße, treue Mom.

Die schlechte Nachricht ist, dass ich den Behälter nur noch ein Mal nachfüllen lassen kann. Keine Ahnung, was danach passiert. Ich will nicht daran denken. Ich versuche, sparsam mit deinem Gras zu sein, aber es wird viel schneller weniger, als mir lieb ist. Ich muss mir bald etwas einfallen lassen. Mit Sicherheit kann ich das Zeug nicht von irgendwem in der Schule kaufen. Nicht Evie Whinsett, Fräulein Krebs, quietschsaubere Freundin (nein, Ex-Freundin!) von Will Johnson. Die kauft doch keine Drogen bei den schlechten Kids! Das wäre ein Skandal! Aber vielleicht ist ein kleiner Skandal genau das, was meinem Leben fehlt.

Apropos: Ich habe Marcus angerufen. Ich habe zwei Tage abgewartet, ob er mich vielleicht anruft, aber dann dachte ich: Scheiß drauf – ich bin diejenige, die ihn nach seiner Nummer gefragt hat, stimmt's? Deshalb bin ich es auch, die die Fäden zieht, und wenn ich Lust habe, ihn anzurufen, rufe ich ihn eben an. Ich will keine Spielchen spielen – wie sich rarmachen und der ganze Mist. Und zu deiner Info: Am Telefon ist er genauso heiß, wie wenn er vor einem steht. Er hat eine tiefe, seidige Stimme und einen ziemlich schlauen, sarkastischen Humor. Dagegen wirkt Will einfach nur langweilig und kindisch. Und weißt du was? Wir gehen morgen aus. WIR GEHEN MORGEN AUS!

Ich schwänze alle Stunden außer Kunst, aber ich mache mir deshalb keine ernsthaften Sorgen. Ich fühle mich momentan ziemlich gut. Und das, obwohl mein Leben gerade irgendwie auseinanderbricht.

In Liebe,
Evie

20. KAPITEL

Ich habe allen gesagt, ich würde nach der Schule Caleb im Krankenhaus besuchen. Sogar Will darf sich dazurechnen, obwohl ich ihn mehrmals daran erinnert habe, dass wir nicht mehr zusammen sind. Ganz zu schweigen von der Tatsache, dass er beim Mittagessen nach wie vor neben mir sitzt und darauf besteht, meine Tasche zu tragen. Alle – Mom, Dad, Will, Kasey, Jenica – sind sich einig, dass es eine fantastische Idee ist, Caleb zu besuchen. Als ob ihre Meinung eine Rolle spielt. Ich bin mir sicher, dass Caleb es ebenfalls für eine fantastische Idee hielte, aber er weiß nichts davon und ich habe seit dem Tag meiner Entlassung nicht mehr mit ihm gesprochen.

Ich muss oft an die Zeit denken, als ich wegen des Beinbruchs im Krankenhaus war. Ich war gerade mal zwei Tage da. Irgendein Spieler von den Oakland A's kam für eine Spenden-Schrägstrich-Publicity-Aktion auf die Station, und Caleb ist ausgeflippt wie ein kleiner Junge. Er ist losgerannt, um sein Cappy signieren zu lassen, während Stella und ich in meinem Zimmer geblieben sind. Ich weiß noch, wie ich sagte: „Manchmal ist er auf liebenswerte Art wirklich naiv", und Stella erwiderte: „Du weißt, dass er in dich verknallt ist, oder?" Ich befahl ihr, die Klappe zu halten, aber sie fuhr fort: „Er betet den Boden an, über den du fährst."

Jedes Mal, wenn ich eine von Calebs Nachrichten ignoriere, muss ich daran denken und fühle mich schlecht. Er schickt mir auch weiterhin Nachrichten, obwohl ich ihm nie antworte. Ich habe mich in so ein Arschloch verwandelt und er ist immer noch so treu und nachsichtig.

„Grüß Caleb von mir", sagt Mom, als sie mich vor dem Krankenhaus rauslässt. „Und drück ihn von mir."

„Mache ich." Ich gehe langsam auf die viel zu vertrauten Schiebetüren zu und warte, bis Mom weiterfährt, ehe ich mich umdrehe und in Richtung Telegraph gehe.

Ich treffe Marcus an einer Cafébar. Als Vorbereitung habe ich gestern Nacht eine Stunde damit verbracht, einen Joint – den ich hoffentlich mit ihm rauchen werde – zu drehen und noch mal neu zu drehen, bis er perfekt war. Ich habe mit dem Feuerzeug geübt, um sicherzugehen, dass ich noch weiß, wie man es benutzt. Womöglich ist das nicht ganz die Art, wie normale Leute sich auf ein Date vorbereiten. Aber ich bin zu der Schlussfolgerung gekommen, dass ich ohnehin nicht mehr normal bin, und irgendetwas sagt mir, dass Marcus es auch nicht ist.

Ich trage Stellas Hut. Er soll mir zusätzlich Kraft geben. Er hilft mir, nicht zu hyperventilieren, während ich vor dem Café darauf warte, das Marcus auftaucht. Er kuschelt sich an meinen Kopf und rät mir, Ruhe zu bewahren. Zu der Stimme, die mir andauernd einreden will, dass er nicht kommt, sagt er: „Klappe!" Ich lehne mich so cool wie möglich gegen die Hauswand und tippe auf meinem Smartphone herum, um bloß beschäftigt zu wirken. Ich tue so, als würde ich eine wichtige Nachricht schreiben.

„Hey", sagt eine bekannte Stimme. Ich blicke auf. Marcus sieht sogar noch besser aus, als ich ihn in Erinnerung habe. Der blaue Himmel unterstreicht das Grün in seinen Augen und seine glatte Haut. Er hat ein verwaschenes T-Shirt von einer Achtzigerjahre-Band an.

Mir wird klar, dass seit seiner Begrüßung schon einige Sekunden verstrichen sind und ich noch nicht geantwortet habe, weil ich von seiner Schönheit dermaßen fasziniert bin. „Hey", bringe ich endlich heraus.

„Cooler Hut", sagt er.

„Cooles Shirt", sage ich.

„Kennst du die Musik von den Jungs?"

„Nein."

„Sie ist schrecklich. Wie Gift. Tut richtig in den Ohren weh."

„Dann bist du also ein großer Fan, hm?"

„Der größte."

„Wollen wir reingehen?“

„Gern.“

So weit, so gut. Die erste Minute unseres Dates ist vorbei und ich glaube, bisher habe ich mich nicht allzu sehr blamiert.

Ich sehe mich in der Cafébar um, während wir in der Schlange warten, bis wir dran sind. Hier sitzen lauter hippe, gut aussehende Menschen, die in silberfarbene MacBooks starren.

„Ich frage mich, woran diese Leute alle arbeiten“, sage ich. „An Romanen? Oder Dissertationen?“

„Wahrscheinlich surfen sie bloß im Internet“, erwidert Marcus. Er zeigt auf einen Laptop, auf dessen Bildschirm wir freien Blick haben. „Siehst du, der Typ da drüben scrollt durch irgendwelche Urlaubsfotos. Und das Mädel da guckt sich Fotos von Katzen an.“

„Sie sind ziemlich gut darin, so zu tun, als würden sie arbeiten.“

„Ja, sie bringen sogar Bücher und andere Requisiten mit.“

„Evie?“, sagt jemand, und es ist nicht Marcus. „Oh Gott, du lebst ja!“

Ich sehe mich um. Mir bleibt die Luft im Halse stecken. Es ist Cole, Stellas Freund. Er steht hinter dem Tresen, um unsere Bestellung aufzunehmen.

„Cole“, quetsche ich hervor. „Hi.“

Am liebsten möchte ich weglaufen, aber ich habe keine Chance. Cole kommt eilig hinter der Theke hervor, nimmt mich in den Arm und drückt mich so fest, dass ich kaum Luft kriege. Alles lief so gut, aber jetzt kollidieren zwei Welten miteinander, die sich niemals hätten treffen sollen.

„Marina“, sagt er zu einer Frau hinter dem Tresen, als er mich endlich loslässt, „kann ich fünf Minuten Pause machen?“

„Klar, Sweetie“, sagt die Frau. „Lass dir Zeit.“

„Wollen wir kurz rausgehen und reden?“, fragt Cole eifrig und seine Augen leuchten vor Freude. „Es ist so schön, dich zu sehen. Du siehst so gesund aus.“

Ich sehe zu Marcus, der zwar lächelt, aber irritiert wirkt. „Dauert nur zwei Minuten", sage ich. „Du kannst ruhig schon bestellen."

„Ich bestelle für dich mit. Was willst du haben?"

„Einen Latte. Danke. Ich bin gleich wieder da."

Mit angehaltenem Atem folge ich Cole nach draußen.

„Das ist nicht Will, oder?", fragt Cole. „Er sieht nämlich überhaupt nicht so aus, wie ich ihn mir vorgestellt habe."

„Nein, das ist nicht Will."

„Habt ihr euch getrennt?"

„Ja."

„Das tut mir leid. Stella meinte, ihr wärt so verliebt."

Er hat ihren Namen gesagt. „Ich schätze, die Dinge ändern sich."

„Evie, es ist so schön, dich zu sehen." Er umarmt mich noch mal. Ich will das einfach nur hinter mich bringen. Je länger es dauert, desto näher sind wir daran, *es* zu thematisieren. Sie zu thematisieren.

„Ich habe versucht, ins Krankenhaus zu kommen, nachdem ich erfahren hatte, dass Stella tot ist", sagt er. Ich kann das nicht. Ich kann nicht zuhören. Er soll schweigen. Er muss aufhören, ihren Namen zu sagen. „Dan hat mich angerufen, um es mir zu sagen, auch wenn er das eigentlich nicht durfte. Aber irgendwie hat Stella ihn überzeugt. Ihre Eltern haben nicht einen ihrer Freunde zur Beerdigung eingeladen. Kannst du das glauben?"

Ich kann nicht atmen. Die Angst fährt scharfe Klauen aus, die mich von innen strangulieren.

„Evie?", sagt er. „Alles okay?"

„Nein", entgegne ich. Und noch bevor ich die Gelegenheit habe herauszufinden, warum ich das gesagt habe, fange ich an zu weinen.

Das darf nicht passieren. Ich darf nicht so schwach sein.

Cole nimmt mich in den Arm und ich erwidere die Geste. Es fühlt sich so gut an, jemanden zu umarmen, der sie kannte. Es fühlt sich beinahe gut an zu weinen. Den Schmerz mit jemandem zu teilen, der mich versteht. Vielleicht hätte es geholfen, dasselbe mit Caleb zu tun. Wir hätten einander helfen können, es gemeinsam durchzustehen. Ich muss ihn anrufen. Ich muss die Dinge zwischen uns richtigstellen. Ich brauche ihn.

„Sie fehlt mir so sehr", sage ich und es fühlt sich wie das einzig Ehrliche an, das ich seit meiner Entlassung gesagt habe.

„Mir auch." Cole schnieft. „Auf gewisse Weise haben mich ihre vielen Krankenhausaufenthalte darauf vorbereitet. Ich konnte mich schon mal daran gewöhnen, ohne sie zu sein. Aber eigentlich kann einen nichts und niemand auf so etwas vorbereiten." Er nimmt meine Hand. „Ich hatte nie die Gelegenheit, mich bei dir zu bedanken. Für den Abend, als du das Skype-Date für Stella und mich ermöglicht hast. Ich kann dir gar nicht sagen, wie viel uns das bedeutet hat. Es war das letzte Mal, dass wir miteinander sprechen konnten."

Das ist schon so weit weg. Damals war ich noch jemand anderes. Damals war ich nett und selbstlos. Damals gab es in dieser Welt noch Stella, und ich habe dem Tod ins Auge geblickt.

Das ist gefährlich. Mit Cole zu reden ist gefährlich. Ihn an mich heranzulassen führt nur dazu, dass es uns beiden wehtut. Ich spüre, wie ich mich versteife. Was auch immer sich bei seinem Anblick in mir geöffnet hat, schließt sich wieder. Meine Tränen trocknen.

„Ich muss jetzt", platzt es aus mir heraus. Ich muss fliehen. Ich muss weg von hier, bevor noch mehr Erinnerungen hochkommen.

„Ach so", erwidert er und zuckt förmlich zusammen. „Na dann?"

„Tut mir leid", sage ich noch, aber es ist zu spät. Ich kann es nicht zurücknehmen. Ich möchte mir die Augen auskratzen. „Es war schön, dich zu sehen, Cole. Wirklich." Ich fange an zurückzuweichen. Ich wünschte, er würde aufhören, mich so anzusehen – mit so viel Freundlichkeit und Wärme in seinem Blick. Das habe ich nicht verdient.

„Ihr Hut steht dir gut", sagt er.

„Danke."

„Vielleicht können wir uns ja mal treffen", schlägt er vor. Wie kann er allen Ernstes Zeit mit mir verbringen wollen, wenn ich es doch bin, die schuld an ihrem Tod ist? Wenn es mich nicht gegeben hätte, hätte sie sich an jenem Abend niemals hinausgeschlichen. Ich war der Grund dafür, dass sie ihr Leben riskiert hat.

„Ich muss zurück zu meinem Freund", bringe ich irgendwie hervor, ohne in Tränen auszubrechen.

Plötzlich steigt heiße Wut in mir auf. Moment mal! Cole ist genauso schuld. Er hätte uns nicht abholen dürfen. Er wusste, dass es gefährlich war. Er wusste, dass sich Stellas Zustand verschlechtern könnte, aber er hat es trotzdem getan. Wie konnte er nur so egoistisch sein?

„Ja, sicher", sagt er. „Und ich muss wohl wieder an die Arbeit."

Ich kann ihm nicht mal in die Augen sehen, als ich mich von ihm verabschiede. Meine Füße sind schwer wie Blei, als ich zurück ins Café gehe, und ich kann spüren, wie sich die Traurigkeit in Coles Blick in meinen Rücken bohrt. Ich bin ein furchtbarer Mensch. Das hat er nicht verdient. Er hat sie genauso geliebt wie ich, vielleicht sogar noch mehr. Er hat es verdient, dass ich freundlich zu ihm bin. Er hat jemanden verdient, der ihn in den Arm nimmt. Warum musste ich nur so gemein sein?

Als ich reinkomme, sitzt Marcus mit unseren Getränken an einem Tisch. „Können wir nach draußen gehen?", frage ich und versuche, so fröhlich wie möglich auszusehen. „Es ist so schönes Wetter. Lass uns doch woanders hingehen, okay?" Weit weg von hier. Irgendwohin, wo es keine Wände gibt. Irgendwohin, wo ich diesen Joint rauchen kann, der ein Loch in meine Tasche brennt. Ich muss hier raus. Sofort.

„Klar", sagt er. „Dann lass ich die Sachen zum Mitnehmen umfüllen."

Ich gehe hinaus, ohne Cole Bye zu sagen. Ich atme mehrmals tief durch. Ich zähle: Ein – eins, zwei, drei, vier. Aus – eins, zwei, drei, vier. Nur mit Mühe kann ich mich davon abhalten, die Straße hinunterzurennen.

„Wer war das?“, erkundigt sich Marcus, als er zu mir nach draußen kommt. „Du hast ausgesehen, als würdest du ein Gespenst sehen.“

„Niemand“, antworte ich, aber das ist so gar nicht die Wahrheit.

Marcus bohrt nicht weiter nach. Er sagt, er wüsste den perfekten Ort für uns.

„Der Friedhof?“, sage ich, als Marcus von der Pleasant Valley links zum Mountain View Cemetery abbiegt.

„Hast du hier schon mal abgehangen?“, fragt er. „Das ist der friedlichste Ort in ganz Oakland. Vertrau mir. Er wurde von demselben Typen entworfen, der auch den Central Park in New York City designt hat.“

Auf einer schmalen, verschlungenen Straße erklimmen wir den Hügel, vorbei an antiken Grabsteinen und riesigen, verschnörkelten Gruften – wie kleinen Steinpalästen, die beliebte Namen aus der Bay Area tragen: Ghirardelli, Merritt, Crocker, Chabot, Tilden.

„Einige davon sind einhundertfünfzig Jahre alt“, meint Marcus.

„Ich wusste gar nicht, dass der Friedhof so groß ist.“

„Ja, er erstreckt sich über den gesamten Hügel. Ich gehe hier total gerne spazieren. Vor allem nachts.“

„Sie lassen dich nachts hier rein?“

„Also … nein. Nicht so richtig. Ich lasse mich quasi selbst herein.“

Endlich erreichen wir den Gipfel des Hügels, und Marcus parkt am Straßenrand gleich neben einer Rasenfläche unter einer riesigen, alten Eiche. „Wow“, sage ich, als ich die Aussicht wahrnehme. „Von hier oben kann man die ganze Bucht sehen.“ Das Panorama ähnelt stark einem anderen perfekten Ausblick, der sich an dem Abend, der alles veränderte, in mein Gedächtnis gebrannt hat. Ich sehe dieselben Umrisse und Formen, dieselben Landschaftsmarken, aber das

Bild heute ist voll von Farben, Texturen und Details, während das andere nur aus Dunkelheit und Lichtern bestand.

Marcus holt eine Decke aus dem Kofferraum und legt sie auf den Rasen. „Siehst du?“, sagt er. „Die Decke für den Notfall.“ Schweigend sitzen wir da und trinken unseren lauwarmen Kaffee. Die einzigen Geräusche sind das Rascheln der Blätter und gelegentliches Vogelgezwitscher. Hier ist es mit Abstand schöner als in einem Park.

„Es lässt sich viel leichter nachdenken, wenn man von Toten umgeben ist, findest du nicht auch? Lebendige sind immer so laut.“ Er hat keine Ahnung, wie recht er hat. „Evie“, beginnt er. „Ich habe eine ernsthafte Frage.“

Oh-oh. „Ich gebe dir eine ernsthafte Antwort.“

„Okay.“ Er schweigt einige Sekunden, ehe er sagt: „Das war die dramatische Pause. Hat sie dir gefallen?“

„Sehr schön, ja.“

„Bereit?“

„Ja.“

„Welche drei Dinge würdest du mitnehmen, wenn die Welt untergeht?“

„Hmmm“, mache ich. Aus irgendeinem Grund fühlt sich die Frage in diesem Moment total angemessen an. „Hängt von der Art des Weltuntergangs ab.“

„Zombies.“

„Robuste Stiefel. Einen guten Rucksack. Auf jeden Fall eine Machete – um ihnen die Köpfe abzusäbeln.“

„Biblisch.“

„Stiefel, Rucksack und eine Bibel? Nein, wahrscheinlich immer noch eine Machete.“

„Du bist sehr pragmatisch.“

Allmählich gefällt mir diese Gefühlsmischung aus Nervosität und Aufregung. Ist so ähnlich wie das Kribbeln in meiner Brust, wenn meine Schmerztabletten zu wirken anfangen. Der Nervenkitzel eines neuen Gefühls.

„Ich habe auch eine Frage“, sage ich und klinge dabei viel mutiger, als ich tatsächlich bin.

„Schieß los.“

Ich versuche, mich so cool wie möglich zu benehmen. Ich gucke ihn nicht mal an. „Kiffst du?“

Er lacht so heftig, dass er um ein Haar seinen Kaffee ausspuckt. Das Kribbeln in meiner Brust ist wie weggeblasen. Habe ich ihn falsch eingeschätzt? Unkonventionelles Auto, ironische T-Shirts, eigenbrötlerische Haltung – passt das nicht perfekt zum Profil eines Kiffers?

„Was ist daran so lustig?“

„Ich glaube, das hat mich noch nie jemand gefragt. Ich bin es wohl einfach nicht gewohnt, dass mein Ruf mir nicht vorauseilt.“

„Und der wäre?“

„Ich gelte gewissermaßen als Schulkiffer.“

Erleichterung macht sich breit. „Und, trifft die Beschreibung zu?“

„Glaub schon. Obwohl ich bei dem Wort ‚Kiffer‘ jemanden vor Augen habe, der die ganze Zeit bekifft ist. Ich bin nur *meistens* bekifft.“

„Jetzt auch?“

„Nein. Ich fand, es wäre vielleicht nicht der beste Weg, ein hübsches Mädchen zu beeindrucken.“

Das Kompliment macht mir Mut. „Wärst du es gerne?“

„Ist das ein Angebot?“

Ich öffne meine Tasche, suche den Joint, den ich in eine alte Minzdropsdose gestopft habe, und präsentiere ihn ihm auf dem Handteller. Ein albernes kleines Ding, das wie ein weißer Dekozweig aussieht. Aber ich bin seltsam stolz darauf.

„Du steckst wirklich voller Überraschungen“, sagt Marcus mit einem Lächeln. „Ladies first.“

„Nein, du zuerst. Ich bestehe darauf. Du bist mein Gast.“ Ich gebe ihm mein Feuerzeug.

„Na gut."

Ich sehe ihm dabei zu, wie er den Joint anzündet und daran zieht. Ganz offensichtlich hat er das schon öfter als ein paar Mal gemacht. Als ich an der Reihe bin, versuche ich, es genauso selbstsicher und gekonnt zu machen wie er. Ich stelle mir vor, wie die Geister der Toten um uns herum uns beobachten und mich auslachen.

„Und wie wirst *du* genannt?", fragt er, ohne den Qualm auszuatmen. Als er es schließlich doch tut, bin ich einen Moment lang hinter der Wolke seines Atems verschwunden. „Wenn ich der Schulkiffer bin, was bist du dann?"

Ich kann ihm nicht sagen, dass ich ein ehemaliger Cheerleader bin. Ich kann ihm nicht sagen, dass ich noch vor wenigen Tagen die Freundin des Wide Receivers aus dem Highschool-Footballteam war. Ich kann ihm nicht sagen, dass ich in der Mensa am beliebtesten Tisch sitze. Und auf keinen Fall kann ich ihm von Fräulein Krebs erzählen.

„Ich bin nicht wirklich wer", sage ich. „Ich bin eher eine Einzelgängerin." Ich weiß, dass mich niemals irgendwer so beschreiben würde, aber es fühlt sich der Wahrheit am nächsten an.

„Ah ja", erwidert er. „Die geheimnisvolle, schöne Einzelgängerin. Ich wette, die Sportskanonen sind alle heimlich in dich verknallt."

Wenn du wüsstest.

„Und wohin gehst du? Berkeley High? North Berkeley?"

„North Berkeley. Und du?"

„Das errätst du nie."

„Oakland Tech?"

„Denk nobler."

„Skyline?"

„Ich, meine Liebe, bin ein Templeton-Mann."

„Was? Im Ernst? Zieht ihr da nicht Anzüge in der Schule an? Und schmiedet ihr nicht Pläne für die Weltherrschaft? Warum verbringst du deine Zeit mit einer schnöden Sterblichen wie mir? Ich hatte keine Ahnung, dass du so ein Schnösel bist."

„Willst du noch?" Er hält den halb gerauchten Joint hoch.

„Nein, danke."

„Ich bin kein Schnösel." Er drückt den Joint an einem Grabstein aus. „Mein Dad ist der Schnösel."

„Was ist denn so schnöselig an deinem Dad?"

„Er ist Oberster Richter am Gerichtshof des nördlichen Bezirks von Kalifornien", sagt Marcus mit hochnäsig verstellter Stimme.

Er zuckt die Achseln.

„Dann muss es umso schwerer für dich sein, das Gesetz zu brechen."

„Eigentlich nicht." Er gibt mir den ausgedrückten Joint. „Ich kann das sogar ganz gut."

„Du weißt, was ich meine. Es hat schlimme Folgen, wenn du dich in Schwierigkeiten bringst, oder nicht?"

„Sagen wir mal: Solange ich mich nicht erwischen lasse, interessiert es meinen Vater nicht besonders, was ich in meiner Freizeit mache."

„Wie bei meinen Eltern."

„Ja? Wieso?"

Ich muss einen Moment darüber nachdenken. Ich muss entscheiden, wie viel er wissen soll. Ich beschließe, dass ich ihm die Wahrheit sagen kann – von ein paar Details abgesehen. „Sie haben eine bestimmte Vorstellung davon, wer ich bin, und möchten unbedingt daran glauben. Deshalb nehmen sie vieles nur sehr selektiv wahr."

„Ich frage mich, ob alle Eltern so sind."

„Einige wahrscheinlich mehr als andere."

„Sie können dich nie richtig *sehen*", sagt Marcus, während er mit glasigen Augen in die Ferne blickt. „Was man auch macht, um ihre Aufmerksamkeit zu bekommen – sie sehen immer nur das, was sie sehen wollen."

„Was sieht dein Vater an dir denn nicht?"

Er lächelt, doch die Traurigkeit in seinem Blick ist offensichtlich. „Das ist echt gutes Gras."

„Es ist medizinisch."

„Wo hast du das her?"

„Von einer Freundin."

„Kann sie noch mehr davon besorgen?"

„Sie ist leider weggezogen." Eine Sekunde lang frage ich mich, ob ich mir das nicht selbst weismachen soll. Wenn ich es oft genug sage, kann ich es vielleicht wirklich glauben.

„Schade. Das Gras, das ich kaufe, ist zwar auch gut. Aber nicht so gut wie das hier."

„Du hast nicht vor, meine Frage zu beantworten, oder?"

„Erzähl mir von deinem Bein."

Natürlich. Das musste ja irgendwann passieren. „Ist nicht besonders interessant."

„Dann erzähl es mir."

Ein Teil von mir will es ihm sagen. Das Gras, die Aussicht und sein Arm, der meinen berührt, wecken den Wunsch, ihm eine Menge Dinge zu erzählen. Aber das nicht. Wenn er seine Geheimnisse hat, kann ich auch meine haben.

„Autounfall", sage ich. „Ziemlich langweilig."

„War es blutig?

„Eher nicht. Meine Mutter und ich saßen im Auto und wurden auf dem Freeway von einem anderen Wagen gestreift. Wir sind in die Leitplanke gefahren, und ich habe mir das Bein gebrochen. Es hat nicht mal geblutet." Es ist so leicht zu lügen. Ich könnte mich glatt daran gewöhnen.

„Du tust so, als wäre es keine große Sache."

„Ist es auch nicht. Ehrlich. Ich bin dadurch nichts Besonderes oder so. Und in ein paar Wochen, wenn ich die Krücke wieder los bin und alles verheilt ist, wird sich auch niemand mehr daran erinnern."

Der Himmel nimmt den orange-pinken Farbton an, durch den sich der Sonnenuntergang ankündigt. Es gibt keinen Ort auf der

Welt, wo ich jetzt lieber wäre, und ich weiß schon gar nicht mehr, wann ich dieses Gefühl zuletzt hatte. Ich glaube, Marcus ist auch glücklich, nur hat sein Glücksgefühl einen Sprung, als könne er es nicht ganz zulassen. Als gäbe es tief in seinem Innern den Rest einer alten Traurigkeit, die ihn nicht loslässt. Ich möchte seine Traurigkeit berühren. Ich möchte in ihn hineingreifen, sie herausziehen und mit meiner verknoten.

„Die meisten Leute verbringen ihre gesamte Zeit damit, andere davon zu überzeugen, dass sie was Besonderes sind", sagt er. „Aber du versuchst, mich davon zu überzeugen, dass du es nicht bist."

Ich lehne mich an ihn. Seine warme Seite berührt mich. Sein Handrücken streift meinen. Ohne nachzudenken, neige ich den Kopf und lege meine Wange auf seine Schulter. Wir passen perfekt zusammen.

„Weißt du was, Evie Whinsett?"

„Was, Marcus Lyon?"

„Ich mag nicht viele Leute. Aber dich mag ich."

Der Himmel explodiert in Farben und Lichtern.

„Ich mag dich auch."

„Okay, gut."

„Gut."

Ich will nicht fahren. Ich könnte für immer auf dem Friedhof bleiben. Marcus und ich könnten in einer der steinernen Gruften leben, etwas Gemüse im Vorgarten anbauen und hier und da was aus den Picknickkörben der Leute klauen, wenn sie nicht aufpassen. Eine Decke haben wir schon mal. Was wollen wir mehr? Wir könnten hierbleiben, bis wir alt sind und sterben. Dann wären wir schon an dem perfekten Ort, um uns begraben zu lassen. Nur habe ich Mom versprochen, zum Abendessen zu Hause zu sein.

Marcus lässt mich vor einem Restaurant raus, das nur zwei Blocks vom Kinderkrankenhaus entfernt liegt und in dem ich mich angeblich mit einer Freundin treffe. Er bietet mir an, den Wagen zu parken und mit mir zu warten, bis sie kommt, aber ich schaffe es, ihn davon zu überzeugen, dass das nicht nötig ist.

„Du bist so taff", sagt er, bevor ich aussteige. Wenn er wüsste.

Ich wende mich zum Gehen, doch gerade als ich die Tür öffnen will, streckt er den Arm aus und nimmt meine Hand.

„Warte", sagt er.

„Worauf?", frage ich.

„Keine Ahnung. Ich kann dich einfach noch nicht gehen lassen."

Wir beugen uns vor, bis meine Stirn an seiner liegt. Sein männlicher Duft berauscht mich. „Evie", sagt er und es klingt so, als hätte jemand zum ersten Mal meinen Namen wirklich ausgesprochen. Sein Atem macht mich lebendig. Er gibt mir einen Namen.

Ich trage Stellas Hut. Ich bin furchtlos. Ich weiß, wie ich kriegen kann, was ich will.

Ich schiebe den Hut nach oben und beuge mich vor. Ich lege die Lippen auf seine. Sein Mund fühlt sich auf meinem perfekt an. Warm. Weich. Köstlich. Ich könnte ihn inhalieren. Ich könnte ihn aufessen.

Benommen steige ich aus dem Wagen und schwebe zurück zum Krankenhaus. Ich kriege das Grinsen nicht aus dem Gesicht und versuche es auch gar nicht. Es kümmert mich nicht, dass Mom schon da ist, als ich um die Ecke biege, und sieht, dass ich nicht aus dem Krankenhaus komme, sondern von woanders.

„Wo warst du?", fragt sie, als ich ins Auto steige.

„Ich bin früher gegangen und habe noch einen Spaziergang gemacht."

„In dieser Gegend? Um diese Uhrzeit? Ziemlich gefährlich, Schätzchen."

„Es ist noch nicht mal ganz dunkel. Außerdem bin ich taff." Ich drehe meinen Sitz zurück und lege den gesunden Fuß aufs Armaturenbrett. „Mein Gott, Mom. Hast du das immer noch nicht verstanden?"

21. KAPITEL

Kasey kommt heute zum Abendessen. Mom hat sie eingeladen, ohne es mir zu sagen. Heutzutage kann Will einfach beschließen, dass ich nicht Schluss gemacht habe, und sich benehmen, als wäre nichts geschehen, und Mom kann beschließen, meine Freunde zum Abendessen einzuladen. Und ich habe überhaupt nichts zu melden.

Ich bin in meinem Zimmer und immer noch ganz euphorisch wegen des Telefonats, das ich kurz nach der Schule mit Marcus geführt habe. Im Gegensatz zu allen anderen Menschen in meinem Leben spricht er über echte Dinge. Er hat eine Meinung zu Themen außerhalb von Abschlussballkleidern, Sportteams und Schultratsch. Es ist, als wären alle, die ich sonst noch kenne, schwarz-weiß und als wäre er die einzige Person in Farbe. Alle anderen sind Roboter, und wir sind die einzigen echten Menschen mit echten Gedanken und echten Gefühlen.

Wenn ich mich aufrege, muss ich mir immer diesen Song von Stella anhören, über die ganzen Sachen, die das Establishment machen will, um uns zu kontrollieren. Ich drehe ihn ganz laut auf, springe auf meinem gesunden Bein in meinem Zimmer herum und schlage mit einem Kissen um mich.

Das mache ich auch gerade, als Mom an die Tür klopft und sagt: „Abendessen ist fertig, Schatz. Kasey ist da.“ Es fühlt sich an, als hätten sie eine Armee gebildet und Kasey auf ihre Seite gezogen. In der Familie Whinsett heißt es jetzt vier gegen einen.

Ich brauche Verstärkung. Ich brauche Kraft. Deshalb nehme ich Stellas Hut von meinem Schreibtisch und setze ihn auf.

„Interessante Musik“, sagt Mom, als ich die Tür öffne. „Wie nennt man das?“

„Man nennt es Musik, Mom.“

„Ist irgendwie … aggressiv, findest du nicht?“

„Ausdrucksstark ist nicht dasselbe wie aggressiv.“ Ich wünschte, Marcus hätte mich diesen Satz sagen hören.

Kasey umarmt mich, als ich an den Tisch komme. „Wie lange bist du schon da?", frage ich und bemerke erst zu spät, dass es vermutlich unfreundlich klingt.

„Bin gerade erst gekommen. Vor einer Minute oder so." Ihr Lächeln ist alles andere als herzlich. „Was ist mit dem Hut?"

„Der gehörte Stella."

„Ich weiß. Aber warum trägst du ihn?"

„Sie hat ihn mir geschenkt."

Ich setze mich und fülle meinen Teller, ohne auf die anderen zu warten.

„Evie", sagt Dad. „Willst du deinen Hut zum Essen nicht abnehmen? Ich finde, das wäre nur höflich."

„Klar." Ich hänge ihn an die Stuhllehne und stopfe mir Pilaw in den Mund.

Ich esse, während Kasey und Jenica über den Abschlussball reden, der ja so schnell näher kommt. Ich habe keine Ahnung, wann sie sich so angefreundet haben. Ich schätze, sie sind jetzt auch beste Freundinnen.

„Ich finde es so toll, dass eure Schule auch nach dem vorletzten Jahr einen Abschlussball macht", sagt Mom. „An meiner Highschool gab es nur einen nach dem letzten Jahr."

„Erzähl mir davon", verlangt Kasey. „Ich freue mich schon darauf, seit ich – keine Ahnung – neun war oder so. Und ich kann es gar nicht glauben, dass ich es nächstes Jahr noch mal machen kann! Ich kann mir zweimal ein Kleid aussuchen."

Sie meint es total ernst. Der Abschlussball wird der Höhepunkt ihres Lebens sein.

„Mäuschen, hast du Will schon zurückgerufen?", will Mom wissen. „Es muss wichtig sein, wenn er auf dem Festnetzanschluss anruft."

„Es bedeutet, dass sie seine Anrufe auf ihrem Smartphone ignoriert", sagt Jenica. „Stimmt's, Evie?"

„Warum rufst du ihn nicht zurück, Schatz?", fragt Mom.

„Ich hatte keine Zeit."

Kasey sieht mich überrascht an. „Hast es ihnen nicht gesagt?"

„Uns was gesagt?", wiederholt Dad.

Ich starre auf meinen Teller, auf die gegrillte Hühnchenbrust, die allmählich hart und kalt wird. „Will und ich haben uns quasi getrennt."

„Was? Wann ist das passiert?", fragt Mom. „Warum hast du uns davon nichts erzählt? Schätzchen, geht es dir gut?"

„Ich habe mich schon gefragt, warum wir ihn in letzter Zeit nicht gesehen haben", sagt Dad. „Ach, Evie. Es tut mir so leid. Du musst am Boden zerstört sein."

„Warum geht ihr eigentlich automatisch davon aus, dass er mich sitzen gelassen hat?", sage ich. „Ich habe mit ihm Schluss gemacht."

„Aber warum denn?", fragt Mom.

„Ich will nicht darüber reden. Ist keine große Sache."

„Keine große Sache?", wiederholt diesmal Jenica. „Ihr wart zwei Jahre zusammen. Er gehört praktisch zur Familie." Damit ist Will also auch Teil ihrer Armee. Whinsett Family: 5. Evie: 1.

„Es *ist* eine große Sache", springt Kasey ihr zur Seite und guckt dabei auf ihren Teller.

„Kasey, kannst du das erklären?", fragt Mom, weil ich offenbar nicht für mich allein sprechen kann. „Weißt du, warum das passiert ist?"

„Nein", antwortet sie traurig. „Eigentlich nicht. Will ist der perfekte Freund. Er liebt Evie über alles."

„Ich brauche zurzeit einfach ein bisschen Freiraum, um mir über einiges klar zu werden", erwidere ich. „Im Moment passt eine Beziehung nicht in mein Leben. Ich brauche eine Pause. Ist das vielleicht ein Verbrechen?"

„Worüber musst du dir denn klar werden?", fragt Jenica. „Du machst doch nichts anderes, als in deinem Zimmer zu sitzen, dir die schreckliche Musik von diesem Mädel anzuhören und zu telefonieren."

„Ein Großteil meiner Zeit geht für die Physiotherapie drauf", entgegne ich. „Und wieso zerbrecht ihr euch überhaupt den Kopf über meine Beziehung?"

„Mit wem telefonierst du denn?", will Kasey wissen.

„Und jetzt trägst du auch noch ihren Hut", fügt Jenica hinzu.

„Warum verschwört ihr euch gegen mich?"

„Bist du jetzt vielleicht plötzlich eine Lesbe?", knurrt Jenica.

„Scheiße, Mann, ist das dein Ernst?"

„Evie!", ermahnt Dad mich. „Schrei nicht so. Am Abendbrottisch wird nicht geflucht."

„Dad, hast du gehört, was sie gerade gesagt hat? Jenica darf am Abendbrottisch also abfällig über Homosexuelle reden, oder was? War unser Haus früher nicht mal eine hassfreie Zone? Nur weil ich einen Hut trage und bestimmte Musik höre, heißt das noch lange nicht, dass ich lesbisch bin oder dass es schlimm wäre, wenn ich es wäre. Das ist so engstirnig von dir. Mein Gott, Jenica, du bist bei diesem Geschlechterdualismus so dermaßen verbohrt."

Jenica grinst mich an. So grinst sie immer, wenn sie meint, klüger als alle anderen zu sein. „Weißt du überhaupt, was das bedeutet? Definiere doch mal ‚Geschlechterdualismus'."

„Evie", mischt sich Kasey ein und klingt dabei wenigstens ein bisschen freundlich. „Ich glaube, wir machen uns alle ein bisschen Sorgen. Will ist so ein toller Kerl und ihr wart lange Zeit so glücklich. Dass du mit ihm Schluss machst, ergibt so gar keinen Sinn – schon gar nicht nach allem, was er für dich getan hat."

„Was hat er denn für mich getan?"

„Das kann nicht dein Ernst sein", faucht Jenica. „Du undankbares Miststück."

„Jenica!", sagt Mom. „Zügle deine Sprache!" Sie weint jetzt. Dad springt auf und nimmt sie in die Arme, doch sie stößt ihn weg.

Ich sehe hilfesuchend zu Kasey, aber auch ihre Augen sind vor Wut ganz schmal geworden. Ich bin erschüttert. Es ist wirklich wahr – hier ist niemand auf meiner Seite.

„Er ist die ganze Zeit bei dir geblieben“, sagt Kasey leise, als könnte sie das Grauen ihrer eigenen Worte nicht fassen. „Die ganze Zeit, als du krank warst. Er hätte jedes Mädchen haben können. Jedes. Aber er ist bei dir geblieben.“

In meinem ganzen Leben habe ich mich noch nie so schlecht gefühlt. Ich blicke in die Runde, doch niemand sieht mir in die Augen. „Ich habe ihn nie darum gebeten.“ Es ist mein bester Versuch, eine Entschuldigung zu finden, aber es macht alles nur noch schlimmer.

„Stimmt“, erwidert Jenica und steht vom Tisch auf. „Du hast nie jemanden von uns gebeten, dich zu lieben. Es ist alles unsere Schuld. Wir sind alle Idioten.“ Dann rauscht sie davon. Als ihre Zimmertür zuknallt, klappert das Silberbesteck auf dem Tisch.

„Ich gehe wohl besser“, sagt Kasey und steht ebenfalls auf. „Das Essen war sehr lecker, Pam.“ Bei diesen Worten fängt sie an zu weinen. Mom streckt den Arm aus und zieht sie an sich, und ich beobachte von der anderen Seite des Tisches, wie mein Vater beide in die Arme nimmt. Ich bin dafür verantwortlich. Ich habe sie von mir weggestoßen und in diese Gruppenumarmung getrieben.

„Evie“, sagt Dad. „Ich denke, du solltest auf dein Zimmer gehen.“

Ich stehe auf und humple zurück in meine Höhle. Ich werde ihre Traurigkeit in diesem Zimmer lassen. Ich werde sie nicht mitnehmen.

Meine Krücke lasse ich am Tisch stehen. Ich brauche sie nicht mehr. Ich bin taff, so wie Marcus gesagt hat. Ich schaffe es ohne sie. Ich schaffe es ohne irgendjemanden von denen.

22. KAPITEL

Eigentlich tut mein Bein nicht mehr weh, aber ich nehme immer noch die Schmerztabletten. Jeden Tag, mehrmals pro Tag. Ich habe keine Wahl. Wenn ich sie nicht nehme, fühle ich mich krank, als würde ich eine Erkältung kriegen. Meine Beine tun weh, mein Magen rebelliert und ich würde am liebsten aus meiner Haut klettern. Die Pillen machen mich nicht mehr richtig high. Sie machen nur alles ein bisschen erträglicher, ein bisschen runder an den Ecken. Sie sorgen dafür, dass es nicht so wehtut, wenn meine Eltern mich so ansehen. Sie sorgen dafür, dass die Schule nicht so unsäglich langweilig ist. Sie sorgen dafür, dass meine „Freunde" nicht so nervtötend langweilig sind. Sie helfen mir dabei, nicht darüber nachzudenken, dass ich in allen Fächern so weit hinterherhänge, dass mich auch noch so viele Nachhilfestunden nicht vor dem Sitzenbleiben bewahren können.

Mom hat meine Pillendose zum letzten Mal nachfüllen lassen, und Dr. Jacobs hat das Rezept nicht erneuert. Das war's also. Keine Ahnung, wie es danach weitergeht. Mom nervt mich immerzu damit, dass ich wie empfohlen zur ambulanten Selbsthilfegruppe gehen soll, wo eine Horde kranker Kids und Überlebender in einem Kreis zusammensitzt und über Krebs spricht. Warum sollte ich über Krebs reden wollen? Ich habe in meinem Leben genug Zeit damit verbracht, über Krebs zu reden.

Es fühlt sich so an, als hänge meine Welt in der Warteschleife. Bis morgen. Bis ich Marcus wiedersehe. Zuerst muss ich den heutigen Nachmittag mit Kasey verbringen und Sachen machen, die mein altes Ich toll gefunden hätte. Ich will Spaß haben. Ich will, dass die Dinge zwischen uns wieder gut sind, aber ich bin nicht gerade optimistisch. Seit dem Riesenkrach beim Abendessen letzte Woche ist es zwischen uns ziemlich verkrampft. Aber es ist uns gelungen, alles so weit zu flicken, dass wir so tun können, als könnten wir unser Band mit ein bisschen Mädchenkram wieder reparieren. Ich wünschte, mir wäre es genauso wichtig wie ihr, aber die Wahrheit ist, dass ich nur an Marcus denken kann. Alles, was ich will, ist ihn sehen.

Deshalb nehme ich vier Tabletten, bevor Kasey kommt – ein Präventivschlag gegen alles, was ich in ihrer Gegenwart fühlen könnte. Ich weiß, dass ich mir die Pillen besser einteilen sollte, aber verzweifelte Situationen erfordern verzweifelte Maßnahmen. Mein Bein tut nicht weh, doch da ist ein neuer Schmerz, der nur auftaucht, wenn die Wirkung der Tabletten nachlässt. Wie eine Faust, die mir das Herz durch den Magen herausreißt, und das Geräusch, das dabei entsteht, geht *Ichwillichwillichwillichwill.*

Ich höre die Klingel, dann die hohen Stimmen von Mom und Kasey bei der Begrüßung. Ich atme tief durch und erinnere mich daran, nett zu sein. Kasey kann nichts dafür, dass ich jetzt jemand anderes bin.

Ohne anzuklopfen, öffnet sie die Tür. „Du bist ja nicht mal angezogen", ist das Erste, was sie sagt.

„Ich wusste nicht, dass wir es eilig haben."

„Wir haben einen Termin. Und am Wochenende ist es da immer knallvoll." Kasey lädt mich zur Pediküre ein. Yippie.

„Ich weiß nicht, was ich anziehen soll. Meine Klamotten sind alle irgendwie so vorkrebsalt." Klamotten sind mir völlig schnurz, aber ich weiß, dass Kasey das als Entschuldigung gelten lässt.

„Dann lass uns shoppen gehen!", sagt sie. „Jetzt, wo du deinen Körper zurückbekommst, brauchst du unbedingt neue Sachen. Wir könnten doch nach der Pediküre in die Bay Street Mall gehen."

„Aber ich bin pleite." Ich ziehe eine Jeans und ein schwarzes T-Shirt aus einem Stapel hoffentlich sauberer Klamotten. „Und ich glaube nicht, dass meine Eltern noch Geld übrig haben."

„Aber für eine neue Jeans lassen sie bestimmt was springen. Die hier ist so zerrissen."

Ich ziehe die Sachen an. „Glaube ich nicht. Momentan ist Geld hier ein ziemliches Reizthema."

„Dann ein Pulli. Irgendwas Fröhliches für den Frühling. Von der Schnäppchen-Stange." Als sie meinen Gesichtsausdruck sieht, verdunkelt sich ihr Lächeln. „Wir können auch einfach nur Sachen anprobieren."

Ich setze Stellas Hut auf und betrachte mich in dem bodentiefen Spiegel. Ich sehe cool aus. Ich sehe taff aus. Hinter mir sehe ich Kasey im Spiegel – in ihrem kurzen weißen Rock, dem engen pinkfarbenen Pulli und mit den blonden Haaren, die ihr locker über die Schultern fallen.

„Du willst nicht wirklich diesen Hut auflassen, oder?", sagt sie.

Die Pillen haben ihre Weichzeichnertätigkeit aufgenommen. Sie hat einen gehässigen Ausdruck auf dem Gesicht, aber es verletzt mich nicht.

Ich drehe mich um und posiere. „Das ist mein neuer Style."

Sie versucht zu lächeln, aber ich weiß, dass ihr dabei das Gesicht wehtut. „Also, was meinst du? Pediküre und dann zur Mall? Wir brauchen auch kein Geld auszugeben. Wir bummeln einfach ein bisschen. Oder vielleicht kaufe ich dir einfach was."

„Mann, Kasey. Ich will nicht in die beschissene Mall gehen." Die Härte in meiner Stimme überrascht mich.

Ich beobachte ihr Gesicht, während sich ihre Gefühle verändern: von gezwungener Fröhlichkeit zu Überraschung zu Betroffenheit zu Verletztsein zu Wut. Weiße, kalte, starre Wut.

„Gut", sagt sie und schnappt sich ihre Tasche vom Bett. „Dann willst du wahrscheinlich auch nicht zur Pediküre gehen. Das ist auch bescheuert, oder? So was machen ja nur deine alten Cheerleader-Tussifreundinnen."

„Hör auf. Tut mir leid. So war das nicht gemeint." Ich sage die Worte, aber mein Herz steht nicht dahinter. Ich weiß, dass es mich berühren sollte, aber das tut es nicht. Dafür haben die Pillen gesorgt.

„Nein, lass. Schon gut. Ich weiß, dass ich nicht so cool bin wie Stella. Ich weiß, dass mein Leben total langweilig ist und meine Probleme im Vergleich zu deinen nur ein Witz sind. Schon kapiert."

Sie unterbricht sich und sieht mich an. Ihr Gesicht ist rot und fleckig, ihr Make-up verschmiert. Ich kann nur daran denken, dass sie entsetzt wäre, wenn unsere Mitschüler sie so hässlich sehen würden. „Ich vermisse dich", sagt sie und für einen Augenblick bekommt mein Panzer einen Riss. Für einen Augenblick öffnet sich mein Herz, und ich sehe meine alte Freundin. Das Mädchen, das mich besser kannte als sonst jemand. Das Mädchen, ohne das ich nicht leben konnte.

„Ich vermisse dich auch", sage ich. Auf einmal ist mein Kopf ganz klar. Ich möchte sie in den Arm nehmen und festhalten, bis alles wieder so ist wie vorher.

„Du bemerkst gar nicht, dass es auch für mich hart war", fährt sie fort. Schon schließt sich mein Panzer wieder. Wie kann sie es wagen? Wie kann sie es wagen, ihren Schmerz mit meinem zu vergleichen?

Ich bin ein Tornado. Ich bin ein Hurrikan. Ich bin ein Whirlpool der Wut. „Oh, tut mir leid. Tut mir leid, dass dir mein Krebs ungelegen kam. War es schlecht fürs Cheerleading, dass ich im Sterben lag? Oder hat es dich daran gehindert, einen neuen Freund zu finden?"

Ihre Traurigkeit ist auf einmal weg. Ihre Wut ist genauso groß wie meine. „Evie", sagt sie, „du liegst nicht mehr im Sterben. Komm endlich darüber weg."

Während wir einander wütend in die Augen sehen, herrscht die schärfste Stille, die ich je erlebt habe.

„Scheiße", sagt sie schließlich und guckt weg. „Das war echt mies."

„Ich kann nicht glauben, dass du das wirklich gesagt hast."

„Du weißt, wie ich das gemeint habe. Ich will, dass du glücklich bist. Aber ehrlich gesagt ist deine Einstellung total ätzend in letzter Zeit." Sie macht einen Schritt auf mich zu und ich mache einen zurück. „Ich meine, solltest du nicht ein bisschen dankbar dafür sein, dass du geheilt bist und weiterleben darfst? Sollte dich das nicht eigentlich glücklich machen?"

„Ich bin glücklich."

„Nein, bist du nicht. Du bist die am wenigsten glückliche Person, die ich je gesehen habe. Du warst glücklicher, als du nur noch zwei Wochen zu leben hattest."

„Tja, vielleicht wäre es dir ja lieber, wenn ich an diesen Punkt zurückkehren könnte. Vielleicht wäre es allen lieber, ich wäre wieder krank. Dann wüsstet ihr wenigstens, was ihr mit mir anfangen sollt."

„Hör auf."

„Ich glaube, du solltest vielleicht besser gehen."

„Das kann nicht dein Ernst sein. Das kannst du nicht wirklich denken. Du kannst nicht ernsthaft glauben, alle wünschten sich, dass du noch krank wärst."

„Ich weiß nicht, was ich denken soll."

„Wir lieben dich. Wir wollen alle nur, dass du glücklich bist."

„Ich will, dass du gehst."

Sie streckt die Hand aus, um mich zu berühren, aber ich schlage sie weg. „Geh!", schreie ich. Ich will nicht, dass sie mich weinen sieht. Ich will nicht, dass sie hier ist, wenn der Schmerz durchkommt. Ich kann spüren, wie er hochkocht, irgendwo in meinem Bauch. Wenn er durch meine Kehle steigt, bin ich verloren.

„Gut." Sie dreht sich um. Als sie die Tür erreicht, sieht sie mich an. „Wenn du willst, mach nur weiter so. Stoß ruhig alle von dir weg. Aber dann sind wir vielleicht nicht mehr da, wenn du beschließt, dass du uns doch wieder brauchst." Sie geht weg und knallt die Tür hinter sich zu.

Ich bewege mich schnell, damit der Schmerz mich nicht einholt. Ich hole Stellas Dose aus meiner Sockenschublade und stopfe sie in meine Tasche. Ich warte unerträgliche fünf Minuten, um sicherzugehen, dass Kasey weg ist. Ich schnappe mir Moms Schlüsselbund, der in der Schale neben der Tür liegt, und gehe hinaus, ohne jemandem Bescheid zu sagen.

23. KAPITEL

Kaum bin ich bei Marcus, ist meine Welt wieder bunt.

Blumen in jeder denkbaren Farbe brechen durch den Boden. Der Himmel ist unfassbar, elektrisierend blau. Wir rasen über die sich windenden Straßen der Oaklandhügel immer weiter nach oben, nach oben, nach oben bis zu dem Teil der Stadt, wo alles möglich scheint.

„Ich glaube, meine Eltern sind mit mir immer hierhergefahren, als ich noch klein war", sage ich, als Marcus in eine Parklücke auf dem Lake-Chabot-Parkplatz fährt. „Wir hatten einen Picknickkorb dabei und haben ein Kanu gemietet."

„Hört sich nett an – wie aus dem Bilderbuch."

„Ja, so ist meine Familie. Nett und bilderbuchmäßig. Deine nicht?"

„Lass uns ein bisschen herumlaufen." Er ignoriert meine Frage absichtlich.

Es ist ein warmer, perfekter Tag. Es ist so schön, dass ich fast meinen gestrigen Streit mit Kasey vergessen kann. Ich kann vergessen, dass ich in Moms Auto gekifft habe, während mein Smartphone unter ihren unbeantworteten Anrufen brummte. Als ich nach Hause kam, verfiel das Haus in eine inzwischen normale Routine. Meine Mutter, die vor lauter Sorge neben sich stand, verlangte, dass ich mich mit ihr aufs Sofa setze und rede. Sie wollte verstehen, warum ich das Bedürfnis hatte, mir ohne zu fragen ihr Auto zu nehmen. Dad war wütend, lief auf und ab, warf die Hände in die Luft. „Was gibt dir das Recht dazu? Hast du überhaupt eine Ahnung, was für Sorgen wir uns machen? Denkst du, dein Handeln hätte keine Konsequenzen?"

Ähm, ja. Bislang hatte mein Handeln keine Konsequenzen. Auch diesmal. Jeder andere bekäme hundertpro Hausarrest, aber Mom brachte mich wieder fröhlich zum Krankenhaus, um „Caleb zu besuchen". Als wäre gestern nichts geschehen.

„Bist du sicher, dass du dafür fit genug bist?", fragt Marcus, als wir uns daranmachen, einen Schotterweg zum See hinunterzugehen.

„Es war meine Idee."

„Schafft dein Bein das?"

„Wir besteigen ja schließlich keinen Berg. Wir gehen nur ein bisschen, bis wir eine hübsche, abgelegene Stelle finden."

Er zweifelt nicht daran. Er sagt nichts dazu, dass ich immer noch humple. Im Gegensatz zu allen anderen vertraut er auf mein Urteil über meinen eigenen Körper.

Vielleicht tut meine Hüfte ein bisschen weh. Vielleicht bereue ich es ein bisschen, dass ich meine Krücke einfach stehen gelassen habe. Vielleicht fällt es mir etwas schwer, um die Steine und Wurzeln herumzumanövrieren, und vielleicht ist das hier viel anstrengender, als ich dachte, aber ich kehre auf keinen Fall um. Die Luft riecht nach warmem Boden und Eukalyptus, das Wasser glitzert in der Sonne, Marcus hält meine Hand, ich habe einen Joint in der Hosentasche und ich bin rundum sorglos.

„Wo ist eigentlich deine Krücke?", fragt Marcus. „Die war echt cool."

„Ich habe beschlossen, dass ich sie nicht mehr brauche."

„Okay, taffes Mädchen." Bei diesen Worten drückt er meine Hand. Irgendwo außer Sichtweite quakt eine Ente gutmütig herum.

„Ich mag es, wenn du mich ‚taffes Mädchen' nennst." Ich bleibe stehen und ziehe ihn an mich. Ich berühre seine Lippen mit meinen. Sein Kuss löscht meinen Schmerz.

„Hey, ich glaube, ich sehe die perfekte Stelle", sagt er. Er hält meine Hand und führt mich vom Pfad hinunter.

Nachdem wir uns den Weg durch Sträucher und Spinnweben gebahnt haben und beinahe in eine steile Schlucht gestürzt wären, erreichen wir einen versteckten Strand, der für uns gerade groß genug ist. Ein umgestürzter Baum blockiert den Blick auf den Hauptstrand. Marcus rückt ein paar Zweige zurecht, damit uns niemand vom Weg aus sieht. Niemand auf der Welt weiß, dass wir hier sind. Wir sind ein Geheimnis.

Marcus breitet seine Decke aus und holt ein Picknick aus seinem Rucksack: Wein, Brot, Käse und Obst. „Nur zu deiner Info: Das ist ein Hundert-Dollar-Wein“, sagt er, als der Korken *plopp* macht. Er schenkt mir einen Plastikbecher ein.

„Und ich dachte schon, schnöseliger geht nicht.“ Ich nehme einen Schluck, aber für mich schmeckt der Wein genauso wie einer aus einem Tetrapack.

„Frisch aus Richter Lyons selbst gebautem, temperaturgeregeltem Weinkeller.“

„Wirklich beeindruckend“, sage ich und zünde den mitgebrachten Joint an.

„Ja. Schade nur, dass ich es nicht bin. Beeindruckend, meine ich.“

„Ich finde dich sehr beeindruckend“, erwidere ich und reiche ihm den Joint.

„Ich glaube, du und mein Vater habt leider leicht unterschiedliche Maßstäbe. Du hast vermutlich nur wenig Interesse daran, dass ich ein ‚respektables Beispiel für einen gebildeten schwarzen Mann in Amerika‘ abgebe.“ Den letzten Teil des Satzes sagt er in einer ganz tiefen und sehr ernsten Stimme.

„Stimmt wohl“, sage ich.

„Ich bezweifle, dass mir überhaupt irgendwer so viel Aufmerksamkeit schenkt. Deshalb mache ich mir nicht allzu große Sorgen.“ Er nimmt einen tiefen Zug von dem Joint. „Außerdem schickt er mich auf die weißeste Schule in der gesamten Bay Area, was mich ziemlich sicher macht, dass er ein Heuchler ist. Die einzigen anderen schwarzen Kids in meiner Klasse sind diese adoptieren Zwillinge, die zwei weiße jüdische Mütter haben, und irgend so ein Kenianer mit königlichen Vorfahren. Wir sind nicht gerade der Inbegriff von afroamerikanischer Kultur.“ Er reicht mir den Joint. „Aber Richter Lyon hat mittlerweile so gut wie aufgegeben und lässt mich meistens in Ruhe.“

„Ich frage mich, was er von deiner unglaublich weißen Freundin halten würde."

„Na ja, er hat meine Mutter geheiratet, und sie war weiß. Oder ist dir mein ebenmäßiger Café-au-lait-Teint noch gar nicht aufgefallen?" Er klimpert mit den Lidern.

„Sie *war* weiß?"

„War. Ist. Sie existiert in meinem Leben nicht mehr. Die Vergangenheitsform scheint mir also angemessen."

„Das tut mir leid."

Er zuckt die Achseln, hebt eine Eukalyptussamenkapsel auf und wirft sie in den See. Sie landet mit einem unbefriedigenden *Plopp*. Er sieht mich an und lächelt. „Aber das andere, was du gesagt hast. Dass du meine Freundin bist."

„Oh." Mist. „Habe ich das gesagt?" *Mist, Mist, Mist.* „Ich, ähm … Das ist mir so rausgerutscht. Ich bin wohl ziemlich stoned. Mann, ist mir das peinlich."

„Muss es nicht." Er legt den Arm um mich und zieht mich an sich. Sonst sagt er nichts. Er bestätigt mein Freundinnen-Urteil weder, noch wehrt er es ab.

Wir rauchen den Joint zu Ende, die Aussicht verwandelt sich in eine Postkarte, und ich vergesse langsam meine Verlegenheit. Wir könnten uns aus Stöcken und Zweigen eine kleine Festung bauen und aus dem Anglerladen ein paar Angeln klauen. Wir könnten für immer an unserem geheimen Strand bleiben, und niemand würde uns jemals finden.

Ich lege den Kopf auf Marcus' Schoß, und er fährt mit den Fingern durch meine kurzen, unregelmäßigen Haare.

„Deine Haare sind so weich und fluffig", sagt er. „Wie von einem Küken. So was habe ich noch nie gefühlt."

Er weiß nicht, dass es eine Folge der Chemo ist. Vielleicht will ich, dass er es weiß. Vielleicht bin ich bereit. Aber zuerst wichtigere Themen. „Meinst du, du könntest mir ein paar Norcos besorgen? Oder ein bisschen Oxycodon?"

Die Hand auf meinem Kopf erstarrt. Ich spüre, wie sich sein Körper unter mir verkrampft.

„Vergiss es“, sagt er. „Dieses Zeug fass ich nicht an. Du etwa?“ Ich kann die Sorge in seiner Stimme hören.

Ich drehe den Kopf, um zu ihm hochzusehen. Die Sonne rahmt sein Gesicht wie ein Heiligenschein ein. „Was? Nein.“ Ich versuche so beruhigend wie möglich zu lächeln. „Ich habe gehört, dass es lustig sein soll, und dachte, du möchtest es vielleicht mal mit mir ausprobieren oder so. Aber wenn du keine Lust hast, ist das voll okay.“

„Rühr dieses Dreckszeug nicht an, Evie.“ Obwohl die warme Schläfrigkeit in meinem Körper will, dass ich liegen bleibe, setze ich mich beim ernsten Tonfall seiner Stimme auf. „Versprich es mir. Heroin, Norco, Oxy – das ist alles dasselbe. Crystal Meth und Kokain auch – dieses ganze Zeug ist tabu. Okay?“

„Warum denn?“

„Weil es dich total kaputt macht. Du kannst diesen Dreck nicht zur Entspannung nehmen. Es ergreift Besitz von dir.“

„Ich finde, jetzt bist du ein bisschen dramatisch.“

„Ich meine es ernst. Versprich es mir. Bitte.“

Die Sorge auf seinem Gesicht ist echt, süß, nicht so erdrückend wie bei allen anderen. „Okay, versprochen“, sage ich, weil er es anscheinend unbedingt hören muss.

„Danke. Ich habe das Gefühl, dass ich dir vertrauen kann. Du bist die erste Person seit langer Zeit, von der ich das sagen kann.“

Ein Messer bohrt sich in meine Brust. Ich will ihn nicht anlügen. Ich kann sein Vertrauen nicht missbrauchen.

Ich weiß, dass ich von den Pillen runtermuss. Vielleicht später. Ich könnte weniger davon nehmen. Vielleicht nächste Woche. Mein Versprechen Marcus gegenüber muss etwas bedeuten. Aber ich bin nicht bereit. Ich kann noch nicht aufhören. Ich habe zu große Angst.

Er lässt den Blick über den See schweifen. Eine Familie in einem Paddelboot gleitet vorbei. Die Eltern sehen uns nicht, aber die kleinen Jungs winken. Marcus winkt zurück.

„Irgendjemand hat dich verletzt“, sage ich. Mir wird speiübel bei dem Gedanken, dass ich diese Person sein könnte, wenn er je davon erfährt.

„Das könnte man so sagen.“

„Erzähl mir davon.“

Eine Weile ist er still. Versunken in seiner eigenen geheimen Welt. Ich will hinein. Er soll mich reinlassen.

„Möchtest du schwimmen gehen?“, fragt er schließlich.

„Ist das nicht verboten? Ist das hier nicht ein Reservoir oder so was?“

„Jep.“ Er knöpft sich die Hose auf.

„Du hast's ja eilig“, sage ich, als er sie runterzieht. Ich entdecke ein Tattoo auf seinem Schienbein. Die Buchstaben DL in unsauberer schwarzblauer Schrift – als hätte sie jemand mit einem Stift gestochen. Und ein Datum, einen Monat von heute gerechnet, allerdings letztes Jahr.

„Was ist DL?“, frage ich. „Wer ist das?“ Ich weiß, dass es dämlich ist, auf jemanden eifersüchtig zu sein, den er vor mir kannte, aber ich kann nicht anders. Ich hasse sie, wer immer sie war. Ich hasse es, dass er sie genug geliebt hat, um sie auf seinem Körper zu verewigen.

„Jemand, der mich verletzt hat.“ Er zieht sich das Shirt über den Kopf. Einen Moment lang sehe ich nur seine glatte, muskulöse Brust und mir stockt der Atem. Doch die warme Spannung ist schnell verschwunden, als ich die Narben auf seinen Armen bemerke. Der Bereich zwischen Ellbogen und Schulter, der Teil, der sonst von einem T-Shirt verdeckt wird, ist von unzähligen Zickzacknarben unterschiedlicher Tiefe und Breite übersät. So ein Muster entsteht nicht auf natürlichem Weg. So etwas kann einem nur durch Menschenhand zugefügt werden.

„Marcus“, flüstere ich erschrocken. Von der Stelle, auf der ich noch immer sitze, sehe ich zu ihm hoch. „Erzähl es mir.“

„Das werde ich. Bald.“ Dann taucht er ins Wasser ein und verschwindet.

Bis auf die Unterwäsche und mein Tanktop lasse ich alle Hüllen fallen, damit er meinen Port nicht sieht. Ich bin nicht nervös, als ich ihm ins Wasser folge. Ich schäme mich nicht. Ausnahmsweise bin ich mal mit jemandem zusammen, den auch etwas quält. Mit jemandem, der wie ich lädiert ist. Mit jemandem, der gebrochen ist. Vielleicht habe ich keinen Platz mehr für Menschen wie Kasey und Will. Für Menschen, die nach Perfektion streben und so dumm sind zu glauben, dass sie existiert. Die vom Leben nicht mehr erwarten, weil sie Komplikationen vermeiden wollen. Für Menschen wie Marcus und mich sind Komplikationen alles, was wir haben. Wir haben Narben. Er hat mir seine gezeigt, und ich will ihm meine auch zeigen.

Wir treffen uns an einer tiefen Stelle des Sees neben dem umgestürzten Baumstamm. Unsere Füße können den Boden nicht finden. Der See könnte bis zum Mittelpunkt der Erde reichen – wir würden den Unterschied nicht merken. Wir umschlingen einander und werden nur durch unsere Finger über Wasser gehalten, die wir auf das glitschige Holz gelegt haben. Umschlungen treiben wir dahin, Stirn an Stirn, unsere Nasenspitzen berühren sich fast, unsere Lippen sind einen halben Atemzug voneinander entfernt. Ich schließe die Augen und spüre seinen Atem, der auf meiner Oberlippe kitzelt. So treiben wir eine ganze Weile, horchen, wie das Wasser gegen uns plätschert, atmen einander ein.

„Ich kann nicht glauben, dass es dich gibt", sage ich.

„Ich könnte für immer hierbleiben", erwidert er.

„Erzähl mir von deinen Narben", flüstere ich. Wenn wir uns unsere Geheimnisse im Wasser erzählen, fangen sie vielleicht zu schwimmen an. Dann treiben sie wie Blätter davon, wie Blütenblätter. Dann verlassen sie uns und wir werden unbeschwert und schwerelos sein.

„Ich habe eigentlich noch nie mit jemandem darüber gesprochen. Nicht mal mit dem Seelenklempner, zu dem mich mein Vater geschickt hat."

„Du kannst mir vertrauen."

Er holt tief Luft. „Meine Mutter hat uns vor zwei Jahren verlassen", sagt er, und ich halte ihn fester. „Einfach so. Eines Tages war sie weg. Nicht mal eine Nachricht hat sie hinterlassen. Oder angerufen oder geschrieben. Sie hat sich einfach ein paar Klamotten und Schmuck genommen, einen Haufen Geld vom Familienkonto abgehoben und wir haben nie wieder von ihr gehört."

Ich fahre mit der Hand über die Narben auf seiner Schulter. Die Haut fühlt sich wie die Rinde des umgestürzten Baumes an, der uns über Wasser hält.

Ich will ihn nach DL fragen. Ich will ihm meine Geheimnisse erzählen. Ich will ihm alles geben. Doch das Geräusch eines Bootmotors unterbricht unsere Einsamkeit. Der Zauber des Augenblicks verlässt uns. Unsere Geheimnisse sinken auf den Grund des Sees.

„Ihr beiden da", ertönt eine verzerrte Stimme aus einem Megafon. Die Vögel protestieren mit lautem Gezwitscher gegen die Ruhestörung. Es scheint unmöglich, dass so ein lauter, unerfreulicher Krach hierhergelangt. „Schwimmen verboten. Kommt sofort raus aus dem Wasser und verlasst augenblicklich den Park, sonst gibt es eine saftige Geldstrafe."

Einige Hundert Meter entfernt ist die kakifarbene Gestalt eines Parkaufsehers in einem kleinen Boot zu sehen.

„Ja, Sir", sagt Marcus. „Wir wollten ohnehin gerade gehen."

Wir schwimmen zum Ufer und sammeln unsere Sachen ein. Der Schatten hat unseren winzigen Strand verschlungen, und auf einmal ist es kalt in der abendlichen Brise, die von der Küste herüberweht. Der Aufseher fährt weg und setzt seine Mission fort: noch mehr perfekte Momente zerstören. Ich bin nass, ich friere und überall kleben Kiefernnadeln an meinem Körper. Ich möchte zum Boot des Aufsehers schwimmen und ihn unter Wasser ziehen.

„Spielverderber", sagt Marcus.

„Mir ist kalt."

„Lass uns gehen."

Schweigend und Händchen haltend gehen wir schnell zum Auto. Der Sonnenschein von vorhin wurde durch stumme Schatten ersetzt, während sich die Sonne auf ihren Untergang vorbereitet. Auf dem Anstieg zurück zum Weg schmerzt mein Bein, doch ich sage nichts. Ich will nicht, dass er sich Sorgen macht. Ich will sein Mitleid nicht. Ich will den Moment nicht noch mehr kaputt machen.

„Morgen ist Schule“, sagt Marcus, als wir ins Auto einsteigen.

„Bah.“

„Ich muss noch Hausaufgaben machen.“

„Ja“, erwidere ich, obwohl ich schon vor Langem jeglichen Versuch eingestellt habe, meine Hausaufgaben zu machen.

„Kann ich dich nach Hause fahren? Oder soll ich dich immer noch an der Telegraph absetzen?“

„Fahr mich ruhig nach Hause.“ Ich bemühe mich nicht, meine Enttäuschung zu verstecken.

„Hey.“ Er streckt die Hand aus und dreht mein Gesicht vorsichtig zu sich. „Wir werden das noch mal machen.“

Ich nicke.

Die Musik, die auf unserer Fahrt den Hügel hinunter läuft, ist schön und traurig. Nur ein Mann und eine Gitarre und seine süße, traurige Stimme.

„Das gefällt mir“, sage ich.

„Ja, mein Bruder hat mich auf diesen Typen gebracht“, erzählt Marcus mir. „Einer der besten Songwriter aller Zeiten, bis er sich selbst ein Messer in die Brust gerammt hat.“

„Das ist krank.“

„Und so ein Klischee. Das mit Problemen belastete Genie. Natürlich war er auch drogenabhängig und Alkoholiker.“

„Er muss voller Schmerz gewesen sein.“

„Wir alle haben Schmerzen. Aber das gibt uns noch lange nicht das beschissene Recht, unser Leben derart zu verschwenden.“ Auf seinem Gesicht wütet ein Sturm. Er spricht über etwas anderes, über jemand anderen. Seine Mutter vielleicht. Oder DL.

Es gibt so viel mehr zu sagen, aber wir werden später darüber sprechen. Jetzt fahren wir in die echte Welt zurück. Der Augenblick, um Geheimnisse zu teilen, ist verstrichen. Warum habe ich das Gefühl, dass mir die Zeit davonläuft?

Ich beschreibe Marcus den Weg zu meinem Haus. Direkt davor lässt er mich raus und gibt mir einen Abschiedskuss. Ein Teil von mir denkt, ich sollte ihn versteckt halten, als ginge eine gewisse Magie verloren, wenn meine beiden Welten aufeinandertreffen. Aber die Sonne, der Wein, das Gras und das Gehen haben mich müde gemacht. Ich bin zu müde für Versteckspiele.

Ich gehe ins Haus und direkt auf mein Zimmer, ohne Jenica Hallo zu sagen, die im Wohnzimmer lernt. Ich liege im Bett, starre an die Decke und erfinde Geschichten, um das Loch zu füllen, das Marcus' Geheimnisse hinterlassen haben, bis meine Gedanken dünner werden. Bis sie sich in Luft auflösen und ich in einen traumlosen Schlaf falle.

Stella,

ich bin aufgeschmissen. Ich bin verdammt noch mal aufgeschmissen. Nicht nur, dass ich keine Tabletten mehr habe. Meine Eltern und Dr. Jacobs und die ganze Scheißwelt, alle wissen auch noch, dass ich sie gestohlen habe, und jetzt denken alle, dass ich drogenabhängig und kriminell bin. Ich weiß nicht, ob Mom vergessen hat, dass Dr. Jacobs mich ermahnt hat, ich solle die Pillen absetzen. Jedenfalls hat sie versucht, den Behälter noch mal nachfüllen zu lassen, obwohl das Rezept aufgebraucht war. Wahrscheinlich haben im Apothekencomputer rote Punkte aufgeleuchtet und gemeldet: „Achtung! Achtung! Drogenmissbrauch! Alarm!“ Dann rief Dr. Jacobs an und die Kacke war am Dampfen.

Du hättest niemals zugelassen, dass es so weit kommt. Du hättest gewusst, wie du es unter Kontrolle halten kannst. Aber was ich auch mache, es scheint vor mir wegzulaufen und immer größer zu werden, viel größer als ich. Ich bin dem nicht gewachsen. Dabei wollte ich doch nur so frei und mutig sein wie du, aber es ist, als hätte ich das eine Gefängnis gegen ein anderes eingetauscht.

Das Schlimmste ist, dass Mom nicht mal wütend ist. Sie saß einfach nur auf dem Sofa und weinte, als hätte ich ihr das Herz gebrochen. „Du hast sie gestohlen, Evie? Du hast dich in unser Zimmer geschlichen und sie geklaut?“, sagte sie immer wieder, als ergäbe es keinen Sinn. Als hätten sich die Drähte verheddert und sie bekäme eine Fehlermeldung. Sie war praktisch komatös, als sie mir sagte, Dr. Jacobs wolle mich sehen. Sie wurde ganz klein und wimmerte förmlich: „Er zieht es in Erwägung, dich an einen Drogenspezialisten zu überweisen.“ Als wäre es weniger wahr, wenn sie es nur leise genug sagte.

Ich wünschte, sie würde schreien. Ich wünschte, sie würde wütend und ungerecht werden, damit ich sauer auf sie sein könnte. Das hier ist so viel schlimmer. „Ich weiß nicht, wie ich dir helfen soll", wimmerte sie. „Was habe ich falsch gemacht?" Und dann fing ich an, sie zu beruhigen. „Du hast überhaupt nichts falsch gemacht, Mom", wiederholte ich immer wieder. „Es ist alles meine Schuld. Ich habe versagt."

In dem Moment mischte sich Dad ein: „Und wie du versagt hast", woraufhin Mom umso heftiger zu weinen anfing, während er mich anschrie: „Was zum Teufel ist los mit dir?" Und ich sagte immer wieder: Ich weiß es nicht, ich weiß es nicht. Weil es die einzig ehrliche Antwort ist, die mir einfällt. Ich weiß nicht, was mit mir los ist. Ich weiß nicht, warum ich immer noch diese Pillen nehmen muss. Ich weiß nicht, warum ich sie stehlen muss. Ich weiß nicht, warum ich mich in diese verdrehte Version des Mädchens verwandelt habe, das ich früher mal war. Ich weiß nicht, warum ich weiterhin kiffen muss und ihnen nicht sage, wohin ich gehe, warum ich meine Hausaufgaben nicht mache und nicht für Klassenarbeiten lerne. Ich weiß nicht, warum ich nichts mehr mache. Stella, wenn du hier wärst – ich weiß nicht mal, ob du mich dann noch mögen würdest.

„Wie können wir dir helfen?", fragte Mom, woraufhin Dad völlig die Beherrschung verlor. „Ihr helfen?", brüllte er. „Bist du verrückt? Bist du total geistesgestört? Zuerst bemerkst du es nicht mal, dass sie dich bestiehlt, und jetzt behandelst du sie, als ob sie immer noch krank wäre? Sie manipuliert dich, Pam. Bist du wirklich so dumm?" Jenica kam aus ihrem Versteck in der Küche angerannt und schrie Dad an, er solle aufhören, Mom anzuschreien, und Mom hyperventilierte und Jenica fing an zu schreien, dass ich die Familie zerstöre, dass Mom und Dad sich bisher nie gestritten hätten, und dann fing Dad an zu weinen und begann, sich bei Jenica und Mom zu entschuldigen, und dann weinten sie alle zusammen auf dem Sofa, wie

ein großer, nasser Haufen Traurigkeit, und ich sah sie an. Alle weinten – außer mir.

Ich fühlte nichts als Scham, und Schamgefühl bringt mich nicht zum Weinen. Es weckt in mir das Bedürfnis, mich wie ein Ball zusammenzurollen und mich bei lebendigem Leib aufzuessen, bis ich weg bin. Vernichtet. Nichts. Aber ich war immer noch da, immer noch im Wohnzimmer und sah den Menschen, die ich liebe, dabei zu, wie sie meinetwegen außer Kontrolle gerieten. Alles, was ich sagen konnte, war: Es tut mir leid. Ich sagte es immer wieder, bis sie still waren, bis meine Stimme die einzige im Raum war. Ich konnte sie nicht ansehen, konnte keinem von ihnen in die Augen sehen. Aber ich konnte die Worte sagen, und ich meinte sie ehrlich. Ich brachte noch ein paar andere zustande: Es ist gerade schwer für mich; ich habe das Gefühl, dass mich niemand versteht; ich mache gerade viel durch; ich wollte niemals irgendwem wehtun. Ich sagte, ich würde mir mehr Mühe geben. Ich sagte, ich verspreche es. Ich sagte, dass es mir leidtut. Es tut mir leid. Es tut mir leid.

Meine Familie atmete wieder normal, ihre Tränen trockneten. Ich weiß nicht genau, was ich ihnen versprochen habe, aber ich weiß, dass es heißt, ich muss mit den Tabletten aufhören. Vielleicht sollte das passieren. Vielleicht ist das ein Zeichen. Es ist meine Chance, das Versprechen zu halten, das ich Marcus gegeben habe, und mit den Drogen aufzuhören, die ich nicht einmal hätte anrühren dürfen, wenn es nach ihm ging. Es war meine Chance, zu dem Menschen zu werden, dem er vertrauen kann. Wenn es ihn nicht gäbe – ich bin mir nicht sicher, ob ich sie nicht mehr nehmen würde. Und besorgen kann man sich die Dinger auch ohne Rezept.

Ich werde versuchen, brav zu sein. Ich werde versuchen, freundlicher zu Jenica zu sein und mich an den Familiengesprächen am Essenstisch zu beteiligen. Ich werde versuchen, wieder mit den Hausaufgaben anzufangen und die zahlreichen Angebote meiner Lehrer annehmen, mir nach der Schule zu helfen. Vielleicht werde ich meinen Weg finden und wieder zu einer Person werden, die der perfekten Tochter, die ich mal war, zumindest ähnelt.

Aber ich habe keine großen Hoffnungen. Dieses Mädchen ist fort. Vielleicht kann ich mich einfach genug verstellen, um sie glücklich zu machen. Vielleicht kann ich härter daran arbeiten, meine Geheimnisse zu wahren. Vielleicht kann ich ihnen die Person zeigen, die sie sehen wollen, die sie lieben. Sie können diese Maske behalten, festhalten, können sie gernhaben, und sie kann meinen Platz am Essenstisch und meinen Platz in der Familie einnehmen. Niemand wird bemerken, dass ich in Wahrheit weg und längst zu jemandem geworden bin, den sie überhaupt nicht erkennen können.

Keine Ahnung, was nun passiert, da ich keine Pillen mehr auf Rezept kriege. Bisher habe ich es immer geschafft, rechtzeitig welche zu nehmen – bevor sich das Wollen in Müssen und dann in Schmerz verwandelt. Ich habe Angst, Stella. Ich habe Angst, dass es wehtut. Ich habe Angst, etwas zu brauchen, das ich nie bekommen werde. Ich habe Angst, das Loch zu öffnen, in dem der Schmerz lebt. Ich habe Angst, dass es nie mehr zugeht, wenn es erst geöffnet wurde, und dass es immer leer sein wird, immer leer. Und dass die Leere immer größer wird, bis sie alles verschlingt und ich wirklich weg bin.

Ich werde aufhören. Ich werde mit den Pillen aufhören, weil ich das nicht bin. Ich bin keine Person, die ihre Mutter beklaut. Ich bin keine Drogenabhängige. Ich werde nicht zulassen, dass diese Pillen mich beherrschen, so wie Marcus mich gewarnt hat. Ich bin damit durch. Ich bin damit durch. Ich bin damit durch. Wenn ich es oft genug sage, muss es stimmen.

Gott, Stella, ich wünschte, du wärst hier. Du wüsstest genau, was du jetzt zu mir sagen müsstest. Du wüsstest, wie ich mich am Riemen reißen soll, und würdest mir neues Selbstvertrauen schenken. Du könntest mich davon überzeugen, dass ich es verdient habe zu existieren.

Komm zurück, Stella. Ich brauche dich. Ich brauche dich so sehr.

In Liebe,
Evie

24. KAPITEL

Die Welt ist so klein wie der Schoß meiner Mutter. Ich spüre nichts als ihre Finger in meinen Haaren, die sie unbekümmert hin und her streifen lässt. Ich höre nur das leise Echo ihres Herzschlags, das geheimnisvolle Gluckern in ihrem Bauch. Ich bin ein Kind, das mit einer Erkältung zu Hause bleibt. Bestimmt macht sie mir eine Suppe, die ich versuchen werde zu essen, damit sie denkt, dass es mir dadurch besser geht. Sie liebt mich wieder gesund, wie früher, als Kranksein so viel einfacher war. Als es ein kleiner Virus war, den man sich wie alle anderen einfing.

Ganz zu schweigen vom Erbrechen, vom Schwitzen, von den Krämpfen, vom Durchfall. Ganz zu schweigen davon, dass das hier nichts mit einem Virus zu tun hat. Ganz zu schweigen davon, dass ich mir das hier selbst eingebrockt habe, dass das hier das Fegefeuer ist, dass ich die Zärtlichkeiten meiner Mutter nicht verdient habe.

Ist es normal, dass man nicht mehr weiß, wie man atmet? Dass mich eine innere Beklemmung fesselt, bis ich nach Luft schnappe?

Meine Beine drohen, mir davonzulaufen. Meine Hüfte wird von einem weißen, kalten Feuer verschlungen. Ich verbrenne von innen, doch statt aus Flammen bestehe ich aus Eis. Meine Knochen sind spröde wie Eiszapfen. Mir wird nie wieder warm werden. Wenn man mich aufbricht, könnte man zugefrorene Flüsse sehen.

Um ein Haar hätte ich die falsche Nachricht an Marcus geschickt. Worte, die der Verzweiflung entspringen: *Bist du sicher, dass du nicht mal ein paar Norcos mit mir probieren willst? Bist du sicher, dass du mir kein Oxy besorgen kannst? Nur ein bisschen? Nur sofort? Nur AUGENBLICKLICH, BEVOR ICH MIR DIE HAARE AUSREISSE? Bist du sicher? Bist du sicher? BIST DU SICHER? Alles gerade noch* rechtzeitig gelöscht. Alles nur andere Worte für *Hilf mir*.

Aber er kann mir nicht helfen. Nicht hierbei. Marcus kennt das andere Ich, das furchtlose Ich, das durchs Wasser gleitet. Er darf dieses kotzende, zitternde Mädchen nicht kennen. Er darf sie niemals sehen.

Wegen ihm mache ich das alles hier. Er ist der einzige Grund, der gut genug ist, damit ich das hier in Kauf nehme. Weil ich es versprochen habe. Weil er das Risiko eingeht, mir zu vertrauen.

Ich will, ich will, ich will …

Ich brauche irgendetwas, das diesen Schmerz betäubt.

„Das ist aber eine schlimme Grippe", sagt Mom und ihre Stimme klingt viel zu munter dafür, dass wir uns am Ende der Welt befinden. „Ich hoffe, der Rest von uns steckt sich nicht bei dir an." Sie knetet meine Angorahaare mit ihren Fingern.

Mom ist glücklich. Sie hat jetzt was zu tun. Sie hat ihre kranke Tochter wieder. Sie weiß, wie man das hier macht. Es gibt Dinge, die nur Mütter tun können. Ihre Finger in meinen Haaren. Ihr beiläufiges Summen. Aber auch sie kann mir nicht helfen. Niemand kann mir helfen, außer einem Apotheker oder einem Drogendealer.

Sie geht, um mir etwas Ibuprofen aus der Küche zu holen, und ich male mir aus, wie ich aus dem Fenster springe und die nächste Apotheke überfalle.

Ich habe die Grippe, texte ich Marcus. *Ich fühle mich, als ob ich sterbe.* Ich will ihm sagen, dass er mir Drogen bringen soll. Ich will ihm sagen, dass ich alles nehme. Warum hat er mir noch nicht zurückgeschrieben?

Wie ist das überhaupt möglich? Wie ist es möglich, etwas so sehr zu wollen?

Ich sollte zurück ins Krankenhaus. Vielleicht ist der Krebs zurückgekommen und sinnt nach Rache. Nur dass er jetzt in meinem Herzen sitzt. Jetzt hat er meine Seele zerstört und durch die Gegend geschleudert, und ich kriege sie nicht zurück. Ich kriege sie niemals zurück.

Ich sterbe. Ich bin tot. Ich möchte lieber sterben, als mich so zu fühlen.

Das ist es, was man Hölle nennt.

Letzte Nacht habe ich von Stella geträumt. Sie rannte durch die Straßen von Oakland, löste ein Hupkonzert aus, Bremsen quietschten, ihr zum Gruß erhobener Mittelfinger, ihre klobigen schwarzen Stiefel, unter denen die Erde bebte. Sie tanzte mit der Gefahr. Sie war so schnell, so anmutig; sie flog praktisch. Ich rief ihren Namen, doch sie konnte mich nicht hören. Wir stiegen hinauf, weiter hinauf, bis wir den höchsten Punkt der Welt erreichten, wo unsere Probleme nur noch winzige Pünktchen waren, weit, weit weg. Und ich dachte: *Das ist es! Darauf haben wir gewartet.* Aber Stella ist einfach weitergeflogen, immer weiter nach oben, obwohl es kein Land mehr gab, obwohl ich ihr nicht folgen konnte, und sie sang, sie war so glücklich, dass sie nicht mal bemerkte, dass ich ihr nicht folgte und nach ihr rief. Sie flog so weit hinauf, bis sie nur noch ein Pünktchen war, nicht größer als die anderen, und dann entfernte sie sich sogar noch weiter, bis sie nichts mehr war.

Mit schweren Felsen beladen stand ich am Boden. Ich konnte mich nicht bewegen, würde das überhaupt nicht mehr tun, sondern für immer an diesem Ort festsitzen. Das war meine Strafe. Ich habe etwas gestohlen, das nicht für mich vorgesehen war. Etwas, das für Stella gedacht war. Ich hätte diejenige sein sollen, die verschwindet. Ich hätte diejenige sein sollen, die allen genommen wird. Schließlich war ich es auch, die ihre Behandlung abgebrochen hat. Ich war es, die bereits aufgegeben hatte. Stella hatte nie aufgehört zu kämpfen. Sie sollte hier sein und tanzen, singen und durch den Verkehr rennen, während ich wegfliege und unsichtbar werde. Ich hätte sterben sollen.

Ich bin schreiend und schweißgebadet aufgewacht. „Ach, Evie", erklang die Stimme meines Vaters in der Dunkelheit. Dann spürte ich seine Arme um meinen Körper und ich wurde zu einer siebenjährigen Version meiner selbst, zu dem kleinen Mädchen, das mein Vater noch lieben konnte, ein Mädchen, das noch nicht alles getan hatte, um ihn zu erschrecken, das noch nicht an seiner Hoffnung, seiner Angst, seiner Enttäuschung gerüttelt hatte. Ein unschuldiges Mädchen. Er hielt sich an diesem Mädchen fest, und kurz dachte ich, vielleicht einfach dieses Mädchen bleiben zu können. „Daddy", sagte ich, und eine Sekunde lang glaubte ich, dass ich seine Vergebung wert sei.

Dann aber fiel mir ein, warum ich krank war. Mir fiel ein, dass ich nicht unschuldig war und nie wieder sein würde.

„Stella!", sage ich jetzt weinend. Es ist Tag, aber in mir ist es immer noch dunkel.

„Oh Schätzchen", sagt Mom. „Mein Liebes."

Stella, wir sitzen wieder nebeneinander bei der Chemo. Du legst die Hand auf mein Haar. Du erzählst mir einen Witz, über den ich lachen muss, obwohl mir übel ist.

„Soll ich Will anrufen?", bietet Mom an. „Soll er rüberkommen?"

Ich sage Ja. Ich brauche jemanden, der weiß, wie er mich lieben muss, wenn ich krank bin.

Hilf mir, hilf mir, hilf mir.

„Will", sage ich und lasse es zu, dass er mich in den Arm nimmt.

Wie vor ein paar Monaten, bevor sich alles veränderte. Wie damals, als ich im Sterben lag und alles noch einen Sinn ergab. Der Tod ist einfach. Der Tod macht alles klar. Er macht die Liebe unkompliziert.

„Ich habe dich vermisst", sage ich, und es fühlt sich nicht wie eine Lüge an.

Ich bin eine, die Will immer noch liebt. Eine, die sich in seiner Umarmung sicher fühlt. Ich bin eine, die so lange „Sorry" sagen kann, bis er sie endlich auf die feuchte Stirn küsst. So sollte es sein. Wenn ich im Sterben liege und schwach bin und er gesund und stark ist. Wenn er genug Liebe für uns beide fühlt.

Das Schlimmste ist jetzt vorbei. Nach fünf Tagen fühlt sich mein Magen allmählich wieder normal an. Ich kann sogar ein bisschen essen und erhole mich von dieser „Grippe". Was es in Wirklichkeit war, müsste jedem klar sein, der schon mal eine Polizeisendung oder einen Film mit dem FSK-Kennzeichen „ab 16 Jahren“ gesehen hat. Meine Eltern sind nicht dumm, aber sie sehen nur das, was sie sehen wollen, und niemand will sehen, dass sein Kind einen Opiatentzug durchmacht.

In der einen Sekunde bin ich noch eine Krebsüberlebende und in der nächsten eine Drogenabhängige. Wie konnte ich es nur dazu kommen lassen?

Der Großteil der körperlichen Symptome ist weg, aber ich bin erschöpft und manchmal überkommt mich noch dieses heftige Verlangen, das mich einfach umhaut. Es kommt aus dem Nichts, eine Flutwelle der Traurigkeit und Verzweiflung, der Notwendigkeit und aller nur vorstellbaren negativen Gefühle. Tonnen davon türmen sich auf und jagen mich.

Ich fühle mich leer. Ich bin hohl. Ich bin nur halb da. Die andere Hälfte ist in irgendeiner anderen Dimension, die ich mir nicht mal vorstellen geschweige denn finden kann. Aber ich muss mich daran gewöhnen. Ich muss, wenn ich wieder gesund werden will.

Ich will. Ich will gesund sein. Jedenfalls glaube ich das.

Das Haus ist so ruhig wie seit Langem nicht mehr. Selbst Jenica hatte Mitleid mit mir, als ich krank war. Kasey hat mich besucht, und als sie mich so schweißgebadet, blass und schwach sah, hat sie mir verziehen. Will hat seinen Platz neben meinem Bett wieder eingenommen. Er war das einzig Beständige, auf das ich mich während des Jahres mit dem Krebs verlassen konnte. Ich lasse ihn meine Hand halten. Ich lasse ihn über meinen Rücken reiben. Ich will nicht wieder mit ihm zusammen sein, aber vielleicht gibt es Raum für etwas anderes, etwas wie Freundschaft. Vielleicht kann ich ihm Raum geben, mich ein kleines bisschen zu lieben.

Er hat mich gefragt, ob ich mit ihm zum Abschlussball gehen will, und ich habe Ja gesagt. Ich habe klargestellt, dass wir als Freunde hingehen, und er sagte, er habe verstanden, aber ich bin mir nicht sicher, ob er mir wirklich geglaubt hat.

Dank der Krankheit konnte ich gerettet werden. Wie der Krebs hat auch die Grippe nur Opfer. Sie ist keine Frage des Wollens oder der Moral. Niemand verdient sie. Und so setze ich meine vertraute Rolle als Opfer fort und gebe allen die Chance, mich wieder zu lieben. Ich verdiene ihr Mitleid nicht, aber ich nehme es. Ich bekomme noch eine zweite Chance.

Als Marcus anruft, weiß ich nicht, was ich ihm sagen soll. Ich höre seine Stimme und will sie schmecken. Ich will mit ihm in die Nacht rennen und den Himmel erleuchten. Aber ich bin noch zu krank. Ich will nicht, dass er mich so sieht. Und ich vertraue mir selbst noch nicht genug. Am Ende flehe ich ihn noch an, mir Tabletten zu besorgen. Ich muss warten. Ich muss geduldig sein. Aber ich sehne mich nach ihm fast genauso sehr wie nach den Pillen.

Ich will sie immer noch. Oh Gott, und wie ich sie will.

Ich werde jetzt versuchen, brav zu sein. Wirklich. Vielleicht gibt es eine Evie, die ich noch nicht ausprobiert habe. Eine, die zwei Menschen gleichzeitig sein kann. Vielleicht gibt es einen Weg, alle glücklich zu machen. Es gibt das Mädchen, das immer noch einen gemütlichen kleinen Ort irgendwo in meiner alten, sauberen Welt finden will. Und es gibt dieses Mädchen, das ich gerade erst kennenlerne, das am Limit leben will, das zu Marcus gehört. Vielleicht können sie sich einen Körper teilen. Vielleicht können sie sich eine Seele teilen.

Vielleicht.

25. KAPITEL

Ich habe ein Monstrum erschaffen. Will erzählt allen, dass wir wieder zusammen sind. Heute Morgen stand er mit einem Dutzend roter Rosen an meinem Schließfach, und mir wurde klar, dass diese Blumen das perfekte Beispiel für alles sind, was in unserer Beziehung falsch gelaufen ist – in einem Gewächshaus gezüchtet, damit sie hübsch und perfekt aussehen; weit weg von der Natur und allem, was real ist.

Gestern Abend habe ich versucht zu lernen, aber alles, was ich las, schien in einer fremden Sprache geschrieben zu sein, sodass ich nach zehn Minuten aufgeben musste. Ich habe versucht, mein Gezappel zu verstecken, während wir zusammen fernsahen – ein zaghafter Schritt zurück zum familiären Miteinander. Dann gingen alle ins Bett, und ich verbrachte die Nacht damit, Gras zu rauchen und aus dem Fenster zu starren, während ich darauf wartete, dass sich mein Puls verlangsamt, und ich versuchte, wie ein normaler Mensch zu atmen. Ohne die Tabletten ist es unmöglich zu schlafen. Mein Körper hat vergessen, wie das geht.

Mein erster Schultag nach der „Grippe" ist erst zwei Stunden alt, und schon stelle ich meinen Plan, normal zu sein, infrage. Zu vieles stellt sich mir in den Weg. Ich bin so weit in die andere Richtung gegangen, dass ich mir nicht sicher bin, ob ich den Rückweg finde. Du kannst in dein Leben nicht einfach wieder hineinschlüpfen, nachdem du es verlassen hast.

Meine Geschichtslehrerin bittet mich nach der Stunde um ein Vier-Augen-Gespräch. „Ich mache mir Sorgen um dich", beginnt sie, aber ihre Traurigkeit ist verflogen. Selbst bei ihr habe ich meinen Fräulein-Krebs-Bonus verspielt. Jetzt bin ich nur noch schlecht. Sie sagt, ich gäbe meine Hausaufgaben nicht ab. Nähme nicht am Unterricht teil. Beim letzten Test hätte ich nur drei Fragen beantwortet und nicht mal das richtig. Ich kann nur sagen, dass es mir leidtut. Das ist immer alles, was ich sagen kann. Ich verlasse das Zimmer, ohne auf eine Erwiderung zu warten. Ihre Worte würden ja doch nichts ändern. In drei Wochen ist das Schuljahr vorbei, und ich habe keine Chance mehr aufzuholen.

Ich erwische Kasey dabei, wie sie sich auf der Toilette übergibt. Sie redet sich damit heraus, dass sie in ihr Abschlussballkleid passen muss. Sie erzählt es mir beiläufig, als sie sich den Mund ausspült, als wäre es eine total einleuchtende Erklärung dafür, sich eine gefährliche Essstörung zuzulegen. Ich sage nicht, dass ich fast das gesamte letzte Jahr gekämpft habe, um überhaupt ein bisschen Nahrung drinzubehalten. Ich erinnere sie nicht an mein Dahinsiechen und daran, dass ich über Schläuche ernährt werden musste. Noch so eine Sache, die es nicht wert ist.

Dann erhalte ich diese Nachricht von Caleb: *Hi Evie. Bist du sauer auf mich? Warum hast du nicht auf meine Nachrichten geantwortet?* Zehn Minuten später: *Ich wollte wirklich mit dir sprechen.* Löschen, löschen.

Jetzt ist Mittagszeit. Kasey isst nichts, und alle haben nur ein Thema: den Abschlussball. Das Mädchen aus der Neunten, das an unserem Tisch sitzt, trägt einen Hut, der genauso aussieht wie Stellas. Als Nächstes fängt sie noch an, mit Hinkebein und Chemohaaren rumzulaufen.

Will legt während des gesamten Mittagessens den Arm um mich, obwohl ich andauernd versuche, ihn abzuschütteln, obwohl ich ständig Ausreden erfinde, um aufzustehen. Aber jedes Mal, wenn ich mich wieder hinsetze, ist sein Arm wieder da – als wäre er mein Wächter, als hätte er Angst, dass ich weglaufe. Da all meine subtilen Hinweise ins Leere laufen, stelle ich meine Fluchtversuche schließlich ein und schrumpfe unter dem Gewicht seines Armes zusammen.

Ich versuche jetzt, nett zu sein, stimmt's? Ich will keine Szene machen. Geht es beim Nettsein darum? Lässt man die Leute Dinge denken, die nicht stimmen, nur um ihre Gefühle nicht zu verletzen? Lässt man sie Dinge tun, die sie eigentlich nicht tun sollen? Nett sein ist unaufrichtig. Nett sein macht mich zur Lügnerin. Was ist, wenn ich tief im Innern keine nette Person bin? Zumindest bin mir ziemlich sicher, dass nette Menschen keine Nachrichten von Freunden mit einem Gehirntumor ignorieren.

Ich winde mich, und Will flüstert mir ins Ohr: „Diesmal lasse ich mich nicht von dir wegschieben." Mir wird übel. Als wäre ich im Kofferraum eines Autos eingesperrt und der Fahrer würde meilenweit über Pflastersteine und durch Schlaglöcher fahren, und ganz gleich, wie fest ich um mich schlage, trete und schreie – ich kann nicht raus.

Ich will um mich schlagen, treten und schreien. Ich will aus dieser Mensa und aus dieser Schule und aus diesem Leben rennen und nie mehr zurückblicken.

Ich will zurücknehmen, was ich versprochen habe, als ich krank und fast wahnsinnig war und dachte, das hier könnte vielleicht wieder meine Welt sein.

„Hast du schon ein Kleid?", fragt mich jemand.

„Nein", höre ich mich sagen. „Und du?"

„Äh, ja. Natürlich", erwidert sie, als wäre ich total beschränkt.

„Evie", sagt Kasey und macht dabei ein besorgtes Gesicht, „der Abschlussball ist an diesem Wochenende." Der gesamte Tisch sieht mich an, als hätte ich ihnen gesagt, dass der Krebs wieder ausgebrochen ist.

Der Abschlussball interessiert mich einen Scheißdreck. Ich wünschte, ich hätte Will niemals versprochen, mit ihm hinzugehen. Ich wünschte, ich hätte ihn niemals über meinen Rücken reiben lassen, als ich krank war. Ich wünschte, ich würde nicht immer noch mit diesen Leuten an diesem Tisch sitzen. Warum habe ich jemals gedacht, ich könnte einen Weg finden, wieder in ihre Welt zu passen?

Ich habe mich geirrt, was die Sache mit den zwei Evies angeht. Die alte Evie muss gehen. Die neue ist stärker und größer, und sie will sich den Platz nicht länger mit diesem dummen, mitleiderregenden Mädchen teilen.

Ich schreibe Marcus eine Nachricht und bitte ihn, mich nach der Schule an der Telegraph abzuholen. Den Rest des Schultages überspringe ich einfach. Ich gehe zur Tür hinaus und verbringe die nächsten Stunden damit, in Berkeley Downtown herumzulaufen. Viermal gehe ich am People's Park vorbei. Jedes Mal schaffe ich es gerade so, nicht zu der Gruppe zwielichtig aussehender Jugendlicher zu gehen, um sie nach Pillen zu fragen. Es ist beängstigend, wie kurz ich davor bin. Ich spüre die Kraft riesiger Magnete, die mich in ihre Richtung ziehen. Ich spüre, wie das Loch in meinem Herzen droht, mich zu verschlucken. Die Kids bemerken mich nicht, aber ihre Hunde. Die schmutzigen Pit Bulls starren mich mit ihren Knopfaugen an. Sie verspotten mich. Sie sagen: „Wir wissen, was du willst, Mädchen. Du brauchst es nur zu sagen."

Aber ich tue es nicht. Es ist ein Wunder, aber ich mach's nicht. Ich rufe mir immer wieder das Versprechen ins Gedächtnis, das ich Marcus gegeben habe. Nicht meinen Eltern oder Dr. Jacobs. Es ist mir egal, wenn sie mich schnappen und ich in Schwierigkeiten komme. Es ist mir egal, als Loser oder Ausgestoßene abgestempelt zu werden. Marcus und sein Vertrauen in mich – das ist es, was mich stark bleiben lässt.

Kaum dass er mit Bubbles vorfährt, ist die Welt wieder in Ordnung. Ich steige ins Auto und gebe ihm ohne Umschweife einen langen, sehnsüchtigen Kuss, der uns beiden die Luft raubt und der nur unterbrochen wird, weil das Auto hinter uns hupt.

„Ich schätze, du freust dich, mich zu sehen", sagt er.

„Du glaubst gar nicht, wie sehr."

„Ich bin froh, dass es dir besser geht. Ich habe dich vermisst."

„Was ist das?", frage ich, als ich den Klamottenstapel unter meinen Füßen bemerke.

„Das ist meine Uniform. Du kannst ruhig nach Herzenslust darauf herumtrampeln."

„Ich habe ganz vergessen, dass ihr Schuluniformen tragt." Ich inspiziere die schwarze Hose und Jacke, das weiße Oberhemd und die gestreifte Krawatte. „Wie lustig."

„Ja, urkomisch."

Ich entspanne mich mehr und mehr, als wir zum César-Chávez-Park neben dem Jachthafen von Berkeley fahren, wo wir seine Decke an einer abgelegenen Stelle auf dem Hügel ausbreiten, ehe wir Gras rauchend in der Sonne liegen. Wir beobachten ein paar Leute, die extravagante Drachen steigen lassen. Wir lachen über die weißen Jungs mit Dreadlocks, die schlechte Capoeira machen. Wir erfinden Geschichten über das Privatleben der dicken Eichhörnchen, die in Löchern verschwinden und wieder herausklettern. Ich stelle keine Fragen zu den Geheimnissen, die Marcus bei unserem letzten Treffen angedeutet hat, und er fragt mich nicht über meine. Ich bin heute nicht in der Stimmung für schwere Themen.

Stattdessen pflücken wir Löwenzahn. Wir machen kleine Sträuße aus Grashalmen und Unkraut. Ich denke an Wills teure Rosen, die ich in mein Schulschließfach gestopft habe und deren klebriger, schwerer Duft vermutlich alles durchdringt. Ich denke darüber nach, dass ich die kleinen Arrangements von Marcus und mir viel schöner finde.

„Wer hat eigentlich entschieden, dass Löwenzahn ein Unkraut und keine Blume ist?“, frage ich.

„Wahrscheinlich irgendein alter, heterosexueller weißer Typ“, erwidert Marcus und steckt mir einen Löwenzahn hinters Ohr.

Das Gras macht mich philosophisch. „Der einzige Unterschied zwischen einem Unkraut und einer Blume ist, dass ein Unkraut stark ist und alleine klarkommt, während eine Blume schwach und zerbrechlich ist und Hilfe braucht.“

Marcus lächelt. „Und was bist du?“

„Was denkst du?“

„Ich denke, dass du sogar noch stärker als ein Löwenzahn bist. Und viel schöner als jede Blume.“

Ich lache und wir küssen uns, und für einen Moment fühle ich mich so gut, dass ich das Loch vergessen kann, das in mir entstanden ist, seit ich keine Tabletten mehr nehme. Ich vergesse, wie gut es sich angefühlt hat, als Will mich gehalten hat, während ich krank war. Ich vergesse mein Gelöbnis, brav zu sein, keine Schwierigkeiten mehr zu machen und zu versuchen, wieder in meine alte Welt zu passen. Es scheint so lange her zu sein, so weit weg, als wären diese leeren Versprechungen von einer ganz anderen Person gemacht worden.

Nicht mal ein Tag ist vergangen, und ich habe schon aufgegeben.

Ich schätze, ich weiß jetzt, wer ich wirklich bin.

26. KAPITEL

Es ist Donnerstagabend, der Abschlussball ist am Samstag und ich habe kein Kleid. Das ist höchstwahrscheinlich das dümmste Problem, das ein Mensch haben kann. Und trotzdem ist es mein Problem. Von allen Problemen, mit denen ich mich herumschlagen muss, muss ich mich jetzt ausgerechnet mit diesem hier befassen. Ich weiß nicht, was schlimmer ist – an Jenicas Tür zu klopfen und sie um Hilfe zu bitten oder überhaupt zum Abschlussball gehen zu müssen.

Ich wünschte, ich könnte Will sagen, dass ich nicht hingehe. Ich habe mir das Telefon geschnappt, um ihn anzurufen, es aber nicht getan. Ich habe sogar mit dem Gedanken gespielt, ihm eine Nachricht zu schreiben – feiger geht's nicht! –, aber ich bringe es einfach nicht fertig. Wenigstens bin ich nicht *so* ein Riesenarschloch. Jedenfalls noch nicht.

Ich schlucke das letzte bisschen Stolz, das ich noch in mir trage, herunter und klopfe an Jenicas Tür.

„Ja?", sagt sie.

„Kann ich reinkommen?"

Es dauert eine Weile, bis sie sich für ein weiteres Ja entscheidet.

Als ich reinkomme, sitzt sie auf ihrem Bett und lernt. „Was willst du?" Ihre Haltung wirkt angespannt, kampfbereit.

„Ich habe mich gefragt, ob du noch dein Abschlussballkleid vom letzten Jahr hast." Ich kann ihr nicht in die Augen sehen, als ich das frage. Obwohl ich weiß, dass er da ist, will ich den Hass nicht sehen.

„Ähm, ja." Ihre Stimme klingt weicher. Ich kann ihre Überraschung hören.

„Denkst du, ich könnte es mir vielleicht ausleihen? Ich habe kein Kleid, und da ich weiß, dass das Geld zurzeit knapp ist, möchte ich Mom und Dad nicht fragen. Es ist okay, wenn du es nicht möchtest. Ich verstehe das. Es ist nur …"

„Ja. Sicher. Natürlich kannst du dir mein Kleid ausleihen.“ Ich blicke hoch und bin überrascht, nicht in das wütende, verstörte Gesicht zu sehen, an das ich mich so gewöhnt habe. Anstelle meiner Schwester sitzt dort eine Betrügerin – eine nette, verständnisvolle Person. „Ich hole es gleich“, sagt sie.

Ich sitze auf Jenicas Bett, während sie in ihrem Schrank herumkramt. Ihr Zimmer ist aufgeräumt, spärlich eingerichtet und sauber – ganz anders als bei einem normalen Teenager. Sie war schon immer so, schon als Kind. Als wäre sie dafür bestimmt, die Kindheit zu überspringen und sich direkt in eine vierzigjährige Frau mit toller Karriere und intakter Ehe zu verwandeln. Und ihre gesamte Jugend mit all ihren Dummheiten und der manischen Ängstlichkeit wird im Nachhinein nur eine lästige Phase sein, nach der ihr richtiges Leben begann. Insgeheim habe ich sie immer für ihr unerschöpfliches Selbstvertrauen bewundert. Sie schien immer genau zu wissen, wer sie ist und was sie will, und ließ sich nie wegen irgendetwas aus der Ruhe bringen.

„Bitte sehr“, sagt sie und reicht mir das Kleid in einem Plastiküberzug von der Reinigung. Als ich es herausnehme, erinnere ich mich an den Abend, an dem sie es getragen hatte. Sie stand im Wohnzimmer, während ihr Freund aus der Elften ihr ein Ansträußchen überstreifte. Sie war geschminkt, ihre Haare modisch hochgesteckt. Verglichen mit dem langweiligen Bücherwurm, den sie sonst zur Schau stellte, wirkte sie so hübsch und glamourös. Und ich war neidisch. Ich konnte es kaum erwarten, dass dieses eine Jahr verging und ich selbst zum Abschlussball gehen könnte. Kurz davor hatte ich meine Erstdiagnose erhalten, und zum damaligen Zeitpunkt schien mir die Teilnahme am Ball ein abseitiger Wunsch zu sein – aber einer, den ich mir dennoch unbedingt erfüllen wollte.

Nun wird mein Wunsch wahr und fühlt sich an wie eine lästige Pflicht. In einem Jahr kann sich alles ändern. Die Welt kann auf dem Kopf stehen. Ein Wunsch kann sich in einen Fluch verwandeln. Aber damals war die Aussicht darauf, mit Will zum Abschlussball zu gehen, Grund genug für mich, um überleben zu wollen.

Jenica macht den Reißverschluss zu, und ich stehe vor ihrem Standspiegel. Ich habe ein bisschen zugenommen, doch das Kleid ist trotzdem an zu vielen Stellen zu weit, vor allem am Busen. Die Spaghettiträger sind hoffnungslos locker. Die kleinen blauen Pailletten, die ich so märchenhaft fand, als Jenica das Kleid trug, kommen mir jetzt öde und deplatziert vor. Aber ich denke, das Kleid ist gut genug. Es muss reichen.

Im Spiegel sehe ich Jenica hinter mir stehen. Sie versucht, meine ungleichmäßigen Haare mit der Hand glatt zu streichen. Sie leckt sich den Finger und versucht, die Vorderpartie zu einer Art Pony zu stylen.

„Hast du gerade wirklich deine Spucke in meine Haare gerieben?"

„Psst", macht sie. „Ich arbeite." Sie fummelt noch ein bisschen herum, aber ich sehe keinen großen Unterschied. Sie geht einen Schritt zurück und sagt: „So. Sehr schön."

„Meinst du, es sieht auch mit Tennisschuhen gut aus?"

„Es muss." Und nach einer Millisekunde fragt sie: „Du und Will – seid ihr wieder zusammen?" Man kann sich darauf verlassen, dass Jenica kein Blatt vor den Mund nimmt.

„Nein."

„Dachte ich mir." Sie lockert meine Haare mit ihren Fingern auf. Ich kämpfe den Drang nieder, die Augen zu schließen und mich gegen ihre Hand zu lehnen. „Aber er denkt es."

„Ich weiß."

„Der Junge ist verrückt nach dir. Warum auch immer."

„Ich habe keine Ahnung, warum."

Sie zuckt die Achseln, weder zustimmend noch widersprechend, bevor sie sich ein paar Schritte vom Spiegel entfernt. „Das Kleid ist okay so", sagt sie.

Das sollte mein Signal sein zu gehen, aber seltsamerweise will ich das hier nicht abschließen. „Ich habe da jemanden kennengelernt", sage ich, und mir wird klar, dass ich gerade zum ersten Mal mit jemandem über Marcus spreche.

„Echt? Wen denn?" Jenica setzt sich auf ihre Bettkante. Ich könnte mich neben sie setzen. Wir könnten wie richtige Schwestern über Jungs sprechen. Aber ich bleibe stehen.

„Er geht auf die Templeton."

„Wow, du hast dir einen Templeton-Mann geangelt?" Sie sieht ernsthaft beeindruckt aus. „Vielleicht bist du doch kein so hoffnungsloser Fall, wie ich dachte."

„Stimmt." Ich bemühe mich, nicht zu zeigen, wie sehr mich ihre Worte verletzen. „Vielleicht."

„War nur ein Spaß", sagt sie. „Ich halte dich nicht für hoffnungslos."

„Schon gut."

Die Stille, die darauf folgt, überragt uns. Überragt dieses Zimmer und dieses Haus und diese Familie und unsere gemeinsame Geschichte.

„Evie", sagt Jenica, und wir sehen einander fest in die Augen. „Geht es dir gut? Ich meine, ganz ehrlich?"

Ich komme mir so seltsam vor, wie ich in einem Abendkleid und mit nackten Füßen mitten in diesem Zimmer stehe. Jenicas Blick brennt ein Loch in mich. Ich fühle mich nackt und ausgeliefert. Ich bin ein Versuchsobjekt, das man pikst und anstupst. Sie ist zu nah. Sie sieht zu viel. Ich habe sie zu weit vorgelassen und jetzt muss ich sie wegstoßen, bevor sie noch mehr entdeckt.

„Ja", erwidere ich und sammele meine Klamotten vom Boden. „Mir geht's gut."

„Das glaube ich dir nicht."

„Danke für das Kleid." Ich gehe zur Tür.

„Wir können reden, wenn du willst." Nein, Jenica. Nein, das können wir nicht.

„Ja." Ich gehe raus und schließe die Tür hinter mir.

Ich habe gerade noch genug Gras von Stella für einen Joint. Es wird nicht leicht sein, diesen Fehler in Rauch aufzulösen. Ich werde Stille inhalieren. Ich werde Wolken inhalieren. Ich werde diesen Nebel aus Traurigkeit und Bedauern ausatmen, der mir aus Jenicas Zimmer folgt.

Schade, dass meine Eltern keinen Alkohol trinken. Dann hätten sie einen Barschrank, den ich nach einer kleinen Stärkung durchsuchen könnte. Wenn ich nur die Garantie hätte, bis morgen durchzuschlafen und den Schultag zu überstehen. Wenn ich sicher sein könnte, die Zeit zu überstehen, bis ich Marcus wiedersehe und auf der Uhr endlich wieder Stunden verstreichen, die ich nicht vergessen will.

WENN.

Liebe Stella,

ich bringe den Tag in Minutenschritten hinter mich. Fünfundfünfzig Stück ergeben eine Unterrichtsstunde, während der ich still sitzen muss und nicht einschlafen darf. Fünf Minuten ergeben die Zeit zwischen den Unterrichtsstunden, wenn ich schnell über den Flur humple und so tue, als hätte ich es eilig, um nicht bei irgendwem, den ich kenne, stehen bleiben und mich unterhalten zu müssen.

Die fünfundvierzig Minuten der Mittagspause sind am schlimmsten. Ich sollte mehr machen, als sitzen, gehen und schweigen. Ich sollte reden, mich beteiligen, mich interessiert geben und nicht zeigen, wie sehr ich mir wünsche, woanders zu sein.

Darauf beschränkt sich mein Leben – auf eine Sammlung winziger Fragmente, die es auszuhalten und zu überleben gilt. Auf einen öden Countdown. Alle anderen freuen sich auf den Abschlussball morgen Abend und auf das Ende des Schuljahres in zwei Wochen, dann auf die Sommerferien, danach auf das letzte Highschool-Jahr, an das sich der Rest ihres Lebens anschließt, das sich wie Blüten vor ihnen entfaltet, während alles immer besser und größer und weiter wird, bis sie sich dem Jenseits nähern, wo sie die unendliche Ewigkeit erlangen. Meine Welt ist im Vergleich dazu so klein. Ich befasse mich mit Sekunden. Ich überlebe diese Serie aus unerträglichen Minuten, diese kleinteiligen Lebensfragmente, die man getrost vergessen kann, bis ich am Ende des Tages endlich Marcus sehe. Dann öffnet sich die Welt und wird wieder grenzenlos.

Ich frage mich, ob du zum Abschlussball gegangen wärst. Hättest du Cole mitgenommen? Oder hättest du irgendeinen tollen Anti-Abschlussball-Abend geplant?

Der heutige Abend wird besonders, Stella. Irgendetwas wird passieren. Etwas Großes. Marcus sagt, er habe eine Überraschung für mich.

Ich bin bereit, ihn nach DL zu fragen. Ich bin bereit, ihn nach seinen Narben zu fragen und mit ihm über meine zu sprechen. Und dann müssen wir vielleicht nicht länger im Schatten herumkriechen. Vielleicht können wir unsere Geheimnisse freilassen, sodass sie in die Nacht fliegen und durch Licht ersetzt werden können, und ich muss mich nicht mehr dazu zwingen, die ganze Zeit zu lügen oder mich zu verstecken. Ich werde mich nicht so verloren fühlen, und alles wird klar. Alles.

In Liebe,
Evie

27. KAPITEL

Ich versuche, unbemerkt das Haus zu verlassen, aber als ich nach dem Türknauf greife, stürzt Mom sich auf mich.

„Evie, bevor du gehst – wir müssen darüber reden, wann wir nächste Woche einen Termin bei Dr. Jacobs machen."

„Lass uns morgen darüber reden, ich will nicht zu spät kommen." Ich habe den Türknauf schon in der Hand.

„Nein." Sie klingt unsicher. Das Wort ist in ihrem Mund so fremd. „Ich versuche jetzt schon seit zwei Tagen, dich festzunageln. Die nächsten Bluttests sind fällig."

„Ich verstehe nicht, warum ich mir nicht in der Poliklinik Blut abnehmen lassen kann."

„Dr. Jacobs will sehen, wie es dir geht. Das weißt du doch. Und er will immer noch mit dir reden. Du warst noch nicht da, nachdem diese ganze Sache passiert ist, mit den ..." Aber sie bricht ab. Sie kann es nicht sagen. Sie kann nicht „Tabletten" sagen. Sie kann nicht „Drogen" sagen oder „Sucht". Deshalb beginnt sie von Neuem: „Ich verstehe das nicht. Wovor hast du solche Angst? Sie wollen dir doch nur ein bisschen Blut abnehmen."

Wie kann sie nur so blind sein? *Nein, Mom, ich habe keine Angst vor Blut.* Ich habe Angst vor allem anderen. Ich habe Angst davor, einem süßen, verwirrten Jungen mit einem Gehirntumor zu begegnen, der sich weigert, auf Abstand zu mir zu gehen, obwohl ich ihn wie Dreck behandle. Ich habe Angst davor, dass Moskowitz mich daran erinnert, dass ich für den Ausflug verantwortlich bin, der Stella krank gemacht hat. Ich habe Angst davor, Dan zu sehen mit seinen großen braunen Augen, in denen sich so viel Mitgefühl spiegelt, das ich nicht verdient habe. Ich habe Angst vor den ganzen Kindern, die mich für ein Wunder hielten, vor dem kleinen Mädchen, auf das es nicht abfärben wollte und das wahrscheinlich nicht mehr dort ist; das wahrscheinlich nirgends mehr ist.

Scheiße. Heute Abend wollte ich mich amüsieren, und jetzt habe ich das Gefühl, jeden Moment in Tränen auszubrechen.

„Ich gehe jetzt", sage ich.

„Und was ist mit dem Termin?"

„Was ist denn damit?"

„Wann passt es dir?"

„Keine Ahnung. Egal." Ich drehe den Türknauf.

„Dann vereinbare ich also für irgendwann einen Termin? Du hast Zeit, ja? Bist du sicher?"

„Ja, Mom. Es ist egal." Ich gehe zur Tür hinaus und drei Blocks die Straße hinunter bis zu der Ecke, an der Marcus mich aufgabeln soll.

Es fühlt sich merkwürdig an, bei Marcus zu Hause zu sein. Es ist merkwürdig, an einem Ort zu sein, der nicht uns gehört. An einem Ort, an dem er ohne mich existiert, an dem er ein Leben lebt, das nichts mit uns zu tun hat.

Dabei hat das Haus selbst nichts von Marcus. Es ist eins dieser viktorianischen Herrenhäuser in der reichen Enklave Piedmont, das jedoch steif und hypermodern eingerichtet ist. Fast alles ist weiß oder schwarz. Scharfe Kanten, glänzendes Leder. Die Möbel sehen hart und ungemütlich aus, als könnte man sich daran verletzen, wenn man sie berührt. Nichts hier drin deutet darauf hin, dass hier echte Menschen leben. Nichts deutet auf eine Familie hin – keine peinlichen Schulfotos, keine Urlaubsfotos, keine Fotos von Marcus als Baby.

„Ganz schön komisch, was?", sagt er, als ich zu der Wendeltreppe starre, die in die erste Etage führt.

„Es ist schön."

„Genau. Zumindest wenn man Minimalist ist."

„Bist du denn, na ja, gerne hier?"

„Ehrlich gesagt kann ich mich nicht daran erinnern, wann zuletzt jemand auf diesem Sofa gesessen hat. Mein Vater und ich sind die meiste Zeit eigentlich in unseren Zimmern. Manchmal begegnen wir uns versehentlich in der Küche, wenn wir uns was zu essen holen, um es in unsere Höhlen zu schleppen. Wir essen nicht zusammen oder so. Den Backofen haben wir bestimmt schon seit zwei Jahren nicht mehr benutzt. Hier zu leben ist wie in einem Museum zu schlafen."

„Ist dein Vater da?"

„Nein, er ist auf irgendeiner Spendengala – natürlich mit seiner Freundin der Woche, die wahrscheinlich kaum älter ist als ich."

„Igitt."

„Wem sagst du das?"

Wir steigen die Treppe zum Obergeschoss hinauf, wo sich das Haus in zwei Flügel teilt. Ich folge Marcus nach links, einen langen Flur entlang bis zur letzten Tür.

„Dad wohnt auf der anderen Seite", sagt er. „So weit weg von mir wie möglich."

„Wo ist das Zimmer von deinem Bruder?" Von dem Flur gehen so viele Türen zu so vielen Räumen ab.

Marcus guckt mich an, als hätte ich ihn ohne Deckung erwischt. Als hätte meine Frage etwas Seltsames.

„Da drüben", erwidert er knapp und zeigt den Flur runter. „Dritte Tür rechts." Er dreht sich um und öffnet die Tür zu seinem Zimmer.

Marcus' Zimmer ist eine Rettungsinsel in der Kälte des restlichen Hauses. Seine Wände sind mit Postern von Bands tapeziert, von denen ich noch nie gehört habe. Der Holzfußboden wirkt durch einen großen blauen Teppich etwas gemütlicher. Ein großes, weiches Sofa steht an einer Wand, sein ungemachtes Bett an einer anderen, daneben ein Schreibtisch und Regale voller Bücher. Alles ist so bunt, gemütlich und unkonventionell, als wäre es ein Gegenschlag zu der steifen Ästhetik seines Vaters. Überall stehen Pflanzen, Grünzeug in verschiedenen Größen, das in bunten Töpfen auf dem Boden, auf Regalen und auf Tischen steht und von der Decke hängt. Der Ort strotzt nur so vor Leben.

„Das ist ja wie im Dschungel hier", sage ich.

„Die gehörten alle meinem Bruder. Eins seiner vielen besonderen Talente."

„Ich bin beeindruckt."

Marcus zuckt die Achseln. „Irgendjemand musste sich nach seinem Auszug ja darum kümmern."

„Ich weiß nicht – die meisten Leute, die ich kenne, kümmern sich um nichts anderes außer um sich selbst."

Marcus öffnet eine Schreibtischschublade und zieht eine kleine Tüte Gras heraus, viel kleiner als Stellas Hinterlassenschaft, aber genug, dass ich mindestens eine Woche damit auskomme.

„Hier", sagt er und reicht es mir. „Wie bestellt. Obwohl ich sagen muss, dass es sich irgendwie bescheuert anfühlt, meiner Freundin Drogen zu verkaufen."

„Du verkaufst sie mir ja gar nicht; du hilfst mir nur, sie zu beschaffen. Du machst ja schließlich keinen Gewinn damit."

„Dann bin ich also der Mittelsmann? Und ich kriege nicht mal was dafür? Stimmt, damit geht es mir natürlich gleich viel besser."

„Wer hat denn gesagt, dass du nichts dafür kriegst?" Ich lege meine Arme um ihn, ziehe ihn an mich und suche seine Lippen mit meinen.

„Willst du mich in Küssen bezahlen?", fragt er, als wir Luft holen.

„Vielleicht. Vielleicht auch mit anderen Dingen." Ich könnte die ganze Nacht hierbleiben. Ich könnte für immer hierbleiben.

„Willst du deine Überraschung haben?", fragt er.

Ich nicke, auch wenn es eigentlich gar nicht noch besser werden kann. Er löst sich aus der Umarmung, öffnet dieselbe Schublade wie zuvor und holt noch ein Plastiktütchen heraus. Er setzt sich auf sein ungemachtes Bett und klopft auf den Platz neben sich. Ich setze mich, während er das durchsichtige Tütchen öffnet und ein Wirrwarr herausholt, das wie getrocknete, schrumpelige Stäbchen aussieht.

„Was ist das?"

„Zauberpilze. Schon mal probiert?"

„Noch nicht."

„Willst du?“

„Was machen die mit einem?“

„Sie machen, dass man Gott sehen kann.“

Ich bin nicht sicher, ob ich Gott sehen will. Aber ich bin ganz sicher, dass Gott mich nicht sehen sollte.

„Vertraust du mir?“, fragt er.

„Ja. Es gibt niemanden, dem ich mehr vertraue.“

„Gut. Ich passe auf dich auf. Das weißt du doch, oder?“

„Ja, das weiß ich.“

„Ich lasse nicht zu, dass dir was passiert.“

„Okay“, sage ich.

„Bist du sicher? Wir müssen nicht.“

Ich halte ihm die Hand mit der Handfläche nach oben hin.

Im Kerzenlicht kauen wir die schmutzigen Stängel. Schweigend. Die Grünpflanzen werfen verworrene Schatten durch den Raum, die im zuckenden Schein der Kerzen tanzen.

„Lass uns zum Friedhof fahren“, sagt Marcus. „Wir können über den Zaun klettern.“

Ich habe Angst, aber ich sage Ja. Ich will mutig sein. Ich will das taffe Mädchen sein, für das Marcus mich hält.

Wir gehen durch die Straßen von Piedmont, vorbei an herrschaftlichen Villen und perfekt gestutzten Vorgärten. Wir halten Händchen wie ein ganz normales Pärchen. Eine Frau, die gerade mit ihrem Pudel Gassi geht, lächelt uns zu. Sie hat keine Ahnung, dass wir gerade Zauberpilze gegessen haben und uns gleich auf einen Friedhof schleichen werden.

„Wann setzt die Wirkung ein?“, frage ich.

„Ungefähr eine Stunde nach dem Verzehr.“

„Und wie merke ich es?“

„Du wirst es merken“, erwidert er und drückt meine Hand.

Der Abend ist warm und duftet nach Blumen. Es ist so perfekt, dass ich mein anderes Leben vergessen kann, mein falsches Leben, das Leben, das mich aufzufressen droht, das Leben, das sich an mir festkrallt, wie sehr ich auch versuche es abzuschütteln. Das hier ist das Einzige, das zählt. Das hier ist das Einzige, das real ist. Dieser Ort, den Marcus und ich allein durch unser Zusammensein zum Leben erwecken.

Es ist fast zehn Uhr. Nur noch zwei Stunden bis zu meiner persönlichen Sperrstunde, aber es ist mir egal. Meine Eltern können mich hier nicht finden. Ich bin unantastbar. Und wenn ich Hausarrest bekomme, habe ich die perfekte Ausrede, um morgen Abend nicht zum Abschlussball gehen zu müssen.

Als wir das Tor erreichen, wird die Perfektion der Nacht nur ein bisschen getrübt. „Da soll ich rüberklettern?“, frage ich. Straßenlaternen tauchen das unverdeckte Gerüst in helles Licht. Jeder, der hier vorbeifährt, könnte uns sehen. Doch was mir noch viel mehr Sorgen macht, ist die Höhe. Dafür braucht man einen weitaus flinkeren Körper, als ich ihn habe.

„Ich weiß, dass du es schaffst“, sagt Marcus. „Ich wäre nicht mit dir hergekommen, wenn ich mir nicht sicher wäre.“

Sein Glaube an mich – so albern er auch sein mag – soll mir reichen. Was könnte schlimmstenfalls passieren? Ich könnte fallen und mir wieder das Bein brechen. Ich könnte erwischt werden. Keine dieser Gefahren scheint Grund genug zu sein, das Abenteuer zu beenden, bevor es richtig angefangen hat.

„Hier“, sagt er und macht eine Räuberleiter. „Ich helfe dir.“

Ich hebe mein gesundes Bein und stoße mich ab, während ich mich mit den Händen an dem Eisenzaun festhalte. Er stützt mich von hinten an den Beinen, als ich den restlichen Weg nach oben klettere und dabei wenig grazil durch die Luft trete, bis ich es endlich irgendwie nach oben geschafft habe und er nicht mehr an mich herankommt. Bis es nur noch den Zaun, die Schwerkraft und mich gibt.

„Du hast es geschafft“, sagt er.

„Ich muss immer noch auf der anderen Seite wieder runterkommen.“

„Schwing einfach deine Hüfte rüber.“

Leichter gesagt als getan. Meine Hüfte will mir nicht gehorchen. Ich schicke ihr den Befehl, aber irgendwie kommt die Botschaft nicht an. Irgendwie ist „Rüberschwingen“ etwas, das meine Hüfte nach so vielen Operationen nicht mehr kann. Nachdem so viel Knochenmasse entfernt und durch Metall ersetzt wurde.

„Ich kann nicht“, sage ich. „Mein Bein steckt fest.“ Ich gerate in Panik. Die Welt beginnt sich zu drehen, die Eisenstäbe des Tors werden zu Schnüren. Dieses Netz kann mich nicht mehr lange halten. Es wird reißen und ich werde mit ihm runterfallen. Ich werde auf dem Boden aufschlagen, der plötzlich so weit weg zu sein scheint – fünfzehn Meter, dreißig, dreihundert. „Ich habe Angst“, sage ich. Marcus ist so weit weg und kann mir nicht helfen.

„Schon gut“, sagt er und seine Stimme klingt dabei so weich und stark und ruhig, dass sich der Schnurzaun wieder in festes Eisen verwandelt. „Ich komme rüber“, fügt er hinzu. Schnell und elegant klettert er hoch, als wäre er für die Luft gemacht. Als er oben ankommt, küsst er mich und klettert auf der anderen Seite wieder hinunter.

„Und jetzt?“, frage ich.

„Jetzt fange ich dich auf.“

„Nein. Das klappt doch nicht.“ Er steht dreihundert Meter unter mir. Die Schwerkraft würde Besitz von mir ergreifen und gemeinsam würden wir ihn zerquetschen.

„Sieh mich an“, sagt er. Die Welt dreht sich und ist dunkel, aber weit unter mir finde ich seine Augen, die aus der Tiefe zu mir heraufschauen. Sein Blick ist der einzige Haltepunkt, den ich sehe. Das einzige Licht.

„Vertrau mir“, sagt er. „Ich verspreche dir, dass ich dich nicht fallen lasse.“

Habe ich eine Wahl? Entweder er rettet mich, oder ich bin verloren.

Ich schließe die Augen und lasse los.

Ich weiß nicht, wie lange ich fliege, wie lange ich durch das Nirgendwo zwischen dem Hier und dem Dort schwebe. Ich bin weder tot noch lebendig. In diesen kurzen Momenten werde ich zu Licht. Ich bin eine Welle und ein Partikel. Ich bin nichts und alles, und ich bin nirgendwo und überall. Es gibt kein Oben und kein Unten, keine Vergangenheit und keine Zukunft, keinen Kummer und keine Freude. Ich bin Bewegung. Ich falle durch den Raum, und ich bin perfekt.

Und dann fängt Marcus mich auf. Alles ist fest. Marcus ist fest. Ich bin fest.

„Bist du okay?", fragt er irgendwo unter mir. Liegen wir am Boden? Liege ich auf ihm?

„Glaub schon. Mir tut nichts weh." Ich stelle den Blick scharf, und einen Moment lang meine ich, in einen Spiegel zu schauen. *Wessen Augen sind das? Warum sind sie so nah?*

Ich fange an zu lachen. „Ich habe dich umgerissen." Die Augen lächeln. Marcus ist der stabile Boden unter mir. Seine Arme und Beine sind Baumwurzeln. „Marcus", sage ich, „ich glaube, ich merke schon was."

Dann zwei weiße Augen in der fernen Dunkelheit, Scheinwerferstrahlen, die nach Lebenden unter den Toten suchen.

„Ach du Scheiße", sagt Marcus, aber er hat keine Angst. Das ist ein Spiel und wir gewinnen. „Komm, wir verstecken uns."

Schnelle Bewegungen. Wir rennen in die Sterne. Ich weiß nicht, wie es passiert, oder wann, aber auf einmal weiß ich, dass dieser Ort der Himmel ist und wir Engel sind. Das hier sind keine Grabsteine, sondern Wolken. Das hier ist kein harter Ort, kein Ort aus Stein und Traurigkeit. An diesem Ort gibt es Bäume und Rasen und Himmel und Sterne. Es ist ein Ort, an dem ich Hand an Hand mit Marcus verschmolzen bin und wir eins werden. Wir klettern immer weiter den Hügel hinauf, und die Schatten sind Kissen, die dazu da sind, die stacheligen, spitzen, dornigen und kantigen Gegenstände abzupolstern. Wir tauchen abwechselnd in die Dunkelheit und ins Licht, immer so weiter. Die Geister helfen uns dabei, die besten Verstecke zu finden. Hier gibt es nichts, wovor man sich fürchten müsste. Wir rennen, weichen aus und flitzen davon, bis die Scheinwerfer des Trucks der Wachmänner eine ferne Erinnerung vom Fuße des Hügels sind.

„Hier lang“, sagt Marcus. „Gleich sind wir an meinem Lieblingsplatz.“

Er führt mich zu einem riesigen runden Steingrab von der Größe eines kleinen Landhauses. Es ist mit Moos und Efeu bedeckt, wie etwas aus dem Mittelalter, wie etwas aus Narnia. Es ist von einem Ring aus Gras umgeben und wird schließlich von einer Steinmauer begrenzt, deren Öffnung einen perfekten Blick auf die glitzernde Skyline der Bay Area freigibt. Wir sind vor allem versteckt – außer vor dem Himmel.

„Oh, wow“, sage ich. Die Lichter der Stadt sind eine Million Sterne und so dicht, dass ich sie berühren kann. Sie flackern im Takt mit meinem Herzschlag. Wir sind verbunden, wir alle – ich und Marcus und all die kleinen Ameisenmenschen da unten, die für irgendeine fette Königin, die sie nie gesehen haben, ihre Dienstleistungen verrichten, und das alles nur, weil sie auf irgendein vages Versprechen programmiert wurden, auf einen blinden Glauben daran, dass ihre harte Arbeit und ihr Leid sich auszahlen. Doch was, wenn nicht? Was, wenn die Königin nicht mal existiert? Was, wenn sie sich für nichts und wieder nichts unglücklich machen?

„Sie sollten zu uns nach oben kommen“, sage ich.

„Wer?“, fragt Marcus.

„Die Ameisenmenschen. Alle, die da unten sind. Sie wissen gar nicht, was sie verpassen.“

„Und wenn sie nicht mal wissen, dass es diesen Ort hier gibt?“

„Das ist so traurig.“

Ich schmiege mich an Marcus. Spüre seine Finger in meinen Haaren. Er riecht nach Mann und Himmel und Rasen.

„Ich hatte keinen Autounfall“, beginne ich.

„Ich auch nicht.“

„Nein, ich meine mein Bein. Das ist nicht der Grund, warum ich die Krücke hatte. Das ist nicht der Grund dafür, dass ich humple."

Der Himmel bebt. Ich fühle, wie sich der Druck in meinen Ohren verändert. Es macht *wumm, wumm, wumm.*

„Ich hatte Krebs. Also, wirklich bösen Krebs. Also, ich wäre fast daran gestorben. Also, ich hatte noch zwei Wochen zu leben. Also, meine Eltern hatten schon mit den Vorbereitungen für meine Beisetzung begonnen."

Er sagt nichts. Ich spüre seinen warmen Körper hinter mir, aber er schweigt.

„Hallo?"

Er drückt mich, und das Universum rauscht durch meine Blutbahnen.

„Ich war so gut wie tot. Der Krebs war überall. Ich habe Bestrahlungen und Chemotherapien bekommen, bis mir alle Haare ausgefallen sind und ich kein Immunsystem mehr hatte. Ich habe im Krankenhaus gewohnt."

„Bist du ein Engel?", fragt er ohne Überraschung oder Angst in der Stimme. „Vielleicht bist du gestorben und als Engel zurückgekommen."

„Jeder hat gesagt, ich sei ein Wunder." Ich drehe mich um und sehe ihn an. Ohne den Himmel und die Lichter vor meinen Augen sind wir plötzlich eingeschlossen. Diese Nacht lässt niemanden mehr ein. Wir sind an diesen Ort gebunden. Er ist unverwüstlich, und er gehört uns.

„Das bist du auch." Seine Augen leuchten auf, und ich sehe den Mond.

„Aber kein gutes Wunder."

„Doch, Evie." Er nimmt mein Gesicht in die Hände. „Das beste Wunder."

„Aber ich denke immer, dass meine Freundin für mich gestorben ist. Ich denke, sie ist gestorben, damit ich leben kann. Ich denke, dass ich ihr das Leben weggenommen habe und es nun verschwende."

Und dann öffnet sich der Himmel und nimmt uns in sich auf. Hände wie Kirschblüten. Alle Statuen geben uns mit einem Nicken ihren Segen, alle Skelette in der Erde tanzen für uns, bis der Boden bebt und das Gras zittert. Die Welt besteht aus seinen Atemzügen, seine Arme sind ihre Knochen und seine Lippen sind der Kuss Gottes, der mich existieren lässt, der mein Leben erfüllt.

„War das ein Erdbeben?“, sage ich.

„Das warst du.“

Der Boden beruhigt sich. Jetzt sind es unsere Körper, die sich bewegen. Unsere Gliedmaßen schlagen Wurzeln. Unsere Kleider wehen davon und werden zu Wolken. Leidenschaft und Wahrheit von unbeschreiblichem Ausmaß brennen sich durch meine Haut in seine.

„Ich wollte es dir nicht sagen. Du solltest nicht denken, dass ich krank bin. Du solltest mich nicht für schwach halten.“

Er hört auf, das Tal zwischen meinen Rippen zu küssen, und berührt meine Nase mit seiner. „Evie, bist du verrückt? Du bist die stärkste Person, der ich je begegnet bin. Ich habe schon so was geahnt. Ich wusste es, bevor ich es wusste.“

„Du hast geahnt, dass ich Krebs hatte?“

„Ich habe geahnt, dass du irgendwas überlebt hast. Ich wusste, dass du wie ich bist. In uns beiden gibt es dunkle Orte, aus denen wir herausklettern müssen.“

„Manchmal bin ich so müde. Manchmal möchte ich aufhören zu klettern.“

„Du musst klettern. Nur so kannst du herauskommen.“

Er widmet sich wieder meiner Brust. Er küsst jeden einzelnen meiner Wirbel. Er küsst die Stelle zwischen meinen Brüsten, die vor Wärme explodiert. Er küsst meine Schulter, meinen Hals, meine Ohren, mein Gesicht. Seine Haut gleitet über mich, und ich umschlinge ihn, bis nichts mehr zwischen uns ist.

„Ich will dich“, sage ich.

„Ich dich auch.“

„Hast du ein Kondom?“

Er nickt. „Bist du sicher?"

„Ja. Ganz sicher."

„Bist du sicher, dass unser erstes Mal auf einem Friedhof sein soll?"

„Ich war mir in meinem Leben noch nie so sicher."

Unsere Körper werden eins und unsere Vergangenheit wirbelt um uns herum. Einer von uns weint, aber ich weiß nicht, wer. Ich sehe Narben, aber ich kann nicht sagen, ob es meine sind oder seine. Unsere Liebe fügt die Puzzleteile zusammen. Unser Atem balsamiert unsere Körper. Seine Hände sind sanft, sicher. Sie heilen mich, setzen mich wieder zusammen.

Die Toten tanzen um uns herum, aber sie sind nicht Furcht einflößend. Nicht traurig. Sie sagen uns: *Bleibt, wo ihr seid.* Und: *Wir sind noch nicht bereit dafür, dass ihr zu uns kommt.*

Und die Nacht explodiert in allen Farben. Die Lichter der Stadt marschieren in einer Parade um uns herum. Ich lache über diese Inszenierung, über den ganzen Prunk. Die Partikeln und Wellen hüllen uns in einen Kokon aus Licht. Wir sind darin eingewickelt. Wir werden gehalten.

„Ich bin auch gestorben", sagt Marcus in der folgenden Stille. „Genau wie du." Eng umschlungen liegen wir im Gras. Die Stadt hat ihre Pyrotechnik eingestellt. Sie ist genauso erschöpft wie wir. Als ich aufblicke, sehe ich nichts außer dem schwarzen Himmel, der wie eine dicke Decke über uns liegt.

„Wer ist DL?", frage ich. Ich habe keine Angst vor ihr. Wer sie auch sein mag, sie kann uns hier nicht finden.

„Mein Bruder", erwidert er. „David. David Lyon. Mein Bruder", wiederholt er, als müsste er den Klang eines verbotenen Wortes ausprobieren. Ich drehe den Kopf und sehe ihm in die Augen. Sie sind genauso tief wie der Himmel über uns.

„Erzähl mir von ihm. Erzähl mir alles."

„Er war der Größte", beginnt Marcus. „Für lange Zeit. Dann war er es nicht mehr."

„Warum?"

„Er hat immer gern gefeiert. Aber ich schätze, er wurde süchtig. Zuerst waren es Koks und Ecstasy. Er hat unserem Dad etwas Geld geklaut, ist aber ganz auf die schiefe Bahn gekommen. Bis er diesen Fahrradunfall hatte und Oxy verschrieben bekam. Von da an war es nicht mehr lustig. Er begann, verschiedene Ärzte aufzusuchen, um neue Rezepte zu kriegen, und ließ sie in verschiedenen Apotheken nachfüllen. Dann wurde er erwischt und Dad warf ihn raus. Eigentlich sollte er nach Harvard gehen. Er hatte sogar schon einen Platz. Aber stattdessen zog er mit seiner Freundin zusammen und wurde heroinabhängig, als er sich die Straßenpreise für die Pillen nicht mehr leisten konnte."

„Das tut mir so leid", sage ich. Ich denke an die Situationen zurück, in denen Marcus seinen Bruder erwähnt hat. Ich dachte, er benutzte die Vergangenheitsform, weil er am College war oder so. Weggezogen eben, um sein Leben als Erwachsener zu beginnen.

„Mein Vater war stinksauer, als er herausfand, dass Mom sich heimlich mit ihm traf. Manchmal hat sie ihn heimlich zum Lunch eingeladen oder ihm Lebensmittel gekauft. Sie standen sich sehr nahe. Als sie ging, zerbrach er daran. Falls das als Heroinabhängiger überhaupt noch möglich ist."

„Hat er eine Überdosis genommen?", frage ich.

„Nein. Es war Selbstmord. Selbst das Heroin konnte seinen Schmerz nicht genug betäuben."

Obwohl ich weiß, dass ich immer noch ziemlich drauf bin, fühle ich mich fast stocknüchtern. Als hätten mich diese ganzen Wahrheiten in ein neues Land geführt, in dem keine Angst, keine Heimlichtuerei und keine Lügen überleben können. Ich kuschle mich an Marcus und sammle unsere verstreuten Klamotten auf, um uns damit zuzudecken. Die feuchte Erde passt sich uns an. Das Gras schickt seine fedrigen Halme empor und hält uns fest.

Marcus umarmt mich beschützend. „Ich dachte immer, meine Mutter hätte uns verlassen, weil wir ihr egal sind", sagt er. „Aber jetzt denke ich, dass sie sich vielleicht zu sehr um uns gesorgt hat.

Und dass sie das nicht mehr wollte, weil sie es nicht länger verkraften konnte. Vielleicht dachte sie, es würde ihr helfen, wegzulaufen und die Sorgen hinter sich zu lassen."

„Glaubst du das wirklich?", frage ich.

„Das habe ich noch nicht entschieden. Vielleicht macht es das leichter. Aus den Augen, aus dem Sinn." Er macht eine Pause und die ganze Welt atmet ein. „Oder vielleicht macht es alles schlimmer."

Er umarmt mich von hinten und fährt mit den Fingern von meinem Bauch zu meiner Brust, um dann einen Kreis um den kleinen Hügel zu zeichnen, den der implantierte Port erzeugt. „Er ist mit meiner oberen Hohlvene verbunden", sage ich. „Ein einfacher Zugang zu meiner Blutbahn, um Blutbilder und Chemos und so zu machen, damit man mir nicht jedes Mal einen Zugang legen muss. Außerdem ist die Chemo zu heftig, um sie über die kleinen Venen in der Hand zu verabreichen, wo die Zugänge normalerweise gelegt werden. Sie würden praktisch verbrennen."

„Tut es weh?"

„Überhaupt nicht. Am Anfang hat es wehgetan. Kurz nachdem sie den Port implantiert haben. Da war alles ziemlich geschwollen und blau, und ich weiß noch, dass ich mich total dafür geschämt habe. Ich war sauer, dass ich keine Trägertops oder irgendwas anderes mit weitem Ausschnitt mehr tragen konnte, weil man es dann gesehen hätte. Das kommt mir jetzt so dumm vor. Alles kommt mir dumm vor. Der ganze dämliche Scheiß, über den ich mir Gedanken gemacht habe. Wie ich aussah und was ich für Klamotten trug. Oder abends rechtzeitig zu Hause zu sein."

„Was du heute übrigens nicht mehr schaffen wirst."

„Das geht schon in Ordnung."

„Dachte ich mir."

„Erzähl mir mehr von David."

Nach einem Moment sagt Marcus: „Er war ein Genie. Ohne Zweifel. Es wäre an ihm gewesen, meinen Vater stolz zu machen." Er hält kurz inne. „Jetzt bin ich alles, was ihm noch bleibt."

Ich ziehe seine Hand an meinen Mund und küsse seine Finger, einen nach dem anderen. „Meine Schwester ist auch die Kluge von uns beiden“, sage ich. „Bei ihr sind sich alle sicher, dass sie mal eine tolle Karriere hinlegen wird. Ich war immer diejenige, die jemanden mit einer tollen Karriere *heiraten* sollte.“

„Du ‚warst‘? Jetzt nicht mehr?“

„Keine Ahnung. Ich war immer die Hübsche. Dann war ich die Kranke. Jetzt weiß niemand, wer ich bin.“

Marcus drückt mich fest an sich. „Ich weiß, wer du bist.“

Ich drehe mich um und sehe ihn an. Der Mond taucht sein Gesicht in ein silbernes Licht. „Was bin ich?“

„Du bist alles.“

Die nächsten Minuten füllen wir mit langsamen, trägen Küssen. Aber ich will mehr. Mehr Geheimnisse. Mehr Wahrheit. „Wie hat sich dein Bruder umgebracht?“

Ich spüre, wie er sich von mir entfernt. Er ist nicht mehr mit mir in dieser Welt. „Mein Vater hat eine Pistole“, sagt er irgendwo aus der Ferne. „Sogar jetzt noch. Er hat sie behalten. Der Wichser hat sie behalten.“

„Marcus“, ist alles, was ich sagen kann. Ich halte ihn fester.

„Du erholst dich nicht mehr davon, wenn du den Menschen findest, den du am meisten auf der Welt liebst, und seine Gehirnmasse klebt überall an der Wand.“

Kein Luftzug regt sich hinter unserer kleinen Steinmauer. Die Nacht hat an Fahrt verloren. Sie ist so still, dass es scheint, sie hat die Richtung geändert.

Mit den Fingern streife ich über das Zickzackmuster aus Narben auf seinem Arm. „Dann hast du das gemacht“, sage ich. „Damit es nicht mehr wehtut.“

„Die waren für meine Mutter“, erwidert er. „Nach Davids Tod habe ich damit aufgehört. Hier auf meinem Bein“, sagt er und zeigt auf die unordentlichen Initialen und das Datum auf seinem Schienbein, „das war mein letzter Akt der Selbstverletzung. Am Abend seiner Beisetzung habe ich es in mein Bein geritzt. Als Erinnerung. Als Versprechen."

„Was für ein Versprechen?"

„Mein Leben nicht so zu verschwenden wie er. Es nicht wegzuwerfen." Er sieht mir so fest in die Augen, dass das Universum ins Wanken gerät. „Und niemals jemandem zu vertrauen. Niemals jemanden so dicht an mich heranzulassen, dass er mir wehtun kann. Aber …"

„Aber?"

„Aber dann bin ich dir begegnet. Und ich habe mein Versprechen gebrochen. Ich habe dich hereingelassen."

Ich schlinge meinen Körper um seinen. „Bei mir bist du sicher", sage ich aus ganzem Herzen, mit jeder Faser meines Körpers. „Ich werde dir nicht wehtun. Ich gehe nicht."

„Evie Whinsett", flüstert er, „ich glaube, ich habe mich in dich verliebt."

„Ich mich auch in dich", flüstere ich zurück.

„Es gibt nur uns. Nur dich und mich. Nur du und ich gegen den Rest der Welt."

Es gibt etwas, wofür es sich zu leben lohnt. Endlich gibt es einen Grund für mein Wunder.

Ich weiß nicht, wie spät es ist, als Marcus mich zu Hause absetzt. Die Uhr in seinem Auto ist kaputt und unsere Smartphones sind leer. Die Sonne ist noch nicht aufgegangen, aber ich weiß, dass der Morgen näher ist als die vergangene Nacht. Ich gebe ihm einen Gutenachtkuss und verlasse die Wärme seines Wagens. Ich muss gegen den Drang ankämpfen, bei ihm zu bleiben. In dem zeitlosen Raum zu verharren, den wir erschaffen haben.

Die Welt hat aufgehört, sich wie wild zu drehen, aber ich fühle mich immer noch geladen. Mein Körper glüht an Stellen, die Marcus berührt hat. Die Gegend ist ruhig und still. Alles schläft. Auch ich bin erschöpft und will schlafen, aber meine Gedanken rasen. Sie sind noch nicht bereit, Gute Nacht zu sagen.

Wie ich erwartet habe, wartet Mom im Wohnzimmer auf mich. Sie liegt mit einer Decke auf dem Sofa. Als ich das Licht einschalte, setzt sie sich müde auf.

„Evie“, sagt sie mit verschlafener Stimme. Noch bemerkt sie meine Straftat nicht. „Wie spät ist es?“

„Ich weiß es nicht.“

„Sie blinzelt sich den Schlaf aus den Augen, und ich sehe, wie sich ihr Gesichtsausdruck von verschlafen zu verwirrt zu verängstigt verändert. „Wo warst du?“, sagt sie. „Geht es dir gut?“

„Mir geht's gut, Mom. Sehr gut sogar.“

„Dein Vater wird wütend sein.“

„Ich weiß. Tut mir leid.“

Sie mustert mich, und ich ahne, dass meine Gelassenheit sie schockieren muss. Ich kann das friedliche Lächeln auf meinen Lippen spüren. Ihre Angst, die Wut meines Vaters – nichts davon scheint wichtig für mich. Ihre Gefühle berühren mich nicht. Ich bin zu glücklich, als dass es mich kümmert.

„Geh schlafen“, sagt sie und seufzt. „Wir reden morgen.“

„Okay. Gute Nacht.“

Sie sieht mich an, als wäre ich eine Fremde, die sich unerklärlicherweise Zutritt in ihr Haus verschafft hat.

„Gute Nacht“, erwidert sie schließlich. Es klingt fast wie eine Frage, und ich gehe in mein Zimmer und schließe die Tür.

Ich brauche eine Weile, bis ich einschlafe, weil ich nicht aufhören kann nachzudenken. Immer wieder spult sich die Nacht in meinem Kopf ab. Ich schließe die Augen und lasse mich durch die Erinnerung treiben. Meine Haut kribbelt bei dem Gedanken an Marcus. Ich fahre mir mit dem Finger über die Lippen, die von seinen Küssen noch ganz weich sind. Als der Schlaf mich endlich einholt, liege ich wieder in Marcus' Armen.

28. KAPITEL

Als ich aufwache, ist es Nachmittag. Ich fühle mich matschig im Kopf, und mein Magen ist leer und übersäuert. Beim Zähneputzen kann ich hören, wie meine Eltern mit gedämpften Stimmen in der Küche reden. Ich hole tief Luft und bereite mich auf die bevorstehende Unterhaltung vor, die mit Sicherheit nicht schön sein wird.

Ich gehe in die Küche und sage: „Guten Morgen." Keiner von meinen Eltern sagt etwas. Sie sehen einander an, als fragten sie sich, wer diese Person ist, die in ihrer Küche steht und sich eine Schüssel Müsli macht.

„Können wir reden?", fragt Dad in seiner tiefen Jetzt-wird-es-ernst-Stimme.

„Klar", antworte ich und inspiziere die halbe Banane, die ich im Kühlschrank finde.

„Würdest du dich bitte setzen?", sagt Mom.

Ich setze mich ihnen gegenüber an den Frühstückstisch. Ob sie den ganzen Tag hier gesessen und auf mich gewartet haben – die Hände vor sich gefaltet und Becher mit stundenaltem kaltem Kaffee als Requisite auf dem Tisch? Ich sehe zuerst meiner Mutter in die Augen, dann meinem Vater. Ich nehme einen großen Löffel Müsli und kaue einige Momente, während sie mich anstarren. Ich schlucke und sage: „Dann kriege ich also Hausarrest? Soll ich Will anrufen und ihm sagen, dass ich heute Abend nicht zum Abschlussball gehen kann?" Ich esse noch einen Löffel Müsli. Sie sehen einander hilfesuchend an. Sie haben bereits verloren. Ich moderiere diese Show.

„Wo warst du letzte Nacht?", fragt Dad schließlich.

„Ich habe mit einem Freund abgehangen."

„Ein Freund, den wir kennen?", will Mom wissen.

„Nein."

„Wir wüssten gerne, mit wem du deine Zeit verbringst, Evie." Wie gewöhnlich ist Mom der gute Cop. Ihre Stimme klingt besorgt und weich.

„Was zur Hölle machst du mit einem Freund um drei Uhr nachts?", knurrt Dad in seiner Bad-Cop-Stimme.

„Wir sind einfach durch die Gegend gelaufen und haben geredet. Anscheinend haben wir die Zeit vergessen. Tut mir leid, wenn ihr euch Sorgen gemacht habt."

„Du hättest anrufen sollen", meint Mom.

„Mein Akku war leer."

„Es war drei Stunden nach der ausgemachten Zeit, und du willst mir erzählen, du hast die Zeit vergessen?" Dads Wut steigert sich. „Es fällt mir schwer zu glauben, dass das ein Versehen war." Er lehnt sich auf seinem Stuhl nach vorne. Die Hände hat er zu Fäusten geballt.

Seine Energie droht meine zu übermannen, also versuche ich, mich anzupassen. Ich lehne mich ebenfalls nach vorne. Ich zeige ihm, dass ich keine Angst habe. „Vielleicht war es tatsächlich kein Versehen", sage ich. „Vielleicht wollte ich so lange wegbleiben." Entsetzt über meine freche Bemerkung, bleibt Mom der Mund offen stehen. „Habe ich jetzt Hausarrest oder nicht? Ich sollte Will Bescheid sagen."

Mom schrumpft in sich zusammen und macht dicht. Sie weiß nicht, wie sie sich noch länger an dieser Unterhaltung beteiligen soll. Sie hat keine Ahnung, wie sie mit dieser Version ihrer Tochter reden soll. Einen kurzen Moment lang tut es mir leid, ihr das aufzubürden, aber dann sehe ich Dad an, sehe den silbrigen Speichel in einem seiner Mundwinkel und wieder packt mich die Wut.

„Nein, du wirst mit Will auf den Abschlussball gehen", sagt Dad. „Denk ja nicht, ich würde dich nicht durchschauen. Du wirst diesen armen Jungen nicht noch mehr leiden lassen, als er es ohnehin schon tut. Wenn du mehr Zeit mit ihm und Kasey und deinen alten Freunden verbringen würdest, wüsstest du vielleicht wieder, wer du wirklich bist."

„Ach ja?" Meine Kehle wird eng, und die Säure aus meinem Magen steigt nach oben. „Du denkst tatsächlich, das passiert? Wer bin ich, Dad? Was denkst du, wer genau ich bin?" Meine Fäuste sind so hart wie seine.

„Du bist auf jeden Fall nicht dieses Mädchen, das sich die ganze Nacht draußen herumtreibt und weiß Gott was mit irgendwelchen Leuten macht, die wir nicht mal kennen."

„Das bist doch nicht du, Evie", sagt Mom in sich zusammengesunken. „Du bist ein gutes Mädchen. Das wissen wir. Deshalb machen wir uns ja solche Sorgen."

„Dann habe ich also keinen Hausarrest?" Ich lehne mich lässig auf meinem Stuhl zurück. Sie werden mich nicht aus der Ruhe bringen. Ich stehe über den Dingen. Mich kümmert nichts mehr.

„Verdammt noch mal, Evie. Hörst du nicht mal zu?", schimpft Dad.

„Doch, Dad, ich habe euch gehört. Meine Strafe ist, dass ich Zeit mit Will und meinen alten Freunden verbringen muss."

„Warum zum Teufel ist das eine Strafe?", sagt Dad.

„Wir wollen genau wissen, was du machst, wohin du gehst und mit wem du zusammen bist", sagt Mom in dem tapferen Versuch, ihrer Stimme etwas Strenge zu verleihen.

„Für meinen Geschmack kommst du viel zu leicht aus der Nummer raus", meint Dad. „In dieser Sache ist das letzte Wort noch nicht gesprochen."

„Dann kann ich also mit meinen neuen Freunden abhängen?", frage ich.

„Nicht bevor wir sie gesehen haben", sagt Mom. „Wir wollen sie kennenlernen." Dad straft sie mit einem Blick, der sagt: *Wenn es nach mir ginge, würde ich sie ein Jahr lang in ihrem Zimmer einsperren.*

„Was ist mit Caleb?", frage ich. „Kann ich Caleb im Krankenhaus besuchen fahren?" Irgendwo tief in meinem Innern krümmt sich etwas zusammen. Wie kann ich es wagen, ihn ins Spiel zu bringen? Wie kann ich es wagen, ihn für meine Lügen zu missbrauchen?

„Natürlich", erwidert Mom und lächelt fast. „Ich denke, das wäre sogar gut. Wie geht es Caleb überhaupt?"

Dad schüttelt den Kopf. „Nein, Pam. Wir sitzen hier nicht zusammen, um über Caleb zu plaudern. Wir sind hier, um über die Konsequenzen zu reden." Bei dem Wort „Konsequenzen" haut er mit der Faust auf den Tisch, als würde das die Tatsache wettmachen, dass sie auf diesen Teil des Elternseins so furchtbar schlecht vorbereitet sind. Bislang hatten sie zwei Engel als Töchter. Sie mussten niemals streng sein. Sie mussten sich niemals eine Strafe für ein Vergehen dieser Größenordnung überlegen.

„Schön", sage ich. „Dann darf ich also mit Will, Kasey und Caleb und den Leuten aus meiner Vergangenheit herumhängen, damit ich die alte Evie bleibe und mich niemals verändere."

„So meinen wir das nicht, Liebes", sagt Mom. „Natürlich darfst du dich verändern."

„Oh, da bin ich aber froh, dass ich eure Erlaubnis habe." Ich stehe auf. Keiner von beiden sagt etwas, und ich weiß nicht, ob sie einfach nur verschreckt sind, weil ich widersprochen habe, oder ob sie wirklich so dumm sind, den Sarkasmus in meiner Stimme zu überhören.

„Ich mache mich dann mal fertig", sage ich, als ich meine Müslischüssel in die Spüle stelle. „Ich treffe mich um sechs mit den anderen zum Abendessen." Die nächste Lüge. „Ich darf doch nach wie vor dein Auto haben, oder, Mom?"

„Ja, das haben wir doch schon besprochen, nicht wahr?" Sie scheint sich nicht so sicher zu sein.

„Aber du trinkst keinen Schluck Alkohol", sagt Dad. „Verstanden, Evie?"

„Ja."

„Versprochen?"

„Ja, Dad. Versprochen."

„Und du versprichst uns auch, anzurufen, falls du doch trinkst und wir dich abholen sollen?", fügt Mom hinzu.

„Pam", knurrt Dad. „Bring sie nicht auf dumme Gedanken. Mein Gott, es klingt geradezu so, als würdest du ihr die Erlaubnis dazu geben."

„Aber ich will nicht, dass sie betrunken Auto fährt“, rechtfertigt Mom sich. „Falls sie was trinkt, soll sie uns lieber anrufen und keine Angst haben, was zu sagen. Nicht dass sie am Ende betrunken fährt und Schwierigkeiten bekommt.“

„Seid ihr fertig?“, frage ich. „Ich muss nämlich noch duschen.“

Sie sehen mich mit leicht geöffnetem Mund an. Sie blinzeln gleichzeitig.

„Ich bin froh, dass wir uns ausgesprochen haben“, sage ich und verlasse die Küche.

Schlaue Eltern würden etwas unternehmen. Sie würden solche Widerworte nicht dulden. Sie würden verlangen, dass ich zum Tisch zurückkomme. Sie würden dafür sorgen, dass sie das letzte Wort haben. Sie würden nicht zulassen, wie Idioten dazustehen. Aber meine armen naiven Eltern kennen diese Regeln nicht. Sie geben zu schnell auf. Sie lassen mich einfach gehen.

Und ich denke, das ist genau das, was ich wollte. Ich will frei sein. Ich will mich austoben. Aber ein leise vor sich hin zeternder Teil von mir wünscht sich, sie hätten sich etwas mehr Mühe gegeben, wären gefährlichere Gegner gewesen, die vor nichts zurückschrecken.

Vielleicht will ich sogar, dass sie mich fester halten. Vielleicht will ich, dass sie versuchen, mich zu beschützen.

29. KAPITEL

Ich habe keine Ahnung, wie sich normale Liebe anfühlt. Vielleicht wie das, was ich mit Will hatte – warm, aber nicht heiß, wohlig, aber nicht prickelnd. Unsere Liebe war sicher.

Was ich mit Marcus habe, ist etwas ganz anderes. Es fühlt sich beinahe gefährlich an. Er lässt alles andere verschwinden, bis ich verloren bin und er der Einzige ist, der mich finden kann. Ich sehne mich nach ihm, so wie ich mich immer noch nach den Tabletten sehne. Ein Gefühl wie ein Blitz, der jede Faser meines Körpers und meiner Seele erhellt. Ich will, dass er mich ausfüllt, bis kein Platz mehr für irgendetwas anderes ist. Ich will, dass er mich verschlingt.

Es kommt mir wie eine unfassbare Zeitverschwendung vor, etwas anderes zu tun, als bei ihm zu sein. Und heute Abend ist die schlimmste Verschwendung von allen: der Abschlussball mit Will. Das Schlimmste, was die Highschool zu bieten hat, vereint sich mit dem dümmsten Tribut, den man seiner Vergangenheit zollen kann, macht sich schick und bläst sich mit Erwartungen auf, denen ich nicht gerecht werden kann.

Jenicas neuer Freund ist hier, um sie abzuholen, mit Ansteckstrauß und allem Drum und Dran. Sie sind mit Mom und Dad im Wohnzimmer und machen Fotos. Alle ziehen ihre Happy-Family-Routine ohne mich durch. Jenica spielt die Tochter ganz gut. Das Lustige ist, dass ich früher noch besser darin war. Sie war immer die Mürrische, während ich die fröhliche Prinzessin war, aber jetzt haben wir die Rollen getauscht. Ich weiß, dass ich da unten sein sollte, bei ihr. Will sollte mir ein kitschiges Blumenband über die Hand streifen, und ich sollte ihm eine Ansteckblume an den Anzug stecken, während uns vor Aufregung ganz schwindelig wird. Wir sollten ein Doppeldate mit Kasey haben und vor dem Tanz zum Abendessen ausgehen, davor schmuggeln wir noch etwas Sekt auf den Parkplatz – genug, um angetrunken, aber nicht betrunken zu sein. Wir sollten tanzen und glücklich sein, vielleicht im Auto rummachen, bevor es weiter zur After-Party geht. Das Ganze soll ein Übergangsritual sein. Es soll lustig sein.

Aber ich bin darüber hinaus. Es kommt mir so dumm vor. Ich habe mich aus dem Essen mit Will und Kasey und ihrem Date – einem Typen, den ich noch nie gesehen habe – herausreden können, indem ich einen Physiotherapietermin vorgeschoben habe, obwohl ich schon seit Wochen keinen mehr hatte, obwohl es Samstagabend sechs Uhr ist – und wer hat um die Zeit schon Physiotherapietermine? Ich weiß, dass Kasey mir nicht geglaubt hat, aber sie hat nichts gesagt. Sie wollte Will nicht das Herz brechen. Er hat eine Schnute gezogen, aber er hat meine Ausrede geschluckt. Er musste. Was blieb ihm anderes übrig? Was sonst hätte es für ihn erträglich gemacht, zu Hause zu sitzen und zu warten, während alle anderen, die er kennt, mit jemandem zum Essen ausgehen, in den sie verliebt sind oder mit dem sie später am Abend zumindest rummachen werden?

Aber ich kann nicht darüber nachdenken. Wenn ich mir vorstelle, was er jetzt gerade macht – alleine, fertig angezogen und ohne irgendwo hingehen zu können und mich immer noch liebend, obwohl ich ihn andauernd zurückweise und ihm offen ins Gesicht lüge –, droht ein Tsunami der Gefühle mich umzuhauen. Die Vorstellung, wie sehr ich ihn verletzt habe, tut einfach zu weh. Und nun, da ich mit den Pillen aufgehört habe, bin ich nicht mehr immun gegen Schmerzen. Sie sind immer da, toben wie ein Hurrikan um mich herum und fegen mich beinahe von der Bildfläche.

Ich ziehe Jenicas altes Kleid über den Kopf, schnüre meine schwarzen Winterstiefel, die einzigen Schuhe außer meinen Tennisschuhen, die ich mit meinem kranken Bein tragen kann. Ich schmiere mir ein bisschen Pomade in die Haare und style meinen Kükenflaum zu einer Art von Irokesenfrisur. Meine Augen umrahme ich dick mit schwarzem Eyeliner und meine Lippen male ich blutrot an. Ich gehe ins Wohnzimmer, wo der Rest meiner Familie sich so normal benimmt. Als ich hereinkomme, spüre ich, wie die Stimmung kippt.

„Gehst du jetzt?“, fragt Mom, als ich ihre Autoschlüssel vom Haken neben der Tür nehme.

„Ja.“

„Ich wünsche dir viel Spaß, Schatz.“

„Danke, Mom.“

„Mach keine Dummheiten“, sagt Dad, der im Gegensatz zu Mom nicht bereit ist, so zu tun, als sei alles in Ordnung. „Ich meine es ernst, Evie. Ich finde es immer noch nicht in Ordnung, dass du das Auto deiner Mutter nimmst.“

„Ich treffe mich mit Kasey und Will zum Abendessen. Sie sind gute Aufpasser. Du vertraust ihnen doch, oder?“

„Dass ich *ihnen* vertraue, steht nicht zur Diskussion, und das weißt du genau.“

„Komm doch her“, unterbricht Mom ihn. „Ich will ein Foto von dir machen.“

„Nein, Mom, lieber nicht.“

„Doch, komm schon. Ich will eins von dir und Jenica zusammen machen.“

Jenica verdreht die Augen, als ich zu ihr rübergehe. Ihr bekloppter Freund macht Platz, und ich stelle mich neben meine Schwester.

„Du siehst hübsch aus“, sage ich.

„Danke.“ Bei dem Kompliment sieht sie mich argwöhnisch mit zusammengekniffenen Augen an. Wahrscheinlich denkt sie, ich will was von ihr.

„Okay“, sagt Mom. „Sagt mal: Cheese.“

Sosehr Mom sich auch bemüht – ihre erzwungene Freude kann unsere fehlende Begeisterung nicht kompensieren. Wir murmeln das jämmerlichste „Cheese“ aller Zeiten. Dad setzt bei diesem Bild aus und sitzt mit der Kamera auf dem Schoß auf dem Sofa. Er verspürt kein Verlangen, sich an diesen Moment zu erinnern. Er will sich den Abend nicht auch noch durch einen fotografischen Beweis meiner Anwesenheit verderben lassen.

Mich überkommt das plötzliche Bedürfnis zu weinen. Einen Moment lang wünschte ich, Will wäre hier und würde den Arm um mich legen. Ich wünschte, Kasey wäre hier und würde mit ihrem Smartphone viel zu viele Selfies machen und sie auf jeder existierenden Plattform für soziale Medien posten. Ich wünschte, ich würde statt dieser klobigen schwarzen Stiefel hohe Schuhe tragen. Ich wünschte, ich hätte lange, lockige Haare. Ich wünschte, mein Make-up wäre dezent und hübsch. Ich wünschte, Dad wäre gut gelaunt und stolz auf seine zwei Mädchen, die wie Prinzessinnen aussehen und auf dem Weg zu einem zauberhaften Abend sind.

„Ich muss los", krächze ich, „sonst komme ich noch zu spät." Ich schnappe mir meine Tasche und verlasse so schnell ich kann das Haus. Erst als ich die Haustür hinter mir geschlossen habe, kann ich mich daran erinnern, wer ich jetzt bin. Ich bin jemand, der diese Dinge nicht will. Ich bin jemand, dessen Herz nicht gerade zerbricht.

Ich steige in Moms Auto, nehme Stellas Mix-CD aus meiner Tasche und drehe die Musik so laut auf, dass sie alle traurigen Gefühle, die ich noch in mir habe, ertränkt. Ich schreibe Marcus, ob er mich noch sehen möchte, bevor ich mich mit Will und Kasey treffen muss, aber er antwortet, dass er schon verabredet ist. Eine Welle der Eifersucht erfasst mich – er hat Spaß ohne mich. Er ist mit jemand anderem zusammen. Ist es ein Mädchen? Ich weiß, dass diese Gedanken lächerlich sind, aber ich kann mir trotzdem nicht vorstellen, dass er ein Leben außerhalb von uns führt. Vielleicht weil meins ohne ihn so leer ist.

Schnell fahre ich Straßen entlang, die sich durch die Hügel von Berkeley winden, die Musik dröhnt und schließlich finde ich die Stelle, zu der Stella und Cole mich an jenem Abend, der alles veränderte, gebracht hatten. Ich erinnere mich daran, wie es war, hinten im Van festgebunden zu sein, vollständig ihrer Gnade ausgeliefert zu sein, und wie frei ich mich fühlte. Ich erinnere mich daran, wie die Hintertüren aufgingen und ich einen Moment lang das Gefühl hatte, zu fliegen. An jenem Abend befand ich mich auf dem Gipfel der Welt. Das Leben öffnete sich auf eine für mich bis dahin unvorstellbare Art.

Und dann verschloss es sich genauso schnell wieder.

Es kommt mir pervers vor, dass ich noch vor wenigen Wochen an dieser Stelle so viel Hoffnung und Zuversicht verspürte. Dass sich das Leben genau zu dem Zeitpunkt erhellte, als ich bereit war, mich davon zu verabschieden. Und nun, da ich eine zweite Chance bekommen habe, machen mir die Möglichkeiten plötzlich Angst. Um mich herum gibt es zu viel Raum, zu große Distanzen, die es zu überbrücken gilt, zu viele Straßen und Wege und Hügel und Berge, und ich habe keine Ahnung, wie ich mich darin bewegen soll. Das ist nicht der Grund, warum Menschen überleben. Niemand besiegt eine tödliche Krankheit, um danach vor allem Angst zu haben.

Ich drehe einen Joint und rauche ihn komplett auf, während ich über die glitzernde Bucht blicke. Ich puste meine Angst mit dem Rauch in den Abend hinaus, doch es wird niemals so gut sein wie die Pillen. Nichts wird je so gut sein. Aber dennoch atme ich ein bisschen Stille ein. Ein bisschen Erleichterung.

Der Zauber des Abends mit Stella ist fort. Jetzt ist das hier nur noch ein Hügel mit nettem Ausblick. Was würde passieren, wenn ich weiterfahren würde, wenn ich die Handbremse lösen und über den Abhang fliegen würde? Wäre ich schwerelos? Würde es mich an einen Ort tragen, wo es besser ist? Würde ich die Freiheit jenes Abends spüren, nur für eine Sekunde? Würde ich Stella finden?

Ich sitze lange da, lange genug, um fast die ganze CD zu hören, lange genug, um eine imaginäre Physiotherapiesitzung zu beenden, lange genug, um ein nettes Abendessen bei einem netten Date mit einem netten Freund zu beenden, lange genug, um die Zeit bis zu der Uhrzeit rumzukriegen, zu der ich mich mit Will und Kasey verabredet habe. Mein Kopf ist angenehm vernebelt, aber ich habe Angst, dass dieser Zustand zu schnell wieder vorbei ist. Deshalb drehe ich mir noch einen Joint, den ich auf der Fahrt den Hügel hinunter rauche, um mich für das Unvermeidbare zu rüsten. Noch während ich dabei bin, weiß ich, dass es eine schlechte Idee ist. Aber entweder das oder ich riskiere, zu schnell nüchtern zu werden.

Hier oben gibt es nur wenige Straßenlampen, und die Straßen sind kurvig und steil. Ich sehe verschwommen, und meine Reflexe sind verlangsamt. Es fällt mir schwer, auf meiner Seite der Straße zu bleiben. Eine falsche Lenkbewegung und ich würde direkt in eine der Villen am Abhang fahren. Ich würde aus irgendeinem Wohnzimmer eine Garage machen. Ich könnte weiterfahren, einfach mittendurch, und durch ihre millionenteure Aussicht davonfliegen.

Als ich um eine scharfe Kurve fahre, kann ich gerade noch einen Frontalzusammenstoß mit einem anderen Auto vermeiden. Der Klang seiner Hupe in dem stillen Abend rüttelt mich wach. Ich habe etwas Angst, aber nicht genug, als dass ich den Wagen stehen lassen würde. Ich weiß, dass ich eine Gefahr bin. Ich könnte jemanden verletzen. Ich könnte mich selbst verletzen. Das sollte mir etwas ausmachen, tut es aber nicht. Ich rauche meine Angst und meine Scham weg, bis ich am Fuß des Hügels angekommen bin – noch immer am Leben. Wenn auch nur knapp.

Als ich die Menge vor dem gemieteten Festsaal sehe, in dem der Abschlussball stattfindet, spiele ich mit dem Gedanken umzudrehen. Diese Trauben aus Mädchen mit entblößten Schultern und kleinen Täschchen und all die Typen in passenden schwarzen Anzügen. Aber der Abend ist jetzt nur noch eine Wolke, nur noch ein Rauchwölkchen. Er tangiert mich nicht mehr. Ich parke und humple nur halb anwesend auf den Eingang zu. Meine andere Hälfte ist weg, schläft.

„Evie!“, schneidet Kaseys Stimme durch das manische Geschnatter meiner Mitschüler. Sie steht in der Nähe der Tür und wird von verschwommen aussehenden Mädchen flankiert, die ich früher als meine Freundinnen bezeichnet habe, und natürlich von deren athletischen Freunden. Will steht am Rand und tippt auf seinem Smartphone herum, so wie die Leute es machen, um nicht einsam zu wirken. Er sieht auf und lächelt – hoffnungsvoll, traurig – und ein Gefühl der Scham reißt den Drogenschleier ein Stückchen auf.

Als ich auf sie zugehe, bemerke ich, wie stoned ich bin. Ich muss mich besonders konzentrieren, um meine Beine zu koordinieren. Ich weiß nicht, ob ich den anderen in die Augen sehen soll oder nicht. Mein Gesicht fühlt sich an, als wäre es verrutscht. Mein Magen knurrt vor Hunger und für einen kurzen Moment ist mir übel. Ich kann mich nicht daran erinnern, wann ich das letzte Mal etwas gegessen habe.

„Hi", begrüßt mich Will und beugt sich aus Gewohnheit vor, um einen Kuss oder eine Umarmung zu bekommen, was er beides nicht kriegt. „Du siehst hübsch aus."

„Danke", erwidere ich. „Du auch." Es stimmt. Er sieht gut aus. Will sieht immer gut aus. Alles an Will ist gut.

„Ich mag diesen punkigen Style", sagt ein Mädchen, das ich früher meine Freundin genannt habe. „Du siehst cool aus."

„Oh", sage ich. Ist das so? „Danke."

„Willst du?", fragt jemand anderes und zieht diskret einen Flachmann halb aus seiner Tasche. Ich nehme ihn und trinke fast alles aus.

„Mensch, Evie", sagt Kasey angewidert.

„Ich habe Durst."

„Wollen wir reingehen?", fragt Kaseys Date, irgendein Typ von der Skyline High, den sie vor einem Monat auf einer Party kennengelernt hat und über den ich nichts weiß.

In einem anderen Leben hätte ich wie die anderen Mädchen mit quietschenden Lauten kundgetan, wie hübsch der Saal aussieht. Doch in meiner Verfassung sehen der falsche Eiffelturm und die Kartonwand, die so angemalt wurde, dass sie wie eine Mauer aus alten Ziegelsteinen aussieht, einfach nur geschmacklos und billig aus. Der plärrende Hip-Hop hilft dem Versuch, den Saal in das Ambiente des alten Paris zu tauchen, auch nicht gerade auf die Sprünge.

„Die Lichter sind so schön“, sagt jemand, dabei sehen sie nur wie eine weiße Weihnachtsbeleuchtung aus.

„Gibt es hier was zu essen?“, höre ich mich sagen, aber niemand antwortet mir, weshalb ich mich frage, ob ich es wirklich laut gesagt oder nur gedacht habe.

Will hält mich an der Taille fest, als hätte er Angst, ich würde weglaufen, und wahrscheinlich ist es klug von ihm. Ich will einen Platz finden, an dem ich mich verstecken kann. Ich will nicht tanzen. Ich will nicht in der Schlange warten, um überteuerte Fotos vor verschiedenen kitschigen Hintergrundmotiven machen zu lassen. Ich will nicht mit diesen Leuten herumstehen, denen ich nichts zu sagen habe.

Ganz zu schweigen davon, dass ich glaube, mich nicht mehr viel länger auf den Beinen halten zu können. Meine Knie sind weich. Jeder Beat der zu lauten Musik droht mich umzuwerfen.

„Ich setze mich ein bisschen hin“, bringe ich irgendwie laut über die Lippen.

„Jetzt schon?“, fragt Will. „Willst du nicht tanzen?“

„Mein Bein tut weh.“ Ich weiß, dass er dagegen nichts einwenden kann.

Also setzen wir uns. Will tut das, was er am besten kann, er steht im Mittelpunkt und führt Gespräche in seiner charmanten Talkshowmoderator-Stimme. Ich gebe mir alle Mühe zu lächeln, doch zu viel mehr bin ich nicht in der Lage.

Ich beobachte die Leute beim Tanzen. Die meisten tun sich schwer damit. Sogar die guten Tänzer wissen zu genau, dass sie gut sind, und sind durch ihre Art, sich so wichtig zu nehmen, nicht weniger komisch. Ich lache in mich hinein, bis Will mich merkwürdig ansieht und ich still bin. Ich beobachte die Mädchen dabei, wie sie sich gegenseitig taxieren und mit ihren Blicken Dolche aufeinander abfeuern. Ich beobachte die Typen, wie sie die Freundinnen der anderen Jungs unter die Lupe nehmen. Dieses ganze Gehabe ist so vorhersehbar. Wenn die unterschiedlichen Klamotten nicht wären, würden alle gleich aussehen.

Neben mir zwitschert Wills Stimme, aber ich habe keine Ahnung, was er sagt. Ich schreibe *Ich vermisse dich* an Marcus, und es kümmert mich nicht, ob Will es sieht.

„Du siehst toll aus“, sagen mir alle.

„Bist du sicher, dass du nicht tanzen willst?“, fragt Will mich immer wieder in den kurzen Pausen, die er beim Begrüßen der Leute einlegt, die bei uns Schlange stehen.

Andauernd hält mir irgendwer heimlich einen Flachmann hin, und ich trinke, statt zu reden.

Mein Smartphone brummt. *Ich vermisse dich auch* steht auf dem Display, und jetzt ist die Welt wieder in Ordnung.

„Lass uns tanzen!“, sage ich, weil ich auf einmal keinen Bock mehr habe zu sitzen. Ich stehe zu schnell auf und der Raum dreht sich. Der Eiffelturm wird zu Gummi und die Lichterketten verknoten sich.

„Oh-oh“, sagt Will und fängt mich wie ein echter Gentleman auf. Seine geraden weißen Zähne glänzen in der gedämpften Beleuchtung. „Hat da jemand ein bisschen zu viel getrunken?“

Ich entscheide mich dafür, seinen herablassenden Tonfall zu ignorieren. „Komm“, sage ich und ziehe ihn neben Kasey und ihren Begleiter auf die Tanzfläche. Quer durch den Saal sehe ich Jenica, und sie sieht tatsächlich glücklich aus. Es ist seltsam, sie außerhalb unseres Zuhauses zu sehen, außerhalb des familiären Kontextes. Sie hat tatsächlich ein Leben in der realen Welt. Sie ist jemand anderes als meine gehässige Schwester.

Einen Moment lang denke ich, dass ich heute Abend vielleicht glücklich sein könnte. Der Alkohol und das Gras könnten diesen Abend womöglich retten, sodass ich mich ein bisschen amüsieren kann. Also tanze ich – so gut wie es mit einem Bein, das nur so halbwegs funktioniert, eben geht. Will scheint mit meiner Performance zufrieden zu sein. Die Leute tanzen um uns herum, als wären wir der Mittelpunkt dieser merkwürdigen Party, und lächeln mich an, als würde ich sie stolz machen. Seht euch Evie an, sie hat endlich gute Laune! Sie ist wieder eine von uns! Sie hat sich endlich diesen undankbaren Stock aus dem Arsch gezogen und hat ein bisschen Spaß!

Aber dann packt Kasey mich am Handgelenk. „Beruhig dich", sagt sie. „Du machst dich total zum Affen."

„Wovon redest du?"

„Du benimmst dich komisch."

„Ich tanze. Erwartet ihr nicht genau das von mir?"

„Hast du irgendwas genommen?"

„Mein Gott, Kasey. Halt die Klappe." Ich tanze weiter. Ich tanze von ihr weg, damit ich mir ihre Schnute nicht angucken muss.

„Alles in Ordnung?", fragt Will. Also tanze ich auch von ihm weg.

Die Geräusche verändern sich. Die Musik hört auf. Jemand spricht und die Stimme kommt aus allen Richtungen. Leute klatschen. Der Saal pulsiert nicht mehr vor Bewegung. Alle schauen zum Eiffelturm. Der Arc de Triomphe wurde zu einer Bühne gemacht. Eine gigantische Projektion der süffisanten, augenbrauenlosen *Mona Lisa* starrt auf uns herab. Ein Mädchen, das mir bekannt vorkommt, hält ein Mikrofon in der Hand und sagt irgendetwas, wobei es ihr schönstes College-Bewerbungsgespräch-Lächeln zeigt. Mehr Klatschen. Mehr Lächeln. Mehr Reden. Ich lehne mich an jemanden an, um die Balance zu halten, aber ich weiß nicht, an wen.

Das auf der Bühne ist die Vorsitzende der Schülervertretung. Aber wie heißt sie noch mal? Ich weiß, dass ich ihren Namen wissen sollte. Sie sagt: „Trommelwirbel, bitte", und alle machen Geräusche, die überhaupt nicht wie Trommelwirbel klingen. Sie zieht ein Stück Papier aus einem Umschlag. Mit schrecklich süßem Sarkasmus in der Stimme und einem Gesichtsausdruck, der alles andere als überrascht aussieht, sagt sie: „Was für eine Überraschung." Dann sagt sie meinen Namen.

„Ich bin stolz, unsere neue Abschlussballkönigin und unseren neuen Abschlussballkönig krönen zu dürfen: Evie Whinsett und Will Johnson."

Der Saal explodiert unter einem donnernden Applaus. Ich spüre Wills Arm fest um meine Taille. „Komm", sagt er, aber ich kann mich nicht bewegen.

„Evie und Will, kommt auf die Bühne!"

Die Menge fängt an zu rufen: „Evie, Evie, Evie." Der Boden vibriert unter meinem Namen. Ich glaube, mir wird schlecht.

Will zerrt an mir und meine Beine schaffen es, so gut mitzumachen, dass ich auf die Bühne gehen kann. Ich starre in ein Gesichtermeer, all diese Menschen, die ich seit Jahren kenne und die jetzt nur noch Fremde sind. Und sie rufen meinen Namen, als würde es ihnen unbeschreiblich viel bedeuten, dass ich hier oben stehe, und ich frage mich: Was habe ich getan, dass ich das verdiene? Was habe ich getan, dass sie mir ihre Bewunderung schenken? Ich habe überlebt, als ich sterben sollte. Ich bin nur versehentlich am Leben. Ich habe mich in ein Monstrum verwandelt, und dafür kriege ich das hier? Eine Krone? Standing Ovations? Was ist nur mit diesen Leuten los?

Alle jubeln. Ihre Gesichter werden zu schwarzen Löchern. Ich gucke zu Will. Er hat sein breites, stolzes Grinsen auf dem Gesicht. Sein Arm um meiner Taille ist das Einzige, das mich aufrecht hält. Ich will nicht hier sein. Ich will nicht, dass mich all diese Leute ansehen und erwarten, dass ich jemand anderes bin, jemand, der ich früher war. Dass ich jemand bin, an den sie glauben können, jemand, der sie inspiriert, jemand, der es verdient hat, gekrönt zu werden. Aber ich bin niemand. Ich bin nichts. Sie jubeln einer Betrügerin zu, einer Diebin.

Die Ränder des Saals fangen an auszulaufen. Die ganze Farbe verwischt, bis ich nur noch das Leuchten der Weihnachtsbeleuchtung sehe, und dann geht sogar die aus und alles ist schwarz und Wills Arm ist zu locker und mein Kopf ist zu schwer und der Saal ist zu voll und mein letzter Gedanke ist: *Wie ist es möglich, so allein zu sein, wenn doch so viele Menschen im Raum sind?*

Als ich zu mir komme, bemerke ich als Erstes den schwammigen Chor aus „Oh Gott"-Rufen um mich herum. Ich liege auf dem Operationstisch und wache aus der Narkose aus. Mein erster Gedanke ist: *Ich habe überlebt.* Dann Erleichterung. Dann Enttäuschung. Wofür habe ich überlebt?

Aber es sind keine Ärzte, die auf mich herabblicken. Sie tragen keinen Mundschutz. Ein Krankenhaus wäre niemals so beleuchtet. Da ist Will. Da ist Jenica. Man würde sie niemals in einen OP-Saal lassen.

„Du bist geschminkt“, sage ich. Jenica sieht verwirrt und besorgt aus. „Du siehst schön aus.“ Dann fällt eine einzige von Mascara schwarz gefärbte Träne von ihrer Wange auf meine.

„Evie, alles okay?“, fragt Will. Wie oft habe ich ihn das schon sagen hören?

„Sollen wir den Notarzt rufen?“, fragt die Vorsitzende der Schülervertretung. Michelle. Michelle Chang. So heißt sie.

„Nein“, sage ich. Meine Stimme klingt weit entfernt. Sie klappert in meinem Kopf. „Es geht mir gut.“ *Es geht mir gut, es geht mir gut, es geht mir gut.*

Ich setze mich auf. Frau Direktor Landry kommt herbeigeeilt und sorgt sich über juristische Klagen. Ich sehe einen der Aufsichtslehrer. Die Erwachsenen kriechen aus ihren Verstecken. „Mir geht’s gut“, sage ich, bevor sie die Chance haben zu fragen. „Ich glaube, ich bin einfach zu aufgeregt. Mir war schwindelig. Ich habe heute Abend noch nichts gegessen.“

Niemand macht sich die Mühe, sich von mir anhauchen zu lassen. Niemand fragt mich, ob ich irgendwas genommen habe. Wenn jemand anderes auf dem Abschlussball ohnmächtig würde, würde man zuerst Alkohol- oder Drogenkonsum vermuten. Wenn jemand anderes auf den Arc de Triomphe aus Karton fallen würde, würde man sofort die Eltern verständigen, vielleicht sogar die Polizei. Jeder andere würde festgenommen und von der Schule geworfen werden oder zumindest zwangsbeurlaubt. Aber der Krebs macht mich unantastbar. Ich komme mit allem davon.

„Sollen wir deine Eltern anrufen?“, fragt Frau Direktor Landry. Dann beugt sie sich vor und fügt leiser hinzu: „Brauchst du einen Arzt?“

Ich kann mir ein Lachen nicht verkneifen. Ich blicke in die Runde: Fast alle halten sich die Hand vor den Mund und ihre Augen sind vor lauter Sorge weit aufgerissen. Und das alles für ein Mädchen, das zu viel Gras geraucht und zu viel Schnaps auf nüchternen Magen getrunken hat. Was für eine Mitleidsverschwendung. Es würde mich glatt traurig machen – wenn ich aufhören könnte zu lachen.

„Ich verstehe das nicht", sagt Frau Direktor Landry, die arme Frau. „Warum lacht Evie?"

„Ich bringe sie nach Hause, Miss Landry", sagt Will und nimmt meinen Arm. Er und Jenica helfen mir auf die Füße. Auf der Tanzfläche bricht tosender Applaus aus. „Scheiße, ist das euer Ernst?", frage ich. „Was ist nur mit euch allen los?"

„Du kannst froh sein, dass sie dich nicht hören", sagt Jenica.

„Wo ist das Mikrofon? Holt mir ein Mikrofon." Ich will es ihnen sagen. Sie sollen wissen, wie dämlich sie sind.

„Komm schon, Evie", sagt Will, und gemeinsam zerren sie mich von der Bühne.

Wie eine gute Abschlussballkönigin winke ich allen zum Abschied zu. „Bis dann, ihr Trottel!", rufe ich, aber ihr Applaus erstickt meine Beleidigung.

Kasey wartet am Ausgang. Sie hat die Arme verschränkt und funkelt mich wütend an. „Kasey!", sage ich und strecke die Hand nach ihr aus, aber sie schiebt mich weg.

„Diese kleine Performance hat mit Sicherheit Aufmerksamkeit erregt", sagt sie.

„Was hat sie denn?", frage ich meine Begleiter.

„Was *ich* habe?", fragt sie zurück. „Mann, Evie, du bist total durch den Wind. Ich weiß nicht mal mehr, wer du bist."

„Lass uns nach Hause gehen", sagt Jenica sanft, was ihr gar nicht ähnlich sieht. Ich könnte sie für ihre Liebenswürdigkeit küssen.

„Vielleicht könnt ihr zwei ja morgen reden, wenn es Evie besser geht", schlägt Will vor. Mein Retter. Mein Ritter in glänzender Rüstung.

„Nein", widerspricht Kasey. „Es gibt einiges, was ich jetzt sagen will."

„Du bist eifersüchtig, weil du nicht die Abschlussballkönigin geworden bist", sage ich. „Du gibst dir so viel Mühe, beliebt zu sein, aber du wirst niemals mit dem Krebs konkurrieren können." Es sollte eigentlich witzig rüberkommen, aber dann sehe ich den Schmerz in ihrem Gesicht aufblitzen und mir wird klar, dass ich genau das wollte: Ich wollte ihr wehtun.

„Hör auf, Evie", sagt Jenica. „Kasey, sie ist betrunken. Sie weiß nicht, was sie sagt."

„Du bist nicht mehr dieselbe wie früher", sagt Kasey. Sie versucht, stark zu klingen, aber ich sehe, wie ihre Unterlippe zittert. „Du warst immer so positiv. Es hat sich gut angefühlt, mit dir zusammen zu sein. Aber jetzt bist du so, ich weiß nicht, *wütend* oder so. Du bist gemein. Du bist jemand, den ich, glaube ich, nicht mehr mag."

Ich spüre nichts außer der sirupartigen Konsistenz meines Körpers. Ich will mich auf die Übelkeit konzentrieren, die mein leerer Magen hervorruft, damit ich ihre Worte nicht hören muss. „Will, bringst du mich nach Hause, oder was?" Ich befreie mich aus seinem und Jenicas Griff und fange an, in Richtung Parkplatz loszustolpern. „Wo steht dein Auto?", schreie ich in die Nacht. „Wo ist mein Auto?" Ich kann Blicke auf meinem Körper spüren, von Schülern, die draußen etwas Luft schnappen wollten und nicht wussten, dass ihnen so eine Show geboten würde.

Ich kann Kasey weinen hören. Ich weiß, wie sich ihr Weinen anhört. Ich habe es an unseren ruhigen Abenden so oft gehört – als ihr Hund gestorben ist, als sie erfahren hat, dass ihre Eltern sich scheiden lassen, so häufig während der Krebszeit. Aber jetzt ist es anders. Jetzt spende ich ihr keinen Trost. Jetzt bin ich der Grund für ihre Tränen.

„Komm schon, Will!" Wenn ich laut genug schreie, werde ich nicht weinen.

Sobald ich ihn neben mir spüre, sage ich ihm, dass ich nicht reden will – noch ehe er die Gelegenheit hat, den Mund aufzumachen.

„Gut", erwidert er müde.

Auf der Heimfahrt schlafe ich ein und wache in Wills Armen wieder auf, als er mich zur Haustür trägt. Einen Moment lang fühle ich mich geborgen und sicher, aber dann überkommt mich eine Welle der Wut. Wie kann er es wagen, mich einfach auf den Arm zu nehmen? Wie kann er es wagen, mich ungefragt durch die Gegend zu tragen?

„Lass mich runter", sage ich. Aber er hört nicht. Ich winde mich, um mich zu befreien, doch er hält mich umso fester.

Mom und Dad stehen in der offenen Tür, noch bevor wir ankommen. „Jenica hat angerufen", sagt Mom. „Sie sagte, ihr würdet kommen."

„Was ist passiert?", will Dad wissen.

Ich bin so müde. Ich bin zu müde, um wütend zu sein. „Würdest du mich jetzt runterlassen?", sage ich so höflich wie möglich.

Will ist so vorsichtig. Ein Teil von mir will nicht, dass er mich loslässt. Es ist so kalt ohne seine Arme. Als meine Füße den Beton vor den Stufen berühren, will ich wieder in der Luft sein und von jemandem gehalten werden, der stark ist.

Ich sehe nicht hoch. Ich will die Gesichter meiner Eltern nicht sehen. Ich kann mir ihre Enttäuschung vorstellen, und mehr kann ich im Augenblick nicht ertragen. Ich würde nicht damit fertig werden, sie zu sehen. Blind gehe ich zum Badezimmer, ohne mir die Mühe zu machen zu reden. Ich werde Will von den Ereignissen des Abends berichten lassen. Ich bin zu müde, um zu lügen. Ich will nur noch eine Kloschüssel, über die ich mich rüberbeugen kann. Das ist alles, was ich verdiene. Und vielleicht verdiene ich nicht mal das.

Ich erbreche meinen kläglichen Mageninhalt. Ich höre mir dabei zu, wie ich würge und trocken erbreche, um nicht hören zu müssen, wie Will meinen Eltern erzählt, welche Sorgen er sich um mich macht. Ich spüre das Brennen der Magensäure, schmecke das Gift so vieler verschiedener alkoholischer Getränke. Ich rieche, wie sich der schwache Urin- und Reinigungsmittelgeruch der Toilette mit dem meines sauren Mageninhalts vermischt.

Irgendwie fühle ich mich jetzt reiner und zufrieden, da ich mich übergeben habe. Als hätte ich etwas hinter mich gebracht. Nicht wie bei der Chemo, wenn das Erbrechen zu nichts führt, weil es kein Gift aus dem Körper holt. Ich habe mich danach nie besser gefühlt. Es war nur ein Zeichen dafür, dass mein Körper sich selbst zerstörte.

Aber jetzt fühle ich mich ein wenig besser. Leer. Gereinigt. Das kühle, harte Porzellan der Toilettenschüssel unter meinen Armen hat etwas Tröstliches.

Ich höre, wie die Tür quietschend aufgeht. „Du hast Jenicas Kleid zerrissen." Es ist Wills Stimme. Darin schwingt ein harter Unterton mit, den ich noch nie gehört habe. „An der Seite ist ein riesiger Riss."

„Mmmmmhhh." Ich glaube, mehr bringe ich nicht heraus.

Ich fühle, wie mir eine Decke um die Schultern gelegt wird. Er wirft ein Kissen auf den Boden neben mich. „Hier", sagt er. „Das hat mir deine Mutter gegeben. Sie war zu wütend, um selbst reinzukommen."

Mom wütend? Wovon redet er? Mom wird nicht wütend.

Ich hebe den Kopf und öffne die Augen so weit, dass ich seine verschwommene Silhouette in der Tür erkenne. „Kannst du das Licht ausmachen?"

„Sonst noch was?", fragt er, als es dunkel ist.

„Kraulst du mir den Rücken?"

„Mein Gott, Evie", zischt er. „Wie bist du nur so schrecklich geworden?"

Noch nie ist so etwas Gemeines aus seinem Mund gekommen. Noch nie hat er etwas mit so viel Wut und Ekel ausgesprochen.

Ich höre, wie sich die Tür hinter ihm schließt. Ich höre seine Schritte, als er weggeht, zurück in sein eigenes Leben. Ich höre das Stimmengemurmel von ihm und meinen Eltern. Und ich klebe am Fußboden des Badezimmers fest und zittere unter der Decke, die ich eigentlich auch nicht verdient habe.

WENN.

Liebe Stella,

ich bin durch mit der Schule, und ich bin durch mit dieser Familie. Ich bin durch mit Will und Kasey und den Leuten vom Mittagstisch. Ich bin durch mit besorgten Lehrern und Hausaufgaben und Klausuren und Gedanken über meine Zukunft. Ich bin durch damit, mich darum zu sorgen, ob ich sitzenbleibe. Es interessiert mich einen Dreck, was die anderen über mich denken. Alles interessiert mich nur noch einen Dreck.

Es ist mir egal, ob ich Schwierigkeiten bekomme, ob ich Hausarrest kriege, ob Dad mich so ansieht, als sei ich die größte Enttäuschung seines Lebens, ob er mir vor Mom und Jenica eine Ohrfeige gibt und ob Mom nun doch zu dem Punkt gelangt ist, dass sie mich nicht mehr ertragen kann, dass sie nichts sagt, mich nicht mal verteidigt. Sie, die einzige Verbündete, die ich in dieser Familie noch zu haben glaubte. Der Stachel sitzt tief. Er bohrt sich durch meine Haut, meine Knochen, mein Blut, mein Herz und friert jegliche Liebe ein, die noch in mir war, bis sie so kalt wird, dass sie in Millionen Stücke zerbricht. Es gibt keine Schrauben, keine Titaniumplatten, keine schlauen Ärzte, die diesen Bruch reparieren könnten. Es gibt nur mich und meine Wut und das Eis in meinen Venen, nur die Menschen, die ich früher geliebt habe und die sich jetzt anschreien, weil sie sich uneinig sind, wie sie mich am besten bestrafen können. Weil ich so geworden bin, hat sich meine Familie in ein Ungeheuer verwandelt. Ihre Liebenswürdigkeit ist unheimlich geworden, ihre Liebe ranzig.

Ich gehöre zu dieser Art von Mädchen, die es verdient hat, von ihrem Vater geohrfeigt zu werden. Ich gehöre zu der Art von Mädchen, die es verdient hat, auf dem Badezimmerfußboden zu schlafen und von Jenicas Pantoffel geweckt zu wer-

den – obwohl es eigentlich ein Stock oder ein Schwert oder ein Messer oder ein Gewehr hätte sein müssen. Ich hätte aufwachen und echten Schmerz spüren sollen, echte Strafe. Irgendwas, das schlimmer ist, als bis in alle Ewigkeit Hausarrest zu kriegen. Irgendwas, das schlimmer als ein Kater ist. Irgendwas, das schlimmer ist, als einen Sonntag in der Behaglichkeit meines Zimmers zu verbringen. Ich verdiene etwas Härteres, etwas Harscheres. Ich verdiene etwas Grausames, das Spuren hinterlässt, die sich nicht mehr wegwischen lassen. Genau wie der Schaden, den ich angerichtet habe, sich nicht wiedergutmachen lässt. Die Brücken, die ich abgebrannt habe, nie wieder aufgebaut werden können. Die Liebe, die ich zerkaut, ausgespuckt und im Matsch zertreten habe, nie wieder gereinigt und repariert werden kann.

Es geht mir schlecht. Oh Gott, und wie schlecht es mir geht. Aber ich weiß: Für all das Leid, das ich verbreitet habe, hätte ich verdient, dass es mir noch schlechter geht. Ich bin ansteckend. Jedem, der mir zu nahe kommt, geht es schlecht. Ich habe meine Familie krank gemacht. Und dich, Stella. Dich habe ich von allen am kränksten gemacht.

Ich werde nicht wieder in die Schule gehen. Nach allem, was gestern Abend passiert ist, kann ich den Leuten dort nicht mehr unter die Augen treten. Ich werde niemals den armen Caleb im Krankenhaus besuchen. Ich werde nicht zulassen, dass er denkt, ich sei seiner Zuwendung würdig. Ich tue Will und Kasey den Gefallen, sie nicht um Vergebung zu bitten, sie nicht zu bitten, mir noch eine Chance zu geben. Ich tue allen einen Gefallen damit, wenn ich aus ihrem Leben verschwinde.

Sie sind meine Vergangenheit. Sie sind vorher, gestern, hinter mir, weg. Die Zukunft ist ein vages „Vielleicht", das nur zufällig passiert. Es ist nichts, worauf ich mich verlassen kann.

Es gibt nur das Jetzt, nur diesen Moment. Es gibt nur mich und Marcus. Er ist alles, was ich noch habe. Er ist die einzige

Person, die zählt. Ohne ihn gibt es nichts, bin ich nichts, bestehe ich nur aus Narben und Vergangenheit. Ohne ihn verdampfe ich, zerfalle ich zu Staub.

Dieses Zimmer, dieses Gefängnis kann mich nicht festhalten. Das Fenster ist offen und der Boden ist nicht tief. Es ist Nacht, ich bin ein Bandit und Marcus wartet am Ende der Straße mit laufendem Motor auf mich, und er hat keine Ahnung, was ich zurücklasse.

In Liebe,
Evie

30. KAPITEL

Als ich in Marcus' Auto hüpfe, hellt sich die Dunkelheit in mir sofort auf, aber selbst sein Kuss kann meine Kopfschmerzen und meinen Kater nicht wegzaubern. Ich brauche etwas Stärkeres.

An der Stelle, wo Dad mich geohrfeigt hat, sticht es noch immer in meinem Kiefer, doch das kann ich jetzt vergessen. Ich kann es in diesem Haus zurücklassen, wo es mit dem restlichen Familiendrama verfaulen soll. Ich muss es nicht mitnehmen. In einer Welt mit Marcus kann ich damit nichts anfangen. Er muss es nicht wissen. Es muss unsere Vollkommenheit nicht zerstören.

„Alles in Ordnung?", fragt Marcus, als er vom Bordstein wegfährt.

„Ja, mir geht's super", antworte ich und bemühe mich, so fröhlich wie möglich zu klingen. „Warum fragst du?"

„Weil du irgendwie müde aussiehst."

„Hat dir niemand beigebracht, dass man das einer Frau niemals sagt?"

„Ach so, tut mir leid." Er lacht. „Aber es stimmt. Du siehst müde aus."

„Mir geht's gut. Bin nur etwas verkatert."

„Was hast du gestern Abend gemacht?" Obwohl ich weiß, dass nichts Böses hinter seiner Neugier steckt, fühle ich mich nackt und ausgeliefert, als hätte er irgendwie schon Wind davon bekommen, wie idiotisch ich mich benommen habe.

„Nur mit ein paar alten Freunden abgehangen", antworte ich. „Nichts Besonderes. Ich wäre lieber mit dir zusammen gewesen."

„Ja." Er lächelt und sieht mir tief in die Augen. „Ich auch mit dir."

„Hey, guck auf die Straße!", sage ich, als wir leicht von der Spur abkommen und beinahe ein parkendes Auto streifen.

„Du bist so schön, dass ich einfach nicht woanders hingucken kann."

„Schon klar. Wohin fahren wir eigentlich?"

„Wirst du schon sehen. Willst du wissen, was ich gestern Abend gemacht habe?"

Seltsamerweise nicht. Genauso, wie ich nicht will, dass mein anderes Leben unsere Welt infiziert, will ich auch nicht, dass seins es tut.

„Ich habe mich zugedröhnt, im Taco Bell was gegessen und meinen Freunden Dan und Edwin beim Videozocken zugeguckt."

„Wow. Klingt ja spannend."

„Jep. Wir wissen eben, wie man Party macht."

„Ich kann nicht glauben, dass du lieber das gemacht hast, als mit mir abzuhängen."

„Ich weiß. Es ist erbärmlich. Aber ich habe die ganze Zeit an dich gedacht. Ich musste andauernd von dir reden."

„Ach ja? Was hast du ihnen denn erzählt?"

„Ich habe ihnen gesagt, wie klug, witzig und hübsch du bist. Dass ich noch nie jemandem wie dir begegnet bin. Dass ich mich lebendiger fühle, wenn wir zusammen sind. Dass ich weiß, dass du mich wirklich siehst, wenn du mich anguckst."

In meiner Brust flattern Schmetterlinge umher. Ich bin so glücklich, dass es mich nicht kümmert, dass wir gerade durch den Teil von Oakland fahren, wo zugenagelte Häuser mit Graffiti übersät sind, in deren Eingängen dunkle, verhuschte Gestalten kauern. „Das hast du ihnen alles gesagt?", frage ich.

„Na ja, vielleicht nicht in diesem Wortlaut. Ich musste es in Jungssprache übersetzen, damit sie es verstehen. Aber sie wissen, dass ich verrückt nach dir bin."

„Das ist gut. Weil ich nämlich auch verrückt nach dir bin."

„Schön, dass wir uns darin einig sind." Er grinst.

Ich gucke aus dem Fenster, und endlich weiß ich, wo wir sind – in West Oakland, bei der Brücke. Wir fahren an Spirituosenläden und an der BART-Station vorbei in einen Teil der Stadt, in dem keine Menschen leben, wo die Straßen leer sind – abgesehen von ein paar parkenden Sattelschleppern ohne Anhänger. Wir passieren einen runtergekommenen Campingbus, der aussieht, als würde er nur noch mit Isolierband zusammengehalten werden. Unter den Kartonteilen, mit denen die Fenster abgedeckt sind, lugt Licht hervor und deutet auf Leben im Innenraum hin. Davon abgesehen sind nirgendwo Leute zu sehen.

„Mann, ist das hier im Dunkeln unheimlich", sage ich.

„Mir gefällt's. Es ist friedlich."

„Es ist gruselig. Moment, warum wirst du langsamer?"

„Weil wir da sind", sagt er. Unser Auto ist das einzige, das an der Straße steht, von einem ausgebrannten Metallskelett ohne Räder, das einige Hundert Meter entfernt steht, mal abgesehen.

„Wo? Hier ist nichts."

„Kommt es dir nicht bekannt vor?"

„Doch, es kommt mir bekannt vor. Wir sind bei der Brücke."

„Genau."

„Ich bin verwirrt."

„Vertrau mir einfach." Er küsst mich flüchtig auf die Wange. Dann steigt er aus und zieht einen großen Trekkingrucksack von der Rückbank. Er öffnet die Tür auf meiner Seite und reicht mir die Hand. „Madam?"

„Gehen wir wandern?"

„Jep", antwortet er und geht los. Ich schließe meine Tür und folge ihm zur Brücke.

Nach einigen Minuten biegen wir nach links ab und gehen die Straße entlang, die zum Parkplatz des Bay-Bridge-Pfades führt. Ein heruntergelassenes Tor soll verhindern, dass Autos darauf fahren, aber wir umgehen es einfach.

„Erkennst du es jetzt?", fragt Marcus. Er nimmt meine Hand, und wir gehen schweigend in den Tunnel, in dem wir uns das erste Mal begegnet sind.

Zum Glück funktionieren die Lichter im Tunnel jetzt wieder. Ansonsten hätte ich vermutlich nicht den Mut gefasst, Marcus die

Treppe hinunterzufolgen, auch nicht nach dem großen Schluck Wodka, den ich aus der Flasche nehme, die wir uns teilen. Der Tunnel wird von dem kranken blauen Licht fluoreszierender Glühbirnen beleuchtet. Ich kann sie in der Stille des Betons surren hören.

„Seltsam, dass hier keine Obdachlosen sind“, sage ich in der Hoffnung, dass mir der Klang meiner eigenen Stimme ein wenig die Angst nimmt. „Das wäre doch der perfekte Ort zum Schlafen.“

„Hier sind überall Kameras“, erklärt Marcus. „Und jede Nacht kommen mehrmals die Bullen hier lang. Wenn irgendjemand versuchen würde, hier zu übernachten, würde man ihn sofort rausschmeißen.“

„Und was schützt uns davor, erwischt zu werden?“

Er dreht sich zu mir um und lächelt. „Glück.“

Nach einigen Hundert Metern führt eine Treppe zu dem Verwaltungsgebäude hinauf, das auf seiner eigenen kleinen Insel zwischen den nach Osten und den nach Westen führenden Spuren des Freeways hockt. Wir gehen um das Gebäude herum, während der spätabendliche Verkehr an uns vorbeirauscht. Auf der anderen Seite befindet sich eine weitere Treppe, die unter die andere Hälfte des Freeways führt. Wir betreten einen weiteren langen weißen Tunnel, aber hier ist die Decke viel niedriger und an den Seiten führen immerzu kleine Treppen nach oben. „So kommen die Bediensteten der Mautstellen zu ihren Arbeitsplätzen“, sagt Marcus. Neben der ersten Treppe steht in Schablonenschrift: SPUREN 1 & 2, an der danach SPUREN 3 & 4 und immer so weiter. Das Geräusch der Autobahn ist hier viel lauter als in dem anderen Tunnel. Ich höre das Wummern eines Autoradios, in dem irgendein spanischer Song läuft. Es ist eine komische Vorstellung, dass Menschen auf dem Weg zur Arbeit hier durchmüssen, dann ein paar Stufen hinaufgehen und schließlich mitten auf einem Freeway aus dem Boden auftauchen, sich in eine Kabine setzen und den ganzen Tag Autoabgase einatmen. Aber ist das Leben der anderen wirklich so anders? Die meisten Menschen verbringen ihr Leben doch in irgendeiner Kabine. Bei den meisten Menschen ist das Leben doch irgendwie giftig.

Ich weiß nicht, warum, aber es scheint angemessen, ruhig zu sein, als erfordere dieser Ort eine gewisse Ehrfurcht. Es ist so leer, so still. Im Gegensatz zum Rest von Oakland, der dauernd von einer Lage aus zerknüllten braunen Papiertüten und Zigarettenstummeln bedeckt zu sein scheint, ist es hier unten seltsam sauber. Es ist, als hätten wir diesen Ort entdeckt. Als hätten bislang nur unsere Augen ihn gesehen.

Wir gehen an diversen Treppenaufgängen vorbei, bis wir das Tunnelende erreichen und mit ihm die allerletzte Treppe. Daneben steht: BUSHALTESTELLE. Wir erklimmen die Stufen hinauf zu einer winzigen vereinsamten Plattform am Rande des Freeways, von der aus man alle Mautstellen und Fahrspuren überblicken kann. Ein AUSSER-BETRIEB-Aufkleber klebt über einem verblassten AC-TRANSIT-Zeichen.

„Das ist echt schräg“, sage ich. „Wer steigt hier schon in einen Bus?“

„Anscheinend niemand.“

„Und jetzt?“, frage ich. Ein kurzer Eisenzaun trennt uns von einer Dunkelheit, in der vermutlich die Salzwiesen von Emeryville liegen. Nicht allzu weit von uns entfernt blinken Funktürme oder Mobilfunkmaste. Wenn wir nicht über den Zaun klettern, gibt es nur den Weg zurück.

„Du weißt, was zu tun ist“, sagt Marcus grinsend, während er seinen Rucksack abstellt.

„Wovon redest du?“ Doch in dem Moment, als ich es sage, kenne ich die Antwort bereits. „Auf keinen Fall. Bist du verrückt?“

„Ist doch nur ein kleiner Zaun. Du musst nicht mal klettern. Spring einfach rüber.“

„Ja, aber dann sind es mindestens zweieinhalb, drei Meter bis zum Boden.“

„Das ist doch nichts. Stirbst du nicht vor Neugier, was auf der anderen Seite ist?“

Was auch immer es ist, es ist wahrscheinlich besser, als sich umzudrehen und sich eine Niederlage einzugestehen. Und es ist definitiv besser, als nach Hause zu gehen.

„Was ist das nur mit dir und den Zäunen?“, sage ich, als ich die Hände um das kalte Metall lege.

„Ich gehe einfach gern an verbotene Orte.“ Er wirft seinen Rucksack über den Zaun, springt hinterher und landet perfekt auf beiden Füßen auf dem Boden unter mir.

Ich atme tief ein und springe. Ich spüre, wie der Fuß meines gesunden Beins auf dem Boden aufkommt, und einen Moment lang glaube ich, es genauso anmutig wie Marcus geschafft zu haben – doch mein anderer Fuß verpasst irgendwie das richtige Timing und ich stolpere. Ich verliere das Gleichgewicht und falle auf Hände und Knie.

„Ach du Scheiße!“, schreit Marcus. „Alles klar?“

Ich denke kurz nach. Ich weiß noch nicht. Irgendetwas tut weh, aber ich kann es nicht richtig einordnen. Könnte eine Schürfwunde sein. Aber auch was Schlimmeres.

Ich spüre Marcus’ Hände auf dem Körper, wie sie mich abtasten. „Evie.“ Seine Stimme ist ganz schwer vor Sorge. „Ach, Evie.“

„Autsch“, sage ich. Dann rolle ich mich auf den Hintern und fange an zu lachen.

„Kannst du deine Beine bewegen?“

Ich trete mehrmals vorsichtig in die Luft und nichts Schlimmes passiert. Allerdings sind meine Knie durch die Landung aufgeschürft und morgen werde ich bestimmt ein paar blaue Flecken haben. Meine Handflächen sind mit Blut und Schotter verschmiert, aber es sieht viel schlimmer aus, als es tatsächlich ist.

„Fuck“, sagt Marcus und hält meine Hand. „Ich bin so ein Idiot. Es tut mir total leid.“

„Ist nicht so schlimm. Nichts, was ein bisschen Wodka nicht richten könnte." Ich wische mir die Hände an der Hose ab und stehe auf. Marcus zieht die Flasche aus seiner Tasche und reicht sie mir. Ich nehme einen großen Schluck, dann gieße ich ein bisschen zum Desinfizieren über meine Hände und das Brennen sagt mir, dass alles wieder gut wird.

„Wirst du mir jemals verzeihen?", fragt Marcus und klopft mir den Schmutz aus der Kleidung. Ich ziehe ihn an mich und küsse ihn zur Antwort.

„Ich habe nichts kaputt gemacht?", fragt er leise, als wir Luft holen.

„Findest du, ich sehe kaputt aus?"

„Du siehst wunderschön aus."

„Und was jetzt?"

„Wir sind fast da." Er setzt den Rucksack auf und nimmt meine Hand. „Kannst du gehen?" Der Boden fühlt sich stabil an, sogar gepflastert.

„Ist das eine Straße?", frage ich.

„So was Ähnliches, ja."

Wir gehen los, der Freeway erhebt sich zu unserer Linken. Dann führt Marcus mich nach rechts, und die Straße wird durch eine Mischung aus Sand und Felsen ersetzt. Je weiter wir uns von der Autobahn entfernen, desto mehr gewöhnen sich meine Augen an die Dunkelheit, und ich sehe die düsteren Umrisse der Wellen, die auf einen sandigen Strand schwappen, eine Grenze aus Treibholz und Strandhafer, dann mindestens eine Meile Dunkelheit über dem Marschland, bis es den festen Boden der Stadt erreicht.

„Wo sind wir hier?", frage ich.

„An unserem eigenen Privatstrand."

Er führt mich an eine Stelle am anderen Ende des Strandes, an die das Licht der Autobahn nicht heranreicht. Ich drehe mich um und sehe es in der Ferne funkeln – die schnellen Lichter des Verkehrs und die majestätischen Spannseile der Bay Bridge, die in die berühmte Skyline San Franciscos mündet.

Marcus öffnet seinen Rucksack, holt einige Decken heraus und breitet sie auf dem steinigen Sand aus. Er nimmt ein paar Snacks aus einer zerknitterten Einkaufstüte.

„Nimm Platz, meine Liebe.“ Er reicht mir die Wodkaflasche. „Möchtest du mit mir campen?“

„Was hast du sonst noch dabei?“, kommt aus meinem Mund. Kein „Danke“. Kein „Wow“. Weil das Erste, was ich denke, ist: *Was, wenn der Wodka nicht reicht?*

„Was meinst du?“

„Egal. Es ist schön hier. So romantisch.“ Dann: „Hast du deine Pfeife dabei? Willst du was rauchen?“

„Klar“, antwortet er, und ich meine, eine Spur von Traurigkeit in seiner Stimme zu hören.

„Hast du auch ein paar von diesen Pilzen mit?“

„Die sollte man nicht zu oft essen. Das kann einen verrückt machen.“

„Aber du hast noch welche übrig?“

„Nein. Wir haben sie neulich Abend alle gegessen.“

„Das sollten wir bald noch mal machen“, sage ich. „Kannst du eigentlich ein bisschen Ecstasy besorgen? Das möchte ich total gerne mal probieren.“ Was ist los mit mir?

Eine Weile sitzen wir schweigend nebeneinander. Von hier aus sieht die hell erleuchtete Brücke beinahe fröhlich aus, wie ein Jahrmarkt. Eine digitale Reklametafel wechselt alle zehn Sekunden die Werbung. Unsere Augen kleben daran fest, als säßen wir in einem Wohnzimmer auf einem Sofa und würden fernsehen.

Dieser Abend sollte magisch werden, aber ich habe es nicht zugelassen.

Marcus reicht mir die Pfeife und das Feuerzeug, und ich ziehe fest daran. Ich gebe ihm beides zurück und verspreche mir im Stillen, netter zu sein. Wir reichen die Pfeife noch ein paar Mal hin und her, dann nehme ich seine Hand. So sitzen wir eine Weile da und sehen dem Verkehr auf der Brücke zu. Wohin fahren diese Leute so spät am Sonntagabend?

Ich frage mich, was meine Familie gerade macht. Inzwischen müssten sie bemerkt haben, dass ich weg bin. Ich könnte nachsehen, ob sie mir eine Nachricht auf dem Telefon hinterlassen haben. Ich könnte ihnen wenigstens selbst eine Nachricht schicken und sie wissen lassen, dass es mir gut geht. Aber ich mache es nicht. Ich übergebe sie der Sorge. Dann können sie sich an das Gefühl gewöhnen, wenn ich nicht mehr da bin.

„Warum sprichst du nie von deinem Leben?“, fragt Marcus und zerreißt die schwere Stille, die zwischen uns liegt. „Erzähl mir mehr von dem Krebs.“

„Nein.“ Ich höre die Schärfe in meiner Stimme, und ich weiß, dass er sie auch gehört hat. Ich greife nach der Wodkaflasche und nehme einen großen Schluck, spüre das Brennen in meiner Kehle, in meiner Brust. Spüre, wie es meine Angst vor seiner Frage ausradiert.

„Aber neulich Abend, auf dem Friedhof. Ich weiß, dass es dich viel Überwindung gekostet hat, mir davon zu erzählen. Ich will verstehen, was du durchgemacht hast.“

Ich will nicht reden. Ich will nicht, dass Marcus es versteht. Ich will ihn nicht in diesen Teil meiner Vergangenheit lassen. Er soll nur *jetzt* existieren, hier, in meiner Gegenwart. Er soll sich darin so sehr ausbreiten, dass er die Vergangenheit verdrängt.

„Ich weiß überhaupt nichts über deine Freunde oder deine Schule oder deine Familie“, fügt er hinzu.

„Sie sind uninteressant.“

„Ich interessiere mich dafür.“

„Meine Eltern sind langweilig. Meine Schwester ist nervig. Schule ist langweilig und nervig.“

„Komm schon“, bettelt er. „Erzähl mir was Richtiges.“

Irgendwas in seiner Stimme berührt mich, und ich lasse meine Deckung fallen. Was Richtiges. Er will was Richtiges. Ist das nicht genau das, was ich auch will? Ist das nicht einer der Gründe, warum ich ihn liebe? Weil ich mich nicht verstecken muss, weil ich zulassen kann, dass er mich sieht? Er ist es doch, den ich hereinlassen soll. Er ist der Einzige.

„Na gut“, sage ich. „Du bist der einzige Mensch auf der Welt, der mich nicht hasst. Ich enttäusche alle. Das ist was Richtiges.“

„Warum meinst du, enttäuschst du alle?“

„Weil ich nicht diejenige bin, die ich ihrer Meinung nach sein soll. Seitdem ich aus dem Krankenhaus entlassen wurde, baue ich anscheinend nur noch Mist.“ Ich bemerke meine undeutliche Aussprache. Der Wodka macht seinen Job. „Aber genau das ist es ja“, fahre ich fort. „Genau das passiert, wenn man jemanden liebt, oder? Man findet heraus, dass er nicht so ist, wie man dachte. Entweder das oder er verlässt dich. Läuft aufs Gleiche hinaus.“

„Das haben die Leute dir angetan?“

„Glaub schon.“

„Und deshalb tust du ihnen das an?“

„Ich habe keine Wahl. Ich bin nicht mehr die Person, die sie lieben.“ Die Traurigkeit kommt wieder angeschlichen. Ich bin den Tränen nahe. Der Wodka hat überhaupt nichts in Ordnung gebracht.

„Aber versuchen sie nicht, dich so zu lieben, wie du jetzt bist?“

„Ich weiß es nicht.“ Wenn er überhaupt etwas bewirkt, macht der Wodka die Traurigkeit nur noch schlimmer.

„Also, ich kenne dich. Ich weiß, dass du umwerfend bist. Und ich bin mir ziemlich sicher, dass sie das auch denken würden, wenn du ihnen eine Chance geben würdest.“

„Und was, wenn nicht?“ Und da fange ich an zu weinen. Große, dicke, erbärmliche Tränen laufen mir übers Gesicht. Was ist mit der taffen Evie passiert? Was ist mit der Evie passiert, die sich nicht darum schert, was die anderen denken? „Was ist, wenn sie mich kennenlernen und mich dann immer noch hassen?“, frage ich schluchzend.

„Warum sollten sie dich hassen?" Sein liebenswürdiger Blick lässt mich umso heftiger weinen.

„Weil ich mich hasse", sage ich, und meine Stimme trieft nur so vor Ekel. Ich verstehe nicht, warum Marcus mich in den Arm nimmt. Ich weiß nicht, wie er es in meiner Nähe aushält, wie er es aushält, mich zu berühren.

„Du musst zulassen, dass die Leute dich lieben", sagt er. „Du musst ihnen wenigstens eine Chance geben."

Es sollte romantisch werden. Aber ich habe alles ruiniert, indem ich mit diesem Dreck angefangen und mich in dieses heulende, wimmernde, besoffene Stück verwandelt habe.

„Das ist Vergangenheit", sage ich und lächele breit genug, um einen Schlussstrich unter das Thema zu ziehen. Ich zwinge meine Tränen zu trocknen. „Ich will mich auf das Jetzt konzentrieren. Auf das Hier und Jetzt mit dir."

Ich beuge mich zu ihm vor, sodass sein Gesicht alles ist, was ich sehen kann. Ich küsse ihn, bis ich sicher bin, dass er nicht mehr reden will, bis sein Körper das Ruder übernimmt und ich um die Unterhaltung herumgekommen bin. Unsere Küsse vertreiben die Vergangenheit. Ich lege meine Hand auf seinen Gürtel und wir beide vergessen.

Ich lasse die Augen auf, als wir miteinander schlafen. Ich gucke in den Nachthimmel, der durch die vielen Lichter der Stadt gesättigt und matt ist. Es gibt ein paar helle Sterne, aber nicht viele. Nur das Licht der stärksten und hellsten dringt zu uns durch. Ich weiß, dass es dort oben noch so viel mehr gibt, unendlich viele, aber wir können sie nicht sehen. Sie sind Lichtjahre entfernt, glühen sich das Herz aus dem Leib, aber wir sind hier unten so zusammengepfercht und viel zu beschäftigt, um es zu bemerken. Fast tut es mir leid, doch dann berührt Marcus eine Stelle in mir, und meine Augen gehen ganz von alleine zu. Der Himmel ist vergessen. Endlich bin ich wirklich hier, wirklich bei ihm, und meine Gedanken hören auf umherzuirren, hören auf, andere Dinge zu wollen, und ich will nur ihn, ich will nur das Jetzt, und mein Körper fühlt endlich alles, was er fühlen will.

Danach liegen wir warm eingewickelt in Marcus' Decken. „Lass uns zusammen abhauen", sage ich.

„Okay", antwortet er schläfrig. Er weiß nicht, dass ich es ernst meine.

Das weiße Rauschen des Verkehrs lullt uns ein, bis wir schlafen. Wir sind in den Armen des anderen verknotet, schaukeln den nach Meer duftenden Körper, den wir erschaffen haben.

Vielleicht fühlt sich Freiheit genau so an: Man errichtet ein Bett zwischen zwei Treibholzteilen und ist nach allen Seiten von der Außenwelt abgeschirmt – außer nach oben. Der Himmel ist der Einzige, der uns sehen kann, und niemand weiß, wo wir sind. Wir können vergessen. Wir können vergessen werden. Vielleicht fühlt es sich genau so an, wenn man eine winzige Schlacht gegen die Welt gewinnt.

31. KAPITEL

Ich wache mit einer Hundenase im Gesicht auf. Ich schiebe den Hund weg, und er schnüffelt um uns herum und pinkelt mir direkt vor die Füße. Nach einer Nacht mit flachem, unruhigem Schlaf, den wir zu viel Alkohol und unserem Bodenschlaflager zu verdanken habe, fühlt sich mein Kopf an wie in Watte gepackt.

Welchen Zauber wir in der vergangenen Nacht auch heraufbeschworen haben, er ist definitiv verflogen.

Die Sonne ist zu hell. Die Luft ist schwer von der salzigen Fäulnis eines dreckigen Strandes. Ich betrachte den Sand um uns herum. Er ist übersät mit verrottendem Seegras, Fliegen, Zigarettenstummeln, Bierdosen, Plastikflaschen, Glasscherben und nicht identifizierbarem anderem Müll – und nichts davon habe ich in der Dunkelheit der letzten Nacht bemerkt. Ich höre Stimmen, und als ich aufsehe, entdecke ich in einigen Hundert Metern Entfernung eine Gruppe Männer in Neoprenanzügen, die ihre Kiteboards fertig machen. Die Hunde laufen den Strand hoch und runter, ihr Bellen klappert in meinem empfindlichen Kopf, in dem ich nun schon den zweiten Tag in Folge einen Kater spüre. Die Stille der vergangenen Nacht wurde durch heulenden Wind ersetzt.

Das hier ist kein romantischer Privatstrand. Das hier ist ein Ort von der Sorte, an dem Verbrecher tote Körper entsorgen.

„Hi", sagt Marcus, als er sich neben mir aufsetzt.

„Wir haben Besuch", erwidere ich.

„Uups." Er beugt sich zu mir rüber, um mich zu küssen. Beim Geruch seines Morgenatems dreht sich mir der Magen um.

Der Strand endet an einer Straße, die parallel zum Freeway verläuft. In der Nähe der verlassenen Bushaltestelle, an der wir über den Zaun geklettert sind und ich mir die Hände aufgeschürft habe, sehe ich zwei geparkte Trucks.

„Wir hätten auch herfahren können", sage ich. Mein Körper brennt förmlich vor Überraschung darüber, dass ich so kurz nach dem Aufwachen schon so wütend sein kann. „Wir hätten in Bubbles schlafen können. Warum haben wir das nicht gemacht?"

„Ein parkendes Auto hätte uns verraten. Man hätte uns erwischt." Er legt den Arm um mich. „Außerdem: War es nicht viel lustiger, unseren Weg zu nehmen? Es war doch cool, dorthin zurückzugehen, wo wir uns zum ersten Mal begegnet sind."

„Es war dumm, Marcus. Deinetwegen habe ich auf dem Boden geschlafen wie ein beschissener Penner."

Marcus zieht den Arm zurück, als hätte ich ihn geschlagen. Beim Anblick seines verletzten, erschrockenen Gesichtsausdrucks würde ich am liebsten Glas essen. „Mist, tut mir leid. Es tut mir so leid. Das war echt gemein. Ich bin einfach nur so verkatert. Dann werde ich immer zu einem Riesenarsch."

„Stimmt", sagt er, ohne mich anzusehen. „Das bist du."

„Hey." Ich ziehe ihn an mich. „Es tut mir leid. Die letzte Nacht war wunderschön. Danke. Und entschuldige, dass ich so rumgeheult habe. Anscheinend hat Alkohol eine ziemlich unvorhersehbare Wirkung auf mich."

Er sieht mir in die Augen und lächelt nur mit einem Mundwinkel, als ob er noch darüber nachdenkt, ob er mir verzeihen soll. „Soll ich dich an der Schule rausassen?", fragt er. „Es ist kurz nach neun. Ich hoffe, du hast nicht zu viel verpasst."

„Haha", mache ich, weil ich annehme, dass er einen Witz macht. Aber als ich ihn ansehe, werde ich eines Besseren belehrt.

„Ich muss nach Hause und duschen, damit ich es rechtzeitig zu meinen Nachmittagskursen in die Schule schaffe", sagt er total ernst.

„Du gehst heute noch zur Schule?"

„Meine Morgenkurse sind montags für'n Arsch, aber später habe ich Integralrechnung und meinen AP-Kurs in Amerikanischer Geschichte, und die darf ich nicht verpassen."

AP-Kurs in Amerikanischer Geschichte? Wer ist dieser Kerl?

„Hallo?", sagt er und starrt mich an. „Evie? Jemand zu Hause?"

„Ja. Ich meine, nein. Setz mich nicht an der Schule ab."

„Dann also zu Hause?"

Das sind meine einzigen beiden Optionen, nicht wahr? Wohin sollte ich sonst gehen? Mir ist schlecht, ich bin erschöpft und ich muss schlafen, und der einzige Ort, der nichts kostet und mir gehört, ist mein Bett in meinem Zimmer im Haus meiner Eltern. Ich kann mit ihnen noch nicht durch sein. Sosehr ich mich dafür auch hasse, sosehr sie mich auch nerven, ich gehöre immer noch ihnen. Sie besitzen mich noch immer.

„Okay", sage ich, „bring mich nach Hause."

„Hey. Alles okay? Du wirkst so verärgert. Warum?"

„Entschuldige. Ich will mich jetzt einfach nur nicht mit meinen Eltern auseinandersetzen."

Es ist nach zehn, als Marcus mich vor meinem Haus absetzt. Wir schaffen es, die Dinge zwischen uns so weit zusammenzuflicken, dass ich ziemlich sicher sein kann, dass er nicht sauer auf mich ist, aber ich weiß, dass er sich jetzt Sorgen macht – so wie alle anderen. Eigentlich sollte er die eine Person sein, auf die ich zählen kann, die eine Person, mit der ich frei sein kann. Aber nun stellt sich heraus, dass er zum Teil dieselben Ängste und Erwartungen hat wie alle anderen. Ich weiß nicht, was ich davon halten soll. Ich weiß nicht, was ich fühlen soll. Ich weiß nur, dass ich erst mal lange schlafen muss, und zwar so schnell wie möglich.

Mom kommt aus der Küche gestürmt, als ich durch die Tür komme. „Was zum Teufel hast du dir dabei gedacht?", fragt sie.

„Ich bin müde, Mom. Kann ich ein paar Stunden schlafen und wir reden darüber, wenn ich wieder wach bin?"

„Nicht bevor du mir sagst, wo du warst."

„Ich war bei einer Freundin zu Hause. Du kennst sie nicht." Ich kann ihr nicht in die Augen sehen. „Ich war durcheinander."

„Du bist aus deinem Zimmerfenster geklettert. Du bist die ganze Nacht nicht an dein Handy gegangen. Du hast nicht mal eine Nachricht hinterlassen. Hast du überhaupt eine Ahnung, was für Sorgen wir uns gemacht haben?“

„Es tut mir leid.“

„Und heute Morgen hast du auch noch deinen Termin mit Dr. Jacobs verpasst.“

„Den habe ich ganz vergessen.“

„Verdammt noch mal, das hier ist kein Spiel. Du kannst nicht einfach so mit deinem Leben spielen.“

„Wo ist Dad?“

„Bei der Arbeit. Nachdem er die ganze Nacht kein Auge zugemacht hat.“

Ich sehe auf den Boden. Ich habe nichts zu sagen. Er hat mich geschlagen. Es ist schwer, mich schlecht zu fühlen, weil ich ihn beunruhigt habe.

Mom seufzt und macht ein paar Schritte auf mich zu. „Er hat einen Fehler gemacht. Es tut ihm leid. Er war so wütend. Er hatte solche Angst.“

„Angst? Wovor?“

„Wir haben dich schon einmal fast verloren“, sagt sie sanft. „Wir wollen dich nicht noch mal verlieren.“

Ich fühle mich wackelig. Als würde ich zu Krümeln zerfallen, wenn mich jemand anpusten würde. Ich denke über das Gespräch nach, das Marcus und ich letzte Nacht geführt haben. Darüber, meinen Eltern eine Chance zu geben und sie wissen zu lassen, wer ich jetzt bin. Vielleicht könnten sie die neue Evie lieben. Aber vielleicht auch nicht. Ich habe für so viel Chaos gesorgt, dass ich nicht mal weiß, wo ich mit dem Aufräumen anfangen soll. Ich weiß nicht mal, ob es möglich ist.

„Geh ins Bett“, sagt Mom. Ich kämpfe das Bedürfnis nieder, ihr um den Hals zu fallen, mich an sie zu kuscheln und ihr alles zu sagen.

„Wir reden später, wenn dein Vater nach Hause kommt. Diesmal wird es Konsequenzen geben, Evie.“

„Okay“, sage ich. Ich gehe in mein Zimmer, schließe die Tür und falle in mein Bett und in einen bleiernen, einsamen Schlaf.

32. KAPITEL

Die Uhr zeigt 17:12. Die Nachmittagssonne lugt unter den Vorhängen hervor und wirft einen Streifen auf meine Hand. Ich ziehe sie weg, zurück in die Sicherheit des Schattens.

Ich kann hier nicht ewig liegen. Irgendwann muss ich meinem Vater gegenübertreten. Ich kann es genauso gut sofort hinter mich bringen.

Ich ziehe saubere Anziehsachen aus dem Wäschestapel auf dem Fußboden. Als ich mir Wasser ins Gesicht spritze und mir die Zähne putze, wiederhole ich das Mantra in meinem Kopf: *Nichts fühlen, nichts fühlen, nichts fühlen. Einfach die Predigt ertragen. Einfach nicken und Ja sagen. Nicht argumentieren. Das Ganze einfach so schnell wie möglich hinter mich bringen.*

Ich fühle mich beinahe mutig, als ich in die Küche gehe, wo ich meine Eltern miteinander sprechen höre.

Sobald ich hereinkomme, fragt Dad: „Können wir jetzt reden?"

„Kann ich mir zuerst ein Wasser nehmen?" Er nickt.

Ich setze mich ihnen gegenüber und warte.

„Die Schule hat angerufen, während du dich von den Dingen erholt hast, die du letzte Nacht getrieben hast", knurrt Dad kampfbereit.

„James", sagt Mom. „Lass uns versuchen, höflich zu bleiben."

Er dreht sich zu ihr. „Wie soll ich höflich bleiben, wenn sie absolut keinen Respekt vor uns oder sich selbst hat?"

Mom seufzt. Die ständigen Versuche, die Familie vor dem Auseinanderfallen zu bewahren, müssen sie müde machen. „Frau Direktor Landry macht sich Sorgen um dich, Evie. Nach dem, was auf dem Abschlussball passiert ist. Und wegen deiner Noten."

„Und ganz offensichtlich hast du den Unterricht geschwänzt", fügt Dad hinzu.

„Wir haben morgen früh um halb neun einen Termin bei ihr", sagt Mom. „Wir alle."

„Ich muss mir deshalb freinehmen, Evie."

Ich sage nichts. Ich trinke einen Schluck Wasser.

„Hast du irgendwas zu sagen?", fragt Dad.

„Nein." Ich blicke nicht hoch. Ich will nicht sehen, wie er mich ansieht.

„Wer bist du nur?", fragt Dad. „Es kommt mir so vor, als ob du nicht mal mehr unsere Tochter wärst. So haben wir dich nicht erzogen."

„Es tut mir leid", sage ich.

„Meine Evie würde nicht die ganze Nacht draußen bleiben und Gott weiß was machen und dann mit einer Fahne nach Hause kommen."

Vielleicht bin ich nicht mehr deine Evie. Vielleicht bin ich die Evie von niemandem mehr. Vielleicht ist diese Evie tot und weg und begraben, so wie sie es schon längst hätte sein sollen.

„Sag was, verdammt!" Dad schlägt mit der Faust auf den Tisch und das Wasser schwappt in meinem Glas hoch. Ich blicke auf und sehe, dass Mom in sich zusammengesunken ist. Auch wenn ich Dad nicht in die Augen schaue, kann ich spüren, wie seine Blicke mich durchbohren.

„Es tut mir leid", wiederhole ich, aber es bedeutet nichts.

„Wir glauben, dass du Hilfe brauchst", meint Mom. „Wir denken, es wäre gut für dich, mit jemandem darüber zu sprechen, was du durchmachst."

„Da du mit uns ja offensichtlich nicht sprichst", sagt Dad.

„Ihr meint einen Seelenklempner?"

„Einen Therapeuten, ja", korrigiert Mom. „Ich habe mit Dr. Jacobs gesprochen, und er hat uns jemanden empfohlen, die sich auf PTBS spezialisiert hat und auf …"

„Und auf Suchterkrankungen", bellt Dad, als Mom es nicht über die Lippen kriegt. „Wegen dem, was du mit den Tabletten abgezogen hast. Und wer weiß, was du sonst noch machst, wenn du die ganze Nacht unterwegs bist."

„Posttraumatische Belastungsstörung?", sage ich. „Warum PTBS?"

„Es geht um das, was du mit der Krebserkrankung durchgemacht hast", erklärt Mom. „Es war traumatisch."

„Wahrscheinlich."

„*Wahrscheinlich?*", zischt Dad.

„James, bitte nicht in diesem Ton", ermahnt Mom ihn.

„Ach nein? Glaubst du denn allen Ernstes, dass deine Strategie funktioniert? Dieser sanftmütige, verständnisvolle Schwachsinn, der nur dafür sorgt, dass Evie uns allen auf der Nase herumtanzt?"

„Evie, ich glaube, du solltest jetzt auf dein Zimmer gehen", sagt Mom. Damit sie sich in Ruhe streiten können.

„Und du wirst nicht mit uns zu Abend essen", fügt Dad hinzu. „Dieses Recht musst du dir durch das richtige Verhalten erst wieder verdienen."

„Sie muss essen", wendet Mom ein.

„Dann mach ihr einen Teller, Herrgott noch mal", blafft er. „Sie kann alleine in ihrem Zimmer essen."

„Okay", sage ich. Ich nicke, als könnte die Bewegung mich vom Weinen abhalten. „Okay", wiederhole ich. Was soll man auch sonst sagen, wenn der eigene Vater einen hasst und es keine Chance gibt, dass er einen je wieder lieb hat?

Ich stehe auf und gehe auf mein Zimmer. Ich mache meinen Lieblingssong von Stellas CD an. Der Song, bei dem ich mich taff und unbesiegbar fühle. Ich drehe ihn so laut wie möglich auf, aber es funktioniert nicht. Ich fühle mich immer noch wie das größte Stück Scheiße auf diesem Planeten.

Die Tür fliegt auf und Dad stürmt in mein Zimmer. Er reißt die CD aus meinem CD-Player und zerbricht sie in zwei Teile. „Ich kann diesen Krach nicht mehr ertragen!", schreit er. Er nimmt Stellas Hut von meinem Schreibtisch und knallt die Tür hinter sich zu. Darauf folgt Stille. Leere. Ein großes, klaffendes Loch, das nie wieder gestopft werden kann.

Ich schreibe Marcus: *Wir treffen uns in einer Stunde am Friedhof.*

Ich schnappe mir meine Tasche und klettere wieder aus dem Fenster.

Ich kann gar nicht genug kiffen. Wie viel Gras ich auch rauche, ich kann nicht vergessen, wie mein Vater mich angesehen hat.

Und wie viel Gras ich auch rauche, ich kann nicht die Nachricht vergessen, die Caleb mir auf die Mailbox gesprochen hat. Ich höre sie immer und immer wieder: „Hi Evie, ich bin's, Caleb. Ich weiß zwar nicht, warum du mir noch nicht auf meine Nachrichten geantwortet hast, aber mach dir keine Gedanken – ich bin nicht sauer auf dich. Du bist der wahrscheinlich netteste Mensch, dem ich je begegnet bin, und deshalb weiß ich, dass du einen guten Grund haben wirst. Auf jeden Fall würde ich gern mit dir reden. Könntest du mich bitte schnell zurückrufen? Danke. Ach so, die Nachricht ist von Caleb. Okay, bye."

Ich rauche und rauche und rauche, aber der Klang seiner Stimme will mir einfach nicht aus dem Kopf gehen.

„Nimm's nicht so schwer", sagt Marcus.

Ich atme eine große Rauchwolke aus.

„Willst du darüber reden?", fragt er.

„Meine Eltern sind Arschlöcher."

„Was haben sie denn gemacht?"

„Sie versuchen andauernd, mich zu kontrollieren. Sie sind wütend, weil ich die Schule schleifen lasse und sie nicht jede Sekunde wissen, wo und mit wem ich zusammen bin."

„Das hört sich ganz normal an, findest du nicht?"

„Auf welcher Seite stehst du eigentlich?"

Marcus lächelt und legt den Arm um mich. „Auf deiner." Er küsst mich. „Immer. Das weißt du genau."

Wir sitzen im Gras vor dem Grab, an dem die Zauberpilze gewirkt und wir zum ersten Mal miteinander geschlafen haben. Ich wünschte, ich würde mich wie an jenem Abend fühlen – total verzaubert. Ich wünschte, der Rest der Welt würde verschwinden. Aber das Gras sorgt nur dafür, dass ich mich schwer und träge fühle. Die ganze Zeit denke ich, dass jemand hinter uns ist, sich versteckt und uns beobachtet. Die gruseligen Friedhofstatuen scheinen uns anzustarren.

„Wann hauen wir ab?“, frage ich.

„Auf der Stelle“, antwortet Marcus. „Wir schließen uns einer Zirkustruppe an.“

„Ich meine es ernst.“

„Warum hast du es so eilig?“

„Ich muss weg von meinen Eltern.“

„Ich würde sie irgendwann gern mal kennenlernen. Um zu verstehen, was sie für ein Problem mit dir haben.“

Ich sage nichts. Wir werden nicht die gleiche Unterhaltung noch einmal führen. Er versteht den Ernst der Lage nicht.

Ich bin hibbelig. Ich muss mich bewegen. Ich stehe auf und blicke über das riesige Gelände, den grünen Rasen, die alten Grabsteine, die Eichen. In meinem Kopf macht es *wumm, wumm, wumm,* und mir wird klar, dass ich total stoned bin – viel mehr, als ich dachte.

Ich frage mich, in wie vielen dieser Gräber Menschen liegen, die an Krebs gestorben sind, und wie viele davon Kinder sind. Marmorengel halten Wache. Sie sind nackt und rein, haben die Flügel ausgebreitet, als würden sie jeden Moment losfliegen. Aber wohin? Sie sind aus Stein. Sie sind mit Säulen verschmolzen, die fest in der Erde stecken. Sie sind Babys, die dazu verdammt sind, bis in alle Ewigkeit über die Toten zu wachen.

„Evie, was ist los?“, fragt Marcus. „Warum weinst du?“

Mein Gesicht ist nass. Ich schluchze so tief und heftig, dass ich ganz außer Atem bin. Ich weiß nicht, wie ich es schon wieder zulassen konnte, zu weinen.

Ich schüttele den Kopf. Ich kann nicht sprechen.

Marcus nimmt mich in den Arm, und für einen Moment fühle ich mich sicher, als wäre er vielleicht stark genug, mich vor diesem Schmerz zu beschützen. Aber dann öffne ich die Augen und alles kommt wie eine Welle zurück. Selbst Marcus, selbst die Liebe ist nicht so stark.

Die Engel verhöhnen mich. Sie lachen mich aus. Sie schlagen mit den Flügeln und sagen: *Eigentlich solltest du auch in der Erde liegen.*

Ich brauche etwas, das sie zum Schweigen bringt. Ich muss irgendetwas anderes spüren, etwas Größeres, etwas Stärkeres, irgendwas. Ich spüre Marcus' Arme, aber es reicht nicht. Ich brauche alles von ihm. Ich muss ihn ganz spüren.

Ich packe sein Gesicht und küsse ihn so innig wie noch nie. Meine Zunge findet seine. Meine Zähne knallen gegen seine. Ich drücke ihn nach unten, hinter die Steinmauer des Grabes, wo uns niemand sehen kann.

„Warte", sagt er. Ich packe seine Gürtelschnalle. „Stopp." Er packt meine Hand. Er entzieht sich mir.

„Was ist denn?", frage ich.

„Du weinst. Es fühlt sich nicht richtig an."

„Für mich fühlt es sich richtig an." Ich greife wieder nach seinem Gürtel, aber er nimmt meine Hand und lässt sie nicht los.

„Was ist los mit dir? Sag es mir."

„Ich will nicht reden."

„Hey", sagt er und führt mit der anderen Hand meinen Kopf, sodass ich ihn ansehen muss. „Wir müssen nicht immer kiffen. Wir müssen auch nicht immer Sex haben. Wir können irgendwas Normales machen, wie abends in ein Restaurant oder ins Kino gehen. Wir können Sachen machen, die normale Paare machen."

Ich kann nicht anders. Ich muss lachen. Wie hat Marcus sich so plötzlich in Will verwandelt? „Warum sollte ich ein normales Paar sein wollen? Wo bleibt denn da der Spaß?"

Marcus sieht verletzt aus. Ich habe ihn verletzt. Jetzt habe ich alle verletzt. Die anderen waren mir egal, aber er nicht. Jetzt habe ich die einzige Beziehung zerstört, die mir etwas bedeutet.

„Es tut mir leid", sage ich. „Ehrlich. Ich bin gerade total durcheinander."

„Vielleicht brauchst du Hilfe", erwidert er – nicht unfreundlich. Aber auch nicht freundlich.

„Ja, wahrscheinlich wäre das nicht schlecht."

Wir sitzen schweigend da. Die Sonne wird bald untergehen. Der

Friedhof wird bald abgeschlossen. Die Engelsstatuen werden machen, was sie halt so machen, wenn niemand hinsieht.

„Morgen ist Schule", sagt Marcus. „Ich darf nicht zwei Tage hintereinander meine Kurse schwänzen." *War es erst heute Morgen, dass wir am Strand aufgewacht sind?* „Vielleicht sollte ich dich jetzt nach Hause bringen."

Ich will Nein sagen. Ich will sagen: *Nimm mich mit zu dir.* Sein Haus ist riesig. Dort gibt es viele ungenutzte Zimmer und einen Vater, der nichts mitbekommt. Er könnte mich bestimmt eine Weile verstecken. Aber sein Gesichtsausdruck sagt mir, dass das keine gute Idee ist. Er hat die Zähne fest zusammengebissen, und er nimmt mich so eindringlich in den Blick, dass ich sehen kann, wie ich ihn anwidere.

„Ich habe es ernst gemeint, dass ich deine Eltern gern mal kennenlernen möchte", sagt er, als wir nach einer stillen Fahrt vor meinem Haus halten. „Vielleicht könnte ich sogar ein Abendessen mit dir, mir und dem Richter organisieren, wenn ich ihn Wochen vorher um einen Termin bitte."

„Zuerst muss ich dafür sorgen, dass sie mich nicht mehr hassen."

„Ich bezweifle, dass sie dich hassen."

„Ich würde es wahrscheinlich tun, wenn ich sie wäre."

Er gibt mir einen Abschiedskuss und sagt: „Ich liebe dich, Evie", und das gibt mir die Kraft, zurück nach Hause zu gehen.

Dad, Mom und Jenica sitzen auf dem Sofa und sehen fern. Mom dreht sich mit einer Mischung aus Traurigkeit und Angst auf dem Gesicht um, als ich zur Haustür hereinkomme, aber Dad und Jenica rühren sich nicht.

„Auf dein Zimmer. Sofort", sagt Dad, ohne den Blick vom Bildschirm zu wenden. „Ich will dich nicht mal ansehen."

Ich gehe schnurstracks auf mein Zimmer und schließe die Tür hinter mir. Auf meinem Schreibtisch steht ein Teller mit kaltem Essen, genau an der Stelle, wo vorher Stellas Hut lag. Mein Fenster ist von außen mit Brettern zugenagelt. Jetzt ist es mir unmöglich zu fliehen.

33. KAPITEL

Ich wache auf, als Mom mich schüttelt und Dad vom Flur aus ruft: „Kipp ihr einfach etwas Wasser über den Kopf.“ Es ist schon Viertel nach acht, nur noch fünfzehn Minuten bis zu unserem Termin mit Frau Direktor Landry.

„Ich versuche schon seit einer Stunde, dich zu wecken.“ Moms Gesicht wirkt verzerrt, wie es so dicht über meinem schwebt. „Du sagst die ganze Zeit, dass du aufstehst, aber wenn ich wieder reinkomme, bist du wieder eingeschlafen.“ Ich erinnere mich an nichts. Ich erinnere mich nicht daran, eingeschlafen zu sein. Ich erinnere mich nicht daran, geschlafen zu haben. Das Letzte, woran ich mich erinnere, sind die Steinengel auf dem Friedhof. Dass ich mich gefragt habe, wie sie zu ihren Flügeln gekommen sind und warum sie sich auf diesen beschissenen Job einlassen konnten, über den Schlaf der Toten zu wachen.

Benebelt suche ich nach sauberen Klamotten. Ich habe seit vier Tagen nicht geduscht. Ich sehe alles verschwommen. Ich hinke in allem einen Schritt hinterher. Ohne Stellas Hut fühle ich mich nackt. Schutzlos. Ich habe nichts, hinter dem ich mich verstecken könnte.

Als ich ins Wohnzimmer komme, schnappen sich Mom und Dad ihre Sachen und wir gehen wortlos zum Auto. Dad schaltet das Radio ein, um die Stille zu füllen, und wie immer laufen nur schlechte Nachrichten.

Zum Glück hat der Unterricht schon begonnen, als wir an der Schule ankommen, sodass ich niemandem über den Weg laufe. Nach den Ereignissen vom Abschlussball kann ich ihnen nicht gegenübertreten. Nicht nachdem ich sicher bin, dass Kasey überall herumerzählt hat, dass ich total betrunken war und mich deshalb so danebenbenommen habe – und nicht etwa, weil es mir schlecht ging oder ich müde oder krebskrank war, so wie es vermutlich alle glauben wollen.

Frau Direktor Landry hat ihr strengstes Gesicht aufgesetzt, als sie uns in ihrem Büro Plätze anbietet und erklärt, dass ich nun, da es bis zum Schuljahresende nur noch zwei Wochen sind, keinen meiner Kurse mehr bestehen könne, nicht mal Kunst, und es praktisch unmöglich sei, in Kunst durchzufallen. Mein Anwesenheitsnachweis ist trostlos. Ich habe im Unterricht nicht aufgepasst, die großzügigen Angebote meiner Lehrer abgelehnt, mir Nachhilfe zu geben. Ich habe nicht mit den Tutoren zusammengearbeitet.

„Wir hatten erwartet, dass sie sich mehr anstrengt", sagt sie.

„Wir auch", sagen meine Eltern.

„Offen gestanden hatten wir erwartet, dass sie etwas dankbarer ist", sagt sie.

„Wir auch", sagen meine Eltern.

Aber ich habe niemanden um Hilfe gebeten. Ich habe um nichts von alledem gebeten. Warum sollte ich dankbar für etwas sein, das ich nie wollte?

Frau Direktor Landry faltet die Hände und beugt sich vor, als würde sie uns jeden Moment ein Knallerangebot für einen Gebrauchtwagen machen, so ein Knallerangebot, dass sie flüstern muss, damit ihr Chef es nicht hört. Sie wird ihren Einfluss geltend machen, sagt sie. Die Lehrer und die Verwaltung sind nach wie vor mitfühlend, sagt sie. (*Krebs! Krebs!* sagt sie nicht.) „Wir wollen nicht, dass Evie sitzenbleibt, während all ihre Freunde versetzt werden. Wir wollen, dass Evie ein Erfolgserlebnis hat."

Bei dem Satz muss ich lachen. Wenn es doch so einfach wäre. Alle gucken mich an, als wäre ich verrückt. „Was ist so lustig?", fragt Dad und ich sage: „Nichts", und sie setzen ihre Unterhaltung, an der ich nicht teilnehme, fort.

Ich sehe aus dem Fenster, während sie einen Plan ausarbeiten, bei dem meine Lehrer Kursarbeiten für mich zusammenstellen, die ich in den Sommerferien schreiben soll, und wenn ich alles fertig mache, während der verbleibenden Schultage ausnahmslos anwesend bin und hoch und heilig verspreche, mir Mühe zu geben, kann ich mit meinen „Freunden“ in das letzte Highschool-Jahr starten. Yippie!

„Das ist sehr großzügig von Ihnen“, sagt Mom und strahlt übers ganze Gesicht. Nach der ganzen Zeit ist sie immer noch so naiv, sich an ihre Hoffnung zu klammern.

„Es wird nur funktionieren, wenn Evie mitmacht“, sagt Frau Direktor Landry.

Dad sieht mich an, als wüsste er bereits, dass ich sie wieder enttäuschen werde und ihre ganze Großherzigkeit Perlen vor die Säue ist.

„Eine Sache noch“, sagt Landry. „Wir wollen, dass Evie regelmäßig Therapiestunden macht. Entweder mit dem Berater an unserer Schule oder mit einem Therapeuten Ihrer Wahl.“

„Daran haben wir auch schon gedacht“, erwidert Mom beinahe stolz, als ob sie sich bei ihrem Lehrer einschleimen und ein Sternchen bekommen will. „Evies Arzt hat uns eine Kollegin empfohlen. Ich hatte vor, sie heute noch zu kontaktieren.“

„Ausgezeichnet“, entgegnet Frau Direktor Landry. Sie und Mom sind so stolz auf sich, weil sie so einen tollen Plan für mich ausgeheckt haben. Aber Dad sitzt einfach nur da, starrt finster vor sich hin und checkt die E-Mails auf seinem Arbeitsaccount. Im Gegensatz zu ihnen hat er mich schon lange aufgegeben.

„Und, was denkst du, Schätzchen?“, fragt Mom und die Erwartungen, die sie an mich hat, stehen ihr ins Gesicht geschrieben, wenn auch brüchig. Es tut weh, zu sehen, dass sie immer noch an mich glaubt. Zu wissen, dass sie noch Hoffnungen hegt, obwohl sie doch wieder enttäuscht werden wird. Das einzig Ehrliche, was ich tun kann, ist, diese Hoffnungen sofort zu zerschlagen, bevor sie noch mehr außer Kontrolle geraten. Wenn sie es nicht selbst macht, muss ich es für sie tun.

„Ich denke, dass ihr mich alle mal könnt“, sage ich, stehe auf und stürme aus dem Büro.

Im Weggehen höre ich das Geräusch von Stühlen, die zurückgeschoben werden.

Ich höre Frau Direktor Landry sagen: „Soll ich das Wachpersonal rufen?“

Ich höre meinen Vater sagen: „Nein.“

Mom: „James, wir müssen sie aufhalten.“

Dad: „Lass sie gehen. Es liegt nicht mehr in unserer Hand. Sie muss selbst entscheiden, ob sie Hilfe will.“

Niemand läuft mir nach. Niemand droht mir oder bittet mich zu bleiben. Sie lassen mich einfach gehen.

Jetzt sitze ich im People’s Park und warte darauf, dass Marcus mich abholt. Ich habe ihm gesagt, es sei ein Notfall. Ich habe ihm gesagt, es lohne sich, dafür den Unterricht zu schwänzen.

Ich habe Moms Kreditkarte und achtzig Dollar in meiner Hosentasche. Sie sollte es inzwischen besser wissen und ihr Portemonnaie nicht auf der Arbeitsplatte in der Küche herumliegen lassen. Ich hatte einhundert, aber ein bisschen ist für eine Flasche Wodka draufgegangen, plus fünf Dollar Dienstleistungsgebühr, die ich einem Obdachlosen dafür gezahlt habe, dass er sie für mich kauft.

Die Drogendealerbande, die sonst immer in dem Park rumhängt, ist nirgends zu sehen. Vielleicht gab es hier kürzlich eine Razzia. Vielleicht verstecken sie sich. Ich sollte froh sein, aber meine Enttäuschung brennt wie Feuer. Wenn die Dealer hier wären, könnte mich diesmal nichts davon abhalten, mit ihnen zu reden. Nichts würde mich davon abhalten, zu kaufen, was ich brauche.

Als wir am Strand an der Bay Bridge ankommen, bin ich bereits betrunken. Marcus war nicht sonderlich begeistert, als ich im Auto die Flasche aufgemacht habe, aber ich habe es trotzdem gemacht, und er hat mich nicht davon abgehalten.

Diesmal fahren wir direkt zum Strand, anstatt diesen Schwachsinn mit dem Tunnel zu wiederholen. Ich steige aus dem Auto und gehe los, ohne auf Marcus zu warten. Er muss joggen, um mich einzuholen, als ich auf das Ende des Strandes zugehe. Fast trete ich auf einen verwesenden, von Fliegen bevölkerten Möwenkadaver. Ich kann den Wodka nicht schnell genug trinken.

„Erzählst du mir jetzt, was los ist?", fragt Marcus, als ich mich auf ein Stück Treibholz plumpsen lasse. Auf dem Weg hierher habe ich mich geweigert, was zu sagen, weil ich Angst hatte, er würde umdrehen, mich nach Hause fahren und mich zwingen, mit meinen Eltern zu reden. Aber nun, da wir hier sind, erzähle ich ihm alles. Zwischen vielen Schlucken aus der Wodkaflasche erzähle ich ihm von dem Termin bei der Schuldirektorin, vom Schuleschwänzen, von Will und Kasey, die mir die kalte Schulter zeigen, von meiner rührenden Mutter und meinem grausamen Vater, davon, dass Dad mich geohrfeigt und mein Fenster zugenagelt hat. Ich rede so schnell und aufgebracht, dass ich beinahe vergesse, dass er da ist. Meine Wut wirbelt um uns herum, bis mir schwindelig ist und mir der Geruch des Strands in die Lungen kommt und mich mundtot macht.

Ich schließe die Augen und schlucke. Kleine Wellen platschen ans Ufer und erinnern mich an das Wasser, das nicht in einer Sackgasse steckt wie ich. Bald wird es ins Meer fließen und frei sein.

„Bist du fertig?", fragt Marcus. Seine Stimme überrascht mich. Es kommt mir so lange vor, dass ich sie zuletzt gehört habe.

Ich reiche ihm die halb leere Wodkaflasche. Er schüttelt den Kopf.

„Das ist der Notfall?", fragt er. „Deshalb habe ich die Schule geschwänzt?"

In seiner Stimme schwingt Wut mit. Wut. Auf *mich*.

„Marcus", sage ich. Ich habe irgendwas getan, das ihn wütend macht, aber mein Gehirn ist nicht schnell genug, um es zu verstehen. Ich nehme seine Hand. Einen Moment lang fühlt sich die Welt ein bisschen stabiler an.

„Evie", sagt er, „sieh mich an." Seine Augen blicken traurig und ernst. Ich stecke in Schwierigkeiten. „Versprich mir, dass du nicht sauer wirst, wenn ich das gleich sage."

„Das kann ich dir nicht versprechen.“ Irgendetwas nimmt mir die Luft zum Atmen. Was gleich kommt, wird nicht schön. Das spüre ich.

Er seufzt. Sein Blick schweift ab. Dann sieht er wieder auf zu mir. „Vielleicht haben sie ein kleines bisschen recht. Ich mache mir auch Sorgen um dich.“

„Warum?“ Ich ziehe meine Hand weg. „Warum muss man sich Sorgen um mich machen?“

„Ich glaube nicht, dass es dir beim Feiern noch darum geht, Spaß zu haben.“

„Ich habe Spaß.“

„Echt? Hast du jetzt gerade Spaß?“

Ich antworte nicht. Ich kann nicht antworten.

„Evie“, sagt er und seine Stimme bricht. Tränen laufen über sein Gesicht. „Du tust immer so, als wärst du unbesiegbar, dabei geht dein Leben gerade den Bach runter. Ich halte es nicht aus, dir dabei zuzusehen, wie du dich selbst zerstörst. Ich liebe dich zu sehr. Niemand ist unbesiegbar, nicht mal du.“

Ich kann die Wellen nicht mehr hören. Die Wut füllt meinen Kopf mit elektrostatischen Störungen, bis ich nichts anderes mehr höre.

„Sag was“, verlangt er.

„Ich kann nicht glauben, dass du auf ihrer Seite bist.“

„Das ist nicht wahr, und das weißt du auch. Ich bin auf deiner Seite. Ich war immer nur auf deiner Seite.“

„Ich kann nicht glauben, dass du mir eine Predigt über Drogen hältst, obwohl du es warst, der mich überhaupt erst an das Zeug rangeführt hat.“

„Was redest du denn da? So war es doch gar nicht.“

Ich weiß nicht, was ich sage. Ich weiß nicht, welche Worte ich mit den Gefühlen verknüpfen soll, die gerade durch meinen Körper jagen. Ich weiß nur, dass ich mich noch nie so alleine und verraten gefühlt habe wie in diesem Augenblick. Marcus war der einzige Mensch, dem ich glaubte, vertrauen zu können, nachdem alle anderen mich fallen gelassen haben. Er war der einzige Mensch, der sich nie um mich gesorgt oder mich verurteilt hat, der nie versucht hat, mich zu beschützen oder zu bevormunden. Jetzt ist er genauso schlecht wie alle anderen – noch schlimmer sogar, weil ich wirklich dachte, er würde mich verstehen, mich *richtig* verstehen. Ich dachte, gemeinsam könnten wir es mit der Welt aufnehmen. Aber jetzt ist er genauso ein Teil jener Welt, und das hier ist ein Krieg, den ich von nun an alleine führen muss.

„Fick dich", sage ich. Aber ich stehe zu schnell auf und falle sofort wieder hin, wobei mein knöchriger Hintern auf der harten Kante des Treibholzes landet. Marcus fängt mich auf. Er hält mich zu fest. „Lass los!", schreie ich und schubse ihn weg. Ich stehe wieder auf und dieses Mal bin ich stabil genug, um loszulaufen. „Ich habe deinen Schutz nicht nötig", sage ich, als ich mich in Richtung Straße aufmache.

Marcus geht mir nach. „Ich versuche gar nicht, dich zu beschützen", entgegnet er. Warum lässt er mich nicht gehen, so wie alle anderen? „Ich will mich nur selbst beschützen. Ich kann nicht noch einmal mit ansehen, wie die gleiche Sache schon wieder mit dem Menschen passiert, den ich am meisten liebe."

Es lässt mich kalt. „Keine Sorge. Ich bin weg. Du brauchst mir also nicht mehr zusehen." Ich gehe weiter. „Hör auf, mich zu verfolgen!", schreie ich ihn an. „Es ist vorbei. Ich brauche dich nicht."

„Ich fahre dich nach Hause", sagt er hinter mir. Ich erkenne seine Stimme kaum wieder, so anders klingt sie vor Wut oder Schmerz oder beidem.

„Ich kann laufen."

„Von hier bis zu dir nach Hause sind es bestimmt zehn Meilen."

„Oh, du bist ja so nett."

„Mensch, Evie. Seit wann ist das was Schlechtes? Seit wann ist es ein Verbrechen, sich um jemanden zu kümmern?"

Ich knalle die Tür zu, als ich in sein Auto steige. Ich kann nicht glauben, dass ich diesen scheiß Mercedes mal charmant fand. Bei dem ganzen Geld seines Vaters könnte Marcus sich ein viel schöneres Auto leisten, stattdessen fährt er mit diesem Haufen Schrott durch die Gegend, trägt seine Secondhand-Klamotten, hört seine gefühlsduselige Indie-Musik und gibt vor, jemand zu sein, der er gar nicht ist. Er ist ein reicher Junge, der auf eine elitäre Privatschule in der Bay Area geht. Genau das ist er. Ich habe mich in die Lüge verliebt und nicht in diesen Typen, der mich wie alle anderen nur kontrollieren will.

Auf der unerträglich langen Fahrt nach Hause wende ich mich so weit von ihm ab wie nur möglich. Bei der Mischung aus Wut, Wodka und den schlechten Straßen von Oakland dreht sich mein Magen. Ich schließe die Augen, damit die Welt aufhört, sich so schnell zu bewegen, aber sogar in der Dunkelheit zieht sie zu schnell an mir vorüber, um sie zu stoppen. Ich bin außer Kontrolle geraten, verloren in meiner Wut, und alles geschieht ohne mich.

Ich will Marcus nicht ansehen, weil ich Angst davor habe, was passiert, wenn ich es doch tue. Ich habe Angst, in einer Flut der Gefühle zu ertrinken. Ich habe Angst vor der Verwandlung meiner Wut, wenn sich eine Traurigkeit in sie hineinmischt. Ich werde nicht zulassen, schwach zu sein. Ignoriere sein Schniefen neben mir. Verleugne, etwas damit zu tun zu haben. Endlich habe ich auch diesen letzten Teil meines alten Selbst verloren. Ich bin durch und durch grausam. Von der netten Evie ist nichts mehr übrig.

Ich trinke den Wodka aus und werfe die Flasche aus dem Fenster. Ich will das befriedigende Geräusch von zerberstendem Glas hören. Ich will das Klirren hören, aber wir sind zu schnell, und es verliert sich in dem Fahrgeräusch.

Ohne etwas zu sagen, steige ich dann aus dem Wagen. Zum Glück bin ich betrunken, zum Glück muss ich mich nicht so sehr aufs Gehen konzentrieren. Kein Raum für Gefühle. Für Angst. Für Reue.

Einfach gehen, ohne hinzufallen. Es einfach bis zur Haustür schaffen. Sie einfach öffnen und durchs Wohnzimmer gehen, ohne dass mich jemand aufhält. Einfach in mein friedliches, ruhiges Zimmer gehen. Sie werden toben. Sie werden reden wollen. Sie werden mir nachgehen. Aber wenn ich einfach weitergehe, müssen sie irgendwann aufgeben. Das ist mein Plan. So wird es passieren. Ich habe jetzt die Kontrolle.

Aber so passiert es nicht.

Als ich reinkomme, springt niemand auf, um mich anzuschreien. Niemand fragt mich, wo ich war. Niemand fragt mich, mit wem ich zusammen war oder was ich gemacht habe. Mom und Dad sitzen auf dem Sofa und warten wie erwartet auf mich, aber ich spüre keine Wut.

„Evie, setz dich", sagt Dad. „Wir müssen dir etwas sagen."

Habe ich vielleicht mal wieder Hausarrest? Haben sie diesmal echte Gitterstäbe in mein Fenster gesetzt? Haben sie an meiner Tür herumgewerkelt, sodass man sie von außen abschließen kann? Ach du Scheiße, ist das hier eine Intervention?

Aber irgendwas ist komisch. Ihre Augen sind geschwollen und rot vom Weinen, sogar Dads. Irgendetwas stimmt hier nicht. Das Zimmer dreht sich, und ich stolpere zu dem Sessel hinüber, der ihnen gegenübersteht. Ich setze mich, aber nicht, weil sie es mir gesagt haben.

„Schätzchen", beginnt Mom und beugt sich vor, um meine Hand zu nehmen. Dabei ignoriert sie die Tatsache, dass ich total betrunken bin. „Es tut mir so leid, dass wir dir das jetzt sagen müssen."

Irgendwie gelingt es mir, mich lange genug zu konzentrieren, um ihr in die Augen zu sehen, und da begreife ich es. Hierbei geht es überhaupt nicht um mich.

„Nein", sage ich und schüttele den Kopf. Auf einmal bin ich viel zu nüchtern.

„Es ist wegen Caleb", fährt Mom fort. „Seine Eltern haben gerade angerufen."

„Nein, nein, nein."

„Er musste letzte Nacht notoperiert werden", sagt Dad. „Er hat es nicht geschafft."

Ich höre ein Schluchzen, das von mir kommen muss. Als würde irgendwas die ganze Luft aus mir heraussaugen. Aber es klingt so weit weg, als wäre ich irgendwo außerhalb dieses Zimmers und würde durch den Lüftungsschacht zuhören. Wer sind diese Leute? Was reden sie da? Wer ist dieses Mädchen, das so aussieht wie ich? Warum ist sein Herz so kaputt?

„Ich wünschte, du hättest uns gesagt, dass es ihm so schlecht geht", sagt Mom. „Wir hatten keine Ahnung. Als wir ihn das letzte Mal gesehen haben, wirkte er so gesund."

„Ich muss los", sage ich und stehe auf. Ich muss weg von diesen Neuigkeiten und diesem Haus und diesen traurigen Gesichtern. Wut – damit wüsste ich umzugehen. Wut – davon kann ich mich ablenken. Aber Traurigkeit und Verlust – wie soll ich damit klarkommen?

„Schätzchen, warte", sagt Mom. „Lass uns erst mal Waffenstillstand schließen. Du sollst wissen, dass wir für dich da sind."

Sie versteht es nicht. Ich habe ihre Hilfe nicht verdient. Ich habe ihren Trost nicht verdient. Ich habe überhaupt keinen Trost verdient, von niemandem. Es ist meine Schuld, dass ich Caleb so eine erbärmliche Freundin war. Dass ich am Ende nicht für ihn da war. Stella hätte das niemals getan. Sie hätte ihn niemals fallen lassen. Ich habe sie im Stich gelassen. Ich habe sie beide im Stich gelassen.

„Ich muss alleine sein", sage ich. Sie versuchen nicht, mich aufzuhalten, als ich aus der Tür gehe.

WENN.

Liebe Stella,

ich sitze in einem Taxi, das ich mit der Kreditkarte bezahlen werde, die ich meiner Mutter geklaut habe, und ich habe gerade für achtzig Dollar Tabletten von einem Drogendealer im People's Park gekauft. Ich vermute mal, ich bin jetzt eine echte Straftäterin. Sollte es nicht zumindest ein bisschen Spaß machen, böse zu sein? Stattdessen fühlt es sich nur an wie eine Pflicht – wie Hausaufgabenmachen oder Abwaschen. Nur dass ich mich fürs Abwaschen nicht schämen muss. Abwaschen ist nicht gefährlich.

Ich bin zu dem zwielichtigsten Typen gegangen, den ich finden konnte, das volle Programm mit diversen Piercings im Gesicht und Tattoos am Hals, und habe gesagt: „Ich brauche Norcos." Kein „Hallo". Kein „Wie geht's?". Es war leicht. Zu leicht. Er hatte nur Oxy, aber ich dachte: Was soll's? Wenn ich schon Scheiße baue, dann auch auf ganzer Linie, oder? Ich habe eine Tablette genommen, um zu testen, wie stark sie sind, weil ich keine Ahnung mehr habe, wie viel ich vertrage. Aber ich habe einen Briefumschlag, in dem noch viel mehr sind, und sie brennen mir förmlich ein Loch in die Hosentasche. Es dürfte nur ein paar Minuten dauern, bis sie wirken.

Ich weiß nicht genau, worauf ich warte. Warum nehme ich sie nicht alle und bringe es hinter mich? Ein stilvoller Abgang. Ich bin sicher, dass du jetzt die Augen verdrehst. Ich kann dich sagen hören: „Ach komm, Evie. Selbstmord ist so ein Klischee." Aber im Ernst, Stella: Was ist klischeehafter als Krebs?

Die Sache ist nur, dass alles, was mir etwas bedeutet hat, weg ist. Du bist weg. Caleb ist weg. Will und Kasey sind weg, auf ihre Art. Der Marcus, den ich zu lieben glaubte, ist weg. Was soll ich hier noch? In den Sommerferien einen Berg von Hausaufgaben machen, damit ich das letzte Highschool-Jahr mit einer Horde von Leuten angehen kann, die ich nicht mag? Mit Ach und Krach den Abschluss schaffen, auf ein beschissenes College gehen, das sich meine Eltern nicht mal leisten können, um meinen Abschluss in irgendeinem Fach zu machen, das mich nicht die Spur interessiert, nur um später einen Job zu finden, den ich hasse? Irgendeinen Typen heiraten, den ich nicht liebe, und Kinder kriegen, die ich nicht will?

Denkst du, dieser Taxifahrer ist glücklich? Er verbringt Tag und Nacht in diesem Auto, das nach Kotze und Duftbäumchen riecht und kutschiert betrunkene Leute wie mich durch die Gegend. In seinem Heimatland war er vermutlich mal Neurochirurg, aber dann musste er fliehen, weil die Leute am Ende doch allesamt Arschlöcher sind und immer Wege finden, Kriege zu beginnen und einander umzubringen und unschuldige Menschen zu vertreiben.

Egal, was ich tue, ich werde alleine sterben. Jeder tut das, selbst wenn eine Traube von Menschen um einen steht. Und was dann? Nichts. Dann ist das Leben vorbei, ohne dass es irgendetwas wert war.

Ich denke, ich nehme jetzt noch ein paar von diesen Pillen.

Stella, du fehlst mir so sehr, dass es mich krank macht. Erinnerst du dich noch an deine Worte, dass alles Coole schon passiert ist? Ich weiß, dass du nur über Musik gesprochen hast, aber es fühlt sich so an, als läge alles Gute in meinem Leben auch schon hinter mir. Was ich für den Rest meines Lebens noch erwarten kann, sind die Gedanken an die Vergangenheit. Und was für ein Leben ist das, sich immer nur zu wünschen, die Zeit zurückdrehen zu können?

Aber vielleicht muss es nicht so sein. Vielleicht muss ich diese ganze Zeit nicht hinter mich bringen. Vielleicht kann ich schon eher bei dir sein. Vielleicht sogar jetzt.

In Liebe,
Evie

34. KAPITEL

Wahrscheinlich würden die Leute den heutigen Tag als schön bezeichnen. Die Sonne scheint und die Luft ist warm. Dabei ist dieser Strand immer noch von Hundescheiße und Müll übersät. Da liegt die tote Möwe von … Wann war ich zuletzt hier? Gestern? Heute Morgen? Ich habe nicht mal mehr den Überblick über mein eigenes Leben. Der Vogel hat sich weiter zersetzt. Die Fliegen haben ihn ein bisschen mehr aufgefressen. Bald liegen hier nur noch brüchige Knochen, die im Sand versinken.

Ich wünschte, es wäre Nacht. Ich wünschte, es wäre dunkel. Die Sonne, der fröhliche blaue Himmel und die weißen Wattewolken beleidigen mich. Ich sitze auf einem Stück Treibholz und ziehe meine Stiefel aus. Ich vergrabe die Füße im Sand, der sich kühl zwischen meine Zehen drängt. Das Gefühl jagt einen Schauer durch meine Beine in meine defekten Körperteile. Den kranken Knochen, der teilweise entfernt und durch etwas Stärkeres, Unzerstörbares ersetzt wurde. Als ich mit den Zehen wackle, spüre ich die Beschaffenheit der Oberfläche, die mit der Zeit entstanden ist, über viele Jahre, in denen das Wasser gegen Stein geschwappt ist, ihn aufgeweicht und schließlich in winzige Kristalle zerbrochen hat. Selbst die härtesten Dinge sind porös. Selbst der spitzeste Felsen kann von Wind und Wellen geglättet werden. Feuer lässt den Fels entstehen, aber es sind die anderen Elemente, die ihn formen.

Die Welt verschiebt sich, und ich merke, dass die Pillen, die ich vor einer halben Stunde genommen habe, endlich wirken. Erleichterung macht sich in meinem Körper breit, und plötzlich ist mir warm. Plötzlich fühlt sich das Leben nicht mehr wie ein riesiges Unglück an. Das hat mir gefehlt. Gott, wie sehr ich das vermisst habe. Meine Verzweiflung löst sich in Wohlgefallen auf und verdunstet in der dünnen Luft. Ich bin frei. Ich kenne keine Grenzen.

Ich betrachte meine Zehen und frage mich, warum sie sich überhaupt bewegen, wie es das Signal von meinem Gehirn den ganzen

Weg nach unten schafft. Wie kann das sein? Während diese Möwe hier verrottet, von winzigen Bakterien aufgefressen. Und obwohl Caleb und Stella groß und kräftig waren, trotzdem mussten sie sich den mikroskopisch kleinen Zellen am Ende geschlagen geben? Wie ist es möglich, dass ich hier bin und sie nicht?

Die ganze Zeit über, an all den Tagen der Selbstzerstörung seit meiner Entlassung aus dem Krankenhaus wusste ich nicht mal, gegen wen ich gekämpft habe. Gegen Gott, das Schicksal, die Wissenschaft – welchen Namen ich dem Feind auch gebe, es ändert nichts an der Tatsache, dass ich überlebt habe und sie nicht. Niemand kann sich das aussuchen. Kein Mensch entscheidet darüber, wessen Leben es wert ist, gerettet zu werden, und wessen Leben entbehrlich ist. Ich weiß nicht, auf wen ich wütend bin. Ich weiß nicht, wem ich die Schuld geben soll. Ich weiß nicht, gegen wen ich meine Wut auf diese Ungerechtigkeit richten soll.

Die Antwort ist: gegen niemanden. Es liegt nicht an mir zu wissen, warum bestimmten Menschen das Leben genommen wird und andere überleben. Und dass ich mich selbst zerstöre, beantwortet mir diese Frage genauso wenig. Wenn ich weg bin, werden sie trotzdem niemals zurückkehren. Ich kann mich von der Wut auffressen lassen, vom Verlust, aber die Wellen werden gegen die Felsen schlagen und sie in Sand verwandeln, das Leben wird weiterhin seine Formen verändern, und es liegt nicht in meiner Macht, irgendwas daran zu ändern.

Und ich will es nicht. Die Welt ist kompliziert und schmerzvoll, aber sie ist immer noch ein Ort, an dem Zehen im Sand wackeln können, an dem Menschen einander genug lieben können, um harte Wahrheiten zu ertragen, um einander zu vergeben. Das Einzige, auf das man sich verlassen kann, ist der Wandel, die Transformation. Ich wurde transformiert. Und ich kann es wieder.

Ich vermisse sie. Ich vermisse sie so sehr. Stella, Caleb – ihr werdet in Sand verwandelt. Die Welt reibt sich an euch und verwandelt euch in etwas Neues, Kleines, Kostbares. Es ist ein Wunder, alles.

Meine Füße, meine Beine, meine Lunge, mein Herz. Meine Erinnerungen an euch. Die Liebe in meinem Innern, die gegen meine Rippen plätschert.

Ich weiß, dass ich high bin, aber das hier fühlt sich ganz klar an.

Ich will nicht das Mädchen sein, die Tragödie, die Statistik. Mein Leben ist mehr wert als das. Ich habe den Krebs besiegt, und ich werde auch das hier besiegen, was auch immer das ist. Ich höre auf damit, meine Angst im Sand zu vergraben. Ich werde zugeben, dass ich mich geirrt habe. Ich werde allen sagen, dass ich sie liebe – Marcus, Mom, Dad, Jenica, Kasey, Will, allen. Ich werde aufhören, sie wegzustoßen. Ich werde Hilfe annehmen. Ich werde aufhören zu kämpfen. Ich werde ruhig sein. Ich werde zulassen, dass ich mich ändere.

Ich schreibe Marcus: *Es tut mir leid. Wir treffen uns am Strand. Ich liebe dich.*

Ich gehe ans Ufer und werfe die restlichen Tabletten ins Meer.

Scharfe Steine bohren sich in meine Füße. Aber dieser Schmerz zeigt, dass ich lebendig bin, er wird meine Haut stark machen, sie mit einer dicken Schicht überziehen. Irgendwann bin ich so weit und renne über den Strand.

Ich ziehe mein Shirt aus und werfe es hinter mich. Ich ziehe meine Hose aus. Ich betrachte die Narben auf meiner Hüfte, meinem Bein. Ich werde sie für den Rest meines Lebens tragen. Sie werden immer dort sein, eine Erinnerung dessen, was ich überlebt habe, wie hart ich gekämpft habe. Jedes Mal, wenn ich sie ansehe, werde ich daran denken, dankbar zu sein. Eigentlich hätte ich nicht überleben sollen, aber es ist trotzdem passiert. Und das sollte ich nicht auf die leichte Schulter nehmen. Ich kann es nicht als selbstverständlich hinnehmen. Es wäre eine Beleidigung für Stella und Caleb. Es wäre eine Beleidigung für ihren Kampf.

Ich gehe ins Wasser, spüre die Kälte, und mir bleibt kurz die Luft weg. Ich weiß, wie schmutzig es ist, verunreinigt durch Agrarabflüsse, Abwässer aus der Stadt und Industriemüll, aber ich fühle mich dennoch gereinigt, als ich weiter hineingehe. Das kalte Wasser schärft meine Gedanken und Gefühle. Es wäscht das Leid von mir ab und all die dummen Sachen, die ich gemacht habe, all die Schmerzen, die ich den Menschen zugefügt habe, die ich liebe. Es klärt und erneuert mich, damit ich von vorne anfangen kann. Ich wate tiefer hinein und mein Körper erschauert. Fühlt es sich so an, wiedergeboren zu werden? Ich lege mich auf den Rücken und lasse mich vom Wasser tragen. Es kann Felsen sprengen, aber es kann mich auch so wie jetzt umarmen. Wir können so vieles gleichzeitig sein.

Ich schwebe und bin von Frieden erfüllt. Ich blicke in den Himmel, zu dieser riesigen blau-weißen Decke und fühle mich sicher. Unter diesem Himmel, in dieser Welt gibt es einen Platz für mich. Sobald ich aufhöre dahinzutreiben, werde ich herausfinden, wohin ich gehöre. Aber das Treiben fühlt sich so gut an. Die Wolken sind Daunenkissen, sie fallen und fallen, landen auf meinem Körper, meinem Gesicht, meiner Nase, meiner …

Nein, das ist kein friedliches Gefühl. Warum können meine Füße den Boden nicht berühren? Warum kann ich nicht atmen? Warum fühlt sich mein Körper so taub an? Warum tut er nicht, was mein Gehirn ihm befiehlt? Warum sind die Wolken, die doch eigentlich am Himmel schweben sollen, jetzt in meinem Kopf?

Die Tabletten. In dem Taxi. Ich habe so viele davon genommen.

Ich versuche zu schwimmen. Ich strample und rudere mit den Armen. Ich bin eine gute Schwimmerin. Sandy, die Physiotherapeutin, sagte, ich sei so eine gute Schwimmerin. Aber ich bewege mich nicht. Das Ufer kommt nicht näher. Warum fühlt es sich so an, als würde mich etwas nach unten ziehen? Meine Lungen sind voller Kälte. In welcher Richtung liegt das Ufer? Wo ist der Himmel und die Erde und das Wasser und all die anderen Dinge, die dazu da sind, mich zu halten?

Ich höre jemanden, eine Stimme. Sie klingt, wie Vögel sich anhören, wie Engel. Stella, bist du das?

Marcus, wo bist du?

Ich sehe den Himmel durch bewegliches Glas. Ich rutsche aus. Ich falle in Zeitlupe. Ich bin eine Feder im Wind.

Die Welt ist so schön. Bis jetzt habe ich es gar nicht gesehen. Meine Familie, meine Freunde – die, die noch hier sind, und die, die fort sind. Sie alle sind schön.

Ihr alle: Es tut mir leid. Ich mache es wieder gut. Ich werde meinem Leben wieder einen Sinn geben.

Stella, sing weiter. Stella, ich höre zu.

Marcus, ich warte auf dich. Lass uns neue, andere Abenteuer finden.

Sind das deine Arme um meinen Körper? Warum schreist du?

Ich liebe dich. Ich liebe dich. Ich liebe dich. Ich liebe

DANKSAGUNG

Vielen Dank – wie immer – meiner furchtlosen Agentin und nimmermüden Cheerleaderin Amy Tipton.

Anica Rissi, meiner brillanten Lektorin und Mitarbeiterin, die mich wie niemand sonst versteht. Danke, dass du all die Jahre an mich geglaubt hast und mich mit auf dieses neue Abenteuer genommen hast. Ich fühle mich geehrt, dafür ausgewählt worden zu sein.

Meinem Ehemann Brian, der dafür sorgt, dass ich in diesem verrückten Geschäft nicht den Verstand verliere. Danke, dass du mich erdest und mir dabei hilfst, den gesamten Wald im Auge zu behalten, wenn ich am liebsten jeden noch so kleinen Baum betrachten möchte. Danke, dass du in der Phase, wenn ich herummotze und aufgeben will, meine Hand hältst.

Meiner Tochter Elouise, die allem, was ich tue, einen Sinn gibt.

Mein besonderer Dank gilt:

Cheri Gillies, Freundin und Krankenschwester. Dafür, dass du mit mir dein Wissen geteilt hast – über pädiatrische Onkologie, über die Verschreibung von Schmerzmitteln, über Krebstherapien, über den Krankenhausjargon und über alle medizinischen Dinge.

Melinda Krigel, Media Relations Manager im Children's Hospital & Research Center Oakland. Für Ihre Großherzigkeit und Begeisterung, mich bei diesem Buch zu unterstützen.

Suzanne Berks, Child Life Oncology Specialist im Children's Hospital & Research Center Oakland. Dafür, dass Sie sich die Zeit genommen haben, sich mit mir zu treffen und über Ihre fantastische Arbeit zu sprechen.

Und ein großes Dankeschön an alle, die ihr Leben der Heilung kranker Kinder widmen. Ich bin von Ihrer Herzensgüte überwältigt.